KB113595

다정하지
않은
선비

다정하지
않은
선비

**초판 1쇄 인쇄일** 2019년 07월 11일
**초판 1쇄 발행일** 2019년 07월 24일

**지은이** | 백미경
**펴낸이** | 김기선

**편집부** | 김아름, 박신혜, 김에너벨리, 유기웅, 배영주, 신현정, 전유정
**디자인** | 금장미

**펴낸곳** | 와이엠북스(YMBOOKS)
**출판등록** | 2012년 7월 17일 (제382-2012-000021호)
**주소** | 서울시 도봉구 노해로 379, 802호(창동, 대성빌딩)
**전화** | 02)906-7768 / **팩스** | 02)906-7769
**E-mail** | ymbooks@nate.com

ISBN 979-11-322-5093-7 03810

**값 9,000원**

※파본은 구입처에서 교환하여 드립니다.
※저자와 협의하여 인지를 붙이지 않습니다.
※이 책은 저작권법에 따라 보호를 받는 저작물이므로 무단 전재와 복제를 금하며,
이 책 내용의 전부 또는 일부를 사용하려면 반드시 저작권자와 와이엠북스의 동의를 받아야 합니다.

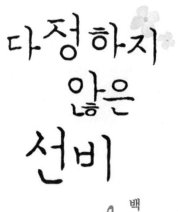

다정하지
않은
선비

YMBOOKS
ROMANCE STORY

백미경　장편소설

ym
BOOKS

# 차 례

※이 소설에 언급된 역사적 사건들은 사실을 기반으로
하였으나 인물/배경 등이 재창작된 이야기임을 안내드립니다.

서막. 초야

    처음 봤을 땐, 그저 미소가 남다르게 해사한 소년인 줄로만 알았다. 다음엔 남자아이치고는 참으로 곱다 생각했다. 여인의 모습을 한 소운을 한눈에 알아본 자신이 스스로도 놀라웠다. 사내 옷을 입었을 때에도 곱다 느꼈는데 내 앞에 여인으로 있는 너는 어찌 이리 서글픈 낯인 것이냐.

    그저 말없이 앉아 있는 백현을 대신해 소운은 스스로 자신의 옷고름을 풀었다. 이어서 저고리를 벗은 후, 혼례용 붉은 치마마저 끌어 내려 금침 옆으로 가지런히 놓았다. 끝내 가슴을 가리고 있는 속치마의 매듭을 풀려는 그녀의 손을 백현이 잡아 멈추게 했다.

    "이제 그만하거라."

    다른 손으로 자신의 손을 잡고 있는 백현에게서 손을 빼낸 소운은 끝내 고름을 풀고 속치마마저 끄집어 내렸다. 사내 앞에 몸을 드러낸 자신이 부끄러운지 소운이 가슴을 감싸고 고개를 돌렸다.

조용히 일어난 백현이 바닥에 놓인 붉은 치마를 들어 그녀의 어깨 위로 덮었다. 소운이 다시 그 치마를 옆으로 치워 내자 결국 백현의 목소리에 노기가 실렸다.

"네가 진정 나와 초야라도 치르겠다는 게냐."

"……예."

"뭐?"

"혼례를 올렸으니 초야를 치르는 건 당연한 거 아닙니까."

모든 것을 포기한 듯 생기 없는 그녀의 목소리가 백현은 너무도 싫었다. 결국 참고자 노력했던 울화가 치밀어 올랐다.

"내가 널 얼마나 더 참아줘야 하느냐."

"……"

"아비를 살려 달라 내게 와서 빌어대던 너로 인해 내가 누구 앞에 머리를 숙였는지 네가 알기나 하느냐."

"……"

"내 스승을 죽음으로 몰아세운 자 앞에서 내 너로 인해 고개를 숙였다. 그 일이 얼마나 나를 비참하게 했는지 네가 아느냐 말이다."

스스로에게 쏟아내려던 가슴속 분노는 애먼 여인에게로 향했다. 이렇듯 못난 자신이 싫어 백현은 더 참을 수가 없었다.

"그냥 죽은 듯 살아라. 군이 내 곁에 오려고 하지도 말거라."

"……"

"내가 더는 널 원망하게 만들지 마라."

툭. 무표정하던 그녀의 눈에서 눈물이 뚝 떨어졌다.

"잘못…… 했습니다."

왜, 왜 네가 미안하다 하느냐, 왜 네가 눈물을 흘리느냐. 너를 이리 만든 자가 또한 나이거늘. 소운의 눈물에 백현의 마음이 저 밑 땅끝까지 내려앉는 듯했다.

"저를 용서치 마십시오. 나으리."

바닥에 떨어진 곱디고운 소운의 붉은 혼례복 위로 뚝뚝 눈물이 하염없이 떨어졌다. 슬프게 제게 오는 발걸음이 안타까워 부러 곱게 해 달라 청했던 혼례복이었다.

붉은 비단이 눈물로 얼룩지는 것을 보며 어느덧 얼굴에서 노기가 사라진 백현이 손을 들어 소운의 눈물을 천천히 닦았다. 물기가 그득한 소운의 눈망울에 못난 자신이 비쳐 보였다. 언제던가 해가 지는 붉은 하늘 아래서 자신을 바라보던 똘망똘망한 그녀가 생각났다. 저도 모르게 그녀의 눈에 살며시 입을 맞추자 백현의 입가가 소운의 눈물로 인해 촉촉해졌다.

잠시 소운을 바라보던 백현이 자신의 촉촉해진 입술을 여인의 입술에 가져갔다. 소운의 입에 살짝 닿았던 입술을 떼고, 가만히 그녀의 얼굴을 바라보던 백현이 다시 한번 고개를 숙였다. 그의 입술이 이번엔 조금 더 길게 그녀의 입술에 머물렀다.

혼례복만큼이나 화려한 원앙금침 위로 소운의 등이 닿았다. 두 사람이 초야를 보내던 밤. 소운은 저를 감싸는 금침도, 저를 안는 백현의 손길도 참으로 부드럽고 따뜻했다고 그리 기억했다.

## 1. 선비 이백현

"효수[1]가 되셨단 말이냐."

백현은 자신에게 소식을 전하는 가노를 바라보며 다시 한번 의미 없는 질문을 했다.

"진정, 스승님이 효수가 되셨단 말이더냐."

"네, 나으리. 방금 저잣거리에 목이 걸리신 걸 보고 오는……."

"되었다, 나가 보거라."

제가 물었음에도 백현은 결국 끝까지 답을 듣지 못하고 가노를 물렸다.

그 밤, 스승은 자신의 출타를 말리는 제자를 잠시 쳐다보다 언제나 그러했듯 따스한 미소를 지어주셨다.

**'백현아, 내 돌아오면 우리 밤새도록 탁주나 나눠보자꾸나.'**

백현은 끝내 스승님을 말리지 못했다. 그분이 나가시는 길이 마

---

1) 죄인의 목을 베어 높은 곳에 매달아 놓음. 또는 그런 형벌.

지막이 될 것임을 짐작했으면서도, 진정 금방이라도 돌아오실 것
처럼 제자에게 다짐하는 스승의 발걸음을 더 이상 잡지 못했다. 설
마하니 포은 정몽주가 송악의 어느 다리 위에서 다른 사람도 아닌
자신의 친척집 가노가 휘두른 흉기에 맞아 돌아가실 거라고는, 정
말 그러리라고는 꿈에서도 생각하지 못했다.

'스승님……'

가시는 길조차 같이하지 못한 못난 제자는 아주 오래오래 사랑
채의 앉은 자리에서 떠날 줄을 몰랐다.


스승이 세상을 떠나고 한 달의 시간이 지났다.

"그래, 용인에 다녀오겠다고."

"네, 이모님."

백현은 자신의 앞에서 조용히 수를 놓고 있는 이모 강씨를 바라
보고 있었다.

고려 최고의 권력자 시중 이성계의 후처이자 누구보다 사랑받
는 유일한 안사람이며 제 모친의 아우. 삼십 대 중반이라는 나이가
믿기지 않는 미모의 그녀는 자신의 모친과는 다른 야심가였다. 백
현은 이모를 바라보는 눈에 떠오르려 하는 수많은 감정들을 애써
누르고 또 눌렀다.

"용인이라……"

백현의 시선이 그녀에게서 수틀로 옮겨졌다.

"호(虎)를 놓으시는 걸 보니 시중 어른 의복이 될 모양입니다."

이번엔 강씨 부인의 시선이 외조카의 수려한 얼굴을 찬찬히 훑
었다.

'스물넷이라. 한참 좋을 때가 아닌가. 하나 젊은 혈기가 차가운 머리를 이기는 법이니 아직은 곁에 둘 시기가 아닌 것이 안타까울 뿐이구나.'

강씨 부인은 아쉬운 마음에 부러 자신의 목소리에 쌀쌀함이 실리지 않도록 억지 미소를 지으며 외조카를 바라봤다.

"명에 '보자'라고 하는 것이 있다는구나. 호(虎)가 용맹한 무관을 나타내는 것이라고 하기에 내 만들고 있었다. 시중 어른 마음에 드셔야 할 텐데 걱정이구나."

"이모님의 정성에 시중 어른께서 분명 크게 찬하실 것입니다."

"그래, 나도 그랬으면 싶구나. 사실 이 보에 새기고 싶은 것은 따로 있다만."

생각만으로도 기꺼운 일인지 강씨 부인의 입가에 꽤나 큰 미소가 지어졌다.

"그것은 아직 조금 더 기다려야겠구나."

이모와 조카가 있는 방은 서로 다른 상념의 무게로 잠시 무거운 침묵이 흘렀다. 잠시 후 침묵을 깬 강씨 부인이 혼잣말을 하듯 조용히 읊조렸다.

"생거진천 사거용인[2]이라고들 한다지."

입가의 미소를 잃지 않기 위해 시선을 돌리려던 백현은 조용히 내뱉는 그녀의 혼잣말에 잠시 흔들리려는 자신을 애써 붙잡았다.

"그 정도는 해드려야 네 맘이 편하다면 굳이 말리지는 않으마. 좋은 곳에 잘 모시거라."

---

2) 生居鎭川 死居龍仁: 살아서는 진천땅이 좋고, 죽어서는 용인땅이 좋다.

백현을 바라보지도 않은 채 감정 없이 내뱉는 그녀의 말이 계속되고 있었다.

"하나, 백현아."

줄곧 수틀을 향하고 있던 그녀의 시선이 이제야 자신의 외조카와 바로 마주했다.

"나나 시중 어른이야 피붙이인 네 어미를 봐서라도 모른 척할 것이나 오직 자신의 이익만을 위해 사는 불나방 같은 아랫사람들까지야 그럴 수 있겠느냐. 그들은 불안한 사람들이다. 확실치 않다는 것은 언제나 두려움을 가져오는 법. 네가 그들을 계속 불안하게 한다면 그들이 너를 그냥 두고 볼지 나는 그것이 걱정이구나."

"……."

"또한."

외조카를 바라보는 강씨의 눈에 비치는 기운이 차갑기 그지없었다.

"명심해야 할 것이다. 시중 어른은 몰라도 나는 그리 너그러운 사람이 아니더구나."

밖은 봄이나 이 시중의 안채에서 뿜어져 나오는 서늘한 기운에 때늦은 서리가 내려앉을 듯했다. 내내 침묵하던 백현이 작정한 듯 입을 뗐다.

"하여 방원 형님을 사주하신 겁니까. 스승님이 돌아가시기 전, 방원 형님과의 술자리를 주선하신 분이 이모님이라 들었습니다. 방원 형님의 성정에 스승님을 보고만 있지는 않을 거라 그리 여기신 거 아닙니까? 혹여 시중 어른이 직접 나서는 모양새를 보이고 싶지는 않으셨겠지요. 그 자리에 직접 피를 묻히고 올 수야 없으실 테니 말입니다."

진정 하고 싶은 말은 마음속으로 애써 삼키면서도 굳이 모른 척하지 않겠다는 그의 순수함이 강씨 부인은 참으로 맘에 들었다.

"훗, 호호호."

백현은 난데없이 웃음을 터트리는 이모를 허망하게 바라보았다. 부질없는 짓이었다. 이런 자들에게 도대체 뭘 기대하고.

무릎에 올린 손을 핏줄이 보이도록 꽉 쥐고 있으면서도 여전히 서늘한 눈을 한 외조카 앞에서 강씨 부인은 오랫동안 한참을 웃었다.

"방원이는 그 성정이 문제다. 뭐 그것이 내게는 다행한 일이다만."

"……."

"그 성정이 끝내는 그 아이의 앞길을 막고 말 테지. 그걸 다스리지 못한다면 그 아인 자신의 소망을 절대 이루지 못할 것이다."

강씨 부인은 백현이 정공법으로 나오자 굳이 자신도 감출 필요 없다고 생각한 듯 낯빛에 올렸던 거짓 미소를 지우고 자신의 민낯을 보였다.

"그저 술자리를 같이하며 마음속 얘기를 나눠보라 했다. 그러고는 슬쩍 우리 편이 되지 못한다면 방원이 네 앞길에도 걸림돌이 될 텐데 걱정이라고 했더니 그리 쉽게 나서더구나. 그 단순한 머리로 어찌 아직도 고꾸라지지 않고 살아남아서는, 쯧쯧."

"……."

"찬찬하신 시중 어른에게서 어찌 그런 아들이 나왔는지 모를 일이다."

꼭 쥔 백현의 두 손에 선 핏줄이 터질 듯 불거졌다.

"시중께선 사람을 너무 아끼셔서 그게 탈이다. 아무리 영특한 인재라도 내게 도움이 되지 않으면 적이 될 것이니 버리시라 그리 청해도, 그 됨됨이가 아까워 그리 못 하시겠다 버티시는 게 한두 번이 아니지."

"……."

"평생을 무관으로 살아오셔서 그런지 문신에 대한 과한 동경이 있으시다. 지나치게 믿고, 지나치게 아끼시지."

속내를 들켰다 느껴서인가 자신의 앞에서 거침없이 생각을 토해내는 강씨 부인의 민낯이 백현은 너무도 끔찍했다.

"하나……."

서늘한 강씨 부인의 눈빛이 백현의 시선을 피하지 않고 받았다.

"네 스승은 내가 아니더라도 결국 그리 죽었을 게다. 그 다리 위가 아녔더라도 네 스승은 그리 갔을 게야. 단지 난 방원이의 그 불같은 성정이 타오를 수 있게 가볍게 바람을 실어준 것뿐이지. 결국 작은 담벼락 정도로는 큰 폭풍을 막을 수는 없는 법 아니겠느냐."

백현은 이 아름다운 여인에게서 어찌 이런 비릿한 냄새가 날까 생각했다.

"이리 명석한 아이가 어찌……."

서툴게 자신을 도발한 백현을 향해 지어진 강씨의 비웃음은 끝날 줄을 몰랐다.

"제 부인이 딴 놈의 씨를 가진 것은 몰랐단 말이냐. 호호호."

결국 더 이상 자리에 앉아 있을 수가 없던 백현은 담담히 일어나 강씨 부인에게 예를 올리며 돌아섰다. 그런 그의 뒤로 싸늘한 경고가 날아들었다.

"내 피붙이의 정을 봐서 네가 돌아가신 스승을 모시는 일은 말리지 않으마. 하나……."

"……."

"명심하거라. 봐주는 것은 이번이 마지막이다. 효수당한 역모죄인의 시신을 거두는 것 또한 역모. 네가 하는 일이 저자로 새어 나가 입방아에 오르지 않도록 조심해야 할 것이다. 또한 내가 다시너를 부를 때는 내 옆에 있을 준비가 되어 있기를 바라겠다. 아니라면……."

스승의 시신을 수습할 때 이미 각오한 일이었다. 이제 자신은저 여인의 손바닥 위에 올라간 것이라고.

"네가 나의 옆을 지키지 못할 듯싶다면, 차라리 내 눈에 띄지 않는 것이 나을 것이다. 나는 시중 어른과 달리 내 사람이 아니면 아끼지 않는다. 비록 피를 나눴다 해도."

그러나 세상일이 그리 뜻한 대로 이루어지지는 않는 법이었다. 백현은 제게 경고를 건네는 이모를 돌아보지도 않은 채, 담담하게 댓돌 아래로 걸어 나갔다.

다음 날, 백현은 스승을 모신 수레를 앞세우고 천천히 말을 몰아 그 뒤를 따르고 있었다. 역모죄인의 묘를 쓰는 것이 제게 어떤화를 미칠지 모르지는 않았다. 그러나 백현은 차라리 화를 입는 쪽을 택했다. 전처에 대한 이모의 가시돋친 말은 백현을 아프게 하지는 못했으나 떠나간 스승을 더욱 그립게 했다. 생전에 스승은 처에게 관심을 두지 않는 백현을 안타깝게 여겼었다.

'백현아, 내자를 외롭게 하고 있더냐?'

'……'

'사람을 곁에 두고 아끼어라. 이 세상은 너 혼자 살아가는 곳이 아니다. 네 곁에 있는 사람을 외롭게 하지 말거라. 옆에 두고 곁을 내어주지 않는 것이야말로 사람에게 행하는 가장 큰 죄다.'

그리고 스승에게 훈계를 들은 그날 밤, 오랜만에 안채에 들린 백현의 앞에서 그의 부인은 홀로 남모르게 아이를 낳다 죽어갔다. 그의 아이가 아닌 다른 이의 아이를.

'스승님, 스승님이 틀리셨습니다. 누군가에게 곁을 준다는 건 참으로 부질없는 일이 아닙니까. 참으로, 참으로 부질없는 일입니다.'

또각거리는 말발굽 소리와, 덜컹거리는 수레 소리를 제외하고는 바람 소리만이 유일하게 백현을 따르고 있는 참으로 서글픈 날이었다.


따스한 바람이 만월각 정자에 누운 한 선비의 잠을 방해라도 하려는 듯 버드나무 이파리를 흩뿌려 놓았다.

"어젯밤엔 힘쓸 일도 없으셨다더니, 웬 오수입니까."

간단한 다과상을 차려온 연홍이 정자에 올라, 백현의 앞에 상을 내려놓으며 그의 잠을 깨웠다. 책을 얼굴에 덮고 잠깐 잠이 들었던 백현은 그 소리에 기지개를 켰다.

"음…… 너희들이 내 방에 들지 않으려 하니 내가 독수공방을 한 것이 아니냐."

상에 오른 약과를 한입 베어 물고는 우물거리며 다시 보던 책을 뒤적거리는 백현을 연홍이 안쓰럽게 바라봤다.

"기녀도 여인입니다."

"당연한 일 아니냐. 하면 내가 사내를 들였으려고."

"그런데 어찌 여인을 그리 그저 두고만 보십니까."

백현이 약과를 입에 물고는, 연홍을 바라보며 피식 웃었다.

"고것들이 네게 와 고자질하더냐."

"여인의 몸은 정성을 들이기 나름입니다. 다 아시는 분이 어찌 그리시는지. 아주 원망들이 차고 넘칩니다."

"하하하."

"지금 웃음이 나오십니까? 도대체 함께 기쁨을 나누실 것도 아니면서 왜 매일 밤 거르지 않고 바꿔가며 여인을 들이시는지, 저는 그 연유를 모르겠습니다."

"그래서? 내 방에 들지 않겠다고 그리 모의라도 하였다더냐."

"뭐 모의라고 할 것도 없습니다. 나으리를 연모하는 아이들이 한둘이 아니니 저들도 한껏 기대를 하고 들었는데, 나으리는 그저 별말 없이 있다 나가라 하시니 누가 다시 나으리와 밤을 보내고 싶겠습니까."

"하하하."

백현은 관심 없이 넘기던 책을 덮고는 참으로 유쾌하다는 듯 박장대소를 했다.

"내가 이래서 이 만월각을 떠날 수가 없다. 연홍이 네가 아니면 누가 나를 이리 웃겨 주겠느냐? 하하하."

"그저 나으리 유쾌하시라 드리는 말씀이 아닙니다. 아시지 않습니까?"

눈가에 맺힌 물기를 닦으며 백현이 자리를 바로잡고 앉자, 연홍이 우려낸 차를 찻잔에 따라 그의 앞으로 밀었다.

"술이나 가져올 것이지."

"어찌 이리 맘을 잡지 못하십니까."

걱정스레 묻던 연홍은 망설이다 한마디를 거들었다.

"아씨께서 걱정이 많으십니다."

백현이 연홍을 바라보며 나무라듯 물었다.

"촌구석에 박혀 있는 사람이 어찌 소식을 알고. 네가 알렸더냐? 쓸데없는 짓을."

"포은 선생께서 그리 가시고 나으리 안부를 가끔씩 물어오십니다. 걱정이 되시는 게지요."

"내 걱정은 말고 괜한 짓하여 꼬리 잡히는 일이나 없도록 하라고 일러라. 네 오라비는 어찌하여 그리 조심성이 없다더냐."

백현이 얼굴에 노기를 비치며 탁 내려놓은 찻잔이 깨지며 그 파편이 제법 멀리 날아갔다.

탁.

"아야!"

잔디밭에 자리를 깔고 앉아 글을 쓰고 있던 소년은 자신의 뒤통수를 때린 것이 무엇인지 찾기 위해 고개를 들고 주변을 살폈다. 이내 찻잔 조각을 발견하자 이번엔 그 출처를 찾기 시작했다. 곧 깨진 찻잔 조각을 들고 정자 위에 앉아 있던 백현과 눈이 마주치자 소년은 뒤통수를 붙잡고 일어서 그에게 다가왔다.

"이보시오, 당신이 그런 것이오? 아니 백주 대낮에 이 무슨 행패란 말이오."

뒤통수를 만지며 저를 노려보는 똘망똘망한 눈빛을 잠시 보던 백현은 노기가 가라앉지 않은 얼굴로 일어나 정자에서 내려서더니 성큼성큼 걸어가 버렸다.

"나, 나으리."

연홍이 그를 급히 불러봤지만, 백현은 뒤도 돌아보지 않고 걸어갔다. 어이가 없는 소년은 그를 쫓아가 도포 자락을 붙잡았다.

"아니 이보시오, 어찌 사과 한마디 없이 이리 내빼는……."

부당함을 따지고자 했던 소년의 말은 뒤돌아보는 백현의 싸늘한 얼굴에 쏙 들어갔다. 자신이 내뿜는 범상치 않은 분위기 때문인지 소년이 슬며시 도포 자락을 놓고 물러서자 백현은 잠시 제 발길을 붙잡았던 이의 얼굴을 응시하다 그대로 만월각 문을 나섰다.

"도, 도련님. 제가 대신 사죄를……."

급히 달려온 연홍은 소년에게 인사를 건네다 그 사내답지 않은 그 해사한 얼굴에 놀라 잠시 멈칫거렸다.

"되었소, 그대 잘못도 아닌 것을. 내가 재수 없었다 하고 말겠소. 쳇."

이미 떠난 백현이 들을 리도 없는데 누구보고 들으라는 건지 큰소리로 툴툴거리던 도령은 소매 자락을 펄럭이며 돌아섰다. 그 모습을 갸웃거리며 보던 연홍이 급히 백현이 나간 곳을 다시 돌아보았으나 이미 그의 모습은 사라지고 없었다. 연홍의 안타까운 시선이 그가 간 곳에서 한참 동안 거둬지지가 않았다.


"기방이라……."

강씨의 손에 들린 바늘귀에 걸린 금색 실이 분주히 팽팽하게 당겨진 수틀 위에 무늬가 되어 새겨지고 있었다.

"용인에서 돌아온 후 기방에만 처박혀 있다는 말입니까."

"네 형의 걱정이 이만저만이 아니다. 이러다 기생 며느리를 보게 생겼다며."

"호호, 형님도 참. 대가 끊기게 생겼다고 걱정할 때는 언제고."

"한번 불러보겠느냐."

"그냥 놔두십시오."

"곁에 두고 싶었던 것이 아니더냐."

강씨가 손에 들고 있던 실을 수틀에 꽂아 옆으로 밀어 놓고는 자신의 앞에 앉은 아비 강윤성의 빈 찻잔에 데워진 차를 다시 채웠다.

"그 아이가 제 곁에 올 때는 스스로 와야 할 것입니다. 그 정도 마음은 상해야 그 자존심 끄트머리라도 붙잡고 제 곁에 머무를 테지요."

"백현이 그 아이가 그리도 탐이 나느냐."

아비의 물음에 강씨 부인의 얼굴에 수많은 감정들이 스치고 지나갔다.

"아버님."

"말하거라."

"제가 시중 어른과 혼례를 올리라는 아버님의 권유에 어찌 답했는지 기억하십니까."

"대신…… 왕비가 되게 해 달라 했었지."

강씨 부인은 옛일이 떠오르는 듯 쓸쓸하고도 담담한 표정으로 찻잔을 입가에 대고 향기를 맡았다.

"그랬지요, 나이가 20년도 넘게 차이 나는 시중 어른에게 가라 하시는 아버님과 일찍 혼례를 올려버려 제게 책임을 지운 형을 원망하며 그리 말했지요."

"아직도 이 아비를 원망하느냐."

"저는 이제 진정 그리될 것인데 원망이라니요. 당치 않으십니다."

강씨 부인이 돌아보자 수틀 한가운데에는 금실로 화려하게 수놓인 용이 날아갈 듯 자리 잡고 있었다. 강윤성은 천하절색이라 불리던 둘째 딸이 자신에 대한 원망과 슬픔으로 범벅된 얼굴로 흐느끼며 울부짖던 그날이 떠올라 잠시 가슴이 먹먹해졌다.

'참으로 대단한 아이가 아니던가. 이 아이는 결국은 자신의 뜻을 이루게 되지 않았나.'

아비는 딸이 존경스러우면서도 두려운 마음이 들었다.

"그리고……."

화려한 용무늬를 손으로 쓰다듬던 강씨 부인의 눈빛이 더 단호해졌다.

"제가 낳은 아들로 그 대를 이어갈 것입니다."

강윤성은 그 말을 제대로 이해하지 못해 잠시 딸의 얼굴을 의아하게 바라봤다.

"하나, 이미 시중에게는 아들이 다섯이나……."

"훗, 아버님은 제가 왜 방원에게 포은과의 술자리를 권했다 생각하십니까."

"포은이야 시중에게 가장 큰 걸림돌이 아니었느냐. 꼭 넘어야 될 산이긴 하나 그의 죽음에 동정 여론이 큰 것도 사실이다. 아무리 역모로 몰았다 해도 방원이뿐만 아니라 시중도 그로 인해 인심을 잃고 있지 않느냐."

"그러니 포은은 방원이 손에 죽었어야 하는 겁니다."

"그게 무슨."

"시중 어른은 절대 포은을 해하지 못했을 겁니다. 마음으로야 바라셨을지 몰라도 그런 내색은 하지 않으셨겠지요. 만약 방원이가 하지 않았다면 삼봉이 나섰을지도 모릅니다."

"삼봉이 도모했다 한들 지금과 다를 것이 무엇이란 말이냐."

아비의 말에 답하는 강씨 부인의 얼굴에 이 시중도 꼼짝 못 한다는 참으로 아름다운 미소가 퍼졌다.

"전에 시중께서 자신이 살면서 가장 기꺼웠던 순간 중의 하나가 방원이가 과거에 급제했을 때라고 하신 적이 있지요. 무관의 집안에 드디어 학문으로 뜻을 이룬 아이가 나와 조상께 면이 섰다며, 시중 어른이 보이시던 기쁨의 낯빛을 잊을 수가 없습니다. 진정 행복해하시던 그 모습을."

"……."

"방우는 유약하고, 방과는 뜻이 없으며, 방의는 자신의 위치를 알지만, 방간이는 어리석지요. 시중 어른은 분명 자신의 후계를 방원이로 세우려 하셨을 겁니다."

"한데 어찌."

"그러나……."

강씨 부인의 얼굴에 좀처럼 비치지 않던 냉기가 흘렀다.

"방원이가 아비의 그런 마음을 안다는 사실, 그것을 시중 어른도 눈치채고 있다는 것. 한데 그 마음을 그 아이가 가끔씩 잊는다는 것, 그것이 제가 본 희망입니다."

"그것이 무슨 소리냐."

"진정 제 아비를 위하고 싶었다면 방원이는 그 일을 시중 어른 몰래 도모했어야 합니다. 아비는 충신 포은을 지키고 싶어 하셨으나 자신이 그를 죽였다, 하여 아비에게로 갈 원망을 스스로 받아내고 견뎠어야 했지요. 그랬다면, 만약 그랬다면 저와 제 아들들에게는 희망이 없었겠지요."

"하면."

그녀의 차가웠던 얼굴이 이내 참을 수 없는 만족감으로 환하게 다시 펴졌다.

"하나, 방원이 그 아이는 그 진흙탕 속으로 아비의 손을 끌고 들어가지 않았습니까? 호호호. 결국 시중 어른 손으로 포은의 목을 저잣거리에 걸게 했지요."

이제 강씨 부인은 눈가에 물기까지 묻혀가며 웃음을 흘렸다.

그렇다면 이런 일을 예상하고 방원이를 부추겼단 말인가. 강윤성이 믿을 수 없다는 눈으로 저를 보자 웃음을 거둔 그녀가 제 아비에게 미소를 지어 보였다.

"이제 시중께서는 더 이상 방원이를 말하며 웃지 않으십니다. 방원이에게는 아비 옆에서 편들어줄 어미도 없지요."

"나는, 아비는 짐작도 못 했다. 네가 그런 마음으로 일을 도모했을 거라고는."

"한데, 이런 제 마음을 백현이 그 아이가 바로 알더이다."

"백현이가?"

"예, 제 외조카 우리 백현이가요. 정말 영특하지 않습니까."

강씨 부인은 정말 기특하다는 듯 뿌듯해했다.

"시중 어른께서 강건하시니 10년은 버텨주실 겁니다. 그러면 방번이는 물론 방석이도 스스로 보위를 지킬 수 있는 나이가 됩니다. 삼봉이 대대손손 이어갈 수 있는 나라의 기틀을 잡을 것이나 신하는 그저 신하일 뿐. 왕권을 강화하자면 제 옆에서 저를 도와줄 믿을 만한 피붙이가 있어야 합니다."

"하여 그토록 백현이를 옆에 두고자 하는 것이었더냐."

"영특하고 진중하니 어릴 적부터 제가 맘에 둔 아이입니다. 저와 제 아들 옆에 두고, 이 나라와 제 가문을 위해 쓸 것입니다."

"하나, 걱정이구나, 그 아이가 네 뜻을 따라줄지."

강씨의 입가에 또다시 싸늘한 미소가 지어졌다.

"오지 않는다면, 오게 해야겠지요. 스스로 제 앞에, 아버님이 계시는 그 자리에 그 아이가 앉게 해야지요."

딸의 집을 나서던 강윤성은 뒤를 돌아 한참을 안채 쪽을 바라보더니 조용히 흙바닥에 무릎을 꿇고 절을 올렸다. 이유를 알길 없는 가노들이 당황하여, 윤성을 일으키려 했으나 그는 그 자리에 고개를 숙이고는 한참을 일어나지 못했다. 강씨 부인은 금실로 수놓은 용의 발톱 부분을 손가락으로 만지며 만족한 듯 얼굴에 웃음을 지었다.


빠르게 달리던 말을 멈추고, 가쁜 숨을 쉬던 백현은 이내 말에서 내려 강가에 아무렇게나 털썩 주저앉았다.

'어찌 이리 맘을 잡지 못하십니까.'

'아씨께서 걱정이 많으십니다.'

연홍이 주저하며 꺼낸 말은 백현의 마음을 심란하게 만들지는 못했으나, 그다지 떠올리고 싶지 않은 기억을 꺼내게 만들었다.

'맘에 둔 이가 있습니다.'

초야에 신방에 든 여인에게서 처음 들은 말은 어이없게도 다른 사내를 사모한다는 고백이었다. 처음부터 원했던 혼인도 아니었다. 부친의 강요로 인해 조건을 달고 했던 혼인, 다른 사내를 연모하는 여인을 안고 싶은 마음도 없었다. 하여 백현은 미련 없이 처를 멀리했다.

그리고 결국 인연을 놓지 못해 힘겨워하는 그 여인을 아이와 함께 세상을 떠난 것으로 꾸민 후 원하는 곳으로 보내주었다. 이 일은 자신과 그 여인, 그 여인이 연모한다던 사내와 그 사내의 동생 연홍만이 아는 사실이었다.

백현은 그 일로 인해 지금까지 동정과 비웃음을 함께 들어야 했으나, 또한 그로 인해 자유도 얻었으니 좋은 일은 아니나 나쁜 일도 아니다 여기며 살아왔다. 그저 그 일이 지금처럼 아무도 모르게 그렇게 잊히길, 하여 자신이 이렇게 떠올릴 일도 없어지길 바랄 뿐이었다.

백현은 제발 자신의 이름이 세상에 또다시 불리는 일이 없었으면 좋겠다 생각하며 강가 한편에 서 있는 나무 기둥에 기대 눈을 감았다. 스승님을 수습하고, 장지를 마련하여 모시기까지 남의 눈을 피한다고 할 만큼 했으나 저들이 몰랐을 리는 없다. 최소한의 도리로 자신을 놔둔 것인지 후에 자신을 옭아매려 그런 것인지는 모르겠으나 상관없다 여겼다.

고단한 나날들이었다. 백현은 노을이 강가에 젖어 드는 긴 시간 동안 조용히 나무에 등을 기대고 앉아 있었다.


"이보시오. 어이, 이보시오."

나무에 기대어 깜박 잠이 든 그를 누가 발로 툭툭 차며 깨웠다. 천천히 고개를 돌린 그의 눈에 똘망똘망한 눈망울이 들어왔다.

"당신 그 만월각 찻잔 맞지? 하, 원수는 외나무다리에서 만난다 더니."

"……"

"사람이 죄짓고는 못 산다고, 당신도 오늘 이렇게 나를 다시 만나게 될 줄은 몰랐…… 어, 뭐요! 놓으시오! 켁, 이거 좀 놓으, 읍."

백현은 의지대로 눈꺼풀이 떠지질 않자 이내 포기하고 앞에서 종알종알거리는 시끄러운 아이의 목을 끌어안아 자신의 가슴으로 입을 막아버렸다.

"시끄럽구나, 종알종알."

그러고는 이내 다시 잠 속으로 빠져들었다.

"아이고, 이거 좀 놓고……."

백현의 품에서 빠져나오려 용을 쓰던 아이는 결국 그의 팔을 치우는 것을 포기했다. 잠이 든 사내의 힘이 뭐 이리 센 것인지 꽤나 버둥거렸음에도 그는 꼼짝도 하지 않았다.

빠르게 뛰던 아이의 심장이 어느새 평온하게 잠든 그와 속도를 맞추고 있었다. 처음 보는 사내에게 이렇게 안겨 있는 것이 불편할 만도 한데, 같은 속도로 뛰고 있는 심장 소리가 주는 안정감 때문이었을까. 아니면 따뜻한 품 때문이었을까. 어쩐지 마음이 편해지자 스르르 아이의 눈이 감겨왔다.

시간이 얼마나 지난 걸까. 백현은 추위와 다리 저림, 두 가지 고통을 느끼며 잠에서 깨어났다. 갑작스레 눈에 들어온 어둠에 아무

것도 보이지 않던 시간이 잠시 지나자 강가에 깃든 달빛이 바람에 흔들리는 버드나무 잎을 비추는 것이 보였다. 그리고 자신의 발을 베고 누워 자고 있는 웬 낯선 녀석도 보였다.

"뭐야, 이건."

그의 다리를 베개 삼아 자던 녀석은 백현이 다리를 빼려 하자 움찔했다. 추위를 타는지 녀석이 그의 도포 자락을 끌어안더니 백현의 사타구니 쪽으로 몸을 돌려 얼굴을 묻었다.

갑자기 자신에게 달려드는 아이의 적극적인 몸짓에 당황한 백현이 얼른 발을 뺐다.

"아, 아야."

그러자 머리가 툭 하고 떨어지며 바닥에 머리를 부딪친 녀석이 고통스러워하면서 눈을 떴다.

"여기가 어디……. 헉. 뭐야, 나 지금 여기서 잔 거야?"

잠에서 깨자마자 과하게 놀란다 싶더니 주변을 둘러보고, 다시 자신을 보는 그 아이의 어수선한 몸짓에 백현은 어이가 없었다. 자리에서 일어나 옷을 탈탈 털고 나무에 묶어 놓은 말을 풀어 타려는 그에게 정신 사나운 녀석이 다가와 제법 화가 난 듯 다시 떠들어 댔다.

"이보시오, 몇 시진 전에는 내 뒤통수에 찻잔을 던지더니, 또 방금 전에는 사람을 숨도 못 쉬게 입을 막다니 도대체 이런 무례가 어디 있단 말이오? 내가 숨이 막혀 죽기라도 했으면 어쩔 뻔했소."

아이의 항의에도 백현은 아무 반응 없이 말에 올라 말고삐를 잡아당겼다.

히힝 울며 말이 움직이자 좋알거리던 녀석이 말을 피해 슬슬 뒷걸음을 쳤다. 그 순간, 나무 그늘을 지나 달빛 아래로 나온 작은 녀석의 모습에 백현이 눈살을 찌푸렸다.

'무슨 사내 녀석 자태가 저리……'

미색 도포가 걸쳐진 어깨선도, 밖으로 드러난 손목도, 심지어 목선까지도 가늘었다. 마치 남자아이가 어른 옷을 입은 것처럼 옷태가 여리여리한 데다, 달빛뿐인 밤인데도 그 낯빛이 뽀얗고 턱선이 매끄러운 것이 사내라기엔 고와도 너무 고왔다. 달빛 아래 선 녀석의 모습이 사내답지 않다는 생각에 찬찬히 살펴보던 백현은 자신의 하는 짓이 어이가 없어 피식 웃음을 흘렸다.

"죽지 않고 살아 한숨 잘 잤으니 그거면 된 거 아니냐? 오늘 하루 쌓은 너와 나의 인연이 꽤 깊구나. 다음에 기방에서 만나게 되면 내 탁주 한잔 사주마. 늦었다. 얼른 집으로 돌아가거라."

백현이 그대로 말 머리를 돌려 가버리자 남겨진 아이는 사과 한마디 없이 가버리는 그의 뒷모습을 멍하니 바라볼 뿐이었다.

"아니, 무슨 저런 자가. 내 살다 살다 저런 철면피한 인간은 또 처음일세."

툴툴거리며 나무 밑에 떨어진 보따리를 찾아든 아이는 주변에 어둠이 느껴지자 허겁지겁 백현이 떠난 반대 방향으로 뛰기 시작했다.

"으, 난 오늘 유모한테 죽었다. 그냥 지나치고 말 것을, 내 어쩌다 저런 예도 없는 불한당 같은 이를 만나 이 고생인지. 정말 오늘은 재수가 없구나, 없어."

아이는 서둘러 길을 가다 갑자기 뒤를 휙 돌아 백현이 말을 타고 간 방향을 바라봤다.

"아니, 사지 멀쩡한 양반이 왜 거기서 잠을 자고 있냐고? 혹여 찬 기운에 입이라도 돌아갈까 걱정되어 기척을 해줬더니 사람을 끌, 끌어안고."

영문도 모르고 사내의 품에 안겨 잠이 들었다 생각하니 순간 얼굴이 달아올랐다. 양손으로 붉어진 얼굴을 감싸 안고 다시 몸을 돌려 가려는 아이의 뒤로 따그닥거리는 말발굽 소리가 들려왔다.

"꺄악!"

서둘러 뛰어가던 아이 앞으로 갑자기 말이 다가왔다. 놀란 아이는 물러나다 손에 들고 있던 보따리를 또 떨어트렸다. 화가 난 아이가 도대체 누군가 하여 말 위를 올려다보니 방금 전 그 무례한 인간이 자신을 내려다보고 있는 게 아닌가.

"아니, 또 그쪽이오? 도대체 이번엔 왜 내 앞길을 막고 서서."

"집이 어디냐."

"예?"

"데려다줄 것이니 말해. 어디야."

"낮에 내 뒤통수를 맞힌 일이 미안해 이러는 모양인데 그만 되었소. 어차피 집도 이 근처고 내 오늘 하루 그저 운수가 좀 사나웠다 생각할 터이니 댁도 그만 갈 길 가시오."

아이가 땅에 떨어진 보따리를 주워들어 먼지를 털며 스스로 제법 남자답게 거만한 투로 거절의 말을 했다며 뿌듯해하는 순간, 백현이 말에서 내리더니 아이의 허벅지를 모아 안아서 말 위로 훌쩍 던졌다.

"으악! 이, 이게 뭐, 뭐 하는 짓이오?"

백현은 다시 말 위로 올라가 버둥거리는 아이의 어깨 사이로 손을 넣어 번쩍 들더니 말안장에 제대로 앉혔다. 말고삐를 다시 잡고 출발하려던 백현은 앞쪽으로 삐질삐질 몸을 밀며 나가는 아이를 보고 냅다 소리를 질렀다.

"낙상하여 머리 깨지고 싶은 게 아니라면, 꼼지락거리지 말고 가만히 있거라."

아이는 그제야 움찔하고는 두 손으로는 말안장을 부여잡은 채 그 자리에 가만히 멈췄다. 그 모습을 본 백현이 피식 옅은 미소를 지으며 아이의 어깨를 자신의 가슴 앞으로 끌어당겨 안고는 고삐를 잡고 말을 출발시켰다.

"이랴!"

"헉!"

"방향?"

"아, 이, 이쪽."

"정확하게 말하거라. 이 밤에 이쪽이라 하면 내 어찌 아느냐."

"아, 저, 저기 주막 옆길."

자신의 어깨가 가슴에 닿을 때마다 움찔거리며 의식하는 녀석이 우스워 백현은 괜히 아이를 더 꽉 당겨 안았다.

"생각보다 시각이 너무 늦었더구나. 낮에 네 뒤통수를 때린 일을 이리 갚는다 여기거라."

자신의 머리 위로 들려오는 사내의 무심한 목소리가 이유 없이 조금은 믿음이 가 아이는 잔뜩 웅크렸던 몸을 살짝 폈다. 그 몸짓에 담긴 뜻이 느껴져 백현은 다시 피식 웃음이 났다. 어려서 그런가, 어찌 이리 쉽게 골을 내고 또 쉽게 믿는 건지.

조금 전 말을 달리던 백현은 주변의 어둠에 속도를 줄이다 문득 자신이 생각했던 것보다 시각이 늦었음을 깨달았다. 동시에 달빛 아래 해사하던 아이의 자태가 떠올라 순간 저도 모르게 말을 멈췄다.

'자태가 남다른 녀석이던데, 홀로 다니기엔 너무 늦은 시각이 아닌가.'

왜인지는 알 수 없으나, 그 녀석을 집으로 데려다주어야겠다는 생각이 들어 굳이 말을 돌려 온 것이었다. 백현 스스로도 자신의 행동이 이해가 되지 않는다 생각하는 중이었다.

"여, 여기요. 여기 다 왔소."

정말 집이 근처였는지 얼마 지나지 않아 말을 멈추게 한 아이는 급히 뛰어내리려다 몸이 앞으로 훅 쏠렸다. 엉겁결에 백현이 앞으로 고꾸라질 뻔한 녀석의 허리를 잡아챘다.

"흐억!"

"뭐 하는 게야, 조심성 없이. 한데 너 사내자식 허리가 왜 이리 맥없이 가늘……."

백현의 손을 매정하게 쳐낸 녀석이 안장을 잡고 급히 바닥으로 뛰어내리다 중심을 잃고 철퍼덕하고 바닥에 처박혔다.

"윽. 고, 고맙소. 조, 조심히 가시오."

중심도 잡지 못하고 바닥에 떨어졌으니 아플 만도 한데 아이는 백현과 눈도 마주치지 않은 채 고개를 숙여 인사를 하고는 부리나케 어둠 속으로 뛰어 들어갔다. 그 정신 사나운 모습에 백현은 혀를 내둘렀다.

"나 원 참."

쾅쾅. 쾅쾅. 아이가 요란하게 집 대문을 두드리는 소리가 들렸다.

"여봐라, 천 서방! 유모!"

대문이 끼익 소리를 내며 열리더니 아이만큼이나 수선스러운 가노의 목소리가 백현의 귀에 꽂혔다.

"아이고 아가씨, 도대체 어디 갔다 이제야 오시는 겝니까? 몰골은 또 왜 이 모양을 하시고. 아이고, 영월댁이 아가씨 찾아오라고 난리도 그런 난리가……."

"천 서방, 얼른 문 닫아 얼른."

행여 백현이 돌아볼까 얼른 집으로 뛰어 들어가는 아이의 뒤로 다시 끼익, 하며 문이 닫히는 소리가 들렸다.

어둠 속에서 저 멀리, 하지만 선명하게 들려오는 소리에 발길을 돌리려던 백현은 말을 멈췄다.

"아가씨?"

전혀 예상치 못했던 말에 백현은 자신이 맞게 들은 것인지 의심하며 한참 동안 자리를 뜨지 못했다.

"하, 아가씨라고?"

그 녀석의 허리를 잡았던 자신의 손을 멍하니 내려다보는 백현의 입에서 헛웃음이 튀어나왔다.

그 밤, 다시 만월각을 찾은 백현은 귀신에 홀린 듯한 표정을 하고 있었다.

"소인이 괘씸해 다시는 만월각에 걸음 안 하시려나 했는데, 이리 빨리 돌아오시다니 깜짝 놀랐습니다."

"연홍아."

연홍은 자신이 따른 술잔을 한참 바라보고만 있는 백현을 의아하게 바라봤다.

"네, 나으리."

자신을 불러놓고도 백현이 한참 동안 별말이 없자 연홍은 이 양반이 오늘 왜 이러나 싶어 다시 답을 올렸다.

"말씀하시지요."

"오늘 낮에 그 아이, 아는 아이더냐."

"그 아이라 하심은……."

"깨진 찻잔에 뒤통수를 맞았다며 내게 사과하라 소리치던 그 아이 말이다."

늦은 밤 갑자기 기방에 찾아온 백현은 주안상을 앞에 두고도 내내 골똘히 생각에 잠겨 있었다. 그런 그가 뜬금없이 묻는 아이가 누구더라 생각하던 연홍은 이내 고운 얼굴의 도령을 떠올렸다.

"아, 그 해사하게 생긴 도령 말씀이지요?"

"해사하다. 네 눈에도 그리 보였더냐."

"예, 어찌나 똘망똘망하게 생기셨는지 좀 더 장성하시면 여인네들 애간장 좀 태우시겠더이다."

"글쎄, 그 애간장을 여인이 태울지 사내가 태울지."

"예에?"

오늘 따라 어찌 이리 속 모를 소리만 하시는지. 연홍은 이 복잡한 사내의 마음을 짐작할 수가 없어 그저 다음 말을 기다릴 뿐이었다.

"기방에 자주 드나드는 아이더냐."

"아닙니다, 저도 면발치서 몇 번 봤을 뿐입니다. 소인도 직접 말을 나눈 것이 오늘이 처음이라 궁금하기도 하여 아이들에게 물어보았더니 아비가 역관이라 하더이다."

"역관?"

"예, 본인도 사역원에 들어가려 준비 중이라고 했다 들은 듯합니다."

"역관 집 아이가 기방에는 왜 드나든단 말이냐? 나이도 어린 것이 벌써 여색을 밝힌다더냐."

"나으리도 참. 제가 듣기로는 기방 아이 중 하나가 그분을 통해 가족과 연락이 닿은 적이 있는데, 그 일 이후로 다른 이들에게도 도움을 주고 계신다 하더이다."

"가족? 연락?"

행색만 괴이한 줄 알았더니 하는 짓도 알 수 없는 아이가 아닌가. 백현은 도무지 짐작이 가지 않는 아이의 정체가 점점 궁금해졌다.

"이 기방뿐이겠습니까마는 저자에는 아직도 원으로 끌려간 가족과 만나지 못한 아이들이 많이 있지요. 서신이라도 주고받자면 사신단 행렬을 따르는 상단 편에 전해야 하는데 그것이 저희 같은 천것들에게 어디 쉬운 일이겠습니까. 기방 아이 하나가 우연히 그 도령과 연이 되어 서신을 부탁했는데 다행히 가족과 연락이 닿은 모양입니다. 그 이후로 가끔씩 와서 청하는 이들의 서신을 모아 전하는 일을 도와준다 합니다. 글을 모르는 아이를 대신해 서찰을 써주기도 한다니 얼굴뿐만 아니라 마음씨도 참으로 고운 분이 아닙니까."

"……곱더구나."

"예?"

백현은 달빛 아래 서 있던 그 아이를 보며 차마 입 밖으로 내지 못했던 말을 연홍 앞에서 꺼내 놓고는 조용히 술잔을 들이켰다. 아무래도 오늘은 도깨비에게 홀린 게 맞는 듯했다.

"아가씨!"

"히익, 유, 유모, 헤헤."

다음 날, 소운은 한 손에는 신발 두 짝, 다른 한 손에는 책 보따리를 들고 조용히 고양이 걸음으로 숨죽여 방을 나섰다. 그러나 등 뒤로 싸늘한 목소리가 들려오자 자신을 부른 이를 향해 돌아서서 그저 헤헤 웃어 보였다.

"유, 유모. 그건, 그건 안 되네."

소운의 미소 띤 얼굴 따위 가볍게 무시한 영월댁이 그녀의 손에서 책 보따리를 휙 빼앗아 들고 성큼성큼 방 안으로 들어갔다. 소운은 유모의 손에서 보따리를 돌려받기 위해 버둥거렸지만 의미 없는 몸짓일 뿐이었다. 앞서가던 영월댁이 방 앞에서 몸을 휙 돌리더니 그녀에게 들어가라고 고갯짓을 하자 소운은 풀이 죽은 채 모든 것을 포기하고 방 안으로 터덜터덜 들어갔다.

"어제 제가 아가씨 때문에 얼마나 놀랐는지 아십니까? 그 꼴로 몰래 빠져나가신 것만 해도 놀라 자빠질 일인데 해가 다 지도록 집에도 안 들어오시고, 그놈의 만월인지 뭔지 하는 기생집에서는 해가 중천에 떠 있을 때 나가셨다는 분이 도대체 어디서 뭘 하다 해가 다 넘어가서야……."

"유모, 그만. 알았네, 알았어. 내 다시는 무슨 일이 있어도 그러지 않을 것이네. 약조하겠네."

"제가 어르신 말씀대로 아가씨를 기둥에 묶어놔야 했는데."

"유모, 다 큰 처자에게 무슨 그런 무지막지한 소리를."

"말씀 한번 잘하셨습니다. 혼기가 꽉 찬 다 큰 처자가 이러고 망아지처럼 돌아다는 게 말이 됩니까? 어르신이 아가씨가 또 그 모양새를 하고 밖을 나가려고 하거든 무조건 기둥에 묶어놓으라고 하셨단 말입니다. 이제 어르신 돌아오실 날이 닷새도 안 남았는데 제발 좀 조용히 음전하게 집에서 수나 놓고 계시면 안 됩니까?"

소운은 자신에게 자유의 시간이 닷새도 안 남았다는 소리에 마음이 더 다급해졌다.

"유모, 나 정말 오늘 하루만. 응? 딱 오늘 하루만 눈감아주게. 아버지가 돌아오시면 바로 다음 번 상단이 출발할 텐데 그때 전해줄 서찰들은 받아와야 하지 않겠는가."

"도대체 그놈의 서찰 대신 써주는 일은 언제까지 하실 요량인 겁니까? 어르신도 그만하라 하시지 않으셨습니까."

"유모도 생각 좀 해보게. 가족 친지들의 생사도 모르다 겨우겨우 연락이 닿은 이들이 글을 몰라 자신들의 안부도 전하지 못한다니 이 얼마나 가슴 아픈 일인가. 딸이 어미를 생각하여 잘 지내시라 한 자 적고 싶어도 글을 몰라…… 흑."

소운은 유모 앞에서 백발백중인 이 방법이 먹히길 바라며 눈을 벌겋게 만들려 고개를 돌리고는 후다닥 눈을 비벼댔다.

"아가씨도 참."

성공이다. 한숨을 푹 쉬던 유모는 어쩔 수 없다는 듯이 보따리를 소운에게 건넸다.

"유모, 고맙네. 내 얼른 다녀……."

"대신."

유모는 손에서 보따리를 내려놓지 않은 채 그녀를 바라보며 이것만은 포기할 수 없다는 듯 단호한 표정을 지었다.

"대신?"

"그 보기에도 민망한 남정네 옷차림은 안 됩니다."

"유모, 아무리 내가 반가의 여식이 아니라 하나 어찌 여인의 복색으로 기방을 드나들 수가 있는가."

"서찰은 아랫것들 시켜 전달하시고 아가씨는 밖에 계시면 될 일입니다. 다 큰 처녀가 어찌 남정네들이 드나드는 기방에 들락거린다는 말입니까? 절대, 절대 그건 절대 더 이상 안 됩니다."

여느 때와 달리 단호한 유모의 모습에 소운은 오늘은 달리 방도가 없겠구나 싶어 얼른 고개를 끄덕였다.


유모의 닦달에 천 서방을 데리고 나온 소운은 그에게 만월각에 가서 서신을 받아오라 이른 후 서책방으로 향했다. 사실 오늘 만월각 일도 일이지만 서책방에 볼일이 더 컸다. 소운의 아버지는 유난히 소운이 책 읽는 것을 싫어하셨다. 특히나 역관이면서도 언어 책 읽는 것을 싫어했는데, 그럼에도 소운은 명나라 말이며 왜인 말을 꽤 할 줄 알았다.

아비가 왜 그러는지 이유를 짐작하기에 그 앞에서는 되도록 책을 손에 잡지 않았지만 소운은 책이 정말 좋았다. 새로 나온 서책에서 풍기는 종이 향도 좋고 먹 향도 좋고, 아무튼 그렇게 좋을 수가 없다. 아버지가 오시기 전에 서둘러 새로 나온 책들을 봐두어야지 하는 생각에 마음이 급했다.

소운은 오늘따라 한가로운 서책방에서 이것저것 원 없이 책을 들추어 보며 정신없이 종이 속 이야기들에 빠져들고 있었다.

"아이고, 나으리 오셨습니까."

"일전에 부탁한 물건은 준비되었는가?"

"네, 그러믄입쇼. 예서 잠시만 기다려주십시오. 금방 가져오겠습니다."

백현은 주인이 주문한 책을 가지고 나오기를 기다리며 서책방 안을 어슬렁거렸다. 오늘따라 따스한 햇살이 비치는 책방에서 나는 종이 냄새가 만족스러워 백현의 입가에 좀처럼 보기 힘든 잔잔한 미소가 지어졌다.

백현은 매번 오던 곳이나 오늘따라 유난히 책방이 넓다고 느끼며 안쪽으로 걸어 들어갔다. 책방 구석에는 한 여인이 책 속에 코를 박고 누가 오는지도 모른 채 책 읽기에 열중하고 있었다. 그 낯이 어디선가 본 듯해 백현은 예가 아닌 줄도 잊고 여인을 자세히 바라봤다.

백현은 한눈에 그 아이를 알아볼 수 있었다. 오늘은 여인의 복색임에도 단 한눈에.

'역시…… 곱군.'

백현은 자신에게 다가오려는 서책방 주인의 걸음을 멈춰 다시 돌아가라 손짓했다. 그러고는 한참을 책장 사이에 서 있었다. 꼼꼼하게 한 장 한 장 종이를 넘기며 책을 읽고 있는 여인을 바라보며 입가에 미소를 띤 채.


"아가씨, 소운 아가씨."

"어. 천 서방, 서찰은? 빠짐없이 잘 받아 온 게야?"

"아이고, 그러믄요. 예서 한번 살펴보시겠습니까?"

소운은 천 서방이 가져온 보따리를 풀어놓자 하나씩 하나씩 꼼꼼하게 그 이름을 살폈다.

"음, 어디 보자. 미리 언질을 주었던 이들은 다 보낸 모양이네. 그나저나 내가 없어서 글 모르는 이들 대필해줄 사람이 없었을 텐데 찾는 이는 없던가?"

다들 오지 않는 자신을 찾으며 섭섭해했다는 천 서방의 말에 소운의 표정이 우울해졌다.

"그나저나 어서 가시지요, 아가씨. 시간이 너무 지체되었습니다. 오늘은 절대 늦으면 안 된다 영월댁 그 할망구가 아주 신신당부를 하였습니다요. 오늘도 늦었다가는 아가씨를 어떻게 모신 거냐며 같이 나온 저를 아마 죽이려 들 겁니다."

"암튼 유모는 내 나이가 몇 살인데 아직도 앤 줄 알아, 정말."

어려 보이는 외모라 그렇지 사실 소운은 올해 열여덟이 되었다. 이미 시집을 가서 애를 낳아도 낳았을 나이나, 아버지 말이라면 다른 일은 꼼짝도 못 하는 소운이 혼례 문제만큼은 절대 양보하질 않았다. 아버지인 심은평은 과년한 딸을 치우지 못해 고민이 이만저만이 아니었다. 하나 아비의 온갖 설득에도 혼자 계신 아버지를 두고 갈 수 없다며 버티다 보니 어느덧 이 나이가 되어 버렸다.

서책방을 나선 이 과년한 처녀는 어떻게 하면 다시 만월각에 들어갈 수 있을까 고민에 빠졌다. 흘끔 뒤를 돌아본 그녀의 눈에 부탁받은 물건이라도 있는지 약방 앞에서 한눈을 팔고 있는 천 서방이 보였다.

'기, 기회다.'

천 서방의 동태를 살피느라 뒤를 보며 살금살금 걷던 소운은 갑자기 획 돌아서 뛰려다 그만 앞에서 걸어오는 사람을 미처 발견하지 못하고 쿵 하고 부딪혔다.

"아이고, 히익."

앞으로 부딪힌 충격에 뒤로 넘어지려는 소운의 허리를 누군가가 잡아 자신에게로 당겨 안았다. 머리 위로 내리쬐는 태양빛이 눈이 부셔 잠시 눈을 감았다 뜬 소운은 자신을 내려다보는 남자의 얼굴을 응시하다 그만 헉 하고 놀랐다.

"괜찮으십니까? 아, 가, 씨."

한 자 한 자 힘주어 자신을 아가씨라고 부르는 이 낯익은 남자는 만월각 찻잔, 그자였다. 바로 그자가 아무 표정 없는 얼굴로 그녀를 내려다보고 있었다.

"아가씨가 다칠까 저어되어 제가 무례를 범했습니다. 용서하시지요."

백현은 소운을 일으켜 세운 후 허리를 감았던 팔을 풀며 정중하게 사과했다.

"아, 아닙니다. 제가 주의하지 못했습니다. 그럼."

그와 눈이 마주칠까 걱정된 소운은 할 수 있는 한 고개를 푹 숙이고는 얼른 몸을 돌려 이 자리를 빠져나가려 했다.

"하온데."

"네? 무, 무슨."

갑자기 뒤에 있던 백현이 성큼성큼 다가와 그녀의 앞에 서더니 몸을 숙여 소운과 눈높이를 맞추고는 그녀를 빤히 쳐다봤다. 소운은 최대한 손으로 얼굴을 가리고는 다시 고개를 푹 숙였다.

"어, 어찌 이러십니까."

"음…… 어제는 똘망하니 밤톨 같은 도령이더니 오늘은 어찌하여 여인의 복색인 게냐? 도대체 너의 정체가 무엇이더냐? 사내인 것이냐, 계집인 것이냐."

정체를 들키자 당황한 소운은 더더욱 고개를 숙이고 여기를 빠져나가려 몸을 낮췄다. 이제 그녀의 머리는 거의 땅에 닿을 듯 숙여졌다.

"나, 나으리께서 사람을 잘못 보셨나 봅니다. 사지 육신 멀쩡한 대갓댁 양반이신 듯한데 대낮 저잣거리에서 아녀자께 이 무슨 결례란 말입니까? 어서 길을 비켜서시지요."

"아가씨, 아가씨!"

부탁받은 약재를 둘러보다 그녀를 잠시 놓친 천 서방이 저를 찾는 소리에 놀란 소운은 급히 백현의 도포 자락을 휙 펼치고는 그 뒤로 몸을 숨겼다.

"아가씨, 소운 아가씨! 아이고, 아가씨 또 어디로 사라지신 겁니까."

소운은 사내의 뒤로 몸을 더 숨기고는 고개를 삐쭉 내밀어 저자를 헤매고 다니는 천 서방의 동태를 주시했다.

"보아하니 아가씨가 저이가 찾는 그 소운 아가씨인가 봅니다."

"아, 네. 저기 예가 아닌 줄은 아나 제가 사정이 있어 그러니 몸을 잠시만 이쪽으로 좀."

소운이 백현의 팔을 왼쪽으로 밀며 천 서방이 자신을 보지 못하도록 가리려 하자 백현이 피식 웃으며 고개를 숙여 자신의 뒤로 몸을 숨긴 그녀와 시선을 맞췄다.

"아니, 혼기가 찬 과년한 처자가 대낮 저잣거리에서 이리 사내를 희롱해도 되는 겁니까."

소운은 자신의 얼굴 앞에서 장난스럽게 웃고 있는 백현의 얼굴이 너무 가깝다 느껴지자 뒷걸음질을 하다 다시 휘청거렸다. 백현이 그런 소운의 손목을 잡아챘다.

"어, 어찌 이러십니까? 놓아주십시오."

"이래서야 어디 제대로 몸을 피하겠느냐."

백현이 자신의 도포를 휙 펼쳐 소운을 덮어 완전히 가리고는 그대로 그녀의 어깨를 안고 빠른 걸음으로 한적한 길가 옆으로 들어섰다.

"저, 저기 어디를 가시는 겁니까?"

"저이를 피하는 중 아니었느냐? 들키고 싶지 않으면 목소리를 낮추거라."

말하는 투를 보아하니 보자마자 자신을 알아본 것이 틀림없다 생각한 소운은 순순히 그에게 잡힌 채 빠른 걸음으로 그를 따랐다. 하지만 사내의 걸음을 따라잡지 못해 금세 힘에 부치자 결국 그의 옷을 잡아당겨 멈춰 달라 사정했다.

"저, 저기 나으리. 잠시만요, 헥헥."

백현이 빠른 걸음으로 가던 길을 멈추고는 왜 그러냐는 눈빛으로 소운을 내려다봤다.

"그리…… 헉헉…… 그리 빠른 걸음을 제가 어찌 따라갈 수가 있습니까. 아이고."

현기증이 날 것 같아 소운은 길가에 있는 낯선 집의 담벼락을 잡고 가쁜 숨을 내쉬었다.

"이리 쉽게 지치는 걸 보니 너를 쫓는 저자가 네게 해가 되는 자는 아닌가 보구나."

"해, 해라니요? 말도 안 됩니다. 천 서방은 저희 집 청지기입니다. 절대, 절대 그런 사람이 아닙니다."

"하면, 왜 과년한 처자가 자신의 집 청지기를 피해 백주 대낮에 사내의 도포 속으로 뛰어들었단 말이냐."

"아, 그러니까 그건 그런 게 아니라 그저 천 서방 몰래 제가 어딜 좀 가려다 보니. 왜, 왜 그리 보십니까?"

자신을 빤히 쳐다보며 입을 조금씩 씰룩거리고 있는 백현을 소운이 의아하게 바라봤다.

"여인의 의복을 걸치고 있어도 따박따박 대꾸하는 말투는 어제 그 밤톨인 걸 보니 내가 짐작하는 자가 네가 맞기는 맞구나."

윽. 어차피 들킨 거 나도 모르겠다는 심정으로 소운이 툴툴거렸다.

"어찌 이리 바로 알아보신 건지는 모르겠지만, 뭐 이왕 이렇게 된 거 제 청 하나만 들어주십시오."

"넘어질 뻔한 것을 잡아주고, 피해 다니기에 도망까지 시켜줬더니 이젠 청을 들어 달라? 내 이리 배짱 좋은 아이는 보다 보다 처음이다. 하하, 어디 말이나 들어보자. 무엇이냐, 네가 나에게 할 그 청이란 것이."

"별건 아니옵고. 음…… 많이 크려나."

소운이 중얼거리면서 자신을 위아래로 훑으며 다가오자 백현은 진심 놀라 뒤로 한 발 물러섰다.

"왜, 왜 이러는 것이냐."

"저, 나으리."

소운이 얼굴 가득 소망을 담은 간절한 눈빛으로 자신을 바라보며 다가오자 백현은 꼴깍하고 침을 삼키고는 뒷걸음질을 치기 시작했다.

"초면에, 아니 초면은 아니지요. 어찌 되었든 이리 뵙게 된 것도 인연이라면 인연인데."

"인, 인연인데?"

"선비님께 드리기에는 예가 아닌 청인 줄 알지만."

"도, 도대체 무슨 청이기에."

계속 뒷걸음질을 하던 백현의 등이 담벼락에 닿아 더 이상 물러날 데가 없어지자 소운은 그의 코앞까지 다가서더니 도포 자락을 잡아끌었다.

"옷 좀 벗어보십시오."

때아닌 연홍의 웃음소리가 만월각의 한 방문을 넘고 있었다.

"그만 좀 웃어라."

"호호호 나으리, 용서하십시오. 쇤네 도저히 참을 수가 없습니다."

도포와 갓을 벗고 바지, 저고리 차림으로 보료[3]에 기댄 백현은 옆에서 즐거운 듯 웃고 있는 연홍 대신 방문 앞에서 어린아이의 편지를 대신 써주고 있는 소운에게서 시선을 떼지 못했다. 백현을 보며 웃던 연홍이 흘깃 소운을 돌아보았다. 연홍의 웃음소리가 민

---

3) 솜이나 짐승의 털로 속을 넣고, 천으로 겉을 싸서 선으로 두르고 곱게 꾸며, 앉는 자리에 늘 깔아두는 두툼하게 만든 요.

망했던지 소운도 연홍을 한번 쳐다보고는 발개진 얼굴로 다시 어린 기생에게 뭔가를 물어보며 글 쓰는 데 집중했다.

"아무리 그렇다고 선비 체면이 있지 어찌 이리 홀딱 벗어 주셨습니까? 호호."

"자네 말이 참으로 요망하다."

"나으리의 행색이 그렇지 않습니까? 여인의 행색으로 기방에 들어가기 민망하니 남자 옷을 빌려 달랬다고 홀라당 벗어 주시고는 바지, 저고리 차림이라니요. 아까 제가 나으리를 보고 얼마나 놀랐는지 아십니까? 기생집에 오시다 산 도적에게 변을 당하신 줄 알았습니다."

제 꼴이 그러한 건 사실이라 백현은 딱히 대꾸할 말이 없어 그저 입을 다물고 있었다.

"그나저나 참으로 대담하고 용기 있는 여인이 아닙니까? 아무리 반가의 여식이 아니라 행동거지가 자유롭다 해도 그저 여인의 몸인 것을. 기껏해야 기생집 아이 서신이나 써주자고 남정네 옷을 벗겨 입고 기방에 들어오다니요."

소운을 향하고 있던 백현의 시선은 이내 연홍에게 돌려졌다.

"어찌 그리 보십니까."

"여인? 저 조그만 아이가 어딜 봐서 여인이란 말이냐."

"너무하십니다, 나으리. 앳되긴 하시나 제가 보기엔 족히 열일곱은 되어 보이는데요."

'여인이라고? 저 세상 무서운 줄 모르는 망아지 같은 아이가?'

연홍의 말에 백현은 소운을 다시 찬찬히 살폈다. 그러고 보니 키가 그리 작은 것도 아니고 밤톨 같다 여겼으나 여인의 복색을 한 모습은 곱다 느낄 만도 했다.

'그래도 여인이라니, 연홍이 저 사람은 무슨 그런.'

자신에게 향하는 시선을 느꼈는지 고개를 돌리던 소운과 눈이 마주치자 이번엔 그가 먼저 눈을 피했다. 마치 몰래 훔쳐보다 들킨 것처럼 민망해진 백현은 손에 들고 만지작거리기만 하던 찻잔을 입으로 가져갔다. 그런 백현의 모습에 연홍의 입가가 슬쩍 올라갔다.

잠시 후 어린아이가 소운의 손을 잡고 연이어 고개를 숙여 감사의 말을 한 뒤 연홍과 백현에게도 인사를 올리고 자리를 떴다. 연홍은 찻물을 더 가져오겠다며 슬그머니 자리에서 일어났다. 커서 흘러내리는 도포 자락을 연신 추켜올리며 자신이 쓴 서찰을 다시 읽어 보고 있는 소운을 보던 백현은 괜스레 헛기침을 한 번 했다.

"흠흠, 가져와 보거라."

"예?"

"외간 사내 옷을 뺏어 입고서라도 기방에 들어와 써줘야 했던 글이 무엇인지 한번 보자는 얘기다."

소운이 망설이듯 종이를 제 쪽으로 움켜쥐자 자리에서 일어난 백현이 성큼성큼 소운에게 다가가 휙 서신을 뺏어 들고는 제자리로 돌아왔다.

"저, 저기. 나으리 그건 남의 것인데, 어찌."

쫄쫄 따라왔지만 차마 그가 앉은 보료까지는 오르지 못하고 망설이는 소운을 무시한 채, 자리에 앉은 백현은 천천히 서신을 읽어 내려갔다.

'글씨체가 여인의 것치고는 힘이 있군. 받는 자의 실력을 생각

한 것인가, 알기 쉬운 글에 간결한 문장이라. 아비가 역관이라더니 딸자식에게도 제대로 가르친 것인가.'

"좋구나."

"예? 진정이십니까?"

백현이 다 읽은 서신을 돌려주며 칭찬하자, 소운은 갑작스러운 그의 말에 눈이 동그래져 되물었다.

"그래, 보기보다 글씨체가 진중하구나. 지금까지 보아온 네 행실을 봐서는 의외다만."

소운은 칭찬 아닌 칭찬 같은 그의 말에 울컥하려다 그래도 좋은 글이라는 말이 기분이 나쁘지는 않은지 그 해사한 얼굴에 미소를 띠며 서신을 고이 접어 품에 넣었다.

"그런데 말입니다."

소운은 갑자기 정색하더니, 백현을 쏘아봤다.

"도대체 어제부터 처음 본 저에게 존대 한번 없이 말씀이 반 토막이십니까? 보아하니 저와 그리 연배 차이도 많이 나 보이지 않는데."

"그러는 너는 연배 차이도 얼마 나 보이지 않는 사내의 옷을 입고 기방에 드나들어야 할 정도로 그 서신이 중요하더냐? 아무리 반가의 여식이 아니라 들었다만 여인의 몸으로 할 짓은 아니지 않으냐."

"그거야 뭐……."

자신의 책망에도 당황하지 않고 되받아쳐 묻는 그의 말에 소운도 잠시 생각에 잠겼다.

"저도 제가 이렇듯 고삐 풀린 망아지처럼 다니는 게 옳지 않다는 건 압니다. 나으리 말씀대로 아무리 반가의 여식이 아니라도요."

소운은 그를 잠시 흘겨보며 반가의 여식이 아니라는 문장에 힘을 주었다.

"하지만 저들의 사정이 딱하고, 다행히 제가 도와줄 수 있으니 이리하는 것일 뿐입니다."

"사정이 딱한 자들이 저들뿐이라더냐. 온 강토에 흔하디흔한 것이 부모, 친지와 헤어진 이들이다. 네가 이리 아등바등하며 여인으로 해서는 안 될 단정치 못한 행동으로 그들 중 몇에게 도움을 준다고 뭐가 달라지겠느냐."

백현이 부러 퉁명스럽게 말하자 소운은 잠시 망설이다 돌아서서 고개를 푹 숙이고는 담담하게 대답했다.

"나으리 말씀이 이치에 틀린 것은 없습니다. 하나 저도 명 어딘가에 어릴 적 헤어진 어미가 있습니다. 비록 지금은 서신조차도 주고받지 못하는 처지이나, 나중에라도 어미를 만나게 될지 몰라 명의 말을 익히고 또 익혔습니다. 혹여라도 어미가 저를 그리는 마음에 서신을 보냈는데 제가 알아보지 못할까 저어되어 글도 익혔습니다. 혹시나 하는 마음으로도 이리하는데 가족의 생사를 알게 된 그들은 얼마나 그립겠습니까. 그립고 보고 싶고 그 마음이 십분지 일이라도 제 글로 전해진다면, 비록 여인의 몸가짐이 단정치 못하다 책망받는다 하여도 저는 정말 기쁠 것입니다."

눈가에 이슬까지 살짝 비쳐가면서도 웃으며 서신이 담겨 있는 자신의 품을 쓰다듬는 소운을 보며, 백현은 입 밖으로 낸 자신의 말이 부끄러웠다. 사내를 부끄럽게 하는 여인이라니.

어느새 제 앞의 아이가 꽤나 어른 같아 보이는 백현이었다.

똑똑.

"들거라."

드르륵 소리와 함께 문이 열렸다.

"무엇이냐?"

"나으리를 그 차림으로 저잣거리에 돌아다니시게 할 수도 없고, 우리 고운 아가씨께도 예가 아닌 듯하여 옷을 구해왔습니다."

"처자에게 사내 옷을 내주며 예를 따지느냐."

나으리 말씀이 이치에 그른 데가 없다며 연홍이 짐짓 물러나려는 척을 하자 소운이 얼른 괜찮다 그녀를 붙잡았다. 안 그래도 옷이 커서 불편하던 참이었는데 이리 마음을 써준 연홍이 고마웠다. 소운을 흘깃거리던 백현은 옷을 갈아입으라는 뜻인 듯 아무 말 없이 문을 열고 밖으로 나갔다. 그런 백현을 보며 연홍은 짐짓 웃음을 참으며 소운의 앞에 들고 온 옷을 내려놓았다.

"이리 오시지요, 제가 봐드리겠습니다."

"아닙니다. 옷이야 항상 제 스스로 입는 것을요."

"저희 기방 아이들을 위해 이리 애를 써주시는데 이 정도는 일도 아닙니다. 게다가."

연홍이 소운의 머리에 올려진 큰 갓을 벗겨내며 밖에 들리라는 듯 짐짓 크게 말했다.

"문 앞에 늑대 한 마리를 두고 걱정되어 제가 어찌 나가겠습니까? 호호."

연홍은 웃으며, 소운의 옷태를 보아주었다.

"이리 여인 같으신데 전에 뵈었을 때 제가 어찌 몰라뵈었을까

요. 전 아직 한참 멀었나 봅니다."

"당치 않습니다. 제발 조신하게 굴라고 유모에게 매번 얼마나 혼이 나는데요. 몰라보신 게 당연합니다."

"처음 뵈었을 때는 장성하시면 여인네들 여럿 울리시겠다 생각했었는데, 이리 뵈니 오히려 여러 사내들 맘을 흔들어놓으실 분이 아닙니까. 호호."

"무, 무슨 당치도 않습니다. 행수처럼 이리 고운 분이 어찌 저같이 선머슴 같은 아이에게 그런 말을."

"두고 보십시오. 제 말이 틀림없을 터이니."

연홍이 가져온 옷은 몸에 잘 맞았고, 갓도 머리에 안성맞춤이었다. 소운은 자신이 입었던 백현의 옷을 잘 개어 보료 위에 올려놓았다.

"이제 가봐야겠습니다. 미안하지만 저는 당분간 오지 못할 것입니다. 며칠 뒤면 아버지가 돌아오실 테고 유모의 감시도 심해지고 해서."

"예, 아가씨. 아이들에겐 그리 전하지요. 그러지 않아도 기방에는 이제 그만 오시라 하려 했습니다. 혹여 누가 알기라도 하여 아가씨 혼삿길에 문제가 될까, 저는 그것이 걱정입니다."

"아, 아닙니다."

소운이 연홍의 말에 손사래를 쳤다.

"혼사는 무슨. 나중에 도착한 서신은 천 서방을 통해 보내드릴 터이니 제게 부탁할 것이 있으면 그편에 알려주십시오. 제가 직접 와야 서신도 써주고 할 것인데."

소운의 걱정 어린 표정 뒤로 기척도 없이 백현이 문을 열고 들어왔다. 어찌 여인이 있는 방에 그리 말도 없이 들어오느냐는 연홍의 나무람에도 백현은 아무 말 없이 보료에 올려져 있는 자신의 옷을 걸쳐 입고는 방을 나섰다.

"나오거라. 데려다줄 터이니."

"네? 아닙니다. 저 혼자 갈 수 있……."

소운의 말이 끝나지도 않았으나 이미 백현은 저만치 가고 없었다.

"쳇, 당최 사람 말을 듣지를 않는다니까."

소운이 불만 섞인 목소리로 투덜거리자, 연홍이 그 모습에 미소를 지었다.

다른 사람 말을 듣지도 않으실뿐더러, 낯선 이를 곁에 두는 일도 없으신 분이 이 맹랑한 아가씨에게는 많은 것을 예외로 두고 있는 듯해 놀라고 있는 연홍이었다.

"나으리께서 기다리시니 얼른 나가보시지요."

"옷은 곧 인편에 돌려 드리겠습니다. 행수께 정말 신세가 많았습니다."

"가끔은 이리 차려입고 놀러 오시라 한다면 예가 아니겠지요? 저는 아가씨가 참으로 맘에 드는데 말입니다."

"예에?"

"호호, 농입니다. 어서어서 지체 말고 나가보시지요. 곧 해가 저물 것입니다."

말 위에 올라탄 소운은 저를 태운 채 고삐를 잡고 걸어가는 백현이 보기 민망하여 딱 죽을 맛이었다. 어찌하여 말에 오르지 않고 저리 홀로 걸어가는 것인지 백현의 그 모습이 몹시 불편했다.

"앞을 보거라."

"예?"

"나를 보지 말고 앞을 보거라. 말에 오른 이의 시선이 어찌 그리 정신 사나우냐."

"허, 진정 나으리는 뒤에도 눈이 있으신가 봅니다."

"나에게 무슨 할 말이라도 있느냐."

백현은 가던 걸음을 멈추고는 소운을 올려다봤다. 연홍이 마련해 준 옷은 제법 아이에게 어울려 이리 보니 영락없는 미남자가 따로 없었다. 진정 자신이 귀신에 홀린 것인지 잠시 여인인가 싶었던 아이는 어느새 다시 소년이 되어 있었다.

"아니면 연홍이가 뭐라고 실없는 소리를 했더냐."

"연홍이요? 아, 그 곱디고운 만월각 행수의 이름이 연홍인가 봅니다."

"내게 할 말이 있느냐 물었다."

"아니, 저는 그저 그러니까 소녀는 감사 인사를 드리고 싶었습니다. 무례라 느끼셨을 텐데 제 청을 들어주시고 도와주셔서 참으로 감사하다, 뭐 그런."

무슨 저런 인사를 눈도 마주치지 않고 하는 것인지. 민망한지 쭈뼛거리는 소운을 바라보던 백현이 그녀를 향해 손을 내밀었다.

"잠시 내려 걷겠느냐."

고개를 끄덕인 소운이 백현의 손을 잡고 말에서 훌쩍 내려 그의 품에 안겼다. 순간, 가까워진 두 사람 사이로 잠시 눈빛이 스치듯 오갔다. 소운은 차분한 백현의 눈빛에 순간 이유 모를 떨림이 느껴지자 차마 그와 눈을 마주치지 못하고 얼른 옆으로 비켜섰다.

잠시 소운을 응시하던 백현이 이내 말을 끌고 앞서자 소운이 그 옆을 따라 걷기 시작했다.

"어미가 명에 있다고 했던 거 같은데."

"예? 아, 예."

"생사를 모르느냐."

"……예."

백현은 망설이며 답하는 소운에게 더 이상 어미에 대해 묻지 않고 그저 그녀가 종종걸음 치지 않도록 발걸음을 늦춰 속도를 맞췄다.

"제 어머니는 명에 있는 어느 상단의 여식이었다 합니다. 사신 행렬에 동행한 아버지가 남경에서 어머니를 보았는데 첫눈에 반했다 하셨습니다."

어미의 이야기를 하며 입가에 미소를 짓는 소운이 백현은 괜스레 안쓰러웠다.

"어찌 어미의 이야기를 하며 남 얘기 하듯 하느냐."

소운의 입가에 비친 미소에 쓸쓸함이 더해졌다.

"어머니는 제가 열 살이 되던 해 명나라로 돌아갔다 합니다. 유모 말로는 어머니가 가시고 제가 며칠 동안 밥도 안 먹고 울기만 했다는데, 이상하게 저는 그 일이 잘 기억이 나질 않습니다. 하여 그랬나 봅니다."

"힘든 기억이라 잊고 싶었나 보구나."

"잊지 않았더라면 좋았을 텐데 속상합니다."

소운은 금방이라도 눈물이 떨어질 듯한 눈을 하고도 아무렇지 않은 척 말을 이어갔다.

"아버지는 제게 어머니에 대한 얘기는 전혀 해주시지 않습니다. 유모에게 물어물어 옛 기억을 떠올려봐도 어머니의 얼굴이 기억 나지 않아 답답합니다."

"……."

"기억이 없으니 어머니가 처음부터 없었던 건 아닌가 하는 생각에 무서워 울기도 많이 울었습니다."

백현은 소운이 하고픈 말을 할 수 있도록 곁에서 말없이 걷기만 했다.

"비록 지금은 볼 수 없다 해도 기억할 수 있다면 저는 견딜 수 있을 것 같습니다. 살아 있다면 언젠가는 만날 수 있을지도 모르지 않겠습니까."

백현은 부질없어 보이는 희망에도 뭐가 좋은지 입가에 살포시 미소를 띠는 소운이 신기했다. 아이는 저를 떠난 어미에 대한 원망 따위는 아예 없어 보였다.

누군가를 원망하며 사는 것보다는 차라리 저리 그리워하며 사는 게 더 나을지도 모르겠다는 생각이 들었다.

"내게……."

"……."

"고마워할 필요 없다."

"예?"

걸음을 멈춘 백현은 해가 지는 강가에 서서 소운을 마주했다. 제게 진심을 보여준 아이에게 어쩌면 자신도 마음 한 자락을 내보이고 싶었는지도 모르겠다.

"즐거웠다."

"예에?"

"너와 있으면서 참으로 오랜만에 즐거웠다. 그러니 감사의 인사는 내가 네게 해야 할지도 모르겠다."

강가는 내일을 기약하며 점점 산 뒤로 넘어가는 해의 빛을 받아 붉어지고 있었다. 그 붉은빛이 미소년처럼 보이던 아이의 낯에 묘하게도 여인의 잔상을 가져다 놓았다.

강을 뒤로한 채 서 있는 소운의 자태가 고와 백현은 저도 모르게 순간 그녀의 얼굴에 손을 가져가려다 멈칫했다. 서둘러 다시 말고삐를 잡은 백현은 열기가 가라앉지 않은 손을 한 번 쥐었다 폈다. 잠시 이곳이 아닌 다른 세상에 다녀온 것 같은 낯선 긴장감에 그의 손에 땀이 새어 나왔다.

"저 나으리, 다 왔습니다."

발걸음을 멈춘 백현은 자신에게 고개를 꾸벅 숙이는 아이를 바라봤다.

"이리 데려다주셔서 감사합니다. 그리고 저는 오늘 들어가면 당분간은 밖에 나오지 못할 듯합니다."

"……."

"아버지가 곧 돌아오시는 데다, 또 사내 옷을 입고 기방에 간 걸 알면 아마 유모가 저를 기둥에 묶어두고 말 것입니다."

"홋, 기둥에 묶어?"

잠시 아이가 기둥에 묶여 앙탈하는 모습이 상상되어 백현의 입에서 참지 못하고 웃음이 새어나왔다.

"정말입니다. 아버지도, 유모도 저를 기둥에 묶어놓을 거라 하셨단 말입니다. 아무튼 저는 당분간 바깥 외출은 어려울 듯하니 예서 인사를 올리겠습니다. 오늘 정말 감사했습니다. 나으리."

다시 한번 허리를 숙여 인사를 올리고 돌아서는 아이에게 백현이 제 이름을 건넸다.

"이백현이다."

"예?"

"난 이백현이다. 혹여 운이 좋아 기둥에 묶이지 않게 되어 내 도움이 필요한 일이 생기거든 만월각 연홍이 편에 기별을 넣거라. 내 작은 옷 한 벌 정도는 빌려줄 수 있을 터이니."

자신의 말에 아이는 참으로 어여쁜 미소를 활짝 지었다.

"예, 나으리. 사내다운 옷으로 부탁드립니다."

꾸벅 다시 고개를 숙이고 뛰어가던 소운이 갑자기 생각난 듯 백현을 돌아봤다.

"아! 저는 소운이라고 합니다. 심소운, 심소운이라고 합니다."

자신의 이름을 말해준 아이는 이내 돌아서 집이 있는 방향으로 뛰어갔다.

"소운, 심소운이라."

팔짝팔짝 뛰어가는 소운을 보며, 그 이름을 다시 읊어보던 백현은 주변을 둘러보다 낯익은 동네의 모습에 문득 벼락을 맞은 듯 무엇을 떠올렸다.

금세 소운의 발길을 따라잡은 백현이 급히 그녀의 손을 잡아 돌려세웠다.

"어, 나, 나으리?"

숨까지 헐떡이며 쫓아와 자신을 돌려세운 그를 소운이 의아하게 불렀다.

"네 이름이 심소운이라 했더냐."

"예에. 그렇습니다. 어찌 그러십니까."

"혹시, 혹시 네 아비가 이번에 명에서 돌아오는 사신단에 있더냐."

"그걸 나으리가 어찌 아십니까."

이럴 수가, 아니 그럴 리가 없다. 그럴 리가.

**'아비가 역관이라 하더이다.'**

**'아버지가 곧 돌아오시는 데다.'**

설마 이 아이가 심 역관의 딸이란 말인가. 연홍과 소운의 말이 한꺼번에 떠오른 백현의 눈에 당혹함이 느껴졌다.

"혹 네 아비가 역관 심은평이더냐?"

"……"

"아니더냐."

자신의 목소리에 알 수 없는 불안감이 실려 있는 것을 느낀 백현은 아이가 아니라고 말해주길 바랐다. 자신의 걱정이 그저 기우였기를.

"맞습니다. 제 아비는 심 은 자 평 자를 쓰는 역관입니다. 한데 나으리가 그걸 어찌 아십니까."

순간 소운의 손목을 잡고 있던 백현의 손이 아래로 툭 떨어졌다.

'이럴 수가.'

생각지도 못했던 일에 하얗게 질려가는 백현의 얼굴을 소운이 알 수 없다는 듯 천진하게 바라봤다. 그들 뒤로 지고 있던 붉은 해는 이제 점점 검은색으로 변하고 있었다.

소운의 아비가 심은평임을 확인하자마자 백현은 자신을 의아하게 바라보는 소운을 뒤로하고 외조부의 집으로 급히 향했다. 스승님이 돌아가시고 한 달. 지금도 저잣거리에는 가끔씩 효수된 자들의 목이 걸렸다. 사직을 지켜야 한다는 왕의 불안은 반대파의 눈치를 보는 데 집중되었다. 왕은 어리석게도 권력을 나눠주면 그들이 자신만은 건드리지 않을 것이라는 착각 속에 빠져 있었다. 스스로 벌거숭이가 되어가고 있는 것도 모른 채 그는 자신의 곁을 지켜줄 수족들을 하나하나 내어주고 있었다.

"웬일이냐? 기별도 없이."

불러도 잘 오지 않던 외손자의 방문이 강윤성은 그저 의아했다.

"석 달 전, 남경으로 들어갔던 사신단이 곧 돌아온다 들었습니다."

"그것이 너와 무슨 상관이기에."

"이번에 돌아오는 행렬에 역모의 잔당이 있다, 그리 상소가 올라갔다 합니다."

"세상일에 관심 두지 않는 듯하더니, 그것도 아닌가 보구나."

"예조참판 김은총 대감이 그 잔당이라 하였다지요. 스승님과 가까웠던 이들의 씨를 말릴 생각이십니까?"

"하고 싶은 말이 무엇이냐."

"역모의 이름에 심은평이라는 자도 있습니까?"

자신의 시선을 피하는 외조부를 보며 백현은 자신이 가졌던 불안한 생각이 틀리지 않았음을 직감했다.

"그걸 어찌하여 나에게 묻느냐?"

백현의 목소리에 자연스레 분기가 실렸다.

"이번 일도 이모님이 부추기신 겁니까?"

"말이 심하구나."

이미 넘어간 왕조였다. 누가 있어 왕이 되고자 하는 이 시중의 앞길을 막을 수 있단 말인가. 지금이라도 삼봉을 앞세워 궁에 들어가 옥쇄를 내놓으라 하면 그 자리는 이 시중의 자리가 될 것이었다.

"어찌 이리 무고한 목숨들을 끊임없이 저잣거리에 걸려 하십니까?"

한번 밖으로 뿜어져 나온 분노의 기운이 걷잡을 수 없이 퍼져 나갔다.

"너야말로 이미 넘어간 이 왕조에 무슨 미련이 있어 이러는 것이냐? 그저 모른 척하고 네 이모의 뜻을 따르면 될 일인 것을."

"무섭지도 않으십니까?"

"백현아."

"그 많은 피를 흘리고 얻은 자리가 온전히 대대손손 무탈하게 이어질 거라 보십니까?"

"네 이놈!"

"있습니까? 심은평이라는 자가."

자신의 물음에 답하지 않는 외조부를 보며 백현은 점점 더 제 생각이 맞았음을 느끼고 절망했다.

"있습니까?"

"이름은 정확히 모르나 포은을 따르던 심가 성을 가진 역관이 있다고 들었다."

주먹을 쥔 백현의 손에 핏줄이 터질 듯 불거졌다.

"백현아."

할아버지는 혈기 가득한 손주의 모습이 불안하기 그지없었다.

"이미 네가 어찌할 수 없는 일이다."


연거푸 술잔을 들이키는 백현이 걱정스러워 연홍은 다시 잔에 술을 부으려는 그를 말렸다.

"나으리."

'마, 맞습니다. 제 아비는 심 은 자 평 자를 쓰는 역관입니다.'

젠장.

'제 아비는 심 은 자 평 자를 쓰는.'

백현은 언젠가 스승과 함께 보았던 소운의 아비를 기억했다.

'백현아, 인사하거라. 내게 아주 큰 도움을 주고 있는 이다.'

'아, 아닙니다, 어르신. 도움이라니요. 당치 않으십니다.'

'처음 뵙습니다. 이백현입니다.'

'심은평입니다. 도련님 얘기는 어르신께 많이 들었습니다. 식견이 대단하시다고 칭찬이 마를 날이 없으셨습니다.'

'스승님이 그저 제자의 칭찬을 과하게 하신 것뿐입니다. 부끄럽습니다.'

'허허, 나는 평생 과한 칭찬이란 걸 해본 적이 없는 사람이다. 은평아, 글쎄 이놈이 내가 불혹에나 깨우친 성현의 말씀을 약관도 안 되어 이해를 하지 뭐냐. 나는 이제 뒷방 늙은이가 되어 은평이 너와 명나라 말이나 익히며 살아야 될 듯하다.'

'스승님 무슨 그런 말씀을.'

'하하, 그러시지요. 어르신, 이젠 그저 저와 담소나 나누며 지내시지요.'

스승에게 명나라 말을 알려주던 소운의 아비는 그 후로도 스승과 교류를 했음이 분명했으니 김은총 대감과도 연이 있었을 것이었다. 스승님과 두어 번 들렀던 역관의 집이 왜 그제야 기억이 났는지 모르겠다. 심소운, 그 아이의 이름을 듣고 주변을 둘러보고서야 아비가 곧 돌아온다는 아이의 말이 무슨 뜻인지 깨달았다. 그 말은 자신이 아는 한, 살아남지 못한다는 뜻이기도 했다. 이 시중의 졸개들은 왕이 지쳐 스스로 왕좌를 내놓을 때까지 주변인들을 죽이고 또 죽여 왕을 압박할 것이다. 이제 그들은 더 이상 망설일 필요가 없다고 생각한 게다. 아무리 제 백성이 다 죽어나가도 왕업만 이으면 된다며 버티는 못난 왕이라 할지라도, 매일매일 저잣거리에 걸려대는 그 목숨들을 계속 두고 볼 수야 없을 것이다. 왕은 결국 그 자리를 이 시중에게 넘길 것이다. 그 시간을 하루라도 앞당기기 위해 그들은 죽이고 또 죽이는 일을 멈추지 않을 것이었다.

"연홍아."

"예, 나으리."

"참으로, 참으로 비정한 세상이 아니더냐."

"나으리."

"무섭지도 않다더냐? 그리 많은 사람을, 그 죄 없는 사람들을, 그저 자신들의 욕심을 위해 죽인단 말이냐."

"쇤네같이 무지한 기녀가 뭘 알겠습니까마는, 그런 것이 권력이라지 않습니까."

"나는 무섭다."

"……."

"그들의 지치지 않는 탐욕이 나는 무섭다."

"오늘따라 나으리답지 않게 어찌 이러십니까."

백현은 붉게 물들어가는 강가와 함께 발갛게 물들던 한 아이의 얼굴이 떠올랐다. 그날 그는 취하지도 않는 술을 밤새도록 마시고 또 마셨다.


백현의 모친 강씨는 먼 길을 떠나겠다 인사를 하러 온 아들을 안타깝게 바라보았다.

야심 많은 아우와 달리 백현 모는 세상일에 관심을 두지 않았다. 그저 사람을 깊이 마음에 두지 않는 무심한 성정을 타고난 아들이 풍파에 시달려 힘들지는 않을까 오직 그것이 걱정이었다.

"어디로 갈 것이냐."

"그저 발 닿는 대로 다닐 생각입니다."

"그리 마음이 잡히지 않더냐."

"죄송합니다. 어머님."

왕좌나 권력 따위 그녀에겐 소용없는 일이었으나 차라리 어서 아우가 그 뜻을 이뤄 아들 백현을 가만뒀으면 하는 심정이었다.

"백현아."

"네, 어머님."

"할 수 있다면 이모를 너무 원망치 말거라."

"……."

"그저 네가 무사히 돌아와, 지금처럼 이 어미 앞에 있어주기를 나는 단지 그것만 소원할 것이다."

"네, 어머님."

백현은 어머니에게 절을 올리고는 이내 안채를 나섰다.

"나으리, 나으리!"

말에 올라 막 집을 나서려는 자신을 부르는 소리에 돌아본 백현은 저를 찾는 만월각의 청지기를 의아한 표정으로 내려다보았다.

"아이고 헉헉, 나으리, 못 뵈면 어쩌나 걱정했습니다요."

"자네가 여긴 어쩐 일인가."

"연홍 아씨께서 급히 나으리를 뵈어야 하니 만월각으로 와주십사 청하라 하셨습니다."

한 번도 저를 먼저 찾는 법이 없던 연홍이었다. 백현은 애써 외면하려 했던 무엇인가가 운명처럼 자신 앞에 다가왔음을 느꼈다.

"가서 네 주인에게 내 먼 길을 나서니 당분간은 기방에 들르지 못할 거라 전하거라."

그리고 그 운명을 자신이 거부해야 함도 바로 알 수 있었다.

"하나 나으리, 정말 급히 모셔오라고. 나으리, 나으리!"

백현은 청지기의 애타는 부름에 뒤도 돌아보지 않고 말을 달렸다.

'네가 할 수 있는 일은 없다. 이백현, 너 따위가 할 수 있는 일은 없다.'

따그닥따그닥. 백현은 멈추지 않고 말을 달렸다.


"당분간은 기방에 들르지 못한다 하셨다는 말이냐."

청지기의 말에 놀란 연홍은 안타깝게 방 한쪽 구석을 살폈다.

얼마나 울었는지 눈에 핏발이 선 소운이 청지기의 말에 낙담한 듯 고개를 숙였다. 자신이 너무 어리석었다. 그저 이름 석 자 아는 그분께 뭘 바라고 여기까지 온 것인지. 소운은 저 때문에 고생한 청지기에게 애써 웃어 보였다.

"나 때문에 고생이 많았네. 미안하네."

"아이고. 아닙니다, 아가씨. 한데 이제 어쩝니까요."

청지기는 냉정히 말고삐를 돌려 떠나가던 백현이 너무도 원망스러울 뿐이었다.

"괜찮네, 처음부터 와주실 거라 그리 기대하지도 않았던 것을."

소운은 애써 담담하게 말하는 입과는 달리 두 손을 꽉 쥐지 않으면 안 될 정도로 온몸을 떨고 있었다. 아비 심은평은 집에 발도 들여 보지 못하고 개경에 들어서자마자 하옥이 되었다 했다. 아비가 그리됐다는 소식에 얼굴이라도 보기 위해 그토록 애썼건만 역모죄인의 자식이라며 소운 자신도 집에 갇혀 나올 수도 없었다.

그녀에게 가노의 옷을 입힌 유모가 이 집 아이가 아니라 잠시 마실 온 옆집 노비라며 문 앞을 지키는 군관들에게 많은 돈을 주고서야 겨우 빠져나온 소운은 쉬지도 않고 달려 만월각으로 왔다. 이유는 몰랐다. 그저 생각나는 그의 말, 왜 그가 떠올랐는지 이유는 모르지만 그저 그가, 그만이 떠올랐다.

'난 이백현이다. 혹여 내 도움이 필요한 일이 생기거든 만월각 연홍이 편에 기별을 넣거라.'

그 희망 하나로 쉬지 않고 달려왔건만. 소운은 금방이라도 쏟아져 나오려는 눈물을 애써 참았다. 이러고 있을 시간이 없었다. 소운은 뭐라도 해야 한다는 절박함에 급히 자리를 떨치고 일어났다.

"제가 생각이 짧았습니다. 혹여 여기 온 것이 알려지면 만월각에도 피해가 갈 것입니다."

"아닙니다. 아가씨, 어찌 그런 말씀을 하십니까."

"그만 가보겠습니다. 폐가 많았습니다."

"어디로 가려고 하십니까? 다시 집으로 돌아가시면……."

그때, 드르륵 문이 열리고, 얼마나 달려왔는지 아직까지도 숨을 고르지 못한 백현이 헐떡이며 방으로 들어왔다.

"나으리."

자신을 부르는 연홍의 놀란 목소리에도 그의 눈에 들어온 건 구석에 웅크리고 서 있는 한 여인뿐이었다. 해사하게 고운 얼굴은 금방이라도 눈물이 쏟아질 것처럼 발갰다. 노비들이나 입는 여기저기 얼룩이 묻은 초라한 복색을 한 여인은 자신을 보자마자 참아왔던 눈물을 툭 하고 떨어트렸다.

"흑, 나, 나으리. 엉엉, 나으리."

"꼴이…… 이게 뭐냐."

백현은 이 작은 여인을 꽉 끌어안고서야, 그녀를 자신의 가슴에 품고서야 겨우 자신의 심장이 제대로 뛰기 시작함을 느꼈다.

## 2. 살아남은 아이

그해 여름 조선이 개국했다.

중전 강씨는 현비에 봉해졌고, 아들 방석은 세자가 되어 동궁전의 주인이 됐다. 방석이 세자가 되고 이레가 지나자, 중전 강씨는 백현을 불러들여 시강원으로 들어오라 명했다.

"백현아."

"하문하시옵소서."

"나를 원망하더냐."

중전은 자신 앞에 단정하게 앉아 말을 아끼는 조카를 보며, 제 발로 찾아와 청을 들어 달라 하던 지난봄의 그 밤을 떠올렸다.

너의 청을 들어준다는 것이 무엇을 의미하는지 알고 있느냐는 자신의 하문에 백현은 두 번 묻지도 않고 제 뜻을 바로 알아챘다.

**'두 아이 중 누구를 맘에 두고 계십니까?'**

역시나 총명한 아이였다. 중전은 그토록 원하던 조카를 옆에 두게 되어 그날 꽤나 마음이 흡족했었다.

'누구든 상관없다. 자질이야 가르치면 될 일이다.'

'왕자의 자질이 배운다고 갖춰지는 것입니까?'

말에 가시가 있는 것이 괘씸하긴 했으나 강씨는 이 아이를 제 발로 찾아오게 하는 데 성공했다는 생각에 득의양양했던 것도 같았다.

'교만하구나. 내게 청을 넣는 입장이 아니더냐.'

'무엇을 위해 이 많은 사람을 해하십니까?'

'그 물음 역시 교만하다. 내가 얻고자 하는 것이 작아 보이더냐?'

'얻으면 만족하시겠습니까?'

'그럴 리가 있겠느냐. 아직 내 진정한 바람은 이루어지지 않았다.'

답지 않게 제 물음에 꼬박꼬박 답을 하던 백현은 결국 제가 바라는 것을 입 밖으로 내놓았다.

'심가의 목숨은 부지할 수 있게 해주십시오.'

의아하기는 했다. 그 많은 이 중에 겨우 역관의 목숨 하나 구하자고 제게 와 무릎 꿇다니. 하나 그 역관이 이 도도한 아이에게 어떤 의미인가는 중요치 않았다. 백현이 제 앞에 왔으니 그것으로 설명은 충분했다.

'그 역관에게 딸이 하나 있다 들었다. 그 아이를 네 소실로 들이는 게 좋겠다.'

후환이 될 성싶다면 차라리 내 식구로 만드는 것이 가장 좋은 방법이라는 강씨의 말에 백현은 그것이 말이 되느냐 되물었다. 안 될 것은 무엇이란 말인가. 어차피 관비가 될 중인 아이 하나 소실로 들이는 게 무엇이 문제라고. 그러다 자식이라도 생긴다면 백현의 발목을 더 꽉 틀어쥘 수도 있으니 그것 역시 나쁘지 않았다.

'싫으냐?'

'그런 이유로 여인을 취하라 하시는 게 말이 되냐 묻는 것입니다.'

'후에라도 제 집안을 이리 만든 이가 우리인 것을 알게 된다면, 그 마음속에 원한을 품을 것이 자명한 일이다. 하나 집에 들여 자식이라도 낳게 되면 제가 알아도 어쩔 것이야, 다 끝난 일이지. 뭐 네가 싫다면야.'

'……'

'다른 이에게 주면 될 일이다. 싫으냐?'

중전과 마찬가지로 그날의 기억을 떠올리고 있던 백현은 가지런하게 내려놓은 주먹 쥔 두 손에 힘을 주었다.

"나를 원망하더냐."

답이 없자 다시 묻는 중전의 하문에 백현은 그제야 고개를 들어 그녀를 봤다.

"제가 정한 일입니다. 괘념치 마시지요, 마마."

소운을 자신의 집에 들이겠다 결정한 사람은 다른 누구도 아닌 바로 백현이었다.

'그래, 내가 정한 일이다, 내가.'

이 모든 일은 결국 자신이 결정하고 받아들인 것이었다. 백현은 스스로에게 다짐이라도 하듯 계속해서 제가 정한 일이라 마음속으로 되뇌었다.


퇴청을 하고 집으로 들어서는 백현에게 가노가 다가오자 그는 소운의 안부부터 물었다.

"그 사람은?"

"오전에 마님께 문안 인사드리러 나오실 때 말고는 죽 별당에 계십니다."

"끼니는 들었더냐."

"그다지 드시지 않으셨습니다."

오늘도 끼니를 챙기지 않았다는 말에 백현은 별당 쪽으로 시선을 주다 작게 한숨을 쉬었다. 갓을 풀고 사랑으로 들어가려다 이내 발길을 멈춘 백현은 가노에게 상을 차려오라 명했다. 오늘도 꽤 잔소리를 하게 될 것 같아 백현의 마음이 답답해져 왔다.

"내 것과 함께 별당으로 내오너라."

"예, 나으리."

소운의 아비는 말 그대로 그저 목숨만 부지했다. 그의 집 가솔들은 모두 관노가 되어 지방으로 흩어졌고, 어미처럼 소운을 돌봐주던 유모 영월댁은 지방으로 가는 길에 목숨을 잃고 어딘가에 묻혔다 했다.

심은평의 유배지는 강화로 정해졌다. 그나마도 고신의 후유증으로 의식도 없이 수레에 실려 유배길에 올랐다. 유배지로 떠난 아비와 행방을 모르는 가솔들을 뒤로하고 소운은 그렇게 백현에게 왔다.

초야를 치르던 날, 두 사람의 거친 숨소리가 안정을 찾아가자 백현은 자신의 밑에서 가쁜 숨을 내쉬고 있는 그녀의 얼굴에 흐트러져 있는 머리카락을 차분히 하나하나 쓸어내려 주었다.

'고생했다.'

힘들었는지 소운은 숨을 할딱거리다 이내 까무룩 눈을 감았다.

정신을 잃고 잠이 든 그녀의 가슴이 이내 일정한 속도로 조용히 움직였다. 백현은 소운의 얼굴을 말없이 가만히 바라보고 있었다. 혹 연이 닿아 다시 볼 일이 생긴다면 뭐라 단정 지을 수 없는 자신의 마음을 조금 더 두고 볼 요량이었다. 그러나 세상은 그들에게 그리 여유로운 시간을 허락하지 않았다.

소운은 모든 것을 포기한 채 그에게 왔고, 자신은 그런 그녀를 사내의 욕정으로 안았다. 제 앞에 지쳐 잠든 작은 여인을 보며 좀처럼 가라앉지 않는 제 몸과 마음이 어이가 없어 백현은 자신이 버러지처럼 느껴졌다. 초야의 밤이 새도록 잠든 소운의 얼굴을 쳐다보던 백현이 방을 나섰다. 홀로 남겨진 새색시는 참으로 오랜만에 깊은 잠에 빠져 홀로 그 밤을 보냈을 것이다.

별당 뒤편 정자로 향한 백현은 얌전하게 머리를 올린 단아한 여인의 뒷모습을 잠시 바라보며 그녀가 제게 와 처음 안겼던 그날을 잠시 추억했다. 단아한 여인, 그녀를 보며 이런 단어를 떠올릴 거라고는 상상도 하지 못했는데. 시련은 너무도 빠르게 그녀를 소녀에서 여인으로 만들었다. 하여 소운은 이제 웃지 않았다.

인기척을 느낀 소운이 뒤돌아 백현을 보자 이내 자리에서 일어섰다. 그녀는 몇 달 사이에 그 똘망똘망하던 눈빛을 잃고 처연한 눈빛을 가진 여인이 되어 있었다.

"오셨습니까."

"상을 차려오라 했다."

"……예."

"끼니를 거르지 말거라."

"오늘은 진정 입맛이 없어 그리한 것입니다. 아랫사람들을 너무 나무라지 마십시오."

"내가 그들을 나무라는 것이 싫으면 네가 끼니를 꼬박꼬박 챙기면 될 일이다."

백현은 오늘도 축처진 어깨를 힘없이 늘어뜨리고 있는 소운에게 면박을 주었다. 언제부턴가 그의 입에서 나오는 말은 소운에게 향하는 잔소리뿐인 것만 같다. 하여 소운은 이제 백현에게 웃어주지 않았다. 백현은 그녀 앞에 놓인 밥 한 그릇을 끝까지 다 비우게 하고, 숭늉까지 내어 오라 하여 다 들게 하고 나서야 준비했던 말을 꺼냈다.

"강화에서 연통이 왔다."

생기 없던 그녀의 눈이 기대 반 걱정 반으로 떨려왔다. 백현은 그 눈이 안심하는 것을 보고 싶어 서둘러 뒷말을 꺼냈다.

"아비의 몸이 자리에서 일어날 만큼은 나아졌으니 너무 걱정하지 말라는 교동 의원의 전갈이다. 이제 곧 거동도 할 수 있을 듯하니 조만간 상태를 보고 다시 연락한다 하더구나."

"다행…… 입니다. 정말 다행입니다."

예전 같았으면 눈물이 왈칵 쏟아졌을 그녀의 눈에는 이젠 눈물도 자주 맺히지 않는 듯했다.

"인편에 약재를 챙겨 보냈다. 지필묵도 같이 보냈으니 몸이 나아지면 조만간 서찰도 받을 수 있을 게다."

"감사합니다. 나으리."

차라리 소운이 자신 앞에서 바로 눈물을 보였다면 백현은 이리 말하지 않았을 것이다. 하지만 끝끝내 눈물을 참는 소운을 보며 백현은 결국 일각도 지나지 않아 다시 후회할 말을 꺼냈다.

"오늘은 예서 머물겠다."

아비의 소식에 혹여 그녀가 눈물로 밤을 지새울까 싶어 곁에 있겠다 한 그의 마음을 알 리 없는 소운은 그저 담담히 알았다 답했다. 백현은 알고 있었다. 오늘 소운은 아무도 없는 방에서 홀로 이불을 둘러쓰고 누워 밖으로 새어 나갈까 울음소리를 참으며 통곡할 거라는 걸.

소운은 이제 잘 웃지 않는다. 그리고 백현은 그것이 몹시도 언짢았다.


중궁전에 들른 삼봉 정도전은 제가 들은 말이 맞는지부터 확인했다.

"백현이를 시강원으로 부르셨다고요."

"예, 그 아이가 익힌 학문 정도면 세자를 가르치기에 부족함이 없지 않습니까."

"그렇긴 합니다만."

전부터 중전이 이백현을 욕심내 온 것을 모르지는 않았다. 하나 그 아이의 성정상 자신과 중전이 있는 현 조정에 발걸음을 할 리 없다 생각했는데. 뭔가 개운치 않은 얼굴로 삼봉이 중전의 얼굴을 주시했다.

"무엇이 대감의 마음에 걸려 그러십니까?"

"이백현이 순순히 그러겠다 했다는 것이 놀라워 그렇습니다. 그 아이를 제가 모르는 것도 아니고."

"호호, 그렇지요. 그 아이가 삼봉과도 동문이 아닙니까."

"진정 별말 없이 그리하겠다 하더이까."

"제가 그 아이의 청을 하나 들어주었습니다. 하여 그런 것이니 너무 괘념치 마십시오."

"그렇다면 더욱 걱정이 아닙니까."

삼봉의 얼굴에 지나치게 걱정이 드리우자 중전은 대체 이 대담한 사내가 걱정하는 일이 무엇인지 이해가 되지 않았다.

"그 꼿꼿한 아이가 청을 할 일이라면 필시 누군가의 목숨이 달렸다거나 할 정도로 중요한 일일 것입니다. 그자가 목숨을 잘 부지하여 편히 산다면야 걱정할 것이 없습니다만, 그게 아니라면."

"아니라면요?"

"절대 잊을 아이가 아닙니다. 그자를 그렇게 만든 사람과 자신을 무릎 꿇리게 한 자까지. 설마……."

삼봉은 혹시나 자신이 모르는 일이 있는 것인가 싶어 이 영악하기 그지없는 여인을 걱정스레 바라봤다. 이 욕심 많은 여인이 어설프게 무슨 일을 벌인 것인가 싶었다.

"마마께서 혹여 무슨 일을 도모하신 건 아니시겠지요."

"어찌 그러십니까?"

"이백현은 그저 내 편이 아니라면 남의 편이 되지 않게만 하면 되는 아이입니다. 어설프게 내 편이 되게 한다면 오히려 해가 될 인물이지요. 자질이 뛰어난 아이긴 하나, 그런 점 때문에 제가 가까이 두고 쓰지 않는 것입니다."

오히려 해가 된다는 말에 중전의 얼굴이 어두워지자, 삼봉은 그런 그녀를 보며 단호하게 말했다.

"영특한 조카를 옆에 두고자 하시는 건 당연한 욕심이나, 그 아이는 마마의 사람이 될 아이가 아닙니다. 아니, 포은을 그리 만든 사람들 편에 설 아이가 아니라고 하는 게 더 정확하겠지요. 그러니 경계를 늦추지 마십시오."

자신을 의심스럽게 바라보는 삼봉을 보며 중전은 담담하게 미소 지었으나 그 눈빛은 웃지를 못했다.

오늘도 퇴청하는 길에 그녀가 제대로 식사를 하지 않았다는 가노들의 말을 들은 백현은 결국 폭발하고 말았다.

드륵, 꽝. 백현이 거칠게 문을 열었다.

소운은 이불 위도 아니고 찬 바닥에 앉아 벽에 등을 기대고 있었다. 저를 보자 서둘러 일어나는 그 아이의 다리가 휘청거렸다. 핏기라고는 하나도 없는 얼굴로 자신을 바라보는 소운을 보자 백현의 마음이 또 무너졌다.

"들여라."

순식간에 그녀의 앞에 상이 차려지고, 백현은 그녀의 손에 숟가락을 쥐여 줬다.

"하나도 남기지 말고 들거라."

"나으리."

"한 톨이라도 남길 시에는 지금 당장 강화로 연통을 할 것이다. 의원을 들이지 말고, 약재도 쓰지 못하게 할 것이다. 너로 인해, 네 아비는 춥고 힘든 유배 생활을 하게 될 것이다. 그래도 좋으냐."

차가운 그의 말에 소운은 수저를 든 손에 힘을 주고는 눈물을 뚝뚝 흘리며 꾸역꾸역 음식을 입으로 가져갔다. 저리 채우는 끼니가 그녀에게 아무런 힘도 주지 못할 것이란 걸 백현도 알고 있었다. 하지만 그는 소운이 마지막 한 숟가락을 들 때까지 아무 말 없이 그 옆을 지켰다.

상을 다 물리고, 끝내 그녀가 소반에 올려진 수정과까지 마시는 것을 보고 난 후에야 백현은 자리에서 일어섰다. 그냥 나가려던 백현은 결국 참지 못하고 소운의 등을 향해 차갑게 마음에도 없는 소리를 내질렀다.

"네 아비를 살리고 싶다면 끼니를 거르며 나를 신경 쓰이게 하지 마라. 마지막 경고다."

"나으리."

힘이 없기는 했으나 간만에 제 의지로 자신을 부르는 그녀의 목소리가 반가워 백현의 얼굴에 잠시 노기가 사라졌다.

"제게 베풀어주신 은혜는 잊지 않을 것입니다."

그러나 그녀의 말은 다시 그의 마음을 무겁게 했다.

"제 아비를 위해 하신 나으리의 노력을 제가 어찌 다 알겠습니까만, 역모죄인이 목숨을 부지하고 그 피붙이인 제가 살아 있다는 것이 무엇을 의미하는지, 그 정도는 압니다."

과연 저 아이는 무엇을 안다는 것일까. 뭐가 은혜란 말인가. 결국 소운이 이리된 것도, 그 아비가 죄 없이 강화에서 죽어가는 것도 다 제 일가의 욕심 때문인 것을. 고개를 숙이고 시선을 바닥에 둔 채 조용조용 제 마음을 말하는 그녀가 백현은 불편했다.

"생각하고 생각했습니다. 하나 저를 살리기 위해 나리께서 얼마나 큰 것을 내주셨는지 저는 가늠하기 어려웠습니다."

"……"

"제가 살아 있는 한 갚을 것입니다. 잊지 않고 기억하여……"

"잊어라."

그의 목소리에는 안타까움이 실렸으나 그 사실을 소운이 알 리는 없었다.

"할 수 있는 한 잊고 견딜 수 있는 한 버텨라. 내게 조금이라도 그리 미안한 마음이 있다면 다시는 이러지 마라. 내가 끼니때마다 네 앞을 지켜야겠느냐?"

"소첩은 그저."

소운의 목소리가 물기에 젖어 축축했다.

"제때 끼니를 챙기시지 못할 아비가 생각나 그러는 것이니 너무 신경 쓰지 마셔요."

순간 적막이 흘렀다. 그 시간이 어색했던지 이내 소운이 젖은 얼굴을 돌렸다. 그대로 발을 돌려 방을 나서는 백현의 얼굴이 참담했다. 백현은 이제는 웃지 않는 그녀를 보는 것이 너무도 힘들었다.

오늘도 소운은 여느 때처럼 별당 뒤편 정자에 멍하니 앉아 있었다.

"아씨."

"……."

"아씨."

"아, 날 불렀는가."

"무슨 생각을 그리하십니까요? 그만 들어와서 진지 드시지요."

"벌써 시각이 그리되었는가."

소운은 어서 방으로 들라는 가노의 재촉에도 발을 뗄 생각을 하지 않았다. 그 끔찍했던 여름을 지나, 이제 계절은 겨울이 되어 있었다. 안 그래도 비쩍 말라 안쓰러웠던 그녀의 얼굴은 더 핼쑥해져, 언제 백현의 불호령이 떨어질까 두려운 가노들을 더욱더 불안하게 만들었다.

"아씨."

"미안하네만 오늘은 정말로 입맛이 없네. 나리께서 오시면 내 잘 말할 터이니 한 번만 봐주게나."

난감해하는 그들을 뒤로하고, 소운은 찬바람이 부는 정자 기둥에 머리를 기대고 다시 상념에 빠져들었다.

'아버지가 계신 곳이 저쪽이던가. 강화도는 해가 지는 쪽이라 들었는데. 날이 추우면 고신당한 자리가 더 상할 것인데.'

소운은 수레에 실려 유배를 떠나던 아비의 모습을 지우려 머리를 흔들었다. 연홍의 도움으로 겨우겨우 아비가 가던 길을 따라잡을 수 있었으나 지금 와서 돌이켜 보니 차라리 보지 않는 것이 나았겠다는 생각이 들었다. 그토록 세상 모든 일이 신기하고 천성이 밝아 철이 없다 욕먹던 소운은, 이제 뭘 하든 무엇을 먹든 그날 수레에 누워 가던 아비의 얼굴이 떠올라 웃을 수가 없게 돼버렸다.

'영월댁의 시신은 누가 거두었을까? 이리 바람이 찬데 겨울이면 고뿔을 달고 살던 천 서방은 옷이나 제대로 입고 다닐까. 아버지 계시는 방에 군불은 넣어주려나.'

소운의 스르르 감긴 눈에서 또 눈물이 소리 없이 흘렀다. 너무 많은 사람들이 그녀 곁을 떠났다. 소운의 어머니는 열 살 때 자신의 곁을 떠났다고 했다. 어머니가 떠나던 날의 기억을 잊고 살았다 생각했는데, 요사이 눈을 감고 있으면 불현듯 그날의 기억이 조금씩 떠오르는 것도 같다. 꿈인 듯도 하고 기억인 듯도 한 분명치 않은 영상들이 그녀 머릿속에 떠올랐다 사라졌다.

'어머니, 어머니……'

어린 소운은 집 안 곳곳을 돌아다니며 누군가를 찾고 있었다. 얼굴은 눈물범벅이 되었고, 콧물이 흘러나오는 줄도 모르고 엉엉 울고 있었다. 영월댁이 그런 소운을 안아 들려 했으나 소운은 버둥거리며 계속 그녀의 품에서 빠져나오려 하고 있었다.

'그만하거라.'

아비의 불호령이 떨어지자 버둥거리던 것을 멈췄지만 소운의 얼굴에서는 계속 눈물이 서럽게 떨어지고 있었다.

'엉엉, 어어엉. 어머니, 어머니.'

계속 어머니를 외치며 울던 소운이 까무룩 정신을 놓았다.

"소운아, 소운아."

점점 더 크게 자신을 부르는 남자의 목소리가 들렸다.

"소운아."

아버지의 목소리는 아닌 듯한데 자신을 부르는 그 목소리가 참으로 따뜻하다고 느끼며 소운은 깊은 잠 속으로 빠져들었다.


"네놈들이 제정신이더냐."

"아이고 서방님, 저희는 그저 여느 때처럼 잠시 앉아 계신다기에 그런 줄로만 알고."

"잠시라니! 그 아이의 몸이 이리 차가워질 때까지 시각이 한참 흘렀을 텐데 그동안 한 놈도 신경 쓰는 이가 없었단 말이냐? 그게 말이 되느냐."

소운은 방문 앞에서 들리는 소란에 천천히 눈을 떴다.

"네놈들이 나를 우습게 알지 않고서야 어찌 이 아이를 이리 대할 수 있단 말이냐."

아랫사람들을 책망하는 백현의 목소리가 점점 커졌다. 이 사달의 원인이 자신임을 깨달은 소운은 그를 말리려 일어나기 위해 몸을 뒤척였다.

"그냥 누워 있거라."

"마, 마님."

자신의 곁을 지키고 있는 백현 모를 본 소운은 놀라 급히 자리에서 일어나 앉았다.

"그냥 누워 있으라는데도."

"아, 아닙니다. 이제 괜찮습니다."

그런 소운을 바라보는 백현 모의 얼굴에는 근심과 안쓰러움이 가득했다.

"다시 한번 이런 일이 있을 시에는 내 너희들을 절대 용서치 않을 것이다!"

밖에서 들려오는 백현의 고함 소리가 민망하여 소운은 고개를 들지 못했다.

"처음 너를 들인다 했을 때 말리지 않은 게 요즘 와 크게 후회가 되는구나."

"……."

"아비와 가솔들을 그리 보내고 갈 곳 없는 네가 안타까워 허락한 것인데 그것이 너와 저 아이 모두를 이리 힘들게 할 줄 알았다면, 나는 끝까지 반대했을 것이다."

백현 모의 말은 냉정했으나 그 속에 걱정이 담겨 있어 그런지 이상하게도 소운은 서운하지가 않았다.

"곡해는 하지 말거라. 네가 내 자식을 힘들게 해서 그렇다는 뜻이 아니다."

"……예."

"아가, 어찌하여 네 자신을 이리도 아끼지 않는 게냐."

드르륵. 문을 열고 방으로 들어온 백현이 어머니 앞에 무릎을 꿇고 있는 소운을 보고 난처한 표정을 지었다.

"너는 나가 있거라."

단호한 어머니의 말에 백현이 고개 숙인 소운을 보며 머뭇거렸다.

"어머니, 몸도 성치 않은 아이입니다."

"나가 있으래도. 이 아이가 지금 몸이 아파 이러는 것이라더냐."

백현은 어미의 호통에 걱정스러운 눈으로 소운을 한번 보고는 어쩔 수 없이 밖으로 나갔다. 백현 모는 담담히 말을 이어갔다.

"저 아이의 처는 출산 중에 아이와 함께 세상을 떠났다. 첫 혼인이 상처만을 남기고 끝났을 때 나는 저 아이가 다시는 여인을 집안에 들이지 않을 줄 알았다. 너를 들여야겠다고 했을 때 다행이다 싶으면서도 청하던 눈빛이 힘들어 보여 망설였었는데 의외로 너를 살뜰히 챙기는 모습에 희망이 생기더구나. 다시 봄이 오면 이 집안에 아이 울음소리가 들리고 저 녀석도 가족과 함께 사는 소소한 재미란 걸 느낄 수도 있겠구나, 그리 작은 바람을 가졌었다. 한데 아녀자의 짧은 생각이었나 보구나. 내 아들만큼 상처 많은 너를 옆에 두게 하는 것이 아니었는데."

처음 듣는 백현의 사연에 소운의 마음이 먹먹해져 왔다. 그런 일을 가슴에 묻고 산 사람의 어깨에 자신이 더 무거운 짐을 올려 줬다 생각하니 미안함과 안타까움이 동시에 밀려왔다.

"아가."

소운은 백현 모가 자신의 손을 잡으며 따뜻하게 부르자 그제야 숙였던 고개를 들었다.

"네가 가지고 있는 그 상처를 저 아이와 나누며 살면 정녕 아니 되겠느냐."

소운의 손을 따뜻하게 꼭 쥔 백현 모는 그 손을 토닥토닥거리며 따뜻한 온기를 전해주었다.

"네가 가진 슬픔을 내 어찌 다 안다 하겠느냐. 하나, 산 사람은 살아야 하지 않겠느냐. 살다 보면 네 아비, 흩어진 가솔들을 다시 볼 수 있는 희망도 생길지 누가 알겠누. 남은 너의 삶이 어찌 흘러 갈지 아무도 알 수 없는 법이다. 그러니 너를 이리 버려두지 말거라. 저 아이가 너를 보며 더 이상 슬픈 눈을 하게 하지 말아다오."

"마, 마님."

"내 아들이 너를 어떤 마음으로 보는지 나는 다는 모른다. 하나, 그 아이의 눈이 계속 너를 담고 있다는 것, 그것이 내가 너희 둘에게 가지는 희망이다."

"……."

"아가, 소운아. 우리 하루하루 조금씩, 조금씩 덜 아파하며 살아 보자꾸나."

백현 모는 소운에게 다가가 그녀를 꼭 안아주었다.

"나를 어미라 여기고 그리 의지하며 살아보자."

자신을 안은 백현 모의 품이 너무 따뜻하여 소운은 또 눈물이 났다. 그녀의 마음이 전해지자 어느새 가슴속 한기가 조금은 사라지는 듯해 소운은 눈물을 글썽이며 나지막하게 속삭였다.

"어…… 머님."

"그래, 그리 부르거라."

"어머님, 흑흑. 어머님."

소운은 백현 모의 품 안에서 그토록 부르고 싶었던 그 한마디를 끊임없이 외쳐대며 오열했다. 백현은 소운의 오열이 끝날 때까지 문밖에서 서 있다 미음을 들이라 하고는 사랑으로 건너갔다. 차가운 겨울이 지나가고 있었다.


다음 해 봄, 백현은 종육품 시강원 사서로 궐에 드나들고 있었고 조정은 세자빈의 일로 인해 흉흉하기만 했다.

"자네 그 소식 들었는가."

"무슨 소식 말인가."

"폐빈의 아비가 목을 맸다는구먼. 허어 참, 딸 하나 잘못 키워 패가망신을 하게 되었네그려."

세자빈 유씨가 내시와 간통했다는 죄로 폐출되었다. 동료가 들려준 소식에도 백현의 낯빛은 담담했다. 당분간 추문이 왕실의 이름을 저자에 조리돌림을 하게 할 것이다. 하나 주상과 중전이 살아 있는 한 세자의 위치는 굳건할 것이고 사람들 입에 오르내리기야 하겠으나 어차피 잊힐 일이다.

문제는 세자가 특별히 왕재의 자질을 보이고 있지 않다는 것이었다. 현 주상이 아무리 무인 출신이라 하나 한 나라를 세운 이고,

중전은 여인이라 하나 세상을 보는 안목이 사내보다 낫거늘 어찌 그 두 아들은 그리 무색인지 세상일은 참 모를 일이었다. 생각에 잠긴 백현은 시강원을 나서다 자신을 부르는 소리에 뒤를 돌았다.

"퇴청하는 길이더냐."

"시강원엔 어쩐 일이십니까."

자신을 부른 이가 삼봉 정도전임을 안 백현의 눈빛이 곱지 않았다.

"주상 전하께 들기 전에 잠시 생각나서 들러 보았다. 내 이름만 저하의 빈객이지, 그동안 소원했구나 싶기도 하고."

"삼봉 어르신께서 번다하심이야 이 땅에 모르는 사람이 누가 있겠습니까."

"용인에는 가끔 들리더냐?"

제 입으로 죽이라 명하진 않았으나 방원이 나서지 않았다면 언젠간 제 손으로 보냈을 선배 포은이었다. 역모죄인이라 하여 아무도 챙기지 않은 그의 시신을 백현이 몰래 용인으로 모셨다 들었을 때 삼봉은 그저 눈을 감았다.

"언제 내 집에 한번 들르거라. 술 한 병 내어 줄 터이니 선배에게 가져다 드리거라."

"그 술을 반가워하시겠습니까."

삼봉은 예를 갖추었으나 비수가 섞인 제 마음을 감추지 않고 드러내는 젊은 후배를 조용히 응시했다.

"내치진 않으실 게다. 그런 분이 아니었더냐. 네 스승은."

삼봉은 말없이 백현의 어깨에 손을 잠시 올리고는 그 옆을 지나갔다. 어쩔 수 없는 일이었고 이 또한 대세를 어길 수는 없다는 말로 이해되고 지나갈 일이었다. 그래도 죽음을 각오하고 선배를 챙긴 이 아이에게 고맙다는 말 한마디는 전하고 싶었다. 하나 그런 말 한마디 따위로 용서받으려 하지 말라는 듯 저를 노려보는 후배의 눈빛에 입을 닫았다. 의미 없는 일이었다.

와창창 쨍그랑. 찻상 위에 올려져 있던 고운 다기들이 중궁전 구석구석에 산산조각이 나 흩어졌다.

"마마, 고정하시지요."

"도대체 어쩌다 그런 아이를 맞아들여 이 꼴을 보게 한단 말입니까."

서둘러 그 파편들을 치우려는 나인들의 뒤로 중전의 불호령이 떨어졌다.

"모두들 나가거라! 한 놈도 중궁전 근처엔 얼씬도 하지 말거라."

나인들을 물린 중전은 자신의 앞에 앉은 삼봉을 노기 서린 얼굴로 쏘아보았다.

"삼봉이 추천한 행실이 음전하기 이를 데 없고 덕이 높다던 그 아이가 이리도 왕실의 얼굴에 먹칠을 했습니다. 이러고도 삼봉이 세자의 빈객이요, 이 나라의 공신이라 할 수 있습니까? 입이 있으면 말을 해보시지요."

"이미 벌어진 일입니다. 마마께서 이렇듯 계속 노여워하심은 이 일을 덮는 데 아무 도움이 되지 못합니다."

"뭐, 뭐라고요? 지금 그걸 말이라고 하십니까? 이 조선 땅에 입 달린 것들은 모다 이 왕실을 비웃고 있답니다."

"이미 주상 전하께서 왕실의 일이니 더 이상 입에 담지 말라 명하시지 않았습니까."

꽝. 중전은 다기들이 사라지고 없는 찻상을 힘껏 내리쳤다.

"그러면 뭘 합니까? 방원이와 그의 일당들이 저잣거리에 소문을 퍼트리고 다닌다는데. 온 도성이 세자를 비웃는 소리로 덮였다는데."

담담한 삼봉의 표정에 중전은 더더욱 분을 참지 못하고 책상을 내려쳤다.

"제발 고정하시지요. 마마. 지금은 이렇듯 총기를 잃으실 때가 아닙니다."

"지금이 때가 아니면, 그럼 제가 그냥 가만히 앉아 허허거리며 있어야 된다는 말씀입니까? 방원이네들이 하는 그 짓을 보고도 말입니다."

"추문이야 새로 세자빈을 간택하여 후사를 보시면 바로 잊힐 일입니다. 마마께서 먼저 그 일에 대한 언급을 그만두셔야 아랫것들도 차차 잊을 것입니다. 그것보다 도성 문제는 전하께 말씀해보셨습니까."

"요사이 제가 그럴 정신이 어디 있었겠습니까? 삼봉 덕에 하루도 조용할 날이 없음을 잘 아시지 않습니까."

중전은 저토록 침착한 삼봉이 섭섭하기 그지없었다. 세자의 권위가 무너지기만을 호시탐탐 노리고 있는 저 방원이 놈을 생각하면 도성 천도 따위가 지금 무슨 대수란 말인가.

삼봉은 삼봉대로 이렇듯 일의 경중을 따지지 못하고 이성을 잃은 중전이 답답했다.

"도성은 전하의 의지가 워낙 강하시어 소신들의 말을 듣지 않으시니 마마의 도움이 꼭 필요한 일입니다. 지금의 계룡산은 도읍으로 삼을 만한 곳이 아닙니다."

"알았습니다. 내 전하께 다시 한번 언급하겠으니 대감은 그만 나가보세요."

중전이 귀찮다는 듯 머리를 싸매고 돌아서자 삼봉은 어쩔 수 없이 자리를 떴다. 기대했던 세자 방석의 자질은 제 어미의 총기에 비해 그 반에도 미치지 못했다.

호랑이 새끼인 방원에게 왕좌를 내줄 수는 없는 일이었다. 그랬다가는 재상이 중심이 되어 나라를 이끌어가는 토대를 만드는 일은 영원히 요원하게 될 것이 분명했다. 하지만 정치력이라면 자신에게 뒤지지 않던 중전마저 요사이 그 총기를 잃어가는 듯하여, 삼봉 정도전은 답답한 마음에 중궁전을 나서는 발길이 무겁기만 했다.

"살펴 가십시오, 나으리."

책방을 나온 백현은 품속에 넣어둔 책을 만지작거리며 집으로 향하는 발걸음에 속도를 냈다.

그 추웠던 겨울이 끝나자 조금씩 기운을 차리기 시작한 소운은 가끔 그에게 서책을 구해 달라는 등 청을 해왔다. 때때로 거르던 끼니도 잘 챙기고 얼굴에는 가끔씩 미소가 비쳤다.

그저 잘 먹기만 해도 한시름 놓겠다 했던 게 어제 같은데 이제 혈색이 돌아온 소운을 보니 인간의 욕심은 끝이 없었다. 백현은 일 년이 넘게 부부로 살아왔건만 아직도 자신의 손길을 낯설어하는 그녀가 조금은 섭섭했다. 어머니와 담소를 나눌 때는 간간히 웃기도 하며 자연스럽게 대화를 하다가도 그와 둘이 있으면 유난히 낯을 가렸다.

그는 초야 이후 소운을 안은 적이 없었다. 그저 제 품에 안고만 밤을 보냈음에도 아침이 되면 제대로 얼굴을 마주치지 못하고 부끄러워하는 그녀의 모습도 나쁘진 않았다. 그래도 이 정도라도 버텨주는 게 어딘가 싶었다.

차갑게 식은 몸으로 정자에 기대 죽은 듯이 잠들어 있던 소운을 발견하던 그날. 백현은 아랫사람들을 그리 큰소리로 나무랐던 적이 있었던가 싶을 만큼 있는 대로 화를 뿜어댔다. 그의 지칠 줄 모르는 분노에 백현 모가 별당으로 달려왔고, 결과적으로 그 일로 인해 소운이 조금은 삶에 의지를 가지게 되었으니 전화위복이라 할 수 있었다. 지금 소운에게 필요한 사람은 자신보다는 어머니가 아닐까 하는 생각에 백현은 아쉬움을 느꼈다. 그러면서도 이런 자신이 어이가 없어 혼자 웃기도 했다.

어차피 언젠가는 소운에게 그녀가 제 곁에 온 이유를 털어놓아야 했다. 그때가 되면 자신을 보는 소운의 눈빛이 지금과는 다를 것임은 자명했다. 아직은, 그래 아직은 그저 소운이 청한 도움을 백현이 거절치 못하였다고만 알게 두는 것이 맞다. 그가 아비의 목숨을 구하고 원치 않던 벼슬길에 나섰다는 정도로만 알게 해도 될 것이다. 백현은 상념으로 인해 더뎌졌던 발걸음을 다시 재촉했다.


시어머니가 제가 건넨 수틀을 보며 묘한 표정을 짓자 소운의 고개가 점점 더 아래로 떨궈졌다.

"참으로 궁금하구나, 이것이 무엇인 게냐."

백현 모는 소운의 수틀에 새겨진 형체를 이리저리 아무리 살펴보아도 그것이 무엇인지 가늠할 수가 없자 소운에게 물었다.

"나비와 꽃입니다."

"나비라, 나는 매미인가 했다."

"어, 어머님, 매미라니요."

"호호호."

한번 터져버린 그녀의 웃음은 백현이 왔음을 알리는 소리에도 멈추지 않았다.

"마님, 사서 나으리 퇴청하셨습니다."

"호호, 그래. 드시라 해라."

백현은 눈물을 닦으며 웃고 있는 어미와 난감한 표정의 소운을 보고는 의아한 표정으로 방으로 들어섰다.

"소자 퇴청했습니다, 어머님. 한데 어찌 그러십니까."

"호호, 백현아. 와서 이걸 좀 봐보거라."

"어, 어머님, 아니 됩니다. 나으리, 보지 마십시오."

소운이 필사적으로 수틀을 자신의 뒤로 감추자 백현이 그녀의 등 뒤로 손을 뻗었다.

"도대체 무엇이기에 어머니가 저러시는 게냐, 한번 줘보거라."

"아, 아닙니다. 정말 아무것도 아닙니다."

"어허, 줘보라는데도."

백현은 결국 이리저리 감추며 뒤로 물러나려는 소운의 팔을 잡아 수틀을 휙 빼앗아 찬찬히 살폈다.

"그러니까, 음…… 이건 도대체 무슨 글자더냐."

"호호호호."

"어머님."

이젠 옷고름으로 눈물까지 닦으며 웃어대는 시어머니를 보며 소운의 입이 불뚝 튀어나왔다.

"미안, 미안하구나. 호호. 소운아 한데 어찌 너는 이리 수가 늘지를 않느냐? 그것도 재주로구나."

"어머니, 이 아이 민망합니다. 그만하시지요."

"그래, 그래, 내 정말 미안하구나. 호호. 내 소운이 네 덕에 오랜만에 정말 크게 웃었구나."

"한데, 정말로 이건 뭘 새긴 것이더냐."

풀이 죽어 있는 소운에게 백현이 진심으로 궁금하여 묻자, 백현모는 다시 웃음을 터트렸다. 같이 저녁이나 들고 가라는 시어머니의 말에 두 사람은 해가 저물고서야 나란히 별당으로 향했다. 백현은 조금 전 일이 떠올라 다시 소운을 놀렸다.

"나비라고는 안 보이던데, 어디를 가야 그런 나비를 볼 수 있는 것이냐?"

"그만 놀리십시오. 저는 진정 성심을 다해 나비를 수놓은 것입니다."

"사람은 다 자신만의 재주를 타고난다는데 너는 그쪽은 아닌가 보다."

"예에."

제법 속상했는지 울상이 되어 걸어가는 소운을 보던 백현은 얼른 품속에서 책을 꺼내 그녀의 손에 쥐여 주었다.

"네가 구해 달라던 서책이다."

꽤나 기쁜지 얼굴이 밝아진 소운이 책을 손에 꼭 쥔 채 눈을 반짝이며 고개를 들었다. 조금은 살이 오른 듯도 한 볼에 깃든 홍조 때문인지 제법 낯에서 생기가 느껴졌다. 이젠 어디를 봐도 사내다운 구석이라고는 찾아볼 수 없을 만큼 소운은 고왔다.

"비록 나비를 새기는 재주는 없으나 너는 명나라 말도 할 줄 알고 왜의 언어도 한다 하지 않았더냐. 그것도 좋은 재주이니 너무 실망 말거라."

"그리 달래주실 필요 없습니다. 저도 제가 손재주 없는 거 잘 압니다."

해가 저물어 석양이 붉게 물든 하늘 아래 선 여인의 표정이 다시 뾰로통해졌다. 혼인한 여인임을 알리는 올린 머리가 잘 어울려 백현은 불현듯 옛날 생각이 났다.

"그때는……."

소운의 머리로 향한 백현의 손이 한 가닥 빠져나온 그녀의 머리카락을 쓸어 뒤로 넘겨주었다. 살짝 스친 귓가에 닿은 백현의 손에서 유난히 뜨거운 열기가 느껴졌다.

"사내인 줄 알았어도 곱다 생각했었는데."

"……."

"한데, 지금은."

"……."

"그저 여인 같구나."

소운의 머리카락을 쓸어주던 손이 지나가자마자 백현의 입술이 그녀에게로 향했다. 뜨거운 백현의 입술이 소운에게 부드럽게 닿자 그녀의 입에서 한숨 섞인 신음 소리가 약하게 흘러나왔다.

"음……."

마치 허락을 알리는 듯한 그 소리가 백현의 참아왔던 열망에 불을 지폈다. 백현은 소운의 머리를 감싸 안고 깊숙이 그녀의 혀를 향해 파고들었다. 그렇게 백현은 석양이 완전히 저물어 어두워지는 순간까지 소운의 입술을 탐하고 또 탐했다.

"오늘, 예서 머물러도 되겠느냐."

깊은 입맞춤이 끝나고 던진 물음에 소운은 발개진 얼굴로 고개를 숙인 채 말이 없었다. 아직은 그래 조금은 더 시간이 필요하겠지.

"걱정 말거라. 그저 옆에만 있을 것이니."

소운을 품에 안은 백현은 안정을 찾기 위해 천천히 그녀의 머리를 쓸어내렸다. 하나 이미 끓어오른 마음이 쉬이 가라앉을 리 없었다. 백현은 소운의 머리가 반질반질 윤기가 나도록 한참을 쓸어내리고 나서야 겨우 별채로 걸음을 옮겼다.


같이 만월각에 들러보겠냐는 백현의 말에 소운은 정말 오랜만에 얼굴 가득 미소를 띠며 기뻐했다.

"진정 저도 데려가시는 겁니까."

"서방이 기방에 간다는데 이리 좋다 하는 부인은 이 땅에 너밖에 없을 게다."

"나으리."

소운은 두 손을 모아 입을 가리며, 눈물이 나려는 걸 겨우 참았다.

"정말 보고 싶었습니다. 연홍 형님도, 기방 식구들도."

요 며칠 세자가 자리에 눕는 바람에 모든 경연과 서연이 폐강되어 여유가 생기자마자 백현은 소운과 함께 오랜만에 만월각에 다녀와야겠다 날을 잡았다. 며칠 전 연홍은 일전에 소운이 도움을 준 아이의 부모가 명나라 상단과 함께 다녀간다며 연통을 해왔다. 그들이 소운에게 꼭 감사의 인사를 전하고 싶어 한다며 시간을 내어 들러주십사 청했다. 이제 역모의 일도 잊혀가니 소운을 알아보는 자도 없을 터였다.

"의복을 준비해 두라 했으니 집을 나선 후에 갈아입으면 될 것이다."

"예? 의복이라니요."

"당연히 사내 옷을 입고 가야지, 하면 나보고 부인을 데리고 기방에 들어가란 말이냐."

"그럼 안채에 가서 어머님께 인사드리고 오겠습니다."

"설마, 만월각에 간다고 고할 것이냐."

"나으리도 참, 제가 모자란 아인 줄 아십니까? 그저 서방님과 시전 구경을 간다 할 것입니다. 어머님께서도 가끔씩은 바람도 쐴 겸 나갔다 오라고…… 어찌 그리 보십니까."

자신의 얼굴을 빤히 보는 백현이 의아하여, 소운은 하던 말을 멈췄다.

"보기 좋구나."

"예?"

"예전처럼은 아니어도 그리 종알거리는 게 더 낫다는 말이다. 그리고."

할까 말까 망설이던 백현은 결국 다음 말도 꺼냈다.

"나으리보다는 좀 전처럼 서방님이라고 부르는 게 더 듣기 좋구

나. 밖에 있을 테니 준비되면 나오너라."

백현은 쑥스러운지 서둘러 별당 문지방을 나섰다. 간만에 함께 나서는 외출이 기대되던 차에 때마침 소운이 잘 하지 않던 서방님 소리를 내어놓자 백현의 입가에 괜스레 미소가 걸렸다. 백현은 싫지 않은 낯빛으로 연신 소운이 언제 나오나 문 쪽을 두리번거렸다.

"아씨."

"연홍 형님."

뭐가 그리 반가운지 두 사람은 손을 붙들고 한참을 울다, 웃다 정신이 없었다.

"누가 보면 정인이라도 만난 줄 알겠다."

백현은 잡은 손을 놓을 줄 모르는 두 사람의 모습에 괜스레 애 먼 소리를 했다.

"얼굴이 어찌 이리 상하신 겝니까? 나으리가 아씨에게 매정하게 구는 것이 아닙니까."

"아, 아니어요. 절대 그런 것이 아닙니다. 어머님도 나으리도 잘 해주십니다. 정말입니다."

"농입니다. 아직 이리 순진하신 걸 보니 우리 아씨가 맞습니다."

"형님……."

연홍은 따뜻한 미소를 지으며 이 어린 부인의 뺨을 쓰다듬었다. 너덜너덜해진 노비의 옷을 입고 기방에 들어온 소운에게 자신을 형이라 생각하고 의지하라 한 게 벌써 일 년 전이다. 아직도 연홍을 형님이라 부르며 그리웠다 이리 눈물을 흘리는 이 여인을 누구라 미워하겠는가. 그저 농이 아니라 예전 같은 그 풋풋함이 덜해진 얼굴에서 처연한 여인의 태가 나니, 얼마나 마음고생이 심했나 하여 연홍은 소운의 손을 더 꼭 잡았다.

"강화에 계신 아버님은 무탈하십니까."

"예, 가끔 인편에 서찰을 보내주십니다. 나으리께서 의원도 보내주시어 예전보다 몸도 많이 나아지셨다 합니다."

"다행입니다. 정말 다행입니다. 한데……."

연홍이 책망하듯 방 안쪽 보료에 기대앉아 서책을 보고 있는 백현을 바라봤다.

"어찌, 아직도 아씨가 나으리라 부르게 하십니까."

"왜 그걸 나에게 묻느냐, 제가 편해 그리하는 것을."

"나으리도 참. 어찌 자신의 처가 아랫사람이 부르듯 나으리라 하는데 가만 계신단 말입니까."

"제 편한 대로 하는 거지."

무심하게 책장을 넘기며 대꾸하는 백현에게 연홍이 말도 안 된다 그를 책망했다.

"안방마님께서는 이 모양을 보시고 아무 말씀이 없으셨단 말입니까."

"왜 아무 말씀이 없으셨겠느냐. 서방님이라 부르라 했더니 그때부터는 아예 부르질 않기에 그냥 편하게 하라 한 것일 뿐이다. 괜한 일로 시끄럽게 하지 마라."

백현이 별일 아니라는 듯 대꾸하자, 그를 나무라던 연홍이 소운에게로 따뜻한 시선을 돌렸다. 연홍은 아직도 서방을 불편해하는 것이 분명한 소운을 보며 안타깝게 그녀의 손을 토닥였다.

"우리 아씨께 부부간의 일을 제대로 일러주지 못한 것이 못내 걱정이 되었습니다. 그래도 나으리가 잘하시겠거니 했는데."

"누가 보면 네가 친정 어미라도 되는 줄 알겠다."

백현의 타박에도 연홍은 소운의 손을 잡고 다정히 말을 이어갔다.

"자고로 남정네란 그저 애라고 생각하시면 됩니다. 애기같이 달래 주고 얼러 주어 가며 키워야 되는 것이 남정네란 분들이지요. 여기 계시는 백현 나으리만 해도 이 기방의 모든 기녀와 밤을……"

"여, 연홍이 자네. 큭, 자네가 지금 무슨 소리를 하는 것인가."

갑작스러운 연홍의 말에 놀라, 마시던 차가 목에 걸린 백현이었다. 그의 호통에도 아랑곳하지 않고 연홍이 계속 그가 지난 시절 기방에 드나들던 얘기를 꺼내자 결국 백현이 당황하여 그만하라 연홍을 타박했다. 그 모습을 보던 소운은 별일 아니라는 표정으로 백현을 말리고 나섰다.

"저, 나으…… 서, 서방님. 저는 전부터 알고 있었던 일이니 괘념치 마십시오."

"뭐, 뭐라고."

그녀의 말에 더 놀란 백현은 소운을 멍하니 바라볼 뿐이었다.

"알고 있다니, 뭘 말이냐."

백현은 도대체 이 아이가 무슨 소리를 하는 것인가 싶어 어이가 없었다.

"예전에 만월각에서 나으리를 처음 뵙던 날 도대체 누구시냐고 기방 아이에게 물은 적이 있습니다."

"물었더니?"

소운이 잠시 망설이다 입을 뗐다.

"만월각 기녀들을 매일 밤 바꿔가며 노는 파락호 같은 분이라고."

"풋……!"

예상치 못했던 소운의 대답에 백현은 할 말을 잃었다. 연홍의 멈추지 않는 웃음소리만이 기방 문을 넘어 퍼져갔다.

해가 뉘엿뉘엿 져가는 강길을 따라 키가 훤칠하게 큰 한 남자가 성큼성큼 걸어가고 있다. 약간 화가 나 있는지 서늘한 기운을 풍기며 걸어가는 사내 뒤로, 앞선 사내보다는 얼굴 하나는 더 작은 키에 묘하게 곱게 생긴 사내가 그 뒤를 종종거리며 걱정스러운 표정으로 따라가고 있다.

'파락호, 파락호라니요……. 호호호.'

연홍의 웃음이 아직도 귓가에 들려오는 듯하여 앞에 선 백현은 머리가 아파왔다.

'말이 되는가, 도대체 저 아이는 지금까지 나를 뭐라 생각하고 있었단 말인가.'

아무리 생각해도 화가 가라앉지 않자 백현은 휙 뒤를 돌아 자신을 종종걸음으로 쫓아오고 있는 소운을 노려봤다. 갑자기 돌아선 백현이 자신을 계속 보고 있자 소운도 발걸음을 멈춰 그 앞에 섰다. 제 손길을 낯설어하는 것은 아직 사내를 잘 모르니 그저 부끄러워 그런 거라 생각했었다. 초야를 그리 보낸 것이 안타까워 이 아이의 마음이 제게로 향하길 기다렸었다. 지난밤 이 아이와 나누던 입맞춤이 꽤 좋아 이제 한 발 더 다가가도 되지 않을까 그리 여겼거늘.

"그러니까……."

소운을 바라보는 백현의 눈에 황망함과 서운함이 가득했다.

"너는 지금까지 네 서방이 파락호라고 생각하며 살았단 말이렷다."

가시가 돋친 싸늘한 백현의 말에 소운은 어쩔 줄 몰라 고개를 숙이고 그저 오늘 신고 나온 고운 수혜의 앞코만을 바라보고 있었다.

"아, 아닙니다. 그런 것이 아니라 저는 그저 그리 전해 들었다는 말을 드린 것뿐이지 다른 뜻은 없……."

"도대체 어떤 발칙한 아이가 그따위 소리를 네게 전했단 말이냐."

끝내 화를 참지 못한 백현은 소운에게 버럭 소리를 지르고는 다시 뒤돌아 성큼성큼 걸어갔다. 소운은 한숨을 푹 내쉬고는 다시 그의 뒤를 졸졸 따랐다.

'그놈의 파락호 소리를 내가 왜 했을까?'

소운은 그 말을 내뱉은 제 입을 꿰매버리고 싶었다.

'그나저나 도대체 왜 나한테 이리 역정을 내시는 거야?'

곰곰이 생각해보니 소운은 억울하기도 했다. 계속 인상을 쓰고 있던 백현 때문에 결국 소운은 자신을 만나러 왔다는 이들과 제대로 인사도 나누지 못한 채 기방을 서둘러 나서는 그의 뒤를 따라오지 않았는가 말이다. 사실상 역정을 내야 하는 건 바로 자신 심소운이었다.

순간 소운은 본인도 모르게 예전의 자신으로 돌아간 듯, 쌩하니 걸음을 달려 백현의 앞에 서 씩씩거렸다.

"뭐냐."

"따지고 보면 서방님이 만월각 기생이란 기생과 전부 다 밤을 보내신 건 사실 아닙니까."

"그래서."

"그러니 딱히 제가 틀린 말을 한 것도 아닌데 왜 이리 화를 내시는 건지 이해가 되지 않습니다."

제법 여인이 된 줄 알았더니 이리 사내처럼 입혀놓자 소년 같던 예전 소운의 모습이 떠올랐다. 그러나 이제 이 여인은 더 이상 아이가 아니었다. 백현은 자신의 기다림이 이젠 더 의미가 없음을 깨달았다.

"넌 어땠느냐."

"에?"

"내가 파락호처럼 살았다는 말을 들었을 때 넌 어땠느냐는 말이다."

"뭐가 말입니까?"

"네 서방이 기방에 있는 기녀들과 매일 밤을 보냈다는 얘기를 듣고도 나와 입맞춤을 하고 한 이불 속에서 자야 하는 네 심정은 어땠느냐 묻는 것이다."

"그, 그거야. 왜 갑자기 그런……."

민망한 소운이 고개를 돌리자, 백현은 남장한 그녀의 갓끈을 잡고는 자신의 앞으로 고개를 돌려세웠다. 두 사람의 거리가 서로의 숨소리가 들릴 만큼 가까워졌다.

"말해보거라. 네 기분은 어땠느냐."

자신을 뚫어져라 바라보는 백현의 시선이 민망했던 소운은 고개를 돌리려 했다. 하지만 전과 달리 강하게 자신을 붙잡고 있는 그의 힘에 이러지도 저러지도 못하고 별수 없이 그의 눈을 계속 바라볼 수밖에 없었다.

"그, 그것이."

소운은 한 번도 자신이 그 일에 대해 생각해본 적이 없다는 사실을 문득 깨달았다. 자신은 그저 그의 소실이었기에 그가 하는 모든 것이 당연하다 생각했을 뿐이었다. 그 힘들었던 밤 이후, 자신의 곁에 머물러도 그저 안아만 주는 그가 고맙고 의아하기는 했다.

"너는 내 안사람이다. 그 사실을 알았다면 응당 나에게 따졌어야 하는 것 아니냐."

"제가 그런 걸 따질 처지가 됩니까."

"내가 잘못 생각한 거 같구나."

"……."

"그저 시간이 흘러 네가 좀 더 크면 자연스레 알게 되겠지 했는데. 아니 그리고 보면 처음 봤을 때부터 넌 그다지 어린 것도 아니었다. 그저, 나는 네가 아직은 철없고 연약하니 좀 더 시간을 주어야 한다 생각했는데."

자신을 바라보는 백현의 눈빛에서 전과는 다른 마음을 읽어낸 순간 소운의 심장이 걷잡을 수 없이 뛰기 시작했다.

"이제 내가 어떤 사내인지도 알았으니, 더 이상 네 앞에서 망설일 필요도 없겠구나."

"예?"

자신의 허리를 안은 백현의 손에 조금씩 힘이 더해지고, 두 사람의 거리가 그만큼 더 가까워져 오자 소운은 자기도 모르게 숨을 멈췄다.

"숨 쉬거라."

백현의 말에 소운이 잠시 몸에 힘을 빼는 순간 그의 입술이 소운의 입술을 파고들었다. 그녀를 배려하기 위해 조심스럽게 다가오던 평상시와는 다르게 백현은 소운의 입술을 깊게, 조금은 거칠게 탐하기 시작했다.

길고 긴 입맞춤이 지나고 백현이 갑자기 소운의 손을 잡고 빠른 걸음으로 걷기 시작했다. 인적이 드문 강가 나무 사이에 몸을 숨기자마자 백현은 다시 소운의 얼굴을 감싸고 그녀의 입술을 머금기 시작했다.

"읍, 읍. 나으…… 서, 서방님. 여긴…… 누, 누가…… 봅니다."

해가 졌다 하나 사람들이 지나다닐지도 모르는 강가 한가운데서 사내의 복색을 한 그녀의 입술을 탐하고 있다는 생각에 백현은 참을 수 없이 흥분했다. 그녀의 걱정 어린 투정 따위는 모두 입술로 받아낼 생각이었다.

"소운아."

"네, 하아, 하아."

"소운아."

"네……."

숨이 차올라 대답하기 힘들면서도 자신의 부름에 꼬박꼬박 답해오는 그녀의 이름을 부르던 그가 나지막이 가슴에 품었던 말을 내어놓았다.

"내 아이를 낳거라."

놀란 소운이 고개를 들자, 백현은 소운의 턱을 들어 자신의 눈을 바라보게 했다.

"내게 기방 문턱은 밟지도 말라 투기하거라. 너는 그럴 자격이
있다."

"……."

"몰랐더냐? 너는 나 이백현의 유일한 안사람이다."

"……."

"약조하마. 내 너 외에 다른 여인을 보지 않을 것이다. 그러니
네가 내 후사를 이어줘야 한다."

갑작스러운 그의 말에 소운은 그저 제 서방의 얼굴을 멍하니 보
며 할 말을 잃었다. 하지만 잠시 후 자신을 바라보는 사내의 눈빛
이 달라져 있음을 여인의 본능으로 깨달았다. 백현의 눈빛은 이제
오롯이 사내의 그것으로 변해 있었다.

그날 어찌 집으로 돌아왔는지 소운은 정확히 기억지 못했다. 소
운이 기억하는 건 자신의 입술을 끝도 없이 탐하던 백현의 뜨거운
입술과 방에 들어서자마자 그녀의 도포 자락을 풀어 헤치던 그의
급한 손길이었다. 초야의 아픔을 기억하는 소운의 몸을 끈질지게
탐하던 백현은 결국 고통을 덜어주고 열기를 담아냈다. 깊은 밤 소
운의 입에서 아픔이 아닌 흥분에 겨운 신음 소리가 새어 나오자
백현은 만족감에 자신도 모르게 그녀 안에 깊이 파정했다. 이제는
더 이상 인내하지 않겠다는 듯 지친 소운을 끝도 없이 지분거리는
백현의 손길로 인해 그날 별당의 밤은 길고도 길었다.


연홍은 자신의 귀를 의심하여 다시 되물었다.

"자네 지금 무어라 했는가? 누구를 찾는다고."

"나루 근처에 살던 심가 성을 쓰는 역관의 딸을 찾는다 했습니다요."

"찾는 사람이 누구라고?"

"저희가 거래하는 명 상단의 행수어른께서 찾으십니다. 역관이 역모로 죽고 딸은 행방을 모른다며 개경에 가면 꼭 알아봐 달라고 여기저기 부탁을 했다 들었습니다."

"도대체 대명국 상단의 행수가 역모죄인의 딸을 왜 찾는단 말인가."

"소인이야 자세히 알지는 못합니다만, 고려 출신들에게만 은밀히 부탁을 하였습니다. 혹여 목숨을 잃었다면 자신이 시신이라도 거두고 싶다고."

연홍은 언젠가 들었던 소운의 말을 떠올렸다.

'제 어미는 명나라 사람인데 열 살 때 저와 제 아비를 떠나 명나라로 돌아갔다 합니다.'

'아비가 사신 행렬을 따라 명에 갔다가 상단에 있는 어미를 만나 첫눈에 반하셨다 들었습니다.'

혹여 소운 아씨의 어머니가 찾는 것인가 싶어 연홍이 다시 물었다.

"그 상단의 행수라는 자가 여인이던가."

"아닙니다요. 아무리 명이라 하나 어찌 그 큰 상단의 행수가 여인이겠습니까."

"하기야 그렇겠지."

혹시나 하던 연홍의 표정은 잠시 수그러들었으나 뒤이은 답에 다시 눈이 크게 떠졌다.

"아, 딸이 하나 있다고 들었습니다. 몇 년 전에 병에 걸려 죽고 자식이 없다는 소문이 있기는 합니다만."

연홍은 그의 말에 놀란 가슴을 진정시켰다. 정말 소운의 외가일지도 몰랐다.

"자네 말고도 심 역관의 딸을 찾는 자가 또 있는가."

"예, 고려 출신 중에 상단에 꽤 오래 일한 자도 있으니 또 있을 것입니다."

"이 일을 좀 더 자세히 아는 자를 찾아 만월각으로 데리고 올 수 있겠나."

"그러믄입쇼. 당장 알아보겠습니다요."

만월각에 있는 딸과 인연을 이어준 소운에게 감사의 인사를 드리고 싶다며 찾아왔던 이는 연홍에게 뜻밖의 소식을 알려주고 방을 나섰다. 진정 소운 아씨의 외가에서 찾는 것이라면 이 소식을 어찌 전해야 하나 연홍의 가슴이 떨려왔다.

## 3. 깨달은 연심(戀心)


왕은 개경을 떠나 한양으로 천도할 것임을 만백성에게 선포했다. 천도를 앞두고 두 달 예정으로 한양에 갔던 백현은 한 달 만에 일정을 서둘러 마치고 집으로 돌아왔다.

"어머니, 소자 다녀왔습니다."

"그래 먼 길에 고생이 많았다. 한양의 분위기는 어떠하더냐."

"천도가 얼마 남지 않아선지 제법 자리를 잡아가고 있기는 하나, 당장은 많이 불편하실 겁니다. 집 안 구석구석 잘 정리하라 일러두고 왔으니 너무 걱정 마시지요."

백현이 누구의 흔적을 찾는지 방 주변으로 시선을 옮겼다.

"안 그래도 조금 전까지도 안채에서 버티고 있는 걸 별당으로 건너가 쉬라고 호통을 쳐서 쫓아냈다."

"네에."

"몸이 어서 회복되어야 할 텐데 걱정이구나."

"걱정 끼쳐드려 송구합니다. 어머님."

"백현아."

"네, 어머님."

"나는 너의 뜻에 따를 것이나, 아버님의 생각은 다르시지 않겠느냐? 대는 이어야 한다 하시니."

"……."

"네가 고집을 피우면 소운이가 힘들 것이다. 잘 생각해보거라."

"제 생각은 변함없습니다."

백현 모는 일각의 망설임도 없이 단호한 아들의 대답에 잠시 말을 잊다, 체념하듯 물러가라 손짓을 했다.

"건너가 보거라, 기다리고 있을 텐데."

"죄송합니다. 어머니."

"내게 소운이는 이제 친딸이나 진배없다. 그러니 내게 미안해할 것이 무엇이라고. 조만간 길을 떠나야 하니 어서 기력을 차려야 할텐데 그것이 걱정이구나."

어미의 걱정을 뒤로하고, 별당으로 향하는 백현의 걸음이 무거운 마음과는 달리 빨라졌다. 백현이 한양으로 떠나기 전 소운은 이틀간의 지독한 난산 끝에 첫아이를 잃었다. 별당 문을 밀고 들어가려던 백현은 몇 달 전 문밖으로 들리던 소운의 울음소리가 생각나 문득 그 자리에 걸음을 멈췄다.

'내가 너를 안지 않았더라면. 네 아비가 그리 역모에 휘말리게 하지 않았더라면. 그날 스승님을 가시지 못하게 끝까지 잡기만 했더라면.'

울다 지쳐 자신의 품에서 정신을 잃은 소운을 안고 밤을 지새우며 백현은 너무도 많은 회한에 자신을 원망하고 또 원망했다.

'내 옆에 오지 않았더라면, 넌 행복했을까? 널 내 옆에 두지 않았더라면, 난 지금 이리 버티며 살아갈 수 있었을까? 어찌하여 너에 대한 내 마음이 이리 커져버렸단 말이냐, 소운아. 어찌하여.'

마음속 번뇌가 끊임없이 백현을 찾아와 그 여인의 불행은 네 잘못이라 책망했다. 백현은 한참을 발을 떼지 못하고, 그 자리에 서 있었다.


"기척을 하시지 그러셨습니까."

자신의 머리카락을 쓸어주는 백현의 손길에 소운이 눈을 떴다.

"더 쉬거라."

"아닙니다."

자리에서 일어나려는 소운을 그대로 다시 눕힌 백현은 팔베개를 해주고 그 옆에 누웠다. 오랜만에 느끼는 그녀의 향기가 좋아 백현은 소운의 어깨를 감싸 안고 목에 얼굴을 묻었다.

"몸은 괜찮으냐."

"예, 이제 아무렇지도 않습니다."

"진정 괜찮으냐."

"……."

백현은 대답 없는 소운을 안은 손에 힘을 주어 그녀의 허리를 더 꽉 끌어안았다.

'소운아, 너에게 나는 무엇이더냐.'

소운에 대한 마음을 깨달은 그에게 돌아온 건 두려움이었다. 자신도 모르는 사이에 이 아이는 백현의 마음 전부를 차지하고 있었다. 그렇게 커져버린 마음을 어찌지 못하고 백현은 매일 소운을 안고 또 안았다. 제 아래에서 여인의 탄성을 지르는 소운이 너무도 고와 백현은 스스로를 자제치 못했다. 제대로 풀려버린 사내의 욕망은 시간이 지날수록 점점 더 커져가기만 했다. 매일 밤 자신으로 인해 조금씩 더 완연한 여인이 되어가는 소운을 안으며 백현은 이젠 내 사람이다 안심하곤 했었다. 끝까지 몰아세우는 저를 받아들이고 지쳐 잠이 든 소운의 이마에 입을 맞추는 것도 백현에겐 큰 기쁨이었다.

아이를 가졌다는 말에 세상을 다 얻은 듯 기꺼웠다. 이제 정말 소운이 제 안사람으로 영원히 제 옆에 머물겠구나 싶어 백현은 안도했었다. 안정기에 접어든 소운의 탐스러운 몸을 안으며 백현은 태어나 처음으로 보내는 행복한 나날들에 감사했다. 그러나 그런 행복은 너무나 짧았다. 난산 끝에 아이를 잃은 소운은 이레가 넘도록 사경을 헤맸다.

그동안 백현은 등청도 하지 않고 소운의 곁을 지켰다. 출혈과 고온에 시달리던 소운의 숨소리가 겨우겨우 제자리를 찾던 날. 며칠 만에 열이 내린 소운의 얼굴을 쓰다듬으며 백현은 정말 많이도 울었다. 세상 빛을 보지 못한 첫아이와 소운이 이리된 것에 대한 죄책감에 그녀가 깰까 소리를 죽이고 그는 밤새 눈물을 흘렸다.

'소운아. 나의 소운아. 네가 살아만 준다면 네 너에게 아무것도 바라지 않을 것이다. 네 마음을 갖고 싶다 하지도 보채지도 않을 것이다.'

마음 속 애절한 말들을 꺼내놓지도 못한 채 그렇게 소운의 곁에

서 그녀가 깨어나길 기다리며 밤을 지새웠다. 시간이 지나 의식을 찾은 소운의 몸은 회복이 더뎠고, 마음은 몸보다 더했다. 백현은 그런 소운이 원하는 것을 부지런히 구해다 주었고 간혹 그녀가 어려워하는 서책을 대신 읽어주기도 했다. 소운에게 서책을 읽어주며, 백현은 그녀가 책 읽는 걸 싫어했다는 아비의 맘이 이해가 되었다. 소운은 특히나 언어학 쪽으로의 이해가 남보다 빨랐고, 백현이 다녀온 명국의 이야기를 들을 때마다 핏기 없는 핼쑥한 얼굴을 하고도 눈을 반짝였다.

그 모습에 백현은 연홍이 들려준 이야기를 떠올리며 마음 한편이 무거워졌다. 그녀의 아비는 소운이 제 어미처럼 자신을 두고 떠날까 그것이 두려웠을 것이다. 이리 영특한 아이가 더 큰 세상으로 훨훨 날아가 자신이 혼자가 되지는 않을까. 마치 지금 백현이 그러한 것처럼. 그녀에게서 아무것도 바라지 말자는 다짐을 한 지 얼마나 되었다고 더더욱 그녀에게 집착하려는 자신의 모습을 보며 백현은 알 수 없는 불안감에 시달리고 있었다.


"한양은 어떤 곳입니까."

볕이 좋던 날. 별당 정자에 기대어 책을 보고 있는 백현의 옆에서 곶감을 다듬던 소운이 그에게 지난번 한양에 다녀온 일을 물었다.

"도읍이 될 만한 곳이다."

"어찌하여 그렇습니까."

"비옥한 땅이 주변에 지천으로 널려 있고, 거기서 난 곡식과 과실, 가축들을 손쉽게 이동시킬 강도 있다. 남북으로 산세가 험해

적의 침입을 막기에도 적당하고. 무학대사가 터를 고르긴 잘 골랐더구나."

"다른 이가 골랐다는 무악은 어떠합니까."

"한양이 더 낫다."

"어서 가보고 싶습니다."

손에 있는 곶감을 먹기 좋게 잘라 소반에 올려놓는 제 처를 백현이 의아한 눈으로 바라보았다.

"한양에 가보고 싶었더냐."

"예."

"아직 몸이 좋질 않아 먼 길 운신하기 힘들 터인데."

"그저, 새로운 곳에서 살아보고 싶기도 하고."

"그리고?"

"그곳이 이 개경보다 강화와 더 가깝다고 들었습니다."

"……."

"비록 가보지는 못하더라도, 아버지가 계시는 곳과 가까이 있다 생각하면 마음이 더 놓일 것 같습니다."

제 앞에 앉은 소운을 바라보던 백현이 부러 퉁명스럽게 답을 했다.

"하면, 끼니를 거르지 말거라. 그 몸으로는 이틀도 견디지 못할 것이다."

"예……."

퉁명스러운 자신의 말에 풀이 죽은 소운에게 백현은 무심하게 한마디를 더 보탰다.

"며칠 뒤 의원을 부를 것이니 그때까지 열심히 보신해 보거라.

그이가 괜찮다 하면 천도 전이라도 먼저 데려가 줄 터이니."

그의 말에 소운이 고개를 돌려 옅은 미소를 지어주자 백현의 심장이 아파왔다. 이 통증을 없애는 방법은 하나뿐이었다. 백현은 두 사람 사이를 가로막고 있던 소반을 치우고 소운을 품에 당겨 안았다. 자신의 가슴에서 느껴지는 그녀의 숨소리가 이내 그를 편안하게 했다.

아우인 중전이 자리보전했다는 말에 백현 모는 중궁전에 들었다.

"몸은 좀 어떠십니까."

"견딜 만합니다. 그저 날이 더워 탈이 난 것일 뿐입니다. 이리 걸음 하실 필요 없다는데도요."

중전의 어두운 낯빛이 그저 몸이 불편한 이유만은 아닌 듯하여 백현 모의 마음이 무거워졌다.

"마마는 만백성의 어머니가 아니십니까? 옥체를 소홀히 하시면 아니 되십니다."

"요사이 잠을 설쳤더니 기력이 좀 쇠했나 봅니다. 형님도 조심하세요. 이제 우리가 나이를 먹었다는 것이 실감이 납니다. 이리 별거 아닌 일에도 자리보전하고 눕기나 하고."

"잠을 잘 이루지 못하십니까?"

형을 바라보는 중전의 얼굴에 걱정이 가득했다.

"세자의 학문이 도통 나아지질 않아 걱정입니다."

"아직 어린 저하십니다. 너무 앞선 걱정이 아니십니까."

"예전에 백현이가 제게 그리 말했지요. 둘 중에 누구를 맘에 두고 있냐 묻는 그 아이에게 누구든 왕재의 자질은 가르치면 된다 했더니, 자질이 배운다고 되는 것이냐고 하더이다."

"그 아이가 생각이 짧아 쓸데없는 소리를 했습니다. 담아두지 마십시오."

"이젠 너무 늦었습니다. 형님."

"예?"

"방원이는 절대 동생들을 살려두지 않을 것입니다."

"마마, 무슨 그런."

중전의 어두운 얼굴에 이젠 공포가 더해졌다. 그녀는 곱게 빗어 터럭 하나도 삐져나오지 않은 머리를 연신 쓸며 손을 바들바들 떨었다.

"날이 저물어 눈을 감으면 그런 생각이 듭니다. 내 욕심이 내 아들들을 죽게 하는 건 아닌가."

"마마."

방원이에게 돌아갈 자리를 바로 자신이 욕심내 이리되었다. 혹여라도 전하가 먼저 가시고 자신도 떠나 그 아이들만 남게 되면, 그리되면 방원이는 자신의 두 아들을 결코 살려 두지 않을 것이 분명했다. 내가 미워서라도 제 동생들을 죽이고 말 것이다. 밀려오는 공포에 중전의 입에서 흐느낌이 새어 나왔다.

"마마, 고정하세요. 어찌 이러십니까. 마마."

백현 모는 갑작스레 눈물을 흘리며 통곡하는 중전의 모습에 당황하여 가까이 가 아우를 안았다. 심하게 떨리는 어깨가 멈출 줄 몰랐다.

"요사이 옥체 미령하시어, 괜한 생각을 하셨나 봅니다."

"흑…… 흑흑."

"고정하세요, 마마. 차를 데워 오라 할 터이니 드시고 진정을 하시지요."

"형님."

"예, 마마."

"제겐 백현이가 필요합니다."

아이가 부모에게 매달리듯 제 치맛자락을 붙잡는 아우가 안타까워 백현 모는 중전의 손을 꼭 쥐었다.

"그 아이가 무슨 힘이 되겠습니까."

"백현이의 학문이야 포은이 인정하지 않았습니까? 저는 꼭 백현이가 세자의 곁에서 힘이 되어주었으면 합니다. 지금 전하 말고 누가 있어 세자를 지켜주겠습니까? 삼봉 대감은 왕권이 강해지는 걸 원하는 사람이 아닙니다. 자신의 뜻대로 재상을 통해 이 나라를 움직일 수만 있게 된다면, 방석이가 아니라 그 누구에게라도 힘을 실어줄 사람이지요."

그 누구보다 화려하고 당당하던 제 아우였다. 명석한 머리로 거침없이 세상을 제 발아래 놓겠다 웃던 아이가 이렇듯 온몸을 떨며 제게 매달려오자 백현 모는 권력의 덧없음이 그저 허망할 뿐이었다.

"백현이는 아직도 제가 포은을 그리하였다 원망하고 있습니까?"

"워낙 그 어른을 따랐습니다. 그날도 스승이 가는 길을 잡지 못했다 한동안 자책이 심했지요."

"시강원에 두어 세자 옆을 지키라 했더니, 사직을 청하고 등청도 제대로 하지 않는다 합니다."

"송구합니다. 백현이가 작은아이를 워낙 살뜰히 챙기는지라. 첫 자식이 그리되고 회복이 더디다 보니 걱정이 되어 그러는 것이니 너무 노여워하지 마십시오. 제가 이젠 등청하라 당부하겠습니다."

"작은아이라니요? 일전에 제가 들이라 했던 그 첩실 말입니까? 하면 백현이가 사직을 청한 것이 그 첩실 아이 때문입니까?"

백현 모의 말에 중전이 의외라는 듯 몸을 바로 세우며 되물었다.

"그 아이를 백현이가 그리 챙긴다는 말입니까? 쉽게 정을 내어 주는 아이가 아닌 것으로 알았는데."

"저도 처음에는 그게 의아하더이다. 제 마음이 가 한 혼인이 아니니 기대치 않았는데, 작은아이의 처지가 안타까워 그런지 살뜰히 챙기는 편입니다. 첫혼인이 그리 끝나고 걱정했는데 두 아이가 다정하여 참으로 다행입니다."

영악한 중전의 눈에 무엇인가 백현 모는 눈치채지 못한 생각이 스쳐 지나갔다.

"유산하였다 들었는데 그 아이 몸은 이제 괜찮습니까?"

"예, 조만간 천도 길을 따라야 해서 걱정했는데 백현이 한양에서 돌아온 뒤 많이 나아지고 있습니다."

"천도 전에 한번 데리고 오시지요. 첩이라 하나 그래도 조카며느린데 제가 얼굴 한 번을 보지 못하지 않았습니까."

"망극하옵니다, 마마. 조만간 한번 데리고 오겠습니다."

"몸이 아직 성치 않다 하니, 제가 가마를 보내겠습니다. 날을 잡아 알려주세요."

"마마의 은혜에 감읍할 따름입니다."

중전은 제게 청을 하러 왔던 그날의 백현을 떠올렸다.

'다른 이에게 주면 될 일이다. 싫으냐?'

'……'

'하기야 네 성정에 첩이라니. 정 싫으면 말거라. 내 아우들 중에 골라……'

'하겠습니다.'

'뭐라?'

'제가 혼인하겠습니다.'

싫다 할 줄 알았는데 길게 망설이지 않고 받아들일 때도 이상하다 여겼는데, 살뜰히 챙긴다? 백현이 그 아이 성정에 여인을 챙긴다는 것도 놀라운데, 겨우 그 이유로 사직까지 청했다? 혹 아비가 아니라 딸을 살리고자 했던 것인가?

백현 모가 떠난 뒤 중전은 머릿속에 떠오르는 많은 생각들을 뒤로한 채, 동궁에 갈 것이니 차비하라 하고는 자리에서 일어났다.


연홍이 소운의 옷을 한 벌 지었으니 들러 달라 청해오자 백현은 오랜만에 만월각의 문턱을 넘었다. 백현과 차를 나누던 연홍은 언제 개경을 떠날 생각이냐 물었다.

"천도일 즈음에 움직일까 했으나 번잡스러울 것 같기도 하고, 소운이가 한양에 가보고 싶다 하니 기력이 회복되면 더 추워지기 전에 떠날까 한다."

"아씨가 한양에 가고 싶다 하십니까."

"새로운 곳에서 살아보고 싶다 하더구나."

"한양에 가고 싶다기보다는 개경을 떠나고 싶으신가 봅니다."

"그럴지도."

"왜 말해주지 않으십니까? 그래도 피붙이가 살아 있다는 걸 알면 의지가 되실 텐데."

"정확지도 않은 일로 아직 심약한 아이를 흔들 수는 없다."

그의 고집이 답답했으나 백현이 저리 나오니 자신이 할 수 있는 일은 아무것도 없었다. 연홍은 그저 그의 빈 찻잔을 채워주며 염려를 내어놓을 뿐이었다.

"후에 원망을 들으실까 저어됩니다."

"어차피 왕래도 없던 먼 일가 하나 생긴다고 뭐가 달라지겠느냐."

"아씨껜 의지가 되실 겁니다."

"그만하거라."

연홍은 끝내 언성을 높이는 백현을 슬프게 바라봤다.

"아씨의 일에서만은 제가 알던 나으리가 아닌 듯싶습니다."

"무슨 상관이더냐."

그만 일어날 요량인지 백현은 연홍이 전해 달라 건넨 봇짐을 챙겼다.

"만월각은 언제 옮기느냐."

"저희야 천도 전에 가야지요. 천것들이 높으신 분들 행차를 느긋하게 따를 수야 없지 않습니까."

"조만간 집에 한번 들르거라. 보고 싶다 한다."

"저 같은 기녀가 감히 그 집 문을 넘어도 되겠습니까."

"그 아이가 여기 올 순 없으니. 대신 쓸데없는 소리는 하지 말거

라. 내 진정 용서치 않을 것이다."

몇 달 만에 찾아온 백현은 평온한 듯했으나 불안해 보였다. 소운과 혼인한 후로는 기방에 자주 발걸음하진 않았지만, 연홍의 방자한 말을 웃어넘기고, 여유롭게 세상살이를 비웃던 사람 냄새나는 백현이었다. 하나 이젠 표정 없이 뭔가에 쫓기는 듯 불안한 남자가 되어 있었다. 연홍은 명나라 상단 행수가 그녀를 찾는다는 말을 전하던 날 알게 된 그의 생각에 이 두 사람의 훗날이 걱정되고 안타까웠다.

'확실치도 않은 일이다.'

'역모로 죽은 역관이라는 거야 먼 곳이고 소문만 들은 것이니 혼동할 수 있습니다. 하나 심가라는 것도 일치하지 않습니까? 이 두 가지가 다 맞는 분이 어디 흔하더이까?'

'그이가 다시 들르거든 어느 상단인지 그거나 알아두거라.'

'나으리.'

'됐다. 혹여 소운이의 외가가 맞다 하더라도 그게 지금 그 아이에게 무슨 도움이 된다더냐? 괜한 일로 그 아이를 흔들지 말거라.'

백현은 더 이상 이 일에 대해 언급하는 것을 극도로 싫어했고, 이후 소운이 아이를 가져 연홍도 말을 아꼈다. 아이를 낳고 그리살다 보면 마음도 여유로워질 테고 그럼 가족의 행방을 찾아주자 하려 했는데. 소운이 사경을 헤매고 회복되자, 백현의 마음은 이제 집착이 되어 보였다. 본인은 모르는 그 마음이 너무 위태로워 보여, 연홍은 그를 볼 때마다 안쓰럽고 불안했다.


"거기 백현이 아닌가."

만월각을 나서는 백현을 정안대군 이방원이 알은체를 했다.

"격조하였습니다. 대군 마마."

"시강원 사서로 있다고 들었는데, 이 시각에 기방에는 웬일인가? 만월각에 천하의 이백현을 홀릴 만한 미색이 들어왔다는 얘기는 내 듣지 못하였는데."

"몇 달 전 사직을 청하여 지금은 직에 있지 않습니다."

"그래? 중전께서 안타까워하시겠군. 자네를 가까이 두고자 하실 터인데."

"일행이 있으신 듯하니 다음에 다시 인사드리겠습니다."

방원의 뒤를 따라 나오다 지나가는 백현을 스치듯 보게 된 숙번이 이방원에게 알은체를 했다.

"그 유명한 포은 선생의 애제자 이백현 아닙니까."

"숙번이 네 놈까지 알 정도로 백현이의 신망이 높은 줄은 내 몰랐구나."

"포은 선생께서 생전에 항상 입에 달고 다니신 말이 있지 않습니까? 내가 불혹에나 이해한 성현의 말씀을 이백현은 약관도 안 되어 깨쳤다. 글 좀 읽는다는 자들 중에 그를 모르는 자가 있겠습니까."

"포은이 생전에 싸고돌긴 했지."

"스승이 돌아가시고 불출하다 시강원에 들어갔다더니 사직한 지 좀 되었다지요."

"중전이 아끼는 외종질이 아니더냐. 방석이의 옆에 두고 뭐 하나라도 가르치고 싶었겠지. 그래도 지어미는 영악하기라도 한데 방석이 그 아이는 누굴 닮아 그리 미련한지. 쯧쯧."

"총명하지 못하니 형님께는 다행 아닙니까."

"그깟 어린놈이 설사 영특하다 한들 달라질 게 뭐라고, 그것들이 나의 적수가 된단 말이냐."

"죄송합니다. 제가 말이 헛나갔습니다."

자신의 정색한 모습에 급히 머리를 조아리는 숙번을 바라보며, 방원이 싸늘하게 경고를 내뱉었다.

"네놈은 중전의 주변 상황에 소홀히 하지 말거라. 아들들은 몰라도 어미는 영리한 여자다."

"예. 명심하겠습니다."

"그런데 어찌하여……."

방원이 백현이 사라진 곳을 보며 고개를 갸웃거리자 숙번도 무슨 일인가 싶어 그의 시선이 향한 곳을 같이 바라봤다.

"어찌하여 백현이 저자가 이 시간에 기방에서 나온단 말이냐."

"그거야 형님과 저도 마찬가지 아닙니까? 하하."

"하면 저 아이도 우리처럼 역적모의라도 한다는 것이냐."

"예에?"

"하하. 농이다 농. 어린놈이 겁은 많아서."

"형님도 참, 시강원을 사직했다는 말은 들었는데 예서 볼 줄은 몰랐습니다."

"왜 시강원을 사직했는지 연유는 들었느냐."

"그저 갑작스레 사직을 청하고 집에만 있다고 들었습니다."

방원은 한참 뭔가를 생각하다, 왔던 길로 발길을 돌렸다. 이제는 저 녀석의 이름을 어디다 넣을지도 결정해야 했다. 아무래도 조만간 저놈을 다시 봐야겠구나 생각했다.


소운은 연홍이 전해 달라고 준 봇짐보다 조만간 집에 들르겠다

한 소식을 더 반겼다.

"진정 연홍 형님께서 조만간 들른다 하셨습니까?"

"연홍이가 그리 보고 싶었더냐."

"제가 기별하여 만날 사람이 이젠 거의 없질 않습니까."

담담히 내어놓는 소운의 진심에 백현의 낯에 안타까움이 스쳤다. 자신의 옷을 받아 정리하려 뒤돌아선 소운을 그대로 안은 백현이 그녀의 목에 얼굴을 묻고 속삭였다.

"한양에 가면 자주 마실 다니자꾸나."

"예?"

"말을 타고 강가에 나가 거닐기도 하고, 시전이 열리면 구경도 자주 다니고 그러자는 말이다. 싫으냐."

"……."

"왜, 말이 없느냐? 싫은 게냐."

"서방님."

저를 부르는 소운의 음성이 사뭇 진중하여 백현은 뒤를 이을 말이 궁금해졌다.

"어찌하여 등청할 생각은 하지 않으시고 그리 한가한 말씀을 하십니까? 이제 소첩의 몸은 다 회복되어 걱정하실 것 없습니다. 한데 언제까지 이렇게 하는 일 없이 별당에만 계실 겁니까."

"왜? 내가 녹봉을 받지 못하니 널 굶기기라도 할까 걱정되느냐?"

이젠 제법 안사람다운 티를 내는 소운의 타박에 기분이 좋아진 백현은 웃으며 소운의 목에 얼굴을 더 깊숙이 묻었다.

"농이 아닙니다. 말씀은 안 하시지만 어머님도 걱정이 크실 겁니다."

백현은 소운을 번쩍 안아 자리에 눕힌 후 팔베개를 해주고 다시 자신의 품으로 당겨 안았다.

"서, 서방님."

"한양에는 산이 많더구나."

앙탈하려는 소운을 더 꽉 끌어안은 백현은 그녀의 등을 토닥이며 말을 이어갔다.

"울창한 산을 지나고 나면, 거짓말처럼 넓은 평지가 펼쳐진단다. 그곳을 말을 타고 한참을 달리고 나면, 한양을 가로지르는 강이 나오지. 배를 타고 한참을 가도 끝이 없는 아주 긴 강이란다."

백현이 말하는 한양이라는 곳이 눈앞에 그려지는 듯했다. 소운은 자신이 살게 될 곳이 어딘지 몹시도 궁금해졌다.

"궐 근처 준수방이라는 곳에 집을 얻었다. 궐과는 좀 떨어진 곳에 집을 얻으려 했으나, 아직은 궐 옆이 지내기 편할 듯하여 그곳으로 터를 잡았다. 한양이 좀 더 자리를 잡으면, 강 근처 운치 좋은 곳으로 옮기자꾸나. 거기에 정자를 짓고 서책이나 읽으며 그리 살자."

백현의 가슴에 얼굴을 묻고 있던 소운이 고개를 들었다.

"또 이러십니다. 소첩과 서책이나 읽으며 살다니요? 말도 안 됩니다."

"어찌 그러느냐."

"사내가 어찌 집에서 하루 종일 빈둥거리며 소일한단 말입니까."

뾰로통한 그녀의 표정이 그를 잠시 웃게 했다.

"너는 집에 있는데, 나는 안 되느냐."

"어찌 저와 비교를 하십니까? 저도 남자로 태어났다면 이렇게 집에만 있지는 않았을 겁니다.”

“하면?”

“학문에 힘써 나랏일도 해보고, 이 땅 어디든 발 닿는 대로 유람도 하고, 장안에도 가보았을 겁니다. 명나라 어딘가에는 소금으로 된 산도 있다 하고, 끝도 없이 펼쳐진 장성도 있다 합니다. 저라면 그런 곳을 다 돌아보았을 겁니다.”

백현은 가슴에 오래 품었던 듯 거침없이 자신의 소망을 말하는 소운이 무정하여 섭섭했다.

어찌하여 이 아이의 꿈에는, 소망에는 내가 없는 것일까?

“네가 그리 다니면 나는 어쩌느냐.”

“예?”

“네가 그러고 다니면 나는 꼼짝없이 독수공방을 해야 하는데 너무하지 않느냐.”

“그거야 그저 제가 사내라면 그랬을 것이라는 거지요.”

“하면 너는 사내로 다시 태어나거라. 나는 여인으로 태어나 네가 벌어다 주는 녹봉으로 수나 놓으며 그리 살겠다.”

소운이 대답이 없자 백현은 다시 제 가슴에 고개를 묻고 있는 그녀를 내려다보았다.

“그것도 싫으냐.”

“제가 사내로 나면 서방님을 알아볼 수 있을지 모르겠습니다.”

“내가 알아보면 될 일이지. 이번 생처럼 다음에도 내가 알아봐 주마.”

“피이, 처음에 제가 사내인 줄 아셨을 땐 말에 집어 던지기도 하고 길바닥에 버리고 가지 않으셨습니까.”

"사내 녀석이 어찌 저리 곱나, 하고 생각했었지."

백현은 그녀를 자기 품으로 더 가까이 안았다.

"서방님, 전부터 궁금한 것이 있었습니다."

"말해보거라."

"……."

"뭘 그리 망설이는 게냐? 말해보라는데."

"저는 어찌하여 서방님의 곁에 오게 된 것입니까?"

"……."

"역모에 연루된 자의 자식은 죽거나 관기가 된다는데, 저는 어찌하여 이리 서방님께로 와 편히 살게 된 것인지 항상 궁금했습니다. 그때는 그저 아는 이가 서방님뿐이라 청을 드리긴 했으나, 저와 제 아비는 어떻게 목숨을 부지하게 된 것입니까? 서방님의 스승님을 죽음에 이르게 한 자는 누구인데 그자가 제 목숨을 살릴 수 있던 것입니까."

백현은 그동안 많이 생각해온 듯 거침없이 질문하는 그녀를 안은 팔에 힘을 주어 말없이 그녀를 자신의 품으로 더 가까이 끌어당겼다. 언젠가는 자신이 먼저 소운에게 털어놓을 생각이었다. 하나 그러자면 지난 해 강화에서 온 아비의 소식을 먼저 소운에게 말해주어야 했다. 하지만 지금은 때가 아니었다. 조금만, 조금만 더 시간이 필요했다. 백현은 문득 이 망설임이 그녀를 위한 것이 아니라 자신의 욕심 때문이 아닐까 불안해졌다.

이 모든 불안을 잠재울 수 있는 사람은 한 명뿐이었다. 백현의 손이 소운의 옷고름을 풀고 저고리 안으로 파고들었다. 이 방에 들어서면서부터 그를 자극하던 소운의 향기가 이내 백현에게 안정을 가져왔다. 능숙하게 치마의 매듭을 풀고 아래로 끌어내린 백현은 소운의 가슴에 얼굴을 묻었다.

열락의 시간이 지나고 백현은 언제나처럼 소운을 안고 잠이 들었다. 연홍 형님이 온다는 소식에 들떠서일까 소운은 이 밤 쉬이 잠을 이루지 못했다. 소운을 안고 있는 백현의 맨가슴이 일정한 속도로 뛰고 있었다. 자신의 심장소리를 백현의 그것에 맞추고 나면 소운은 이상하리만큼 편안해지곤 했다. 그렇게 규칙적으로 콩닥거리는 소리를 들으면 이내 잠이 들곤 했었는데 오늘따라 갑자기 떠오르는 옛 기억이 그녀의 잠을 방해하고 있었다.

아비가 개경 땅도 밟지 못하고 옥사로 끌려갔다는 소식이 들리자마자, 관군이 온 집 안을 뒤져 남자들은 옥사로 잡아가고 여자들은 집 안에 가둬 놓았다. 소운은 그저 자신에게 이름을 알려준 유일한 양반인 그를 찾아가야겠다는 생각뿐이었다. 영월댁의 도움으로 겨우겨우 빠져나와 만월각에 들어섰을 때도, 청지기는 허름한 옷차림을 한 그녀를 알아보지 못해 쫓아내려 하기까지 했다. 백현이 당분간 기방에 들르지 못한다 전했다는 소식에 모든 것을 포기한 순간, 그녀 앞에 기적같이 그가 나타났다.

"꼴이…… 이게 뭐냐?"

타박을 하면서도 그가 자신을 안아주었을 때 소운은 안심이 되었는지 백현의 옷을 다 적실 정도로 펑펑 울며 그에게 매달렸다. 그것으로 모든 것이 해결되었다. 그는 아무 말 없이 모든 것을 정리해주었고, 아비는 목숨을 구했다. 역모자로 지목되면 자식도 목숨을 구하는 일이 없다고 했다. 특히나 여인인 자신은 관기가 되어 살겠구나 싶어 그를 만나고 마음이 놓인 것도 잠시뿐, 소운은 가솔들과 자신의 앞날을 생각하며 불안과 우려의 날들을 보내야 했다. 소운을 살뜰히 챙기던 연홍은 자신을 형이라 여기고 의지하라 해주었고, 매일매일 자신을 달래주었다.

"나으리께서 아가씨가 관기로 가게 하시지는 않을 것입니다. 그러니 너무 걱정 마시어요."

"제가 무엇이관대 나으리께 그런 부담까지 드릴 수 있단 말입니까? 그저 아비의 목숨만 구할 수 있어도 저는 족합니다."

"제가 봐온 나으리는 자신이 할 수 없는 일을 하신다 하는 분이 아닙니다. 분명 아버님의 목숨을 지켜주실 것입니다. 다만……."

"예?"

"부친께서 고신을 버티셨을지 그것이 걱정입니다."

"아, 아버지."

며칠이나 잠을 제대로 이루지 못해 눈가가 충혈된 소운이 괴로운 듯 가슴을 쥐자 연홍이 그녀의 손을 꼭 잡아주었다. 백현이 약조를 했으니 이 처량한 여인은 괜찮을 것이다. 하나 그녀의 고난이 이제 시작임을 아는 연홍은 그저 안타깝기만 했다.

"모친께선 일찍 돌아가신 겁니까?"

"모르겠습니다. 제 어미는 명나라 사람인데 열 살 때 저와 제 아비를 떠나 명나라로 돌아가 생사를 알지 못합니다."

"죄송합니다. 제가 눈치도 없이."

"아, 아닙니다."

소운은 불안한 맘에 밤을 새우는 날이면 어렴풋하게 떠오르는 기억에 부쩍 어미가 그리워졌다.

달빛이 들지 않아 무척이나 어두운 어느 밤이었다. 그날도 잠이 오지 않아 거처 주변을 걷고 있던 소운의 귀에 어디선가 말소리가 들려왔다. 만월각 식구들도 잘 오지 않는 외진 곳이라 인기척이 거의 없었지만 소운은 발소리를 줄이며 소리가 들리는 곳으로 향했다. 바로 앞 정자에 백현과 연홍이 앉아 있었다.

"정부인께서 소운 아가씨를 일가의 소실로 들이라 하셨다는 말입니까."

'나, 나를 소실로?'

소운은 자신의 이름이 들려오자 두 사람의 대화에 귀를 기울였다.

"후일을 생각해서 당신이 아는 이 곁에 두는 게 좋겠다 하더군."

"어쩌실 요량입니까."

"달리 방법이 없다. 길이 하나일 때는 그저 돌아보지 않고 그 길로 가는 방법뿐이다."

"……."

"관기가 되거나, 생면부지인 자의 첩으로 만들 수는 없지 않으냐."

내내 말이 없던 연홍도 그건 아니 될 말이라며 냉큼 거들었다.

"그 아이는?"

"잘 버티고 계십니다. 요사이 관기가 되면 어쩌나 걱정을 하시기에 나으리가 그리 만드시진 않을 거라 안심을 시켜두긴 했습니다만."

"그 아이가 그런 걱정을 하더냐."

"이러니저러니 말씀은 많이 아니하여도 그 맘이 오죽하겠습니까? 정부인께서 그 말씀 말고는 없으셨습니까."

"조만간 시강원으로 등청하게 될 것 같다."

"어차피 나갈 벼슬길이시니."

"그 아이가 아니었다면 나는 지금 금강산 어딘가에 처박혀 있었겠지. 이 더러운 세상 따위 내 알 바 아니니 이번 일이 아니었다면 이리 다시 개경 땅을 밟을 일도 없었을 것이다."

소운은 더 이상 그의 말을 들을 수 없어 그 자리를 떠났다. 자세히 알 수는 없으나, 자신의 청 때문에 그가 그토록 싫어하는 곳에 발을 들이게 되었구나 생각하니 마음이 더 무거워졌다. 소운도 귀가 있으니 시중 이성계 대감이 조만간 왕이 될 거라는 얘기를 들은 적이 있다. 나으리는 자신이 생각하는 것보다 더 높은 집안의 자제였구나 생각하며 쓸쓸히 발길을 돌렸다.

'나는 대체 어느 집 소실이 되는 것일까.'

자신을 남자인 줄 알고 있던 백현이 저자에서 한눈에 알아봐 주었을 때 당황스러우면서도 반가웠다. 그는 뻔뻔하게 자신을 놀리면서도 옷을 빌려 달라 했을 때 망설이지 않고 훌훌 벗어 주었다. 모르는 사내의 첩이 된다 생각하니 자신의 처지가 슬프고, 백현과의 추억이 너무 생생하여 마음이 복잡했다. 그렇게 발을 돌리는 바람에 소운은 이어지는 연홍의 말소리를 듣지 못했다.

"아가씨를 생각하는 맘이 이리 깊으신지 몰랐습니다."

"……."

"나으리 성격에 아가씨를 달리 보지 않으신다면, 이리 대할 리 없다 생각했습니다만. 스승님을 저리 만든 정부인에게 허리를 굽히실 만큼 아가씨가 나으리의 마음에 들어선 것입니까."

"모르겠다."

"예?"

"나도 내 마음을 모르겠다. 하나."

술잔을 입으로 가져가며 잠시 침묵하는 백현을 연홍은 그저 기다려주었다.

"그 아이를 다른 누군가의 여인으로 살게 하고 싶지는 않다."

"……."

"이모님이 그러시더구나. 내가 싫다면 아우들 중 누군가에게 주겠다고. 그 얘기를 듣는 순간 이 손으로 이모님의 목을 조르고 싶었다."

백현이 분노에 찬 얼굴로 자신의 두 손을 바라보는 모습을 보며 연홍이 담담히 물었다.

"걱정되진 않으십니까?"

후에라도 소운이 자신과 가솔들을 그리 만든 자가 정부인임을 알게 된다면, 그 원망은 그 일가이자 모든 것을 알면서도 자신을 속인 백현을 향할 것이 자명했다.

"상관없다."

"나으리."

"다른 이에게 가게 할 수는 없다. 그건 싫다."

연홍이 그를 잠시 바라보다 말없이 빈 술잔을 채워주었다. 그녀도 그건 싫었다.

"네 아비는 강화에 위리안치가 된다."

"목숨을 부지하게 해주신 은혜 죽어서도 잊지 않을 것입니다."

각오했던 일이나 아비가 내륙도 아닌 바다 건너 강화로 간다는 말에 소운의 마음이 또 무너져 내렸다.

"고신에 몸이 성하질 않으나, 수레를 구해놓았으니 이동은 좀 수월할 것이다. 네 가솔들은 모두 지방관아로 흩어지게 된다. 그건 내가 어찌할 수 없구나."

"역모죄를 입고도 아비가 목숨을 부지했나이다. 그것만으로도 평생 갚지 못할 은혜를 입었습니다. 어디에 가서든 나으리의 은혜는 잊지 않겠습니다."

이 아이에게서 들을 것이라고는 예상치 못했던 판에 박힌 어른스러운 답이었다. 백현은 금방 눈물이 쏟아질 것 같은 눈을 하고도 애써 담담한 표정을 지으려 애쓰는 소운의 얼굴을 한동안 말없이 바라보기만 했다.

"그 은혜. 평생 내 옆에서 갚겠느냐?"

한참을 말없이 자신을 바라보던 백현의 입에서 나온 뜻밖의 말을 이해하지 못한 채 소운은 그 의미를 이해하려 한참을 고심했다.

"너를 소실로 삼을 것이다."

"예?"

소운은 무릎에 올린 자신의 손이 떨리는 것을 그가 볼까 싶어 얼른 마주 잡았다.

"너는 나와 혼인한다."

"예에?"

뜻밖의 말에 놀라 소운이 번쩍 고개를 들었다.

"내키지 않느냐?"

"아니, 그것이 아니오라. 그러니까, 어찌하여 그런……."

"나는 시중 이성계의 정부인 강씨의 외종질 이백현이다. 내 모친이 정부인의 형님 되시지. 내 집안이 막아줄 것이니 너와 네 아비가 이번 역모로 인해 거론되는 일은 더 이상 없을 것이다."

"……."

"나와 혼인하겠느냐?"

'하면 정부인께서 나으리에게 나를 소실로 들이라 하셨다는 말인가.'

소운은 지난밤 들었던 말이 떠오라 그 연유가 궁금해졌다.

"싫으냐?"

"……."

"내게 오겠느냐?"

이미 정해진 일, 굳이 제게 묻지 않아도 될 것인데 백현은 끈질기게 그녀의 답을 듣고자 했다. 피하지 않고 그녀를 응시하는 백현의 눈에서 많은 생각들이 보이는 듯했다.

"그리하겠습니다."

소운의 대답에 백현이 한참 동안 그녀를 바라보다 자리에서 일어났다.

"준비가 되면 데리러 올 것이니 너는 예서 조금 더 머물고 있거라."

백현이 나가고, 소운은 쉴 새 없이 두근거리는 가슴을 진정시켜야 했다. 만약 관기가 된다면 그의 은혜를 어떻게 갚아야 하나 고민했었다. 차라리 이렇게라도 그에게 보답하게 되었으니 잘된 일 아닌가. 소운은 고신으로 몸이 성하질 못한다는 아비의 소식이 슬프면서도 다른 사람이 아닌 백현의 부인이 된다는 소식에 안도했다.

며칠 후 소운은 유배를 떠나는 아비를 보러 저자를 찾았다. 그러나 유배길을 떠나는 아비의 상태가 생각했던 것보다 더 처참해 그녀를 절망케 했다. 수레에 누워 자신을 알아보지 못하는 아비를 보면서도 소운은 소리 내어 부를 수도 없었다.

'아, 아버지, 아버지.'

지금은 역모자의 자식이니 절대 자신을 드러내서는 안 된다는 연홍의 당부에 다짐을 하고 나선 길이었다. 울며 수레를 따라가는 소운을 연홍이 겨우겨우 붙잡고 나서야 그녀는 걸음을 멈추었다. 그렇게 다 떠났다. 영월댁도, 천 서방도. 아비를 보고 나서야 비로소 깨달았다. 자신이 살아 있다는 것이 얼마나 큰 희생의 대가인지.


초야를 치르던 날, 그녀에게 편히 자라 하고 자리를 뜨려던 백현을 그녀가 잡았다. 아무것도 남은 것이 없는 그녀는 이 보잘것없는 몸이라도 그에게 주고 싶었다. 그렇게라도 그에게 감사를 표하고 싶었다.

"네가 진정 나와 초야라도 치르겠다는 게냐."

"……예."

"뭐?"

"혼례를 올렸으니 초야를 치르는 건 당연한 거 아닙니까."

아픔을 느끼며 그를 받아들이고 난 뒤 정신을 잃었는지 눈을 떠 보니 그녀의 옆자리는 비어 있었고 소운은 추웠다. 그렇게 추운 계절을 보내고 나니 봄이 그녀를 찾았다.

만월각에 다녀오며 백현이 크게 화를 내고, 강에서 입맞춤을 했던 그 봄날 이후로 눈을 뜰 때마다 그가 그녀를 안고 있었고 소운은 그의 따뜻함이 좋았다. 이제 소운은 매일 밤 그의 따뜻한 품을 기다렸다.

"내 아이를 낳거라."

그의 말에 이 사내의 곁을 욕심내도 되지 않을까 하는 기대가 생겼다. 귀한 집안에서 태어나 천성이 당당하고 거칠 것이 없으며 조금은 제멋대로인 그였다. 너무나 많은 것을 희생하게 한 자신을 보고 싶어 하지 않을 거라는 그녀의 예상과 달리 그는 그녀를 아꼈다.

그렇게 아이가 생기고, 무뚝뚝하다가도 더할 수 없이 다정한 그는 그녀의 건강을 끔찍하게도 챙겼고 항상 따뜻하게 안아주었다. 아이를 잃고 사경을 헤매는 그녀 곁을 그는 한시도 떠나지 않았다.

소운은, 그렇게 그에게 길들여져 갔다. 하나 가끔은, 아주 가끔은 답답했다. 이 별당도, 개경도, 자신을 깨지기 쉬운 그릇처럼 대하는 백현도. 그런 자신이 너무나 배은망덕한 인간으로 느껴져 소운은 괴로웠다. 그 마음이 죄스러워 소운은 잠이 든 백현의 품에 더 가까이 안겼다. 이젠 그밖에 없었다. 그녀 옆에 남은 이는 오직 그뿐이었다.


천도 전에 소운을 보자던 약속은 중전의 건강 악화로 인해 미뤄져, 새해가 되어 한성으로 도읍을 옮기고서야 이루어졌다.

"드시지요, 형님. 너도 들거라."

중전의 말에 백현 모가 고개를 끄덕이자, 소운은 앞에 놓인 찻잔을 들었다. 입에는 한없이 다정한 미소를 띠고 있으나, 자신의 행동 하나하나 놓치지 않고 주시하는 중전으로 인해 소운의 등에는 땀이 주룩 흘러내렸다.

"내 너 한번 보기를 그토록 소원하였는데, 오늘에서야 그 뜻을 이루는구나."

"황공하옵니다. 중전마마."

그해 유월, 도성인 한양의 이름을 한성으로 바꾸라는 어명이 내려졌으나 경복궁의 완성은 더뎠다. 왕과 왕비는 천도를 하고도 1년 가까이 임시 궁궐에서 지내야 했다. 그러나 그런 불편함을 감수하고라도 주상은 개경을 떠나고 싶어 했다. 중전은 봄이 돼서야 겨우 운신이 가능해졌고 몸이 나아지자마자 소운을 불러들였다. 어쩌면 본능적으로 그녀는 자신에게 주어진 삶이 얼마 남지 않았음을 느꼈는지도 모른다. 자신이 죽기 전 세자의 위치를 공고히 해야 된다는 그녀의 조급함이 그녀의 반대편에 서 있는 자들에게 기회를 만들어주고 있음을 눈치채지 못할 만큼 그녀는 급했다.

"백현이 혼인한 것이 어제 같은데 벌써 시간이 이리도 흘렀구나. 그래도 조카며느리인데 너를 이제야 보다니. 내 몸이 불편하여 그런 것이니 너무 섭섭해 말거라."

"당치 않으십니다, 마마."

가까이 불러 본 소운은 인물이 곱긴 했으나 겨우 그런 것만으로 그 녀석의 마음을 잡았을 리는 없었다.

소운을 살피는 중전의 눈매가 날카롭기 그지없었다.

"그 녀석이 너를 살뜰히 챙긴다 소문이 자자하더구나. 하긴 백현의 스승이 네 아비와 왕래가 있었다 하니, 너도 그 아이를 봤을 수도 있겠구나. 혼인 전부터 인연이 있던 사이였더냐?"

"아니옵니다. 혼인날 서방님을 처음 뵈었습니다."

중전을 만나러 오기 전 백현은 소운에게 몇 가지 유념할 사항을 일러주었다.

되도록 말을 삼갈 것. 혼인 전 인연을 들키지 말 것. 현재 아비의 상황을 전혀 모른다고 할 것. 중전이 분명 우리의 인연을 물을 것이니 절대 혼인 전에 그것이 시작되었음을 눈치채게 해서는 안 된다 당부했다.

"마마, 걱정하였는데 혈색이 좋아 보이시니 참으로 다행입니다."

"예, 천도 후 번잡하던 일들이 이제 자리를 잡아가니 제 마음이 한결 편합니다."

"궁은 언제쯤 완공되는지요? 제대로 된 중궁전으로 옮기시면 더 안정이 되실 겁니다."

"가을이면 이궁이 가능할 것 같다 합니다. 그때 되면 다시 부를 것이니, 이 아이와 함께 구경 오시지요."

백현 모와 이야기하던 중전이 다시 소운에게로 고개를 돌렸다.

"이젠 너도 다시 좋은 소식이 들려야 할 텐데, 아직이더냐?"

"송, 송구합니다."

"첫아이가 그리되면 원래 몸이 쉽게 나아지질 않는 법이니라. 내의원에 일러 좋은 약을 만들어 보내라 할 터이니, 가기 전에 진맥이나 해놓거라."

"망극하옵니다. 마마."

"어찌 그런 일까지 신경을 쓰십니까, 마마."

"세자가 아직 후손이 없으니 남 일 같지가 않습니다. 백현이도 나이가 있는데 후사가 늦어 걱정이기도 하고. 듣자 하니 이 아이 건강이 좋지 않아 시강원도 관뒀다 하니 어서 강건해져야 백현이가 제게 돌아올 것 같아 그럽니다. 괘념치 마세요. 다 저 좋자고 하는 일입니다. 호호."

아닌 게 아니라 백현의 나이도 이제 20대 중반이 되어가 집안의 걱정이 이만저만한 것이 아니긴 했다. 백현의 고집만 아니면 진즉에라도 본처를 들여 후사를 이었을 것이나.

'제 처는 이제 저 아이입니다. 저 아이가 자식을 생산치 못한다면, 대는 잇지 못한다 그리 아시면 될 입니다. 아버지께서 양자를 보시든 그건 상관치 않겠으니 뜻대로 하십시오. 분명 그 일 이후 제게 더 이상의

간섭은 하지 않는다 약조하지 않으셨습니까?'

소운이 유산하고 난 뒤, 아비가 대는 이어야 한다 서찰을 보내오자 백현은 이리 답하고는 방을 나가버렸다. 집안과의 약속이라며 백현의 첫혼인을 이끌었던 백현의 부친은 그 혼인의 끝이 참으로 어이없게 끝나고 난 후 그의 일에 일절 언급하는 일이 없었다. 안 그래도 데면데면한 부자 사이는 그 일로 더 말이 없어져 백현 모의 속만 타들어가고 있었다.

"아직도 제 아비와 그리 지냅니까?"

"성정이 닮아 있지 않습니까."

"하기야, 핏줄이니 누구를 탓할 일도 아닙니다."

백현의 아비는 예문관 대제학을 지낸 이조경이다. 시문에 뛰어나고 천성이 강직하여 고려 말 많은 유학자들이 따랐다. 그러나 공양왕 시절 모친이 돌아가시자 성주 땅으로 내려가 시묘살이를 하였고, 그 와중에 폐위, 개국 등의 혼란이 벌어지자 상경하지 않고 쭉 성주에 지내며 가끔씩 본가로 오곤 했다. 남 일에 참견하기 싫어하고 세상일에 관심이 없는 그 성정을 백현이 물려받아, 두 부자는 딱히 사이가 좋지 않은 것이 아닌데도 서로 말이 없었다. 딱 한 번 자신의 고집대로 일을 진행했다 아들에게 사별의 아픔을 겪게 만든 뒤로는 더더욱 아들에게 뭔가를 요구하는 일이 없어졌다.

"우리 조카며느님이 어서 대를 이어주어야 그 두 부자가 서로 웃는 낯으로 마주하기라도 할 텐데, 너의 책임이 크구나."

중전의 무심한 말에, 백현 모는 마음이 언짢아졌다.


"많이 긴장하였더냐."

"예, 대장부 같은 분이라 들어서."

"호방한 기질이 대장부 못지않으시긴 하지."

날씨가 좋으니 좀 걷자는 백현 모의 말에 도란도란 얘기를 하며 걷다, 소운이 조심스레 말을 꺼냈다.

"저, 어머님."

"말해보거라."

"제가 서방님께 부인을 맞으시라 청해볼까 합니다만."

"못할 짓이다."

"예?"

대번에 못할 짓이다 부정하는 시어머니의 답에 오히려 소운이 당황하였다.

"새로 들인 아이는 자신에게 마음 주지 않는 사내를 서방으로 모시고 살아야 할 텐데 그게 어디 사람이 할 짓이더냐."

"예에?"

"너는 아직도 네 서방의 성정을 모르더냐. 하기야 이런 점 때문에 그 아이가 네게 더 매달리는지도 모르겠구나."

"매, 매달리다니요. 어머님."

"네가 보기엔 네 서방이 다른 여인을 들여 거기서 후사를 볼 듯싶더냐."

백현 모의 말에 소운은 순간 심장에 작은 통증이 오는 듯했다. 다른 여인에게서 후사를 본다.

"그럴 법한 아이였으면, 지난 세월 이리 시간을 허비하지도 않았을 것이다."

"……."

"소운아."

백현 모는 걸음을 멈추고 소운의 손을 잡았다. 이제는 제법 혈색이 돌아와 발그레한 뺨을 지닌 소운은 여인인 제가 보기에도 고왔다. 이 고운 아이를 마음에 품고서도 그 마음을 온전히 나누지 못하고 있는 아들이 어미는 못내 안타깝기만 했다.

"백현이가 너를 많이…… 아니다. 나는 그저 네 마음이 궁금하구나. 너는 어떤 것이냐? 정말로 그 아이가 다른 여인을 처로 맞이해도 네 마음은 괜찮겠느냐? 진정 그렇다면 내 백현이가 뭐라 고집을 피워도 꺾어놓고 말 것이다."

소운은 왜 자신이 시어머니의 말에 당장 그렇다 답하지 못하는지 이유를 알 수 없어 한참을 머뭇거렸다.


집에 오자마자 별당으로 든 백현은 그녀에게 중전을 만나고 온 일부터 물었다.

"별일 없었더냐?"

시어머니와 나눈 대화가 생각나 소운은 백현의 물음에도 멍하니 상념에 빠져 있었다.

"심소운."

"예?"

"중전께서 뭐라 하셨기에 이리 넋을 놓고 있는 게야."

저를 걱정스럽게 바라보는 백현의 얼굴을 소운은 찬찬히 훑기 시작했다.

불현듯 만월각 기녀 대부분과 밤을 보냈다는 말이 생각났다. 그런 사내가 처 하나 더 얻는다고 힘들어할 리도 없었다. 순간 마음이 상해 그를 보는 눈빛이 변하자 백현이 놓치지 않고 그녀의 팔을 잡아당겼다.

"뭐냐? 무슨 말을 들었기에 네 표정에 화기가 뻗쳐 있는 게야? 중전이 맘 상하는 소리라도 했더냐."

"아야, 아닙니다."

어서 사실대로 말하라 닦달하는 백현에게 잡힌 팔을 빼내려 소운은 부러 아픈 척을 했다. 소운이 얼굴을 찡그리자 백현은 이내 잡았던 팔에서 손을 뗐으나 대신 그녀를 품에 안고 채근하는 것을 멈추지 않았다.

"자, 이젠 괜찮을 터이니 얼른 말해보거라."

"정말 별말씀 없으셨습니다. 내의원에 일러 약재도 내어 주셨습니다."

"약?"

"예. 어서 후사를 봐야 되지 않겠냐며."

백현이 그제야 소운을 놔주며 살짝 헝클어진 그녀의 머리를 정리해주었다.

"제 집안 후사나 걱정할 것이지. 그 양반은 남의 집 일에 웬 관심이 그리 많다더냐."

"중전마마께 그리 말해도 되는 것입니까."

"여기 듣는 이가 너밖에 더 있더냐."

그녀의 머리를 쓸어주던 백현이 뾰로통하게 나와 있던 그녀의 입을 검지로 스치듯 툭 건드렸다.

"입이 이리 나와 있다는 건 뭔가 불만이 있다는 것인데. 후사 얘기를 들어 맘이 상했더냐."

소운은 자신도 잘 모르는 제 마음을 들킬 것 같아 고개를 돌려 먼지 하나 없는 장을 정리하는 척했다. 이상하게 입에서 내놓는 말에 뾰족하게 날이 섰다.

"아닙니다. 제가 맘이 상할 처지나 됩니까? 예전에는 기방도 자주 드나드셨다면서 어찌하여 후손 하나를 보지도 못하셨습니까? 서방님께서 진즉에 자식을 보셨으면 제가 이리 안채에 뵐 낯이 없지는⋯⋯."

백현이 소운을 휙 돌려세워 두 손으로 얼굴을 잡고는 눈을 똑바로 응시했다. 얼굴이 붙잡혀 있으니 피하지 못한 채 소운은 백현의 눈을 정면으로 마주 볼 수밖에 없었다. 소운의 투정이 그리 듣기 싫지 않았는지 백현의 낯은 살짝 웃는 듯도 했다.

"내 처는 너 하난데 누구에게서 자식을 본단 말이냐. 이제 여인이라고 옆에 있는 이가 오직 너뿐인데."

오후 내내 이유도 없이 속상했던 연유가 무엇이었는지 몰라 답답했던 소운의 마음이 그의 말과 함께 눈 녹듯 풀어지고 있었다.

"누가 너한테 뭐라 떠들어댔는지 모르겠다만, 별스럽게 만월각 얘기까지 꺼내며 이리 뾰족하게 구는 이유를 말하거라. 아니면 밤새 이렇게 눈을 마주치고 있을 것이다."

여인은 오직 너뿐이라는 서방님의 말이 소운에게 용기를 내게 했다. 저만 괜찮다면 백현을 설득해 혼인하게 하겠다는 어머님의 말은 있는 줄도 몰랐던 투기심을 불러왔다. 백현을 보는 소운의 낯빛이 밀려오는 감정에 조금씩 흔들렸다.

"어머님께, 제가 서방님께 혼인하시라 청하겠다 말씀드렸습니다."

"반편이더냐? 그런 쓸데없는 소리를."

"그 말을 내뱉는 제 마음이…… 아팠습니다."

갑작스런 소운의 고백에 그녀의 얼굴을 잡고 있던 백현의 두 손에 힘이 빠지고 눈빛이 흔들리기 시작했다. 소운은 그에게로 향하는 시선을 피하지 않고 계속 말을 이어갔다.

"어머니께서 제 마음만 괜찮다면 서방님의 고집을 꺾어보겠다 하셨는데, 제 마음이 괜찮지 않았습니다."

"……."

"서방님이 얼마나 많은 기녀들을 만난 것일까 궁금하기도 하고 화가 났습니다. 제가 그럴 자격이 없다 생각했는데, 그냥 오후 내내 그 생각이 머릿속에서 떠나질 않아…… 읍."

백현이 그녀의 허리를 당겨 깊이 입을 맞추자 소운은 더 이상 말을 잇지 못했다. 소운은 다른 때와 달리 그의 목에 손을 두르며 그의 입술을 더 깊이 받아들였다. 예상치 못한 소운의 반응은 이내 백현을 달아오르게 했다. 백현은 소운의 아랫입술을 더 깊게 그리고 거칠게 빨아들였다.

소운의 입술을 놓지 않은 채 자신이 입고 있던 도포를 훌훌 벗어던진 백현이 그녀를 바닥에 눕혔다. 부끄러운 듯 얼굴을 붉히는 소운을 내려다보며 백현은 서둘러 그녀의 옷고름을 풀기 시작했다. 이제 백현은 더 이상 망설이지 않았다. 이 아이의 마음이 나와 같다면 이제 그럴 것이 무엇인가.

백현은 한시가 급했다. 소운의 몸 구석구석을 탐하는 백현의 입술이 어느 때보다 뜨거웠다. 제게 투기하는 소운의 모습이 이토록 자신을 격하게 달아오르게 할 거라고는 상상치 못했다. 남녀 간의 운우지정을 알아가는 소운을 보며 백현은 저 밑에서 끓어오르는 사내의 욕구를 온전히 보여주고 싶었던 적이 한두 번이 아니었다.

하지만 부끄러움이 많은 소운으로 인해 망설이고 물러서며 얼마나 애가 탔던지. 이제 좀 더 이 아이에게 사내로서의 자신을 보여주리라. 소운에게 파고드는 백현의 몸짓은 다정하면서도 거칠었다. 새어 나오는 신음을 참기 위해 소운은 제 손으로 입술을 막아야 했다.

"참지 말거라."

소운을 끝까지 몰아세우고 있던 백현이 입을 막고 있는 소운의 손을 끄집어 내렸다.

"하, 하지만…… 밖에서 듣습니다. 아…… 으……."

더 이상 참기 힘들었는지 저도 모르게 소운이 입술을 살짝 벌리자 백현이 다가와 그녀의 신음을 자신의 입으로 받아내 주었다.

"하아…… 하아."

"후…… 후우……."

한참의 시간이 흐르고 겨우 백현의 몸짓이 멈추자 한 치의 틈도 없이 꼭 끌어안은 두 사람에게서는 그저 호흡을 진정시키기 위한 숨소리만이 흘러나오고 있었다.


"들은 말을 다 해보거라."

열락의 시간을 보내고 노곤해진 백현은 소운을 제 가슴에 꼭 끌어안은 채 낮의 일을 물었다.

"별말 없으셨다니까요."

"어림없는 소리. 오늘 네가 평상시와 다름을 누구보다 네가 더 잘 알 것이 아니냐? 뭐, 나야 나쁘지 않았다만."

거칠 것 없이 그녀를 탐하고 난 후 기분이 좋아진 백현은 소운의 목을 끊임없이 지분거렸다.

"저는 그저 서방님의 마음이 궁금했습니다."

"내 마음이라니?"

"어머님께서 제가 반대치만 않으면 서방님을 설득하여 어떻게든 혼례를 올리게 하겠다고 하시는데. 서방님도 그럴 마음이 있으신 건 아닌가 싶어 좋지 않았습니다."

소운이 그의 품에 더 깊이 얼굴을 묻었다.

"기방에 발걸음하지 마십시오. 연홍 형님을 보고 싶으면 집으로 오시라 하면 될 일입니다."

"보고 싶을 일 없다."

"제가 꼭 후사를 이어드릴 것입니다."

"필요 없다. 그깟 자식이 뭐라고."

"꼭. 제가 해드릴 것입니다. 하니……."

백현의 가슴에 얼굴을 묻고 꼼지락대던 소운이 망설이다 뒷말을 이어갔다.

"절대 다른 곳에 가지 마시고 제게만 오십시오. 아니 지키시면 용서치 않을 것입니다."

백현은 자신의 가슴에 얼굴을 묻고, 맘에 쏙 드는 말만 해대는 소운이 너무도 고왔다. 그녀의 얼굴을 보려 백현이 몸을 떼자 소운이 점점 더 아래로 고개를 숙였다.

"우리 부인 얼굴 좀 보자."

"지금은, 지금은 보지 마십시오."

"어찌하여 이러느냐."

"부, 부끄럽습니다."

"하하하하, 하하하."

한바탕 크게 웃은 백현은 자신의 가슴에 얼굴을 묻은 그녀를 제 품으로 끌어당겨 꼭 안으며 다정하게 속삭였다.

"나는 네가 다시 아이를 가져 그 고생을 또 하는 게 싫다. 정말 너 하나로 족하다."

"저는 꼭 서방님을 닮은 아이를 낳고 싶습니다."

고개를 빠끔히 들고 고집스럽게 말하는 소운을 향해 백현은 고개를 숙였다. 다시 깊고도 긴 입맞춤이 시작되었고 백현의 손은 다시 그녀의 옷을 풀어 헤치고 있었다.

정안대군댁 안채에서는 군부인 민씨가 서방인 이방원에게 하루 종일 하고 싶어 입이 근질거렸던 말을 올리고 있었다.

"조 대감댁 자당께서 생신이시라기에 비단을 좀 보냈습니다."

"잘했소."

"한데, 며칠 전에 재미있는 얘기를 들었습니다."

"재미있는 얘기라니요."

명망 있는 집안에서 자란 부인은 세상을 보는 눈이 남달라 가끔 방원이 생각지도 못한 조언을 해주곤 했다. 하여 방원은 부인의 말을 허투루 듣지 않는 편이었다.

"이번에 명에서 온 상단이 들여준 비단이 맘에 들어 좀 더 사둘까 하여 덕인이를 보냈더니 그 상단의 행수라는 자가 직접 뵙고 싶다 연락이 왔더이다."

"상단의 행수가 직접이요? 하면 그가 이 한양에 있었단 말입니까."

방원은 흔하지 않은 얘기에 흥미가 생겼는지 부인의 이야기에 집중했다.

"예. 명 상단의 행수가 직접 한양에 들어왔다는 게 신기하기도 하여 불러 만났더니 그이가 사람을 한 명 찾아 달라 청을 하지 뭡니까."

"사람을요."

"예 그리만 해준다면, 비단은 물론이고 필요하다면 무엇이든 구해주겠다 하더이다. 앞으로 나리께 쓰임이 많을 거라며."

"하면 일부러 우리에게 접근한 거란 말입니까."

"저도 그리 보았습니다. 왕실의 힘을 빌려서 사람을 찾고 싶다고 하더군요."

사람을 찾기 위해 일부러 나와 연을 만들었다니. 촉이 남다른 방원의 눈이 매섭게 빛났다. 지금 자신의 처지를 눈치 빠른 장사치들이 모를 리 없었다. 일부러 자신을 찾았다면 필시 이건 중궁전과 관계된 일임이 틀림없었다. 방원은 짐짓 모르는 척 부인을 보며 헛웃음을 지어 보였다.

"왕실의 힘을 빌리고자 했다면, 중전 쪽을 만났어야지, 지금의 내가 무슨 힘이 있다고. 하하. 상단 행수라는 자가 어찌 그리 세상 보는 눈이 아둔하답니까."

"저도 그리 말했지요. 중전의 외가를 찾아가는 게 어떠냐고요. 한데 사연을 들어 보니 저희를 찾아온 것이 이해가 되더이다."

"어째서요."

"그자들이 찾는 이가, 지난 포은의 역모 사건과 관계있는 자였습니다. 왜 포은과 절친하게 지내던 예조참판 김은총이 대간의 탄핵을 받고 명나라에서 돌아오는 길에 금부에 잡혀가지 않았습니까."

"그랬지요. 포은이 죽고 몇 달 뒤가 아닙니까."

"그때 역관 하나가 같이 금부에 잡혀 갔다 유배가 되었다 합니다. 그에게 딸이 있는데 그 아이를 찾는다더군요."

"그 아이와 행수가 무슨 연이 있기에 역모자의 딸을 찾는단 말입니까."

"깊은 얘기는 하지 않았으나, 죽었다면 그 시신이라도 찾고 싶다 하는 것이 피붙이가 아닌가 생각됩니다."

"역모에 연루된 자의 가솔들이면 관노가 되어 있을 것이니 그리 찾기 어렵지는 않았을 터인데."

방원의 말에 군부인이 흥미롭다는 듯 눈을 반짝였다.

"그 부분이 괴상했습니다."

"그게 무슨 말이오."

민씨는 자신도 그리 생각해 아랫것들에게 당시 관노로 끌려간 이들부터 알아보라 했었다. 하나 이상하게도 지방관아로 넘어간 명부에 그 아이의 이름만 없었다.

"누락되었을 수도 있지 않소."

"아니요. 없었습니다. 아우들을 시켜 뒤져보라 했는데도 그 아이의 기록만 없었습니다. 그리고 그 역관이란 자가 유배형을 받은 것도 이상하지 않으십니까."

생각해보니 괴이하긴 하다. 사실 그 일이야 능구렁이 같은 폐왕을 압박하고자 벌인 일이나 마찬가지니 참판을 포함해서 대부분이 효수가 되었을 텐데 기껏해야 역관이 목숨을 부지했다니. 뒤를 이은 부인의 말에 방원은 진정으로 놀랐다.

"이 이야기의 끝에 중전이 있더이다."

"중전이?"

"예. 그 일에 이름을 올리고 살아남은 자는 그 역관 하나였습니다. 형조에 줄을 대어 그 연유를 알아보니 중전이 전하께 목숨만은 부지하게 해 달라 간청을 올렸다는 얘기가 있다 하더이다."

"……."

"상단의 행수가 어찌어찌 여기까지 알아본 모양입니다. 한데 왕실에 막혀 더 이상 올라갈 데가 없으니 눈치 빠른 그자들이 중전의 반대편에 서 있는 우리 쪽으로 줄을 댄 것이지요."

"그 역관의 이름이 뭐라 합디까."

"심은평이라고 합니다."

"심은평…… 심은평이라."

그 영악한 중전이 도대체 무슨 일을 꾸민 것일까? 기실 그 일도 모두 다 죽이자고 벌인 일이지 않은가 말이다. 한데 역모죄인을 감형을 시킨 것도 모자라 그 딸을 빼돌렸다니. 도대체 왜? 방원은 이일을 어디서부터 풀 것인가 고민하기 시작했다.

"참으로 재미난 얘기였습니다. 부인."

그의 얼굴에 의미심장한 미소가 떠올랐다.


궐에서 조금 떨어진 곳에 위치한 한양의 한 기와집은 몇 달 전부터 행색이 낯선 자들로 북적이고 있었다.

"연락이 왔더냐?"

"예, 군부인이 중전이 청한 것을 알고는 연유를 알고자 열을 올리고 있다 합니다."

"정안대군 측에서 나섰으니 뭔가 실마리가 풀리겠구나."

대명국 해륜상단의 행수 송도진은 자신의 앞에 앉아 있는 훤칠한 사내를 향해 조금은 안쓰러운 눈빛을 보냈다.

"균성아."

"예, 할아버님."

"어미를 원망했더냐?"

"어찌 그런 말씀을 하십니까."

"나는 그 아이를 원망한다. 심은평 그자를 따라 고려 땅에 간 것도, 갔으면 모든 인연을 다 잊고 잘 살 것이지 다시 돌아와 결국 나로 하여금 자식을 앞세우게 한 것도 다 원망스럽구나."

할아버지의 말에 균성이라 불린 사내는 그저 담담하게 대답했다.

"어머니와 함께한 기억이 네 해 정도 됩니다. 더 잘할 것을. 더 많이 웃어드릴 것을. 저는 매일매일 후회하고 있습니다. 다시 돌아와 죽어가던 저를 살리신 어머니입니다. 저는 더 이상 원망하지 않습니다."

"우리가 그 아이를 찾을 수 있을 것 같으냐."

"이곳으로 오며 어머니 무덤 앞에서 약조했습니다. 혹 이 세상 아이가 아니라면 어머니 옆에라도 같이 있게 해드리겠다고. 시신이라도 꼭 찾을 것입니다."

단호한 손자를 보며 송도진은 심은평이 죽었다는 소식을 듣고 조선으로 온 이후의 시간을 곱씹었다. 심은평의 시신을 거둔 자는 위패를 절에 모시고 제를 챙기고 있었다. 하나 역모죄로 죽어서인지 그 일을 아는 자가 아무도 없어 송도진을 답답하게 했다. 송도진은 스무 해도 넘은 심은평과의 기억을 더듬었다.

'균성이를 고려로 데려갔으면 합니다.'

'해륜상단의 미래가 될 아이일세, 안 되네.'

'어찌 이령이에게 균성이를 두고 가자 하겠습니까? 천륜을 끊을 수는 없습니다. 제가 친자식처럼 키울 것입니다.'

'고려 땅에서 한낱 역관 신분인 자네가 무슨 힘이 있어 이 아이를 잘 키운단 말인가.'

'행수 어르신.'

'이령이나 데리고 가거라.'

'어르신.'

'부디 아껴주시게. 하나뿐인 내 자식이네.'

일찍이 과부가 되어 어린 균성만을 돌보며 크던 제 하나뿐인 딸은 수년 전 고려에서 온 역관과 사랑에 빠졌다. 이령과 함께 균성을 고려로 데리고 가 키우겠다는 젊은 역관에게 도진은 그저 딸아이만 아껴 달라 하고는 떠나보냈었다. 하지만 이령은 균성이 생사를 헤맨다는 소식에 남경에 돌아왔다 끝내 어린 딸을 보러 개경으로 돌아가지 못했다. 송도진은 잠시 회한에 잠겼다.

"강화로 사람을 보내 위패를 모셔오라 하거라."

"예?"

"명으로 모셔가 네 어미 옆에 두는 것이 좋겠구나. 연고도 없는 곳에 홀로 너무 외롭지 않겠느냐? 너를 데려가 친자식처럼 키우겠다 사정하던 사람이다. 잘 보살펴 드리거라."

"그리하겠습니다."

할아버지를 뵙고 나온 균성은 객주 한편에 자리를 잡고 술을 청했다. 그의 옆에 말없이 검은 옷을 입은 자가 와 서자 할아버지 앞에서와는 달리 균성의 기운이 서늘하게 변했다.

"강화로 사람을 보내 심 역관의 위패를 모셔오너라."

"예."

"군부인의 움직임은?"

"내명부에서 외명부까지 군부인의 세작들이 없는 곳이 없습니다. 그들이 움직이고 있으니 조만간 꼬리를 잡을 듯합니다."

"천 서방이 말한 만월각이란 곳의 동태는?"

"서신을 써주러 드나들던 도령에 대해서 아는 이들이 몇 있었으나 그 사연까지 자세히 아는 이는 없었습니다. 그저 역관의 자식이라는 것 말고는 아직까지 알아낸 것이 없습니다."

"만월각과 군부인에 대한 감시를 게을리하지 말거라. 또한 저들의 눈에 띄는 일도 절대 없어야 한다."

"예. 행수."

대외적으로는 균성의 조부인 송도진이 행수인 걸로 알려져 있으나 해류상단의 실세는 홍균성 이 젊은이였다. 자신의 동복누이를 찾아 조선으로 가 체류가 길어지는 외조부를 좇아온 지 벌써 한 달. 남다른 정보력으로 지지부진했던 상황을 정리하긴 했으나 어찌 된 일인지 시간이 갈수록 더 미궁 속으로 빠지는 기분이었다.

균성 자신도 생전에 어미가 그리워하던 누이를 꼭 한 번 보고는 싶었다. 하나 아무리 중요한 일이라 하더라도 이리 상단을 오래 비울 수는 없는 일이라 그의 고민은 깊어져 갔다. 생전에 어머니는 무척이나 소운이를 그리워하셨다. 그러나 소운까지 떠나면 심은 평의 외로운 처지가 걱정된다며 돌아가시는 날까지 그 마음을 접고 사시던 어머니가 균성은 이해되지 않았다. 보고 싶으면, 두 사람 모두 데려와 곁에 두셨으면 될 일이다. 그랬다면 지금처럼 시신이라도 찾자고 이리 헤매는 일은 없었을 텐데.

이제야 겨우 실마리가 조금씩 풀리는 것 같기는 한데 시간이 부족했다. 젊은 행수 균성은 마음이 조급해졌다.

'도대체 그 아이는 어디로 사라졌단 말인가.'

한 번도 보지 못한 동생 따위. 사실 균성은 시신이라도 찾아 얼른 이 땅을 떠나고 싶은 마음뿐이었다.

## 4. 중전의 욕심

급히 중궁전에 들라는 연락을 받고 온 백현은 손에 든 찻잔을 내려놓고 중전을 응시했다.

"아비의 일을 그 아이에게 알리지 않았더구나."

"……."

"하기야, 유배지에서 죄인이 죽어 나가는 거야 흔한 일이지. 양반도 아니고 일개 역관의 일이니 그리 소문날 일도 아니고. 나도 그 아이를 본 후에야 알아보라 했으니 별스러울 것도 없긴 하다만. 하나, 어찌하여 여태 알리지 않은 게냐? 난 네 속을 모르겠구나."

백현은 복잡한 속내와는 달리 최대한 담담하게 답했다.

"내자의 건강이 좋질 않아 기회를 보고 있었을 뿐입니다."

"처가 충격을 받을까 하여 그 아비의 죽음도 알리지 않았다라. 일부러 강화에서 온 것처럼 서신까지 대필하면서 말이냐."

중전은 소운이 다녀간 후 유배 간 그 아이의 아비는 어찌 사는

지 알아보라 했다. 백현이 아낀다는 아이의 환심을 사둘 필요가 있으니 제 아비의 처지나 좀 봐둘까 싶어서였다. 하나 강화로 보낸 내관은 그가 죽은 지 이미 한 해가 지났다는 의외의 전갈을 가지고 왔다. 중전은 본능적으로 소운이 그 아이가 백현의 마음에 크게 자리 잡았음을 알 수 있었다. 백현의 약한 고리를 알았으니 자신은 이제 무엇이든 할 수 있다는 생각에 조카를 보는 중전의 눈에 미소가 그득했다.

"제게 무엇을 원하십니까?"

**'심은평이 강화에서 죽었습니다. 딸에게 전해 달라며 이것을 부탁해 왔습니다.'**

강화군수가 보내온 이가 그에게 빛바랜 술이 달린 산호로 만든 향갑 노리개 하나를 전해준 것이 작년 봄의 일이었다. 아이를 가진 소운에게 차마 그 소식을 전하지 못한 것이 그녀를 위한 것인지 자신을 위한 것인지 백현도 정확히 알지는 못했다. 그저 소운의 아비가 죽었다는 소식에 그녀와 자신의 사이를 연결해주는 줄 하나가 탁 하고 끊긴 느낌이 들었다는 것을 부정할 수는 없었다. 근처 절에 모시어 제사라도 지내 달라 돌아가는 이에게 부탁하는 것으로 그리 죄책감을 덜어내고자 했다.

이후 그녀에게 소식을 알리고자 했다. 그러나 난산 끝에 첫아이가 죽고 소운이 사경을 헤매는 등 너무도 많은 일이 생기다 보니 차일피일 미루다 말을 하지 못한 것이 지금의 사달을 불러왔다. 백현은 소운의 일이라면 제대로 움직여 주지 않는 자신의 머리가 그저 한탄스러울 뿐이었다.

"그 정도로 그 아이에게 마음을 주었더냐"

"바라시는 바나 일러주시지요."

"백현아, 나는 중전이기 전에 너의 이모이기도 하다. 내 어린 너를 업어 키웠거늘."

"그런 말씀을 하실 거면, 제 내자를 앞세워 저에게 원하는 것을 얻어내려는 일은 하지 않으셔야 하는 것 아닙니까."

중전은 백현이 자신을 탓하는 말에도 노기를 드러내지 않았다. 그녀는 하루하루 자신의 생명이 꺼져가는 것을 느끼고 있었고 그래서 조급했다. 시간이 없었다. 중전은 어떻게든 백현이 이 아이를 제 곁에 잡아두어야 한다는 생각뿐이었다.

"나는 얼마 남지 않았다. 내 몸이 버텨주는 것은 길어야 한 해 정도일 것이다."

"사람의 명은 하늘이 정한다 했습니다."

"네 말대로 왕재의 자질이 배운다고 되는 것은 아니었으나 이미 돌아가기에는 늦었다. 지금 방원이로 하여금 대통을 잇게 한다 해도 그 아이는 내 자식들을 살려두지 않을 것이다. 그래, 어느 정도는 삼봉이 지켜주겠지. 전하도 나보다야 오래 사실 터이니 버텨주실 게다."

"그 두 분이 있는데 뭐가 그리 걱정이십니까."

미소가 드리워졌던 중전의 눈이 이내 갈 곳을 잃고 흔들렸다.

"방원이 그 아이가 비록 성정이 급하나 그 자질이 한 나라를 족히 다스릴 만하다."

중전은 하늘이 어쩌면 이리도 제게만 매정한지 야속하기 그지없었다. 자신이 조금만 더 버틸 수 있어도 이리 마음이 급하진 않았을 것이다.

하나 지금은 그런 것을 탓할 시간조차 없었다. 제 몸이 더 꺼져 가기 전에 세자를 반석 위에 올려주어야 했다. 저 이리 같은 방원에게서 세자를 보호할 사람이 절실하게 필요했다.

"그것을 본인도 잘 아는 까닭에 절대 왕좌를 포기하지 않을 것이다. 포은의 일로도 보지 않았더냐. 제 어미의 시묘를 관두고 내려와 네 스승을 죽인 아이다. 그 아이가 먼저 거사를 하게 되면 누가 있어 막을 수 있단 말이냐."

"그런 것을 아시는 마마께서 어찌 그리 욕심을 버리지 못하십니까."

"자식의 일을 어찌 욕심만이라 할 수 있겠느냐."

"그저 평범한 범인의 가문이라면 모르지만 한 나라가 아닙니까? 그러니 욕심이지요."

"이미 되돌리기에는 늦었다. 백현이 너 역시 마찬가지 아니더냐. 네 자리는 내 옆이다. 세자와 전하의 옆자리. 너도 알지 않느냐."

'천만에.'

백현은 이 여인이 자신을 몰라도 한참을 모르는구나 싶어 살짝 불쌍한 마음이 들려 했다.

"하여 제게 무엇을 원하십니까."

"너를 사헌부로 가게 할 생각이다. 이번 과거에 포은을 따르던 젊은 유생들을 대거 등과시킬 것이다. 네가 그들과 힘을 합쳐 삼봉의 일에 힘이 되어주거라."

스승님을 따르던 자들이 원수나 다름없는 중전의 일가인 저를 따를 리도 없지만 삼봉 대감의 편에 설 리도 없었다. 무리한 생각이나 중요한 건 명분이었다.

"포은이 생전에 아낀 너이니, 구심점이 없는 그들은 너를 따를 것이다. 원래 유생들이야 명분만 있다면 겁 없이 나서는 이들이 아니냐. 네가 돕는다면 지금 삼봉이 하고자 하는 일에는 나서줄 것이다."

"삼봉 대감이 하려는 일이 무엇입니까."

"삼봉은 사병을 혁파하려 한다."

"……."

"공신과 왕자들의 사병을 없애 군에 편제시킨다면 그들은 한낱 종이호랑이가 될 것이다. 병권이 없는 자가 무슨 힘이 있어 일을 도모하겠느냐. 문제는 공신들도 그에 반발이 클 터이니, 너희 같은 젊은 선비들의 굽히지 않는 의지가 필요하다. 삼봉에게 힘이 되어 주거라."

'역시 사병혁파였던가.'

삼봉의 의견이기도 하겠으나 제 이모는 역시나 정치적인 감각이 뛰어난 여인임에는 틀림없었다. 세자의 위치를 공고히 하자면 배다른 형제들과 공신들의 기를 꺾어놓아야 했다. 사병혁파 같은 일은 그 대상이 많아 반발이 심할 것이 자명했다. 그러니 한 번에 자비를 두지 말고 일거에 쓸어버려야 할 일이었다. 어차피 명분이 있고 주상 전하의 의지가 확고하다면야 이번 판은 정안대군이 밀리는 싸움이다. 자신이 이 요구를 거절할 수 없음을 아는 백현은 대신 경고를 잊지 않았다.

"알겠습니다. 단……."

그는 단호한 표정으로 중전을 응시했다.

"제가 말하기 전에는 제 집안 어디에도 불필요한 말이 전해지지 않아야 할 것입니다. 그 아이가 먼저 알게 된다면, 저는 마마부터 의심할 것입니다. 아시겠지만, 저야."

중전은 제 눈에 보이는 외조카의 싸늘한 얼굴이 낯설었다.

"세자 저하든 정안대군이든 아무 상관없는 사람입니다."

**'이백현은 그저 내편이 아니라면, 남의 편이 되지 않게만 하면 되는 아이입니다.'**

중전은 불현듯 삼봉의 말이 떠올라 걱정스레 조카의 표정을 살폈다. 난데없이 고개를 드는 이 불안은 그저 심신이 편치 않은 이유일 것이다. 그녀는 그리 생각하고 말았다.


궐을 나와 집 안에 들어선 백현의 눈에 부산을 떨며 어머니와 장독대를 닦고 있는 소운의 모습이 보였다. 소운이 자신의 약한 고리임을 눈치챈 순간 중전이 그녀에 대해 알아볼 거라 생각했던 그의 예상은 틀리지 않았다.

자신이 소운에게 감추고 있는 것들. 꼭 자신의 입으로 먼저 알려주어야 하는 것들은 항상 그의 마음을 무겁게 했다. 그녀를 위해서라 변명하면서도 사실은 자신을 위해서였음을 알기에 그는 항상 그녀 앞에서 초조하고 마음이 무거웠다. 하지만 이내 소운이 자신에게 다시는 기방에 가지 말라고 투정하며 안겨오던 날이 생각나 백현의 입가에 저절로 미소가 지어졌다. 지금처럼 소운을 옆에 둘 수만 있다면 자신은 무엇이든 할 수 있었다.

소운이 백현을 보자 웃으며 다가왔다. 백현은 자신에게 다가오는 소운을 담벼락 아래로 당겨 품 안으로 꽉 끌어안았다. 이리 자신의 품 안에 그녀를 둘 수만 있다면 백현은 지옥 불에라도 뛰어들리라 다짐했다.

개국공신인 남 대감이 백현을 사위로 들이고 싶어 한다는 소식에 삼봉과 대화를 나누던 중전의 낯이 근래 들어 가장 밝아졌다.

"남 대감께서 정말 그러겠다 하셨단 말입니까."

"백현이라면 좋다 하시더군요."

"사별했다 하나 그래도 후처 자린데, 더군다나 남 대감댁 여식이야 인물과 품성 좋기로 소문난 규수가 아닙니까."

"마마께서 끝까지 백현이를 곁에 두고자 하신다면, 혼사만큼 좋은 인연이 없겠기에 제가 청을 넣었습니다."

"남 대감께서 그러자 하실 거라곤 생각도 못 했습니다."

"마마께서 어찌하여 그 아이에게 그토록 맘을 두시는지 제가 모르는 바는 아닙니다만, 어찌 됐든 그 아이가 맘을 잡아준다면 세자 저하께 큰 힘이 될 것입니다."

"삼봉 대감."

"무엇보다 마마께서 강건하셔야 저하를 지킬 수 있습니다."

삼봉은 하루하루 낯빛이 어두워져 가는 중전을 안쓰럽게 바라봤다. 내의원 제조는 중전이 오래 버티지 못할 것 같다 은밀하게 전해왔다. 새로운 조선의 제도가 아직 완성되지 않은 이 시기에 중전의 몸에 이상이 생겼다는 소식은 삼봉의 맘을 급하게 했다.

비록 서로가 도달하고자 하는 뜻은 달랐으나 그 가는 길에서 일치한 생각이 방원이 아닌 방석을 세자로 올리는 것 아니었던가. 유학자나 그 성정에 결코 신하들에게 권력을 나눠줄리 없는 방원을 견제하기 위해 비록 그에 미치지 못하나 방석을 올리는 데 동의했던 삼봉이다.

그러나 호랑이 새끼는 호랑이인 것이 세상의 이치. 지금이야 몸을 낮추고 있지만, 방원이 언제 은둔을 멈추고 그 발톱을 세울지 알 수 없는 일이었다. 하여 중전이 사병혁파에 힘을 싣기 위해 젊은 관료들을 등과시키고 그 구심점으로 백현을 이용하겠다 했을 때 삼봉은 좋은 수라 여겼다.

다만 문제는 이백현이다. 자신과 포은의 제자 모두를 합쳐도 따를 자가 없는 학문의 깊이에다 예문관 대제학의 아들, 중전의 외조카라는 든든한 배경에도 불구하고 입신의 뜻이 없는 담백한 성정. 하나, 살아생전 선배 포은은 백현을 등과시켜 일을 도모하자는 삼봉의 말에 의외로 미지근한 반응을 보였다.

'혹여 자네가 그 아이를 어딘가에 쓰고 싶다면 한 가지는 명심하게나. 내 편이 아니라면 그저 남의 편이 아닌 것을 다행으로 여기고 놔두게. 옆에 둔다고 득이 될 리 없는 아이니.'

'백현이를 그리 보십니까?'

'욕심이 없는 아일세. 하나 반대의 경우 포기도 없지. 내가 그 아이를 아끼는 건 그럼에도 불구하고, 자신을 감당하고 자제할 줄 아는 그 지독한 유학자로서의 이성을 존경해서라네. 진정한 힘이란 그 힘을 쓸 수 있음에도 쓰지 않는 데 있다 하지 않던가? 백현이 그 아이가 바로 그런 자일세.'

그날도 어쩌면 백현은 스승의 죽음을 예감하고도 길을 나서는 그를 잡지 않았는지도 모른다. 흐르는 강물이 막는다고 막아지는 것이 아님을 알았을 테니. 하여, 삼봉은 백현과 눈을 마주치는 것이 싫었다. 자신이 알고 있다는 것을 숨기지 않으며 저를 바라보는 그 아이가 삼봉은 불편했다. 자식 낳고 살다 보면 그 아이도 달라질지 몰랐다. 인간이란 가진 것이 많아지면 지키고 싶은 것도 생기는 법이고, 두려움도 커지는 법이다. 삼봉은 자신이 일생 최대의 실수를 했음을 알지 못한 채 사헌부에 들러 백현을 찾았다.

"에휴."

소운은 보따리와 찬합을 마루 위에 올려놓고 땅이 꺼져라 한숨을 푹 내쉬었다.

'그냥 등청 같은 거 하시지 말라고 할 걸 그랬나.'

사헌부로 옮긴 백현은 집에 들어오지 못하는 날이 허다할 정도로 번다했다. 새벽 퇴청은 기본이요, 번이라도 서야 하는 날에는 사흘씩도 얼굴을 보지 못하다 보니 집에 들어오는 날에는 소운을 품에서 놔주질 않았다. 사내가 집에서 빈둥거리면 되겠냐고 투정한 게 어제 같은데 이젠 서방님 얼굴을 못 보고 살다 보니 오늘은 자신이 직접 옷 보따리와 야참을 챙겨다 드리겠다 우겨 나오는 길이었다.

'어찌 이리 안 나오시누.'

보통 대신 전해줄 아랫사람이라도 보낸다던데 오늘은 어찌하여 이리 아무도 보이지 않는 겐지. 소운은 한참을 사헌부 앞뜰에서 서성이고 있었다. 감찰업무를 맡고 있는 데다 바로 옆이 병조라 그런지 사헌부 앞뜰은 군사들이 수시로 드나들었다. 소운은 아비를 보러 몰래 금부에 들렀던 기억이 떠올라 순간 몸이 움츠러들었다.

'그러고 보니 요사이 서신도 뜸하시고. 건강이 다시 안 좋아지신 건 아닐까.'

소운은 강화에 계신 아비가 생각나 마음이 착잡했다. 자신이 편히 살다 보니 힘든 유배생활을 하고 계신 아버지를 가끔 잊는 것 같아 소운은 괜히 죄스런 마음이 들어 우울해졌다. 그러나 그런 마음도 바쁜 걸음으로 걸어오는, 아니 거의 뛰어오는 백현의 모습에 해동 비에 얼음장이 깨지듯 사라졌다.

'내 남자다. 나 심소운의 남자.'

그의 진심을 알고 난 후, 소운은 제 안에 이미 커져버린 그의 자리를 인정했고 자신의 마음을 굳이 숨기려 하지도 않았다. 소운은 그렇듯 스스로에게 꾸밈없는 예전의 그녀로 돌아가고 있었다.

'어쩜 저리 관복이 잘 어울리시는지.'

저리 준수한 분이 오직 나밖에 모르는 내 서방님이다. 소운은 그리 저자에 나가 자랑이라도 하고 싶은 심정이었다.

"헉헉, 어찌 네가 온 것이야? 이럴 줄 알았으면 더 서둘러 나왔을 것인데. 오래 기다렸더냐? 휴우, 내 너를 멀리서 보고 놀라 뛰어오긴 했는데."

백현은 숨도 고르지 못한 얼굴에 땀을 흘리며 소운에게 주절주절 변명을 해댔다. 그런 서방의 모습이 보기 좋아 소운은 웃으며 옷고름으로 그의 땀을 닦아주었다.

"많이 기다리긴 했습니다만 괜찮습니다. 오늘은 제가 서방님이 보고 싶어 오겠다 한 것이니 이리 미안해하실 필요 없습니다."

백현이 자신의 땀을 닦아주는 소운의 얼굴을 빤히 쳐다보자 소운은 그 눈빛에 담긴 뜻이 의아했다.

"어찌 그리 보십니까."

"방금 그 말, 다시 해보거라."

"예?"

"내가 보고 싶었다는 말, 말이다."

"예…… 에?"

"얼른 다시 해보거라."

"왜, 왜 이러십니까. 남들이 봅니다."

다시 해보라며 백현이 두 손으로 얼굴을 잡아 자신을 보게 만들자 소운이 화들짝 놀라 그의 손을 끄집어 내렸다.

"어서 다시 해보라는데도."

백현은 끈질기게 소운과 눈을 마주치며 답을 요구했다. 부끄러운 듯 주변을 살피며 눈치를 보던 소운이 조용히 백현에게 속삭였다.

"서방님이 보고 싶어서 왔다고요."

하도 사정하기에 원하는 말을 해주었는데도 백현이 그저 소운을 빤히 바라만 보고 있을 뿐이었다.

"왜, 왜 또 그리 보십니까? 또 못 들으신 겝니까."

"아니다."

"한데 왜……."

"이대로 퇴청하여 너를 안고 싶다 생각하는 중이다."

"서, 서방님."

자신을 밀어내는 소운의 손을 잡아 깍지를 낀 백현이 웃으며 그녀를 제 옆으로 바짝 끌어당겼다.

"혼자 온 게냐."

"예."

"위험하게."

"훤한 대낮입니다. 위험하다니요."

"그러니 위험하지. 넌 이런 대낮에 돌아다니기에는 지나치게 곱단 말이다."

"저, 정말 오늘 왜 이러십니까."

오늘따라 제 서방의 입에서 나오는 말이 지나치게 다정하여 소운은 몸 둘 바를 몰랐다. 그녀가 얼른 잡힌 손을 빼려 하자 백현이 힘을 줘 더 꽉 쥐었다.

"서방님. 누, 누가 봅니다."

"무슨 상관이냐. 내 처인 것을."

큰길가로 나와서야 백현은 그녀를 잡았던 손을 풀고는 얼굴 위로 장옷을 잘 덮어주었다.

"내 오늘은 번이라 도저히 집까지 데려다줄 수가 없구나."

"괜찮습니다. 여기까지 잘 찾아온걸요."

"조심히 들어가거라. 다음엔 절대 이리 혼자 나오면 아니 된다."

"예. 서방님."

아쉽고 걱정스러운 얼굴로 그녀를 보는 서방에게 소운이 고운 미소를 돌려주고는 이내 발길을 돌렸다.

"소운아."

돌아서는 소운을 불러 세운 백현이 성큼성큼 다가와 그녀의 손을 잡고 근처 으슥한 골목으로 향했다. 남의 집 담벼락 아래서 백현이 그녀를 꽉 안고는 풀어주지 않자 소운은 꿈틀거리다 이내 포기하고 그의 품에 조용히 안겼다. 때마침 지나가던 구름이 더위라도 피하라는 듯 그들에게 잠깐 동안의 그늘을 만들어주었다.


　정안대군 댁 군부인 민씨는 며칠째 답답한 보고만 듣고 있자니 짜증이 나 견딜 수가 없었다.

　"아직도 행방을 못 찾았단 말이냐."

　"당시 역관의 집을 지키던 금부의 나장들을 조사해봤지만 그 딸을 봤다는 사람은 아무도 없었습니다."

　"그게 말이 되느냐. 그럼 멀쩡하게 있던 아이가 어디로 사라졌단 게야."

　그녀는 꽤 시간이 흘렀음에도 풀리지 않는 실마리에 답답해 언성이 높아졌다.

　"그 집안 가솔들을 만나 봤을 것 아니냐? 그들도 행방을 전혀 모른다더냐."

　"그 집 유모가 지방 관아로 유배 가는 길에 죽었답니다. 그이 말고는 당시 집안 사정을 잘 아는 사람이 없어서."

　"허, 참."

　"한데, 사건이 나기 전에 그 아가씨가 기방에 드나들었다는 얘기를 하는 자들이 있었습니다."

　"기방? 시집도 안 간 처녀가 기방에는 무슨 일로."

　"기방에서 사람들의 서신을 받아다 명으로 가는 상단 편에 부치는 일을 도와줬다 합니다. 글을 모르는 자들의 서신은 대신 써주기도 하고. 마음 씀씀이가 꽤 고운 아가씨라고들 했습니다."

　"어느 기방이라더냐."

　"거기까지 기억하는 자들은 없었습니다."

'기방이라.'

잠시 생각하던 민씨는 가노를 보며 말했다.

"당시 개경에 있던 기방들을 뒤지거라. 서신을 대신 써주는 일을 했다면 꽤 많은 이들이 기억할 터."

"예. 마님."

'도대체 어디로 숨은 건가, 어디로.'

금방이라도 그 꼬리를 잡을 듯했던 아이에 대한 행방은 여태껏 감감무소식이었다. 진정 중전이라도 떠봐야 되는 것인가 싶어 민씨의 얼굴에 그늘이 졌다.


중궁전으로 들라는 말에 길을 서둘렀던 백현 모는 아우 중전이 간만에 보는 화사한 얼굴로 꺼내놓는 말에 당황하고 있었다.

"남은 대감이 저희와 혼사를 맺고자 하시단 말입니까?"

"예, 참으로 좋은 자리가 아닙니까? 남 대감도 흔쾌히 그러자 하셨답니다."

"마마."

백현 모의 걱정 어린 목소리가 들리지도 않는 듯 중전은 몹시도 기분이 좋아 보였다.

"그동안 제가 백현이를 맺어주고자 노력했습니다만, 사별이라 해도 후처 자리라 좀 한다 하는 집안에서는 꺼린 게 사실입니다. 죽은 아이에 대한 이야기도 아는 사람은 다 알 터이고, 한데 이리 좋은 자리가 나셨으니 얼마나 기쁜 일입니까. 형님."

백현 모는 한숨을 쉬며 이 혼사는 없던 일로 하자 아우를 달랬다. 어쩌자고 저리 자기밖에 모르는 것일까. 아니나 다를까 중전은 그게 무슨 말이냐며 노발대발하기 시작했다.

"다른 사람도 아니고 남은 대감댁과의 혼사입니다. 삼봉과 함께 공신 중에서도 공신이며 앞으로 세자의 큰 버팀목이 되어줄 남 대감입니다. 이 혼사가 무엇이 모자라 없던 일로 하자시는 겁니까? 제가 저 혼자 좋자고 이러는 줄 아십니까."

"고정하시지요, 마마. 밖에서 듣습니다."

"무슨 상관입니까. 제가 이 얘기를 삼봉 대감으로부터 듣고 오랜만에 참으로 기뻤습니다. 한데 어찌하여."

"백현이가 원하지 않을 것이기에 그렇습니다."

"세도가의 혼사가 어찌 본인의 의사대로 이루어진다는 말입니까? 그걸 잘 아시는 형님께서 어찌 이런……. 설마 그 아이 때문입니까? 그 백현이 아낀다는 첩실 아이 때문에?"

"마마."

형님의 눈치를 보니 제 생각이 맞구나 싶어 중전은 어이가 없었다. 아니 기껏 첩실 하나 때문에, 개국공신 가문과의 혼사를 마다해? 아무리 집에만 처박혀 있는 무지한 아녀자라고 어찌 이리 세상 물정을 모른단 말인가. 중전의 분노에, 잠시 말을 멈추었던 백현 모는 동생을 안타깝게 보며 사정했다.

"마마, 첫아이와 그리 사별하고 이제야 부부의 정을 느끼며 사는 아이입니다. 제발 그 아이를 그냥 내버려 둬주십시오."

"형님."

중전의 노기는 좀처럼 사그라지지 않았다.

"그저 지금 이대로 놔두신다면 그 아이는 마마의 뜻대로 저하 곁에 남을 것입니다. 하나, 이리 흔들려 하신다면 그 아이가 제 사람을 지키기 위해 무슨 짓을 할지 저는 그것이 걱정입니다. 제발 더 이상의 욕심은 버려주시지요."

꽝. 중전이 책상을 치며 언성을 높였다.

"기껏해야 후환을 막고자 들인 역모자의 딸년이 낳은 아이로 집 안의 대를 잇고자 하셨다는 말입니까? 백현이야 철이 없어 그렇다 쳐도 형님이야말로 정신이 어떻게 되신 것이 아닙니까."

"마마."

"이 혼사가 저만 득 보자고 하는 일입니까? 됐습니다. 이 일은 제가 나서서 이룰 것이니 더 이상 아무 말씀도 마세요."

"마마, 제가 아무리 아무것도 모르는 아녀자라 하나 제 자식의 일입니다. 저는 그저 제 자식이 자신이 아끼는 이와 평안한 삶을 살기만을 바랄 뿐 더 이상의 욕심은 없습니다. 마마와 삼봉 어른께 서 어찌하여 이런 혼사를 하려 하시는지는 알겠사오나 제발 그만 두십시오. 제발 제 아들을 더 이상 흔들지 마십시오."

"형님."

"오늘은 이만 물러가겠습니다."

"형님, 형님."

중전의 부름에도 백현 모는 뒤도 돌아보지 않은 채 중궁전을 나 왔다. 어찌 저 아이의 욕심은 이리 끝도 없는지 모르겠다. 어릴 적 부터 포기를 모르던 아우가 제 고집을 꺾을 사람이 아닌 것을 아 는 백현 모의 한숨이 깊어졌다.


소운은 잠결에 익숙한 손길이 자신을 더듬자 눈을 뜨려 했으나 이미 무거워진 눈꺼풀은 올라갈 생각을 하질 않았다.

"음……."

백현은 번을 마치고 새벽 동이 트고서야 퇴청했다. 하지만 피곤한 몸은 오히려 계속해서 소운을 찾아댔다. 지분거리는 자신의 손길에도 소운이 잠을 깨지 않자 백현은 조심스럽게 그녀의 옷고름을 풀며 소운의 귓가에 속삭였다.

"조반은 들이지 말라 했다."

"서방님, 언제 오셨…… 읍."

잠결에 웅얼거리는 소운에게 입을 맞춘 것을 시작으로 백현은 이마, 눈, 코 그리고 다시 목까지. 소운의 온몸에 입술을 가져갔다. 낮에 소운을 그리 보내고 난 후 백현은 온종일 제 처와 함께할 이 순간만을 기다렸다. 아무래도 자신에게 크게 문제가 생긴 것이 틀림없었다. 그렇지 않고서야 어찌 이리 한순간도 소운이 그립지 않은 날이 없단 말인가.

재빨리 소운을 감싸고 있던 모든 천을 벗겨낸 백현은 이내 자신의 바지, 저고리까지 모두 벗어 던지고 소운과 한 몸이 되었다. 밖은 새벽이 지나고 있었으나 두 사람의 밤은 이제 시작되고 있었다. 그 밤은 아침 동이 트고서도 끝나지 않았다. 조반은 물론이고 중반도 거른 채 두 사람은 서로의 품에 안겨 오수에 빠졌다.

중궁전에 심어둔 나인이 전해온 소식은 전혀 예상치 못한 내용이었다.

"분명 그리 들었단 말인가? 후환을 막고자 들인 역모자의 딸이라고?"

"예, 중전께서 전 대제학댁 정부인께 그리 말씀하시는 걸 분명

들었습니다."

'하면 그 아이를 이백현의 소실로 들여앉혔단 말인가. 하여 그리 찾아도 찾을 수가 없었던 말이지.'

"얼마 전 정부인께서 젊은 부인을 데리고 입궐하신 적이 있는데, 제 생각엔 아마도 그 부인이 그 집 며느리인 듯싶습니다."

민씨는 정안대군이 들어오는 것도 알지 못한 채 생각에 잠겨 있었다.

군이 역모죄를 만들어 뒤집어씌워 놓고 그 역관의 목숨을 살리고 그 딸은 조카의 소실로 보내다니 도대체 중전이 무슨 생각으로 그런 일을 했는지 이해할 수가 없었다.

"부인."

그리고 왜 하필 이백현인지도 의문이었다.

"부인."

"아, 대군마마 오셨습니까."

남편이 재차 부르는 소리에 민씨는 그제야 자리에서 일어나 그를 맞았다.

"아니, 무슨 생각을 그리 골똘히 하시기에 사람이 드는 것도 모르신단 말이오."

"제가 오늘 생각지도 못한 얘기를 들어 잠시 넋이 나갔나 봅니다."

"부인을 이리 만든 걸 보면 꽤나 놀랄 만한 얘기였나 봅니다."

중궁전 나인이 들려준 얘기를 꺼내자 정안대군 이방원도 놀라움을 감추지 못했다.

"이백현? 사헌부 지평 이백현 말이오?"

"예, 분명 그리 말했다 합니다. 저는 그 소실이 혹 우리가 찾는 그 아이가 아닐까 싶은 생각이 듭니다."

"그 아이? 명 상단에서 찾는다는 그 역관 딸 말이오?"

"예, 아무리 찾아도 행방이 묘연하던 그 아이 말입니다. 딱 들어맞지 않습니까."

방원은 언제던가 숙번에게 그가 시강원을 사직한 이유를 알아보라 했던 일이 불현듯 떠올랐다. 그때 숙번은 잘은 모르나 집안에 우환이 있는 듯하다 말을 전했다. 소실이 사경을 헤맨다나. 고작 그 이유일까 싶어 무심코 넘겼다.

'하면, 전혀 벼슬길에 관심 없이 산다던 그 아이가 갑자기 시강원에 든 것도 그 역관을 두고 중전과 거래를 한 것인가. 아니면 혹시?'

마침 중전이 남 대감과 백현의 혼사를 진행한다는 소문을 듣고 오늘 길이었다. 중전이 그리하는 이유야 뻔했다. 그러나 백현이 같은 성정을 가진 아이가 이미 맘에 둔 여인이 있다면 상황은 달라진다. 두 집안을 다 제 곁에 묶어두려 진행하는 혼사가 어쩌면 두 집안을 다 중전에게서 떨어지게 할 수도 있을 것 같다는 생각이 방원의 머리를 스치고 지나갔다. 방원은 엉켰던 실마리가 자신이 전혀 예상치 못했던 부분에서 하나씩 풀리는 것을 느꼈다.

"부인."

"예, 마마."

"우린 이 일에 더 이상 관여치 않는 게 좋겠소."

"그게 무슨 말씀이십니까? 이제야 겨우 그 아이의 행방을 알았는데요."

"상단에 넌지시 찾는 아이가 백현의 집에 있는 것 같다고만 알려주시오. 그러곤 더 이상 그 일에 대해 알아보려 할 것 없소. 다만 중궁전에 문안 인사를 드린 지 오래된 듯하니, 조만간 찾아뵙고 인사 여쭙는 것이 도리일 듯하오만."

"예에?"

"내 말대로 합시다. 아주 재미난 일이 있을 것 같으니."

"채비하라 하겠습니다."

민씨는 더 이상 방원의 말에 토를 달지 않고 그리하겠다 했다. 방원의 입가에 알 듯 모를 듯 묘한 미소가 떠올랐다.


사헌부를 찾아온 삼봉과 마주한 백현은 더 이상 들을 필요도 없다는 듯 삼봉의 말을 잘랐다.

"안 들은 것으로 하겠습니다."

"남 대감이 내 사람이라 싫은 것이냐?"

"없던 일로 해주십시오. 더 이상 얘기가 퍼져나가 귀하게 자란 분이 남의 입에 오르내리게 하는 건 예가 아닙니다."

"본시 왕실 종친의 혼인은 본인의 뜻과는 상관없이 이루어지는 법이다."

"무엇보다 있지도 않을 일로 제 내자가 괜한 상처를 받을까 저어됩니다."

"이미 중전께서 정부인께 일을 진행한다 하셨다."

"이만 가보겠습니다."

"백현아."

자리를 박차고 일어나려는 백현을 삼봉은 참으로 오랜만에 다정하게 불렀다.

"포은도 원했던 세상이었다."

그랬다. 비록 그는 고려라는 이름을 지키기를 원했고 자신은 그러지 않았다는 것이 다를 뿐, 두 사람이 뜻하는 바는 다르지 않았다.

"종친과 중신의 사병을 혁파하여 중앙군에 편제 후 강력한 군권을 확립하는 일. 이건 포은의 꿈이기도 했다. 너도 스승의 뜻이었으니 알지 않느냐."

"훗, 지금 제게 이미 돌아가신 스승을 앞세워 대감의 뜻을 따르라 하고 싶으신 겁니까."

누구보다 스승의 뜻을 이해하고 있을 백현의 비웃음은 삼봉을 주저하게 만들었다. 자신이 하고 있는 일이 옳지 않은 것은 아닐까 의심하게 했다. 하지만 삼봉은 더 머뭇거릴 시간이 없었다. 그럴 시간이 있다면 한발 더 나아가야 했다. 돌아서 온 길을 살피기엔 이미 너무 늦었다.

"네가 지금 나를 비웃는 것이더냐? 더 이상 어리광 부리지 말거라. 어찌 조정의 녹을 먹는 자가 백성을 위해 일할 생각은 하지 않고 과거의 원한에 싸여……."

"그것이 저와 무슨 상관입니까."

"상관이 없다니."

"대감께서 지금 하시는 일, 앞으로 하고자 하는 일, 그리고 언젠간 하고 싶은 일 다 하십시오. 누가 있어 천하의 삼봉 대감을 말리겠습니까? 선배를, 친우를, 그리고 대감께서 그리 위하시는 그 죄 없는 백성들을 미친 듯이 도륙하면서까지 하고 싶으셨던 일이 아닙니까? 그 죽음들이 억울해서라도 대감은 꼭 해내셔야 할 겁니다. 다만, 저는 대감이 하시는 그 일이 하고 싶지 않으니 제게 함께 하자 강요치 마십시오."

"백현아."

"제가 혹여 만에 하나 이 혼사를 하게 된다 하더라도 대감 편에 서는 일은 없습니다. 대감이 싫어서가 아니라, 제가 그 일에 한 푼 어치의 관심도 없기 때문입니다."

삼봉은 피를 뿌리고 얻은 권력으로 새 세상을 꿈꾸었다. 백현도 알고 있었다. 그가 아니었다면, 스승님이 먼저 삼봉을 죽여 뿌리실 피였을지도 몰랐다. 선후의 문제였을 뿐 누구의 손에서라도 보게 될 희생이었다. 백현은 그저 이런 개싸움에 끼고 싶지 않을 뿐이었다.

"대감을 원망하지 않습니다. 하나 따르고 싶지도 않습니다. 당 신들의 권력욕 때문에 벌인 일에 백성 핑계 대는 짓도 그만하십시 오. 사람 목숨은 천하나 귀하나 다 하나가 아닙니까. 비록 대감이 야 아직도 희생이 부족하다 느끼실지 모르나 저는 지금까지 본 것 만으로도 충분합니다."

백현이 언성도 높이지 않은 채 그저 담담하게 가슴에 담았던 말 을 쏟아낸 후 방을 나갔다.

'대감이 싫어서가 아니라, 제가 그 일에 한 푼어치의 관심도 없기 때 문입니다.'

"고얀 놈."

삼봉은 백현의 말을 떠올리며, 한참을 그 자리에 오래오래 앉아 있었다.


한성에 임시 거처를 마련한 해륜상단 안으로 급히 사내가 뛰어

들어왔다.

"찾았다고?"

"예, 현재 사헌부 지평으로 재직 중인 이백현이란 자의 첩이 된 여인이 아가씨 같다는 대군댁의 전언입니다."

결국 첩이 되어 살고 있었던가. 하기야 관비가 되는 것보다야 낫겠지. 후우, 그게 그거던가. 균성은 납득하려 했으나 결국 제 아우가 그리 살고 있다는 말에 입맛이 썼다.

"이백현이라는 자와 그 집에 대해 알아보고 아직은 어르신 귀에 들어가지 않도록 해라."

"예. 행수."

혹시나 했다. 죽은 자의 명부에도, 관비의 명단에도 없으니 혹시나 살아 있을 수도 있지 않을까. 기다렸던 소식에 반가워야 하건만 결국은 세도가의 첩실로 들어가 목숨을 부지하고 있다 생각하니 균성은 이유 모를 분노가 치밀어 올랐다.

얼굴 한번 본 적 없고, 이야기 한번 나눠보지 못한 누이였다. 정이 있을 리 없건만 어머니가 마지막 순간까지 그리워한 아이가 결국은 누군가의 노리개가 되어 살고 있을지도 모른다는 생각에 균성은 차라리 시신을 수습하는 편이 나은 게 아니었을까 싶은 생각이 들었다.

도대체 심은평이라는 자는 어찌하다 역모에 관여가 되어 이 사달을 일으켰을까. 균성이 조선에 온 뒤, 제일 의문스러웠던 부분이 이것이다. 생전에 명에서도 유명한 유학자였던 포은 정몽주와 친분이 있었다는 얘기는 들었다. 그와 관련된 역모가 현 조선왕의 역성혁명을 위한 억지였다는 것을 아는 사람은 다 알고 있었다. 더군다나 그 일은 심은평이 명에 있을 때 일어난 일이니 정황상 남은 건 누명이었다.

하면 더 이해가 되지 않았다. 누명까지 씌워 죽이고자 했던 희생양을 그저 유배를 보내고 말다니. 죽이려고 부러 일으킨 사건의 당사자와 그 자식을 군이 살려두어 후환을 남기다니. 일을 꾸민 자가 천치가 아니고서야 있을 수 없는 일이었다.

'그 아이는 두고 가야 하는 것인가.'

이미 지아비를 둔 여인이고, 자식을 낳았을지도 모르는 아이를 명으로 데려갈 수도 없는 일이었다. 균성은 이 머리 아픈 일을 언제쯤 해결하고 남경으로 돌아갈 수 있을지 짜증이 밀려왔다.


정안대군의 장자 제를 무릎에 올린 중전은 아이를 어르며 흐뭇한 미소를 지었다.

"우리 제가 언제 이리 컸단 말입니까."

그 미소는 앞에 앉은 아들과 며느리한테까지 온전히 이어지진 못했다.

"자주자주 들러 이 할미에게도 얼굴을 보여주시지요."

"이리 젊은 중전마마께서 할미라 하시니 듣기에 민망합니다."

"아닙니다. 여기저기 몸이 고장이 나는 걸 보니 나이를 먹긴 먹었나 봅니다. 이젠 이리 손주의 재롱이나 보며 뒷방 늙은이로 늙어갈 날만 남은 게지요."

"당치 않으십니다. 마마."

서로가 속내를 숨긴 채 세 사람은 의미 없는 말들을 주고받았다.

"약소하나 마마께 드리고자 준비했는데 맘에 드실지 모르겠습니다."

며느리 군부인 민씨가 준비한 비단을 본 중전은 어디서 이리 고운 것을 구했냐며 감탄했다. 군부인의 입매가 보기 좋게 하늘로 향했다.

"마마께 드리려 특별히 명에서 온 상단에 부탁을 하였나이다. 맘에 드십니까."

"이리 고운 건 우리 군부인에게 어울릴 것인데, 제가 받아도 되겠습니까."

"당연하지요. 일부러 마마께 드리려 고른 것입니다. 전부터 이 빛깔이 잘 어울리신다 싶어 부러 알아본 것을요."

비단을 사이에 둔 두 여인의 표정이 밝아지자 정안대군 이방원이 넌지시 이곳에 온 목적을 드러냈다.

"부인, 이 비단에 사연이 있다 하지 않았소? 그 말씀도 드려보시오."

"사연이요?"

중전이 무슨 말이냐는 듯 군부인을 쳐다보자 민씨가 별일 아니라며 그것이 어디 중전마마께 올릴 사연이나 되느냐 겸양을 떨었다. 그러나 궁금증을 참지 못한 중전이 괘념치 말고 말해보라 허하자마자 기다렸다는 듯 말을 꺼내놓았다.

"그리 말씀하시니…… 별일은 아니나 아랫것들이 구해 온 물건을 보고 맘에 들어 제가 마마께 선물하고자 좀 더 알아보라 했었습니다. 한데 이 비단을 취급하는 명나라 상단의 행수라는 자가 직접 찾아와 값은 필요 없으니 청을 하나 들어 달라 하지 뭡니까."

"청이요? 음, 얼핏 보아도 꽤 귀한 물건인 듯한데 값이 필요 없다니. 그래 그 사람들이 값 대신 들어 달라는 청이 무엇이었습니까."

"얘기를 들어보았더니 저희가 알아볼 수 없는 사정이 있더이다."

"사정이요? 어디 그 사연이나 한번 들어봅시다."

방원은 민씨의 말에 관심을 보이는 중전의 모습에 보일 듯 말 듯 비웃음을 지어 보였다. 그 상단의 행수가 사람 하나를 찾아 달라 했으나 역모에 연루된 자라 했더니 중전의 표정이 확 변했다.

"역모요?"

"지난 개국년에 예조참판 김은총이 포은의 역모에 가담한 것이 밝혀져 명나라에서 오던 길에 금부로 잡혀 들어간 적이 있질 않습니까? 당시 그를 따라 명나라에 다녀온 역관들도 죄가 밝혀져 같이 효수가 되었지요."

중전의 표정에서 심상찮은 변화를 감지한 방원의 얼굴에 미소가 지어졌다. 예상대로 이 일은 중전의 짓이었다.

그들이 찾는 자가 역관도 아닌 그의 딸이라는 얘기에는 민씨도 눈치챌 수 있을 만큼 중전의 눈가가 떨렸다. 중전의 얼굴에 비친 당황한 기색에 방원은 본능적으로 이 모든 일에 중전이 개입했음을 눈치챘다.

"마마, 어찌 그러십니까? 안색이 안 좋아 보이십니다."

민씨는 짐짓 중전을 걱정하는 표정을 지으며 방원과 눈빛을 주고받았다.

"아닙니다. 오랜만에 제를 보고 반가워 몸이 무리를 했나 봅니다."

눈에 띄게 안색이 창백해진 중전을 뒤로하고 물러 나온 두 사람은 의미 있는 미소를 서로 나눴다. 방원은 중전이 개입된 건 분명하다 단정했다.

"내가 궁금한 건 왜 이백현일까 하는 거요."

"후환이 두려워 곁에 두고자, 일가인 조카에게 들인 것이 아니겠습니까."

"그건 부인이 그자의 성정을 몰라서 하는 소리요. 차라리 이백현이 그 아이를 살려 달라 청을 넣었다면 모를까."

"예?"

잠시 머리를 정리한 이방원은 부인에게 중전이 아직도 남은 대감댁과 백현의 혼사를 진행 중인 것이 맞느냐고 되물었다.

"예, 그리 들었습니다."

"상단에는 귀띔해주었소?"

"예, 말씀하신 대로 간단히 그리 전하라고만 했습니다."

"두고 보십시다. 내 생각엔 우리가 관여하지 않아도 이 일은 아주 재미나게 풀릴 듯하니. 하하하."

왠지 모를 기대감에 방원은 오랜만에 궁궐이 떠나가라 큰 소리로 웃어댔다.

## 5. 드러나는 진실

백현의 바지와 저고리를 개비하기 위해 문갑을 정리하던 소운은 그곳에서 발견한 노리개를 손에 들고 한참을 멍하니 바라보고 있었다.

"이, 이것이 왜 여기에."

붉은 산호 사이에 향갑이 놓인, 색이 바란 삼색 술의 노리개. 가닥가닥 술이 빠져 있는 모양새가 이것에 담긴 시간과 사연이 적지 않음을 말해주고 있었다. 분명 어릴 적에 본 어미의 품에 달려 있던 노리개와 같은 것이기에 소운은 의아한 마음을 감출 수가 없었다.

'이것은 분명 어머니가 한시도 몸에서 떼어놓지 않았던 노리개가 맞는데.'

소운의 기억 속에서 이 노리개가 사라진 건 어머니가 명에 가신 직후였다. 하여 어머니가 간직하고 있을 거라 생각했는데 왜 이것이 여기에 있는 것인지 알 수가 없었다. 소운은 노리개를 든 채 그 자리에 한참을 서서 생각에 빠져들었다.

"예는 어쩐 일이냐? 사랑에는 잘 들지 않던 네가."

방에 들어서다 소운을 본 백현이 반가운 마음에 말을 걸던 것도 잠시 그녀의 손에 들린 노리개를 보고 다가가려던 걸음을 멈췄다.

"소운아."

"서방님, 이것은 제가 아는 물건인 듯합니다."

"소운아, 그것은……."

"한데, 아무리 생각해도 이것이 왜 여기 있는지 잘 모르겠습니다."

수많은 궁금증과 알 수 없는 두려움을 얼굴에 담고 자신을 바라보는 소운의 손을 잡으며 백현은 이제는 때가 왔음을, 더 이상 아비의 죽음을 알리는 걸 미룰 수 없음을 알았다.

"소운아, 내가 네게 해야 할 말이 있다."

"……."

"네게 이리 알릴 생각은 아니었는데."

"나으리."

백현이 소운의 손을 잡고 입을 떼려는 순간 그를 부르는 가노의 목소리가 문밖에서 들려왔다.

"후에 오너라."

"저어 나으리. 손님이 오셨습니다."

"지금은 경황이 없으니 나중에 들르시라 해라. 소운아, 자리에 앉거라. 앉아서 우선 내 말을……."

"저, 나, 나으리."

"나중에 오라 하지 않았더냐."

백현은 소운에게서 눈을 떼지 않은 채 자신을 불러대는 가노의 부름에 역정을 냈다. 그때, 문밖에서 가노가 아닌 다른 사람의 목소리가 흘러 들어왔다.

"이보게 백현이, 나 남은일세. 우리 사위 얼굴 좀 볼까 해서 왔더니 어찌 이리 문전박대를 하려는가. 허허허."

소운은 밖에서 들려오는 예상치 못한 말에 손에 든 노리개를 털썩 떨어트리고 말았다. 어느새 소운의 얼굴은 조금 전 드리웠던 두려움과는 다른 당황스러움으로 물들어갔다.


남 대감이 예기치 않게 백현을 찾아온 그 시각. 해가 져가는 도성의 한 기와집을 지나던 사내 하나가 인적이 드문 골목에서 걸음을 멈췄다. 주변을 살피던 사내는 어렵지 않게 훌쩍 담을 넘었다.

수하들이 전해온 소식이 꽤 의외였기에 균성은 소문의 진상을 직접 파악하기 위해 백현의 집을 찾았다.

'이백현은 중전의 외종질로 시강원을 거쳐 현재는 사헌부 지평에 재직 중입니다.'

'개국 당시 역모로 죽은 정몽주의 제자인데 글 좀 읽는다 하는 자들 사이에서는 꽤나 명망이 높았습니다.'

'본처는 몇 년 전 사별하고 지금은 아가씨 외에는 처가 없다 합니다.'

'가노들의 말을 들으니 지난해 아가씨가 유산을 했답니다. 하나 두 분의 금슬이 좋아 집안에서 본처를 들여 대를 이으라 종용하는데도 듣는 척도 하지 않는다 합니다.'

양반가의 소실이 되었다는 말에 균성은 제 누이가 다른 여인들처럼 그리 불쌍히 살겠거니 생각했다. 그런데 소운은 의외로 서방의 아낌을 받으며 살고 있다고 했다.

'한데 현재 개국공신인 남은 대감댁과 혼사 얘기가 오고 간다 합니다.'

균성은 얘기로만 전해 들은 이백현이라는 사내가 몹시도 궁금했다. 하여 그의 동향을 살피기 위해 이리 직접 월담을 강행하고 있었다.

'여기가 사랑인가?'

담을 돌아 나가려던 균성은 방문이 벌컥 열리자 급히 어둠 속으로 몸을 숨겼다. 나이 든 사내 둘이 잔뜩 화가 난 모습으로 밖으로 뛰쳐나왔다.

"대감, 남 대감."

뒤를 따르던 남자가 당황하여 앞선 사내를 붙잡는 모습이 심상치 않아 균성은 계속 그들을 주시했다.

"내 삼봉 대감의 청이 마땅치 않음에도 심사숙고하여 결정하였는데 어찌 이런 망신을 겪게 한단 말입니까."

"대감, 잠시 노여움을 거두시고……."

"저 아이는 전혀 혼사에 뜻이 없다 하지 않소. 어찌 중전마마와 대감은 일을 이리 처리하신단 말이오."

이 상황이 이해가 되지 않은 균성은 자신이 조선말을 제대로 들은 것인가 싶어 그들의 대화에 집중했다. 뒤이어 두 사람을 따라 나온 젊은 사내가 둘에게 고개를 숙였다. 그러자 남 대감이라고 불린 자가 노기를 참지 못하고 역정을 냈다.

"내 너의 재주를 아껴 비록 후처 자리라 하나 연을 맺고자 했는데 내가 잘못 보았구나. 이리 방자한 놈인 줄 모르고 내 집안에 들이고자 했다니 큰일 날 뻔하지 않았느냐. 대제학이 자식 농사를 어찌 이리 지었단 말인가."

"개인의 영달을 위해 자식을 이리 방자한 놈의 후처 자리에 넣으려고 하신 대감께서 하실 말씀은 아니신 듯합니다만."

"저, 저놈이."

백현의 답에 남 대감은 결국 뒷목을 잡았다. 균성은 달빛에 비친 백현의 모습을 찬찬히 살피며 속으로 미친 자가 아닌가 생각했다. 제법 사내다운 얼굴이나 말하는 모양새가 버릇이 없었다. 물론 균성은 그의 단호한 말투가 눈빛만큼 마음에 들기는 했지만. 장사치의 본능으로 백현이 나쁘지 않다 아니, 제법 마음에 드는 놈이다 생각했다.

뒤를 이어 나이 든 여인의 목소리가 들려오자 균성은 어둠 속으로 더 깊이 몸을 숨겼다.

"백현이 네 이놈. 네가 지금 어른들께 무슨 짓을 한 것이냐?"

급히 달려온 백현 모는 남은과 삼봉의 앞에 고개를 숙였다.

"송구합니다, 대감. 제가 자식을 잘못 키웠습니다. 아직 아이가 배움이 짧고 철이 없어 그런 것이니 용서하시고 날이 밝으면 저와 다시 얘기하시지요."

"흠흠. 아닙니다. 오늘 와서 보니 제가 괜한 일을 한 듯합니다. 이 혼사는 없던 일로 하지요."

"대감. 저를 봐서라도 날이 밝으면 다시 얘기하시지요."

"어머님."

자신을 말리는 아들을 향해 백현 모가 네 앞에서 목이라도 매달아야 그 입을 다물겠느냐며 호통을 치자 그제야 백현은 입을 닫았다. 남은은 정부인 얼굴을 봐서 다시 생각해보겠다는 말을 남기고는 뒤도 돌아보지 않고 집을 나섰다. 삼봉이 백현 모에게 예를 갖추고는 서둘러 남은을 따라 나갔다. 나이 든 사내 둘이 사라지자 백현 모는 아들에게 따라오라 하고는 앞장을 섰다. 어머니가 앞서서 방으로 들어가자, 백현이 마당에 서 있던 가노를 불러 소운에 대해 물었다.

"아씨는 어쩌고 계시느냐."

"그저 별당에 조용히 계십니다."

소운은 남 대감이 온 것을 알고 서둘러 별당으로 자리를 옮겼었다. 백현은 그 아이에게 제대로 된 변명조차 하지 못한 이 상황이 몹시도 답답했다.

"사랑채 근처에 아무도 들이지 말거라."

"네. 나으리."

가노가 자리를 뜨자 백현은 한숨을 내쉰 채 방 안으로 들어섰다. 동시에 균성은 조심스럽게 사랑채로 다가갔다. 마음 같아서는 별당이란 곳에 가서 소운을 한번 보고 싶기는 했으나 왠지 이 방에서 나올 말이 궁금하여 최대한 방문 가까이 몸을 붙였다.

"네가 제정신이더냐?"

"그저 확실히 하고 싶었을 뿐입니다."

"이것이 진정 그 아이를 위하는 일이라고 생각하느냐."

"뭐라 하셔도 제 생각에는 변함이 없습니다."

"개국공신댁이니 예를 갖추어 대하거라. 이 일이 알려지면 내가 어찌 아버님의 얼굴을 뵙겠느냐. 네 진정 이 어미가 못 배운 아녀자라 자식 교육이 겨우 이 정도라는 소리를 듣게 하고 싶은 게야."

"죄송합니다, 어머님. 제가 당황하여 더 경황이 없었습니다."

"내가 내일 남 대감댁을 찾아가 이 일을 마무리하고 오겠다. 혼사와는 별개로 네 무례에 대한 사과는 드려야 할 것이 아니냐."

남 대감의 일 따위는 아무래도 상관없었다. 그저 백현의 머리는 그저 노리개의 일을 소운에게 어찌 설명해야 하나 그 생각으로 가득 차 있었다.

"소운이에게 아비의 죽음을 알리려던 중이었습니다."

아들의 말에 백현 모는 소운이가 뭔가 눈치를 챈 것이냐며 깜짝 놀라 되물었다.

"아비가 보내온 노리개를 보았습니다. 제 어미의 것이란 걸 한 눈에 알아보았습니다."

"하아, 그러기에 내 진즉에 알리라 하지 않았더냐. 아직 제대로 말도 못 꺼낸 것이야?"

"막 하려던 참에 대감들이 들이닥치어……."

왜 하필 오늘이란 말인가. 왜 그들은 하필 그때 찾아왔단 말인가. 백현은 이 모든 것이 그저 답답할 뿐이었다.

"진정 저를 위해 숨긴 것이냐고 물으면 뭐라 대답해야 할지 모르겠습니다."

"원망을 들어도 당연한 일이다. 그저 들어주거라. 변명할 수 없는 일 아니더냐. 혹 소운이가 네 혼사 얘기도 들었더냐."

"예."

"충격이 크겠구나. 어떤 여인도 그 일을 담담히 받아들일 수는 없는 법이다."

"어찌하여."

백현은 화가 치밀어 올랐다. 바라는 건 그저 저를 가만히 내버려 두라는 것뿐인데. 단지 그것 하나 바라고 있거늘. 저들에게 해 될 짓도 득 될 짓도 하지 않고 가만히 있겠다는데.

"어찌하여 저들은. 저를, 우리를 가만두지 않는 것입니까? 그저 조용히 살겠다는데 아무것도 바라는 것이 없다는데."

좀처럼 노기를 겉으로 드러내지 않는 아들이 화를 참지 못해 떨리는 손을 꽉 쥐자 백현 모는 깊은 한숨을 내쉬었다.

모자의 한숨이 깊어가던 그때, 사랑 근처에 머물던 그림자는 조용히 어디론가 사라졌다.


균성은 인적이 드물어 보이는 집 안쪽에 자리한 작은 전각을 발견하고 그곳으로 발길을 돌렸다.

'여긴가, 별당이라는 곳이.'

그들의 입에서 소운이라는 이름이 나오는 걸 보니 그 아이가 여기 있는 것은 맞는 듯했다. 한데 생각했던 것과는 사뭇 다른 상황에 균성은 혼란스러웠다. 듣자 하니 아직 제 누이는 아비의 죽음을 모르고 있는 듯했다. 잠깐 본 이백현이라는 자는 소문으로 듣던 가문과의 혼사를 거부하고 있었고 그 이유는 놀랍게도 소운 때문인 듯했다. 서방이 그 아이를 아껴준다는 소문은 거짓이 아니었다.

인기척을 내지 않으려 조용히 후원으로 들어서던 균성은 멀리 보이는 여인의 모습에 걸음을 멈췄다. 달빛이 드리워진 후원의 한 가운데, 그곳에는 한 여인이 서 있었다. 가녀린 몸 위로 흐르는 옷 태는 단아한 여인의 것이 틀림없었고 곱게 빗어 쪽을 진 머리로 보아 혼인한 여인이 분명한데도 무언가 슬픔이 깃든 얼굴은 소녀 같았다. 균성은 무엇에 홀린 듯 어둠 속에 몸을 감추고 한참 동안 여인을 바라보고 있었다.

"소운아."

이백현이 후원으로 들어오자 이름을 불린 여인이 고개를 돌렸다. 균성은 그제야 소운의 얼굴을 똑바로 볼 수 있었다.

제 누이는 화려하진 않으나 보고 있으면 마음이 편해지는 하얀 소국 같았던 어머니를 닮아 있었다. 유난히 밝은 달빛은 어머니와 꼭 닮아 있는 여인의 얼굴을 균성에게 그대로 보여주었다. 시원한 밤바람이 저도 모르게 뜨거워진 균성의 얼굴을 식혀주며 스쳐 지나갔다.

그때, 그의 정신을 일깨워주기라도 하듯 백현의 모습이 어렴풋이 들어왔다.

"밤이 깊었는데, 예서 무얼 하는 게야?"

어둠 속에 서 있는 소운에게 다가가 말을 거는 백현의 목소리가 낮게 잠겨 있었다.

"대감님들은 가셨습니까?"

"그분들이야 금방 가신 것을."

"서방님."

"내 얘기를 먼저 듣거라."

"혼례를 올리십시오."

소운은 백현의 말을 막고 제 말을 먼저 내놓았다. 자식을 낳고 안 낳고는 문제가 아니었다. 첩의 자식 그것도 역모죄인의 자식이 어찌 이 집안의 대를 잇겠는가. 자신이 철이 없었다. 오늘 그 대감들을 보고서야 소운은 자신의 위치를 깨달았다.

소운은 백현을 올려다보며 혼례를 올리라 다시 한번 말했다. 마음이 담긴 말이 아니니 바로 티가 났다. 백현은 제게 마음에도 없는 혼인을 권하는 소운을 보며 담담히 자신의 과거를 꺼내놓았다.

"내 전처는 아버지와 연이 깊으시던 친우분댁의 귀한 무남독녀였다."

"……."

"혼인에 뜻이 없었으나 아버지께서 워낙 완강하시어 추후로는 그 어떤 일도 내가 싫다 하는 건 강요하지 않겠다는 약조를 받고서야 혼례를 올렸다. 그리고 그날 초야를 보내려 방에 든 나에게 그 여인은 연모하는 이가 있다 말했다."

백현은 무슨 상관이냐 싶었다. 애초부터 뜻이 없던 혼인이었으니 자신은 제 뜻대로 살면 그만이었다. 스승님께 꾸중을 듣고 오랜만에 안채에 들른 날. 제 처라는 여인은 아무도 없는 방에서 홀로 고통을 참아가며 아이를 낳고 있었다.

어이가 없었다. 대관절 연모하는 마음이란 게 무엇이기에 자신은 어찌 되든 상관 않고 저리 무모한 짓을 한 것인지. 연모하는 사내의 아이를 낳다 죽어도 좋다는 그 마음이 백현은 도저히 이해가 되지 않았다.

그리고 그날 밤. 어둠 속에 숨어 은밀하게 백현을 찾아온 한 남자는 자신의 여인과 아이를 내어 달라 청했다. 백현은 집안의 가노를 시켜 처가 아이를 낳다 죽었다 소문을 내게 했다. 아랫것들은 백현이 안채에 드나든 적이 없으니 그의 아이가 아니라며 수군거렸지만 그는 상관없었다. 그들을 위해서가 아니라 자신을 위해서 백현은 처와 아이를 사내와 함께 떠나보냈었다.

"그들이 떠나던 날 보이던 그 행복한 얼굴을 나는 평생 이해할 수 없을 거라 생각했다. 한데 너를 만나고서 그 얼굴을 다시 보았다."

"……."

"너의 눈에 비치던 내 모습에서 그 얼굴을 다시 보았다."

담담하게 자신의 옛일을 말하는 백현의 모습은 처연하였으나 소운은 그 모습마저 슬펐다. 백현은 소운을 자신의 품에 안고 말을 이어갔다.

"내 이미 널 마음에 들였다. 나는 마음을 나누는 재주가 없는 사내다. 네가 내 옆에 다른 여인을 두고자 한다면 그녀는 제게 마음을 주지 않는 사내와 평생을 살아야 한다. 어찌 그리 모진 일을 하고자 하느냐."

"서방님."

"집안의 대를 잇는 건 내가 아니어도 할 수 있다. 하니 이젠 그런 소리 말고 쓸데없는 걱정도 말거라. 내가 다 알아서 할 것이니."

소운은 담담하게 전해져 오는 그의 마음이 너무 무거워 두렵기까지 했다. 자신이 이 마음을 받을 자격은 되는지 아니, 받아도 되는 것인지 혼란스러웠다.

"소운아. 내…… 너에게 해야 할 말이 있다."

"말씀하셔요."

그녀를 안은 손을 풀어낸 백현이 소운의 어깨를 잡고 눈을 맞췄다. 백현은 두려웠다. 이 아이는 그 말을 듣고 난 후 과연 나를 용서할까. 아니, 용서하지 않아도 괜찮았다. 그저 버텨만 주면 된다. 하나 과연 버틸 수 있을까. 백현은 몹시도 두렵고 두려웠다.

"소운아, 그 노리개는 네 어미의 것이 맞다."

소운의 눈이 심하게 흔들렸다. 백현은 소운의 어깨를 잡은 손에 더 힘을 주었다.

"지난해, 네 아비가 강화에서 돌아가셨다 연통이 왔다. 그것을 네게 전해 달라 말을 전해왔으나 네가 몸이 좋질 않아…… 소운아, 소운아."

소운의 귀에 그의 말이 멀리서 말하듯 희미하게 들려왔다.

'지난해라. 지난해가 언제던가, 지난해가…….'

소운은 그의 품에서 스르르 정신을 잃었다. 백현이 부랴부랴 사람을 부르는 동안 소란스런 틈을 타 어둠 속에 있던 그림자 하나가 다시 담을 넘었다.

중전 강씨는 정안대군의 문안을 받은 이후 안절부절못하고 있었다. 그들은 다 알고 있음에도 괘씸하게 자신을 떠보러 온 것이 분명했다.

불안한 중전은 머리를 받치고 있던 주먹 쥔 손에 파란 핏줄이 보이도록 힘을 주며 생각에 빠져들었다.

방원이 이 일을 알 리가 없었다. 자신이 그 역관을 살린 이유와 백현을 연관 지을 수는 없을 터였다. 하지만 모를 일이었다. 그 영악한 것들이 무슨 방법을 써서라도 저의 흠을 잡아내려 할 터였다. 하지만 무슨 상관인가, 그깟 죄인 하나 감형시킨 게 무슨 큰일이라고. 이미 이 세상 사람도 아닌 것을.

'아니다. 이 일이 대간에 알려지면 그 말 많은 자들이 뭐라 전하를 괴롭힐지 모른다.'

방원이 놈이 뭐라 꼬투리를 잡기 전에 서둘러 사병혁파의 명분을 세워야 했다. 지들 손에 병권이 없는데 무슨 수로 일을 도모하겠는가. 그래 그것부터. 중전은 우선 당장 계획했던 일부터 해치우리라 마음먹었다.

"마마, 삼봉 대감 드셨습니다."

"드시라 해라."

중전 강씨는 수많은 생각을 머릿속에 담고 삼봉을 맞았다.

"어쩐 일이십니까? 이 시간에."

"마마, 남 대감댁과의 혼사는 없던 일로 하시는 게 좋을 듯합니다."

이건 또 무슨 소린가. 종친의 혼인이 무슨 장난도 아니고 며칠 만에. 안 그래도 복잡한 중전의 머리가 더 무거워졌다.

"실은 어제 남 대감과 백현의 집에 들렀나이다. 마마께서 언질을 해두셨다고는 하나 매파를 보내기 전 그 아이와 곡주라도 한잔할까 하여."

"한데요. 백현이 그 아이가 무슨 실수라도 한 겁니까."

"백현이가 완강하게 거절했습니다. 남 대감도 이런 혼사는 더 이상 원치 않는다며……."

탁상을 내리치는 소리와 함께 중전의 언성이 중궁전이 떠나가라 높아졌다.

"종친과 공신의 혼사입니다. 대감이 보시기엔 이 일이 작은 일로 그르칠 만큼 그리 하찮은 것입니까."

"하나 백현이 그 아이가 그리 나올 때는 뜻을 굽힐 리 없다고 봐야 합니다."

"되었습니다. 그 일은 제가 해결할 터이니 삼봉께서는 남 대감이나 달래놓으세요."

"제가 괜한 일을 벌인 듯싶습니다."

"글쎄 걱정 마시고 대감은 하시던 대로 계속 진행하세요. 차후의 일은 제가 해결할 것입니다."

중전은 아픈 머리를 꾹꾹 누르며 삼봉에게 그만 나가시라 손짓을 보냈다. 결국 제가 나서야 정리가 될 모양이었다.


소운이 두문불출한 지 벌써 닷새가 지났다. 그녀는 그저 살 만큼의 물과 미음만을 먹으며 하루하루를 버티고 있었다. 마치 죽지는 않을 테니 자신을 가만두라는 무언의 시위를 하듯이 그렇게 보내고 있었다. 별당에 들어가지도 못하고 밖에 선 백현은 가노에게 소운의 안부를 묻는 것 외엔 할 수 있는 게 없었다.

"아씨는 어찌하고 계시느냐."

"그저 누워만 계십니다."

"한술이라도 떴더냐."

"미음은 한술 드셨습니다."

정신을 잃고 얼마 뒤 깨어난 소운은 백현의 눈을 피하지도 않았고 용서를 비는 그의 말도 다 들어주었다. 그동안 자신이 필사하는 자를 찾아 서신을 대신 쓰게 했다는 말에도 그녀는 아무런 반응이 없었다. 이렇다 저렇다, 용서할 수 없다, 어떻게 자신에게 그럴 수 있느냐, 이런 투정도 없이 그저 조용히 누워만 있었다.

백현은 그런 소운을 그저 바라만 보며 애가 탈 뿐이었다. 그렇게 아무것도 할 수 없던 그는 결국 연홍을 불렀다. 연홍은 낯빛이 창백하기 그지없는 소운의 손을 꼭 쥐었다. 그 손마저도 차갑기 그지없었다.

"아씨, 저 연홍입니다."

"형…… 님."

"예, 접니다. 아씨, 정신이 좀 드십니까."

"형…… 님."

"예, 아씨."

"아버님이…… 돌아가셨다 합니다. 홀로 그 낯선 곳에서 아는 이 하나 없이 돌아가셨답니다."

아버지가 수레에 실려 강화로 떠나던 날. 밤새 저를 잡고 통곡하던 소운이 생각나 연홍의 눈가가 금세 촉촉해졌다.

"아씨. 역관 어른께서는 이제 심신이 모두 편안한 곳으로 가셨을 겁니다. 하니 어서 기력을 찾으셔요. 아씨께서 이러심은 역관께서 원하는 일이 아닐 겁니다."

"아비가 성치 않은 몸으로 고통 속에서 죽어갈 때, 저는 뜨신 밥을 먹으며 따뜻한 방 안에서 서방님 품에 안겨 살았습니다. 그저 지아비의 사랑을 잃을까 창피한 줄도 모르고 투기를 드러내며 그리 살았습니다. 형님…… 저는…… 그리 혼자 편히 살았습니다. 흑흑."

결국 고통을 참지 못하고 오열하는 소운을 보며 연홍이 안타깝게 그녀의 등을 쓸어내렸다.

"나으리를 너무 원망치 마십시오. 당시 아씨의 몸이 좋질 않으니 충격을 견디지 못할까 걱정하여 그러신 것일 터이니."

"하면 지금껏 내내 일언반구 없이 숨기다 이제야 말한 일을 제가 괜찮다 해야 되는 것입니까?"

오열하던 소운은 이내 원망도 함께 토로했다.

"당시에는 그렇다 할 수도 있을지 모르나, 어찌 해를 넘기도록 제게 숨기신단 말입니까? 저는 홀로 돌아가신 아비의 제사날도 챙기지 못한 배은망덕한 자식이 되었습니다. 양반이 아니면 죽은 아비의 제도 올릴 수 없는 것입니까."

별당 밖에 서 있던 백현은 소운을 위한다는 핑계로 그 일을 숨겼던 본인의 행동이 얼마나 잘못되었는지 그제야 깨달아 당혹스러웠다. 그저 소운이 놀라지 않을까 염려했지 그런 일은 생각도 못했다. 그저 위패를 절에 모시는 것으로 자신의 할 일은 한 것이라 생각했던 듯싶다.

"역모로 죽은 자는 제사상도 받으면 아니 됩니까? 한낱 첩실의 아비는 그리해도 되는 것입니까."

마치 백현이 밖에 서 있는 걸 알고 있다는 듯이 소운의 원성이 문밖으로 새어 나왔다.

"돌아가신 아비의 필체를 흉내 내어 잘 있다 서신을 보내오며 언제까지 저를 속이려 하셨단 말입니까? 왜, 도대체 왜 저를 이리 불효한 자식으로 만드셨는지 저는 그 연유를 모르겠습니다. 죽은 아비의 혼이 다 떠나도록 저는 몰랐습니다. 저는 모르고 있었습니다. 흑흑. 저는 모르고…… 모르고 있었습니다."

소운의 울음소리가 듣기 힘들었던 백현은 조용히 몸을 돌려 별당을 나섰다.

그가 떠난 후에도 별당에는 한 여인이 슬픔을 참지 못해 통곡하는 소리만이 계속되고 있었다.


만월각으로 돌아온 연홍이 백현이 와 있다는 소리에 서둘러 방안으로 들어서자 백현은 나지막이 그녀를 타박했다.

"좀 더 곁에 있어주지 않고."

"잠이 드신 걸 보고 오는 길입니다."

"한 술이라도 뜨더냐? 하기야 내 잔소리가 듣기 싫어 거르지는 않으니."

이리 걱정을 하면서 아씨 옆에 있어줄 것이지. 연홍의 이런 생각을 눈치챘는지 백현이 씁쓸한 표정으로 답했다.

"내가 보고 싶지 않을 것이다."

연홍은 아무 말 없이 비어 있는 그의 술잔을 채웠다.

"소운이가 아비의 제사라도 치르게 했어야 하는데 나는 어찌 그렇게까지 모르게 하려 했을까 그 생각을 하고 있었다."

"아씨 앞에서는 언제나 나으리답지 않으시지요."

"내가, 어찌하여 그랬을까."

"왜 그토록 불안해하십니까. 무엇이 그리 두려우십니까?"

두려움이라. 맞았다. 백현은 자신이 두려워하고 있었다는 걸 새삼 깨달았다. 손에 든 술잔을 비우지 못하고 바라만 보고 있던 백현은 그런 제 마음 한 자락을 연홍에게 꺼내놓았다.

"소운의 아비는 그 아이가 서책을 가까이하는 걸 싫어했다더구

나. 곁에 두고 보니 그 마음이 이해가 되었다. 그녀의 아비도 영특한 그 아이가 날개를 달고 제 옆을 떠날까 두려웠을 것이다."

"아셨어도 아씨의 의지로 나으리 곁에 남아 계셨을지도 모릅니다. 왜 아씨의 마음을 믿지 못하십니까."

"내가 더 은애하였으니 두려움도 더 컸던 게지, 그 아이가 원하여 내 곁에 온 것이 아니니."

사내의 모습이 어찌나 애처로운지 왜 그랬느냐 책망하는 것조차 안타까워 연홍의 입에서는 그저 한탄만 흘러나왔다.

"이제 어찌하실 요량이십니까."

"기다려야겠지. 그 아이가 제 곁에 와도 된다, 허할 때까지."

당당하고 여유롭던 모습은 온데간데없이 은애하는 이가 떠날까 두려워 스스로 자책하는 백현의 모습이 연홍은 안쓰럽기만 했다. 그때, 밖에서 연홍을 부르는 소리가 들려왔다.

"연홍 아씨."

"무슨 일이냐."

"웬 사내가 지평 나리를 뵙고자 청하십니다."

"나으리가 예 오신 줄 어찌 알고?"

연홍조차도 만월각에 돌아온 후에야 그가 온 것을 알았다. 두 사람은 도대체 누가 백현을 찾아왔는지 가늠이 되지 않아 서로를 향해 의아한 눈빛을 주고받았다.

"아씨. 지평 어른댁 별당 아씨의 오라비 되는 자라 전하라 하십니다."

밖에서 전해져 오는 예상치 못한 소리에 두 사람 모두 소스라치게 놀랐다.

"나으리, 제가 나가볼 터이니 예서 잠시만……."

"되었다. 그자를 들이라 하고 너는 나가 있거라."

알았다 답한 연홍은 문밖으로 나가 제 나이 또래의 사내를 들여보냈다. 소운의 오라비라니. 금시초문이었다. 그 아이도 모르는 오라비가 있었단 말인가?

균성은 자신을 살피는 연홍의 시선에도 아랑곳 않고 백현이 있는 방 안으로 들어섰다. 정중하게 예를 갖춘 균성은 바로 자신이 누구인지를 밝혔다.

"갑작스레 뵙기를 청한 무례를 용서하십시오. 홍균성이라 합니다."

자신의 앞에 앉은 사내의 말투가 조금은 낯선 것을 눈치챈 백현은 그가 명국의 사람임을 알았다.

"이백현이라 하오. 내가 맞게 들은 것이오? 내 안사람의 오라비가 된다고 들었소만."

"예, 제가 소운이의 오라비가 맞습니다."

얼굴 한번 보지 못했던 낯선 사내가 소운의 이름을 입에 올리자 백현은 눈살을 찌푸렸다.

"제가 이 나라 말이 서툰지라 혹 드리는 말 중 이해가 되지 않는 것이 있으시면 바로 알려주십시오."

사내의 말에 따르면 소운의 어머니는 사내의 부친과 사별 후 명에 온 소운의 아비를 만나 재가를 한 것이라 했다. 그러다 소운이가 열 살쯤 되던 해, 사고를 당해 사경을 헤매는 사내를 위해 어머니가 명으로 돌아오게 되면서 소운과 헤어지게 된 것이라고.

"내 처는 모르는 일 같던데."

"예, 그 아이는 제 존재를 모를 것입니다. 저도 그 아이를 잊고 지냈으나 이번에 아비가 그리되었다는 소식을 들은 제 조부께서 소운이라도 찾자며 급히 이곳으로 오게 된 겁니다."

"한데 나를 어찌 알고 찾아온 것이오."

균성은 자신에게 소운의 행적을 알려주던 호위 철운의 말이 떠올랐다.

'이 사실이 정안대군댁을 통해 알려졌다는 것은 꼭 비밀로 하라 하셨습니다.'

비밀로 하라 한 것은 알려지길 원하지 않는다는 뜻일 터 균성은 다른 이유를 찾았다.

"실은 제 조부께서 그 아이의 행방을 찾아 나선 지가 거의 한 해가 되어갑니다. 그동안 별다른 진척이 없어 얼마 전부터 제가 나선 것인데, 최근에 강화에 들렀다 심씨네 집 가노 한 명을 만나게 되어 물어물어 겨우 이리 찾게 되었습니다."

강화에서 천 서방이란 자를 만난 것은 사실이니 딱히 거짓도 아니었다. 균성은 스스로에게 그리 구실을 대고 말았다.

가만히 균성의 말을 듣고 있던 백현은 그를 빤히 바라보았다. 말이 서툴다는 것은 그저 겸양이었구나 싶을 만큼 이 낯선 사내는 자신이 말하고자 하는 바를 정확하게 전달했다. 그러고 보니 이 사내의 눈이며 입매가 어딘가 소운과 닮았다. 경계를 하던 백현의 눈이 누그러졌다.

백현이 자신을 보는 눈빛이 잠시 부드러워지자 균성의 눈이 오히려 그를 날카롭게 살폈다. 좋은 인물이었다. 이 정도의 사내가 뭐가 아쉬워 그리 여인에게 매달리는지 모를 일이었다. 하기야 그리 따지면 며칠 동안 그 집을 드나든 자신도 제정신은 아닌 듯했다. 균성은 자신에게 피식 조소를 보냈다.

요 며칠 백현의 집 담을 넘어 다니며 훔쳐본 소운은 어미와 많이 닮아 있었다. 단아하게 올린 머리에 동그란 이마, 곡선을 그리며 오똑하게 솟은 콧날 자그맣고 발간 입술, 그리고 가느다란 목선. 어미와 닮은 외모는 누가 봐도 어여쁘다 할 미모이기는 했다.

"이리 찾아온 이유가 무엇입니까."

균성은 상념을 떨쳐버리고 백현을 똑바로 바라봤다. 며칠 동안 깨달은 사실이 하나 더 있었다. 제 앞에 앉은 이는 만만치 않은 사내였다. 그를 대함에 있어 정신을 소홀히 해서는 안 될 일이었다.

"이유라니요?"

"그 아이를 찾은 이유가 있을 것 아닙니까?"

"제가 말이 서툴러 이해를 못하는 것인지 모르겠습니다만, 혈육을 찾는 데 이유란 것이 필요합니까?"

"……."

"비록 아비는 다르지만 제 하나뿐인 누이의 생사를 알 수 없으니 찾은 것뿐입니다. 이유라면 그것이 이유겠지요. 이유가 더 필요하십니까?"

균성은 진정 이해할 수 없다는 표정으로 능청스럽게 백현을 바라봤다. 사내의 그 모습이 언젠가 남장을 하고 자신을 바라보던 소운과 부정할 수 없이 닮아 있어 백현은 마음이 불편했다.

"댁으로 찾아뵙고 싶었으나, 소운이도 놀랄 일일 듯하여 이리 지평 어른을 먼저 뵙자 한 것입니다. 그 아이를 만날 수 있게 해주시겠습니까."

198

서로를 응시하는 두 남자의 시선이 묘하게 얽혔다.

며칠이 지난 후, 아침 일찍 백현의 집을 찾은 제조상궁은 내일이면 중전이 피접[4]을 나올 것이라 알려왔다. 이미 주상 전하의 윤허를 얻어 조만간 나인들이 거처를 차비하러 올 것이라고 전하자 백현 모는 당황하여 상궁에게 재차 물었다.

"피접이라니요? 중전마마께서 예로 피접을 나오신단 말입니까."

"예. 정부인 마님. 중전마마께서 미리 알려주고 오라 하시어 제가 먼저 이리 나왔습니다. 따로 준비하실 건 없으니 그저 친정에 들른 여동생에게 방 한 칸 내어준다 생각하라 전하라 하셨습니다."

"마마의 병환에 차도가 없으신 겁니까."

제집으로 피접을 오는 것도 놀랄 일이나 백현 모는 아우의 건강이 더 나빠진 것인가 하여 걱정이 앞섰다.

"궁을 떠나 마음 편하게 쉬시면 나아지시겠지요. 주상 전하께서 정부인께 특별히 잘 부탁드린다는 말씀 전해 달라 하셨습니다."

"부탁이라니요. 제가 미리 챙겨 청했어야 하는데 송구합니다."

집 안을 둘러본 중궁전 상궁은 백현 모에게 후원의 별당을 중전마마의 거처로 정하고 싶다 청해왔다.

"그곳이 마음에 족하십니까?"

"예, 연못과 정자가 딸린 후원이 있는 곳이라 요양하기에는 더할 나위 없을 듯싶습니다. 어려우십니까?"

---

4) 제집이 아닌 다른 곳으로 요양을 가는 것.

"아닙니다. 차비하라 하겠습니다."

"나인들이 한 시진이면 도착할 것입니다. 송구하오나 서둘러주시지요."

중궁전 상궁은 하필이면 마음이 어지러운 소운의 거처를 골랐다. 소운도 소운이지만 백현이 소란하게 할 것을 생각하니 백현 모는 그저 한숨뿐이었다.

그 시각 집으로 향하는 백현의 발걸음은 내내 무겁디무거웠다. 홍균성이라는 자는 계속해서 소운을 만나고 싶다 사람을 통해 말을 전해왔다. 지금은 소운의 건강이 좋질 않으니 기다려 달라는 말에도 하루가 멀다 하고 사람을 보내왔다.

'저도 곧 본국으로 돌아가야 하는 데다 연로하신 조부께서도 오랜 시간 타국에 나와 계시다 보니 건강이 좋질 않으십니다. 하루라도 서둘러 보게 해주시지요.'

'조만간 날을 잡겠소이다.'

'그리고 지평께 청이 하나 있습니다만.'

'말하시오.'

'소운이 아비의 위패가 강화의 한 절에 모셔져 있다기에 제가 어머니 곁으로 모시려 옮기라 했습니다.'

'이미 처리하신 일을 내게 청할 일이 무엇이겠소. 그리하시오.'

균성의 청은 그것으로 끝난 것이 아니었다.

'본국으로 갈 때 제 누이를 데려가 어머니와 그 아비 앞에 술이라도 따르게 하고 싶습니다.'

'출가하여 어른을 모시고 사는 여인이오. 명이 하루 이틀 다녀올 수 있는 길이 아닌데 무리한 일인 듯싶소만.'

'하여 청을 드리는 것입니다. 어머니께서 돌아가시기 전까지 참으로 보고파 하던 아이입니다. 게다가 이 땅에서는 역모죄인이니 자식인들 제대로 제사상에 술이라도 올릴 수 있겠습니까? 제 친아버지는 아니라 하나 제 마음도 이러한데 그 아이의 마음이야 저보다 더하겠지요.'

아무리 예법에 어두운 자들이라 하나 출가외인을 명으로 데려가겠다니 그자가 제정신이 아니다 했었다. 하지만 어미 옆에 아비의 위패를 모신다 하면 소운의 마음도 조금은 편안해질지도 모른다 생각하니 백현은 마음이 흔들렸다.

'그러고 보니 모친이 돌아가신 걸 모르고 있을 것인데.'

백현은 소운에게 이 많은 일을 어떻게 설명해야 하나 머리가 아파왔다. 집으로 들어서던 백현은 집 안을 오고 가는 낯선 이들의 모습에 이것이 무슨 일인가 싶어 의아해했다.

"나으리 오셨습니까."

"집 안이 왜 이리 소란스러운 게냐."

"중전마마께서 내일 이곳으로 피접을 나오신다 합니다요. 하여 별당을 치우느라 지금 다들 정신이 하나도 없지 뭡니까."

도대체 이게 무슨 소리란 말인가. 백현은 제게 말도 안 되는 소리를 고하는 가노에게 호통을 쳤다.

"피접이라니 갑자기 그게 무슨 소리냐? 그리고 방금 별당을 치운다 했느냐."

"중전마마께서 별당에 머무른다 하셔서 지금 그곳에 온갖 세간살이들이······."

"하면 그 아이는? 그 아이는 지금 어디 있는 것이냐? 몸도 성치 않은 사람을 도대체 어디로 가라 했단 말이냐."

"저도 그것까지는 모르겠으나 지금 마님께서 우선 별당을 치우라……. 나, 나으리."

백현은 가노의 뒷말은 듣지도 않고 별당으로 뛰어갔다. 별당은 이미 궁에서 나온 상궁 나인들이 세간살이를 바꾸고 구석구석을 청소하느라 여념이 없었다. 백현은 상궁들 사이에서 어머니를 발견하자 그리로 바로 달려갔다.

"어머님, 이게 무슨……."

"따라오너라. 예서 소란 피울 것 없다."

사랑으로 옮긴 백현은 어머니가 자리에 앉자마자 말이 되질 않는다며 불만을 터트렸다.

"중전께서 갑자기 피접이라니요? 게다가 별당에 기거하신다니요."

"어찌할 수 없는 일이다. 주상 전하께서도 윤허하신 일이니 더는 아무 말 말거라."

"소운이 그 아이는 지금 어디 있습니까? 몸도 다 회복되지 않은 아이를 어디로 보낸단 말입니까."

"내 생각에는 소운이도 이참에 조용한 산사로 피접을 보내는 것이 어떨까 싶다."

"예? 아니 될 말씀입니다. 거동하는 것도 힘든 아이에게 산행이라니요."

"하면 예서 중전마마와 계속 마주치게 하는 것이 좋단 말이냐? 조용한 산사에서 그리 지내다 보면 저도 생각을 정리할 수 있을 테고. 너희 둘에게는 지금 시간이 필요할 듯싶다."

절대 아니 된다고 버티는 아들을 타이르는 백현 모의 음성에 안타까움이 배어 나왔다. 중전이 백현과 남 대감의 혼사를 말했을 때 앞에서는 반대하였으나 마음 한편에서는 그리 나쁜 일은 아니다 생각도 했었다. 처첩살이가 쉬운 건 아닐 것이나, 집안의 대가 이어지면 소운의 마음도 편해지진 않을까 해서였다.

"소운이가 저리 힘든 것에 어찌 너의 책임이 없다 하겠느냐. 너의 고집에 보는 나도 이리 답답한데 소운이도 숨이 막힐 것이다. 조금 떨어져 있다 보면, 그 아이도 마음이 풀리겠지. 너도 이번 기회에 마음을 다스리거라. 그것이 너희들을 위해서도 좋은 일일 것이다."

어미의 말에 백현은 더 이상 고집 피우지 못하고 물러났다. 출발 전까지 안채에 머무르라고 했다는 어머니의 말에 백현은 바로 그녀를 찾았다. 소운이 짐을 꾸리는 모습을 백현은 그저 보고만 있었다. 분명 자신의 기척을 느꼈을 텐데도 알은척조차 하지 않는 소운이 백현은 섭섭했다. 하나 제 앞에서 짐을 싸고 있는 소운을 보니 덜컥 겁부터 났다.

"내가…… 잘못했다."

"……."

"소운아, 내가."

"잘못했다 하지 마십시오."

그를 돌아보지도 않은 채 보따리를 꾸리며 소운은 참으로 오랜만에 그에게 대꾸를 해주었다. 백현은 속도 없이 그마저도 반가웠다.

"소운아."

"서방님이 제게 잘못했다 하시면 저는 마음껏 서방님을 미워할 수도 없지 않습니까.”

백현은 저고리를 곱게 개고 있는 소운에게 다가가 손을 잡아끌어 품에 안았다. 언제부턴가 자신의 눈에는 그녀밖에 보이지 않았다. 하여 아무것도 생각할 수가 없었다. 그래서, 아마도 그래서였던 것 같다. 무엇이든 자신과 그녀 사이에 해가 될 만한 것들을 무조건 미뤄두고 배척한 이유는 그것이었나 보다.

“네가 원해 내게 온 것이 아닌데, 아이도 잃고 아비도 잃었으니 혹여라도 후회하면 어쩌나, 그러다 나를 떠나기라도 하면 어쩌나 그것이 두려워서 그랬다.”

“미안타 하지 마십시오.”

“차라리 내게 화를 내거라 소운아. 이리 버티질 말고 차라리 화를 내.”

“서방님은…… 참으로 미운 분이십니다.”

백현은 자신을 밀다 하는 소운의 말에도 안은 팔에 힘을 줘 그녀를 더 꽉 끌어안고 가지 마라 애원했다.

“갈 것입니다.”

“보내지 않을 것이다.”

“지금은 갈 것이나, 금세 돌아올 것입니다.”

소운은 저를 놓지 않으려는 백현의 품에서 벗어나 그의 뺨을 어루만지고 마주 보았다.

오랜만에 눈을 마주친 두 사람은 서로의 마르고 상한 얼굴을 애달프게 살폈다.

“저를 위해 너무 애쓰지 마십시오. 서방님이 그러시는 것이 저는 싫습니다.”

백현이 자신의 뺨을 만지는 소운의 손을 자신의 손으로 덮었다. 이 아이는 모를 것이다. 나 자신을 위해 그러는 것임을. 그녀가 없으면 자신이 견디질 못하니 그래서 그러는 것임을.

"저는 서방님이 혼례를 올리시길 바랍니다. 높은 관직에도 오르고, 자식도 낳고 그리 사시는 것을 보고 싶습니다."

"소운아."

"잠시 서방님 곁을 떠나 있을 것입니다. 하나 돌아와 서방님 곁에서 오래오래 투정 부리며 그리 살 것입니다. 서방님이 이젠 늙어 어여쁘지 않다 하셔도 옆에 딱 붙어 있을 것입니다."

소운은 그러기로 했다. 그럴 것이다. 긴 원망의 시간을 보내고 나서 소운은 결심했다. 이 사람 곁에 있어야겠다고. 백현의 사과를 받아주고 용서해주어야겠다고.

하지만 소운은 이 순간 백현을 보고 있기가 너무 힘이 들었다. 자신을 위해 그리했다 했으나 제겐 너무나 큰 회한이 되었다. 살아 있는 내내 이 마음속의 한을 풀 수 없을 것 같았다.

"저는 금세 다녀와 서방님 곁으로 돌아올 것입니다. 잘 다녀올 터이니 잠시만 저를 보내주십시오. 제게 서방님을 마음껏 미워하고 많이 그리워할 시간을 주십시오."

단호한 소운의 말에 백현은 할 말을 잃었다. 그저 소운을 꽉 끌어안은 채로 그녀의 목에 얼굴을 묻었다.


다음 날 중전은 피접을 나왔고, 소운은 떠났다. 길을 떠나기 전 소운은 중전께 문안 인사를 올렸다.

"하루빨리 쾌차하시어 환궁하시길 바라옵니다."

"그래 내가 너의 거처를 차지하여 이리 길을 떠나게 하였으니 참으로 미안하구나."

"당치 않으십니다. 오히려 마마 덕분에 제가 바깥바람을 쐬게 되었으니 그 은혜에 감읍할 따름입니다."

"언제 길을 나설 것이더냐."

"차비가 다 되었으니, 문안 인사 여쭙고 바로 출발할까 하옵니다."

"너를 이리 보내게 되었으니 백현이가 나를 또 원망하겠구나. 내 옆에서 세상 돌아가는 이야기도 해주며 말동무나 되어주면 좋으련만."

소운이 이리 바로 떠날 것을 생각지 못했던 중전은 마음이 급했다. 백현 모의 마음을 모르는 중전은 쓸데없는 일을 한 형을 원망스럽게 바라봤다.

"형님. 제가 이 아이와 단둘이 할 말이 있으니 잠시 자리를 좀 피해주시지요."

"예? 이 아이와 무슨."

"별일 아닙니다. 그저 제가 미안하여 그러합니다. 따로 내릴 것도 있는데 형님이 옆에 계시면 불편하여 제대로 받지 못할 것 아닙니까."

백현 모가 망설이며 자리를 뜨자, 중전은 소운을 보는 시선에서 따스함을 거둬들였다. 차라리 그때 아우들 중 누구 하나의 첩으로 줄 것을 그랬다. 이 아이가 이리 후환이 될 줄이야.

"백현이의 혼사가 진행되고 있음을 알더냐."

"예, 들었습니다."

"너에 대한 백현이의 마음이 참으로 깊더구나."

"제게 과분한 분입니다."

"하나 사내의 마음만큼 허망한 것도 없단다. 그 아이가 지금이야 너에 대한 정이 깊어 그리하겠지만, 결국 사내란 권력을 좇는 법이지. 시간이 지나면 기회를 놓친 걸 후회할 테고 결국 자신의 앞길을 막은 널 원망할 게다."

제게 내려지는 냉정한 목소리에 소운은 백현이 중전에 대해 탐탁지 않게 말하던 것이 생각났다. 아무래도 이 고귀한 여인이 오늘 제게 다정의 가면을 벗고 할 말이 있는 듯싶었다.

"나는 이 혼사를 꼭 이룰 것이다. 혹여 네가 방해가 되는 일은 없을 거라 믿어도 되겠느냐."

소운은 언젠가 연홍 형님이 했던 말이 떠올랐다.

**'정부인께서 아가씨를 소실로 들이라 하셨다는 말입니까?'**

자신을 이 집안에 들이라 명한 분이 바로 중전마마라 했다. 문득 중전이 자신이 가진 오래된 의문에 답을 줄지도 모른다는 생각이 들었다.

"송구하오나 마마께 한 말씀 여쭈어도 되겠는지요."

"말해보거라."

"제 아비는 진정 죄인입니까?"

왜였을까? 왜 하필 이 순간 소운은 그런 생각이 들었을까. 아버지가 돌아가신 걸 안 후 며칠 동안은 그저 슬프기만 했다. 그리고 생각했다. 왜 내 아버지는 그렇게 힘들고 쓸쓸하게 돌아가셔야 했을까.

그 시작은 역모였다. 왜 지금껏 그 생각을 하지 않고 있었을까 싶을 만큼 의문투성이였다. 아버지가 역모라니. 소운의 아버지 심은평은 권력이나 야망 같은 단어와는 거리가 먼 분이었다. 어쩌면 이 화려한 여인이 답을 가지고 있을지도 모른다는 생각이 불현듯 소운의 뇌리를 스치고 지나갔다.

소운의 질문에 중전은 조금 당황한 듯 보였다. 그러나 그녀는 이내 날카로운 눈빛으로 소운을 주시했다.

"어찌하여 그걸 내게 묻는 게냐."

"마마라면 제 질문에 답을 해주실지도 모른다 그저 그런 생각이 듭니다."

"네가 감당할 수 있겠느냐."

"제가 무엇을 감당해야 합니까?"

"세상엔 모르는 편이 나은 일이 더 많단다. 알게 되면 그전과 같이 살기 힘들어지니 그저 지금처럼 살고 싶다면 눈 감고 귀 닫은 채 사는 것도 방법이지."

"항상 궁금했으나 제대로 묻지 못했고 하여 답을 듣지 못했나이다. 제 의문을 풀어주시겠습니까?"

"내가 답을 주면 너도 내 소원을 하나 들어주겠느냐?"

"제가 들어드릴 수 있는 것이라면 그리하겠습니다."

"물론 너만이 들어줄 수 있는 일이다."

"말씀하시지요."

소운의 말이 떨어지자, 중전은 생각에 빠졌다. 며칠 전 방원의 곁에 심어둔 이가 몰래 말을 전하러 왔었다. 소운의 외조부는 명나라 해륜상단이란 곳의 행수 송도진이란 자였다. 사위가 죽었다는 소식을 듣고 이 아이를 찾기 위해 조선에 들어온 모양이었다. 이미 방원은 자신이 소운의 아버지를 감형시킨 것까지 파악하고 있었다. 그 영악한 놈이 모든 것을 다 알고 자신을 떠보러 왔던 것이다.

"네 일가가 명에서 너를 찾으러 온 지 꽤 되었다는 소식이다."

억지로 여인을 옆에 두라 하면 백현이 그 고고한 아이의 자존심이 상할까 싶었다. 돌이킬 수 없다 인정하게 해 그 마음이라도 붙잡고 제 곁에 두려 했다. 하지만 이제 이 아이가 백현의 옆에 있어 자신에게 득 될 것이 하나 없게 되었다. 후환은 싹이 트기 전에 잘라야 하는 법. 이미 꽃까지 피우려 드는 이 아이를 자르지 않을 이유는 단 하나도 없었다.

"네 아비가 그리되었다는 소식을 듣고 너를 찾아온 모양인데 전혀 듣지 못했더냐."

전혀 알지 못했던 일인지 소운이의 눈이 중전에게서 떨어질 줄을 몰랐다.

"처음 듣습니다. 제 일가라 하심은……."

"네 조부라는 자가 명에서 상단 일을 한다는구나. 그들에게 너의 행적을 알려줄 생각이다."

"마마께서 어찌 그런 일까지 알고 계십니까?"

"글쎄다. 네가 내게 한 질문과도 연관이 있겠지. 그들이 너를 찾고자 꽤 애를 쓴 듯하더구나. 하나 너의 기록을 관련 명부에서 모두 빼라 내가 직접 지시했으니 쉽게 찾을 수가 없었겠지."

"제가 모르는 것이 대체 무엇입니까?"

"네가 아는 것이 없다고 보는 것이 맞겠지. 내가 지금 너에게 이 일에 관해 말해주는 이유는 조금은 미안함이 있기 때문이다. 넌 아비를 잃었고 원치 않는 혼인을 했으며 이젠 서방도 잃어야 하니. 네 아비가 죄인이냐 물었더냐."

"……예."

"아니다."

내 아버지는 죄인이 아니었다. 어찌하여 그동안 제대로 의문조차 가지지 않았을까? 소운은 새삼 자신의 무심함과 어리석음에 화가 났다. 그렇다면 도대체 죄도 없는 내 아비는 왜 그리 허망하게 돌아가셔야만 했을까.

중전은 그저 '잠시 산책을 다녀왔습니다.'라고 말하듯 평온하게 얘기를 꺼내놓았다.

"이 새로운 나라가 개국하기 전 자신의 대에서 폐조와 폐위를 맞게 된 왕은 어떻게든 그 자리를 버티려 안간힘을 쓰고 있었다."

중전은 고려 말 폐왕이 스스로 왕위를 포기할 때까지 계속 그의 수족들을 잘라내야 했다고 말했다. 서방님의 스승 포은 정몽주가 죽었고 예조 참판 김은총이라는 분이 죽었다고 했다. 그리고 소운의 아비는 그저 예조 참판이 죽어야 하기 때문에 역모죄가 된 것이라고 담담하게 내뱉었다.

"김은총 대감이 명에 사신으로 가 있는 동안 명 황실을 움직이려 했다 그리 일을 꾸몄다. 지금은 죽고 없는 폐왕의 서자를 왕위에 올리려 한다는 거짓 역모를 고했지. 그러니 그 일의 통변을 맡았을 역관인 네 아비도 당연히 역모죄인이 된 것이다."

"……."

"네 서방의 간곡한 청이 아니었다면 네 아비는 참판과 함께 효수가 되었을 것이 분명했다."

소운은 중전의 말이 이해되지 않았다. 그 사건으로 인해 죽은 자가 헤아릴 수 없이 많았다. 하면 그 많은 사람들이 모두 다 죄 없이 그리되었다고 저 여인은 지금 그리 말하고 있는 것인가.

"이 일에는 나의 욕심도 있었음을 부정하지 않겠다."

욕심. 그랬다. 그저 저 여인의 욕심 때문에 이 모든 일이 일어난 것이었다.

"네가 아는지 모르겠다만 백현이는 삼봉 정도전을 뛰어넘는 통찰력과 학문의 깊이를 가진 아이다. 나는 내 아들 옆에 그 아이를 두고 싶었으나, 내가 제 스승의 죽음에 책임이 있다 여긴 백현이는 내 근처에는 오려고도 하지 않았다. 하여 일부러 포은과 친분이 있던 자들을 희생양으로 골랐다. 그가 가장 아끼는 제자였던 백현이가 그중 누군가는 살리고 싶어 할 거라 생각했었는데, 네 아비를 택한 건 의외였다."

소운은 중전이 하는 말을 듣고 있으면서도 마치 꿈을 꾸는 것 같았다. 하나 오히려 이상하게도 그녀의 머릿속에서는 모든 일들이 명확하게 하나씩 정리가 되어갔다.

"하면 서방님도 제 아비가 이런 이유로 유배되었고 그러다 결국 죽어갔다는 걸 아십니까?"

"이미 모든 것을 짐작하고 나를 찾아왔다. 그리고 네 아비를 살려주는 조건으로 내가 선택하라 한 것들을 모두 받아들였다. 너를 포함해서 말이다. 그 영특한 아이가 이 모든 것을 몰랐을 리가 없지."

"그랬군요. 그런 것이었습니다."

예상과 달리 침착하게 자신의 이야기를 듣고 있는 소운을 보며 중전은 이제 자신이 하고 싶은 말을 꺼냈다.

"너의 궁금증이 대충은 풀렸을 테니 이젠 나의 소원을 들어보겠느냐?"

"말씀하십시오."

"백현이의 곁을 떠나거라."

중전의 말에 소운은 그녀의 얼굴을 피하지 않고 똑바로 마주했다. 기억해둘 참이었다. 소운은 오늘 이 여인의 당당함과 오만함을 제 머릿속 깊이 새겨 넣을 생각이었다. 하여 후에 혹여라도 마음이 약해지는 일이 없도록 그리할 참이었다.

"내가 네 아비를 살린 건 어찌 보면 국법을 어긴 것이다. 특히 너를 백현이의 곁에 두려 명부에서 뺀 건 명백히 나의 의지였으니 나는 그로 인해 내 반대편에 선 자들에게 빌미를 주게 되었다. 하여 나는 그들이 너의 존재를 알기 전에 이곳을 떠나 너의 일가를 따라 명으로 가주었으면 한다."

"제가 마마께서 하신 말씀을 잘 이해했는지 모르겠습니다."

"그게 무슨 말이냐?"

"제 아비는 죄가 없으나 마마의 욕심에 의해 죽은 것이며 저는 이제 마마께 부담이 되므로 떠나야 한다. 맞습니까?"

제 눈을 피하지 않는 소운을 보며 중전은 그제야 왜 백현이 이 아이를 아끼는지 이해했다. 분명 혼란스러울 것이 분명한데도 흔들리지 않는 아이의 당찬 눈빛이 꽤나 마음에 들었다. 중전은 '조금은 이 아이에게 친절해진다고 해서 문제 될 것은 없겠지.'라고 스스로를 이해시켰다.

"그래, 맞다. 한 가지 더하자면 너로 인해 백현이 그 아이가 내가 정해준 혼처를 마다하고 있다는 것도 네가 떠나주었으면 하는 이유 중의 하나다."

"제게 조금이라도 죄스럽다 느끼진 않으십니까?"

"말하지 않았더냐. 미안하다 생각한다. 하여 너를 이리 곱게 일가의 품으로 보내주려 하는 것이다. 아니라면 쥐도 새도 모르게 네 아비를 따르게 했겠지."

마지막 말을 하며 중전은 곱게도 웃어 보였다. 소운은 그 모습까지도 잊지 않으려는 듯 집중하여 하나하나 눈에 새겼다.

"내 뜻을 따르겠느냐?"

"……."

"싫으냐?"

"따르겠습니다."

소운이 알았다 하자 중전은 이제 모든 것이 다 해결되었구나 싶어 심기가 다소 편안해졌다. 그녀는 미소를 지으며 소운의 앞으로 자개함 하나를 밀어 주었다.

"내 성의다. 요긴하게 쓰일 데가 있을 것이니 넣어두거라."

소운은 중전이 내민 자개함을 가만히 바라보다 열어 보고는 표정 없는 얼굴로 다시 닫았다.

"이것이…… 제 아비의 목숨값입니까."

"그리 생각하는 게 편하다면 그리하거라."

"갈 길이 머니 이만 물러나겠습니다."

중전에게 예를 갖추고 일어선 소운은 자개함을 들고 일어나 밖으로 나갔다. 별말 없이 자리를 뜨는 소운을 바라보며 중전은 한시름을 내려놓았다.

왠지 모를 불안한 마음을 애써 내리누르고는 자리에 기대어 앉았다. 저만 하면 눈치도 빠르고 보기보다는 강단도 있어 보였다. 하기야 그 까다로운 백현이 놈이 저리 목을 매는 걸 보면 예사로운 아이가 아닌 것은 분명했다.

'너나 나나 좋은 인연으로 만났어야 했는데 우리의 연은 예까지인가 보구나.'

백현이 놈이 소란이야 떨겠으나, 저 아이만 사라지면 그러다 말겠지. 중전은 끝내 금침에 몸을 눕히고 잠을 청했다.

댓돌 아래로 걸어 나오던 소운은 자개함을 가마꾼에게 주고는 별당 구석구석을 둘러보았다. 한양으로 오며 백현은 이 집, 특히나 소운이 기거할 별당에 공을 들였었다. 개경집 별당 뒤의 정자를 즐겨 찾던 소운을 위해 백현은 이곳에도 같은 것을 특별히 신경 써 만들라 했고 이곳은 그녀가 가장 좋아하는 곳이 되었다. 백현의 마음이 담긴 이곳을 소운은 한참 동안 그전과는 다른 마음으로 둘러보다 발길을 돌렸다.

별당이 심하게 소란스러워진 건 저녁 무렵이었다.

"아니 됩니다. 지평께선 이 무슨 무례입니까."

상궁과 호위들의 제지에도 백현이 별당 문을 박차고 들어오자 제조상궁이 기겁하여 따라 들어와 백현을 나무랐다.

"아무리 사가라 하나 엄연히 중전마마께서 계신 곳입니다. 어찌 이런……."

"되었다, 나가보거라."

"중전마마."

뒤늦게 달려온 백현 모가 급히 마루에 오르려 하자 중전이 그 걸음을 만류했다.

"나가보라는데도. 형님도 걱정 말고 안채에 가 계세요. 별일 아닙니다."

모든 이들이 물러나자 중전은 제 앞에 서 있는 외조카를 올려다보며 흐트러진 머리를 손으로 빗어 넘겼다.

"퇴청하는 길이더냐."

"그 아이에게 뭐라 하셨습니까?"

"우선 자리에 앉거라. 올려다보려니 머리가 아프구나."

"그 아이, 어디로 보내신 겁니까?"

이 아이가 지금 무슨 소리를 하는 겐가. 중전은 아침나절에 찾아와 절에 요양을 간다 문안 인사를 하기에 노자까지 챙겨준 아이를 왜 여기와 찾느냐며 되물었다. 백현은 천천히 중전 앞으로 다가가 그녀 바로 앞에 몸을 굽히고 앉았다. 그리고 눈을 맞추고는 방자하게도 그녀를 노려보았다.

"절에 오지 않았습니다. 가마꾼들에게 잠시 쉬고 오라고 하고는 그 길로 사라졌답니다. 도대체 그 아이에게 뭐라고 하신 겁니까?"

중전은 흥미롭다는 듯 얼굴을 밝혔다. 사라졌다니. 의외로 독한 구석이 있는 아이였다.

"그저, 질문하기에 답을 해줬을 뿐이다."

"전부 다…… 알려주셨습니까?"

"그리했다."

"그렇다 해도 제게 와 자초지종을 물었을 아이입니다. 이리 말

없이 사라질 리가 없습니다. 또 무슨 말씀을 하셨기에."

"조건을 하나 달긴 했다. 진실을 알려주는 대신 내 청을 들어주기로 했지."

백현이 말이 없자 이번에는 중전이 그에게 되물었다.

"내가 무엇을 청했는지 묻지 않는 게냐?"

말없이 뒤로 물러나 앉은 백현이 맥이 풀린 표정으로 중전을 바라보았다.

"혹…… 떠나라 하셨습니까?"

"그랬다."

"……."

"이유는 묻지 않느냐?"

"제 혼인을 거론하셨겠지요."

"맞다."

역시나 두 번 말할 필요가 없는 아이였다. 잠시 조용히 앉아 있던 백현은 자리에서 일어나 뒤돌아섰다. 중전은 한 번 정도는 이아이를 달래주어야겠다 생각했다. 어찌 됐든 지금 여러모로 아쉬운 사람은 자신이었으니. 중전은 인정을 가득 담아 백현을 불렀다.

"백현아, 이 못난 이모가 시작한 일이니 내가 끝을 내었다. 이제 그만하면 풋정에 빠져 보낸 시간으로는 충분하지 않더냐. 남 대감 댁과 혼사를 치르거라. 이 이모에게 시간이 많지 않은 듯싶다. 하니 이제 그만……."

"잘못 아셨습니다."

백현이 뒤돌아선 채로 나지막이 대답했다.

"마마가 아니라 제가 시작한 연입니다. 하니 끝을 낸다면, 만약 그리해야 한다면 저만이 할 수 있습니다. 마마가 아니라 제 손으로 합니다. 하니 제 뜻이 아니고서는 그 누구도 그 아이와 저의 연을 끊지 못합니다."

싸늘하게 마지막 말을 내뱉은 백현이 방문을 걷어차자 부서진 문짝이 댓돌 아래로 나동그라졌다. 그 소리에 놀란 중전이 가슴을 부여잡고 보료 위로 몸을 기대어 숙였다.

"아이고, 나으리."

"마마! 괜찮으십니까, 마마."

백현이 어둠 속으로 사라지고 난 뒤에도 별당 주변은 한참 어수선하였으나 그날 밤의 일은 중전의 명으로 불문에 부쳐졌다.


만월각의 한 방문 앞에 선 연홍은 안에 있는 여인이 들을 정도로만 목소리를 낮춰 조용히 고했다.

"아씨, 오라버니 오셨습니다."

균성 앞에 닫혀 있던 문이 열렸다. 머리를 올렸으나 앳된 얼굴을 한 여인이 방문 앞에 서서 그를 바라보고 있었다.

"들어오시지요."

균성은 몸을 살짝 돌려 들어오라 길을 내어주는 소운을 잠시 보고는 방으로 들어갔다.

"형님."

연홍이 예를 갖춘 후 돌아서려 하자 소운이 그녀를 불렀다.

"한 번 더 당부 드립니다. 제가 예 있는 것을 그분은 몰랐으면 합니다."

"예, 그리하겠습니다."

"혹여라도 그분이 먼저 아시게 된다면."

연홍의 얼굴을 보지 않은 채 시선을 앞으로 고정한 소운의 음성은 담담하지만 차갑기 그지없었다.

"저는 목을 맬 것입니다."

"명심하겠습니다. 걱정 말고 얘기 나누시지요. 혹여 기방에 오신다 해도 절대 발설치 않을 것입니다."

연홍은 자신의 시선을 피한 채로 부러 냉담하게 말하는 소운을 슬픈 눈으로 바라보았다. 갑작스레 저를 찾아온 전날도 소운은 저리 표정이 없었다. 그 이유를 아는 연홍은 자신도 무관하지 않은 이 일에 죄스러움이 앞설 뿐이었다.

'형님.'

'아씨, 이게 무슨 일입니까? 어찌 이런 모습으로…….'

아침나절 안채에 들러 백현 모에게 인사를 하고 집을 나선 소운은 가마꾼들이 쉬는 동안 준비해온 옷으로 갈아입고 몰래 만월각으로 왔다. 연홍은 사내의 도포 차림으로 보따리까지 들고 나타난 소운을 보고 기겁을 했었다.

'사람을 좀 알아봐 주십시오.'

'예?'

'명에서 상단을 하는 자들 중 저를 찾는 이가 있다 합니다. 아마 태평관 근처에 거하고 있을 것입니다. 조용히 알아봐 주십시오.'

'아씨가 그걸 어찌 아셨습니까?'

'……형님도 아시는 일이었습니까?'

연홍은 자신을 바라보는 소운에게서 비치던 원망의 눈길을 잊을 수가 없었다. 어찌 알았느냐, 언제부터 알았느냐 소운은 그런 질문 없이 그저 아무도 모르게 자신의 일가라는 사람을 데려다 달라고만 했다. 도대체 무슨 일이 있었던 것일까.

목을 매겠다 할 정도로 소운은 백현을 만나고 싶어 하지 않았다. 그럼에도 갈 곳이 없어 어쩔 수 없이 자신을 찾아온 그녀가 안타까워 연홍은 아무도 몰래 직접 균성을 불러온 참이었다. 두 사람을 뒤로하고 나오는데 이번엔 청지기가 달려와 백현이 급히 그녀를 찾는다는 소식을 전해왔다.

연홍이 서둘러 백현에게로 향할 때쯤, 균성은 제 눈앞에 있는 여인을 빤히 바라보고만 있었다. 연홍에게서 소운이 저를 찾는다는 말을 들었을 때 균성은 자신의 귀를 의심했다. 그녀를 이리 앞에 마주하고서도 그는 이것이 지금 생시인가 싶었다. 게다가 소식을 알리면 목을 맨다니 이건 또 무슨 소리란 말인가.

"저를 찾으신다 들었습니다."

"집안에 무슨 일이라도 있느냐?"

어떤 일이 벌어졌는지 알 수 없는 균성은 동태를 살피라 붙여놓은 철운이 녀석을 가만두지 않으리라 마음먹었다. 하기야 조선말도 서툰 그놈이 뭘 알아올 수 있었을까 이해가 아주 안 되는 건 아니었다.

"제 어미가 보내신 분입니까?"

어린 자신을 두고 어미가 재가하여 부모 없이 자랐으나 부족한 것이 없었고 타고난 성정이 거칠 것이 없다 보니 세상 무서운 것이 없는 균성이었다.

열여섯 살 때는 날아오는 화살에 몸을 날리기도 했던 그였으나 태어나서 처음으로 균성은 입이 떨어지지 않는다는 말을 경험했다.

"어머니는…… 돌아가신 지 여러 해가 지났다."

"……."

"돌아가실 때 너를 많이 찾으셨다."

"저와는 어떻게 되십니까?"

"나는 네 오라비가 된다. 어머니께서 내 아버지와 사별 후 심 역관에게 재가하신 것이다."

잠시 균성을 바라보던 소운이 조용히 자리에서 일어나 절을 올렸다.

"인사 올립니다, 오라버니. 심소운이라 합니다. 몰라뵈어 예가 늦었습니다."

"왜 더 묻지 않느냐? 어머니의 일이 궁금할 것이 아니냐."

균성은 제 앞에 표정 없이 앉아 있는 소운을 보며 묻고 싶은 것이 많았으나 핏기 없는 얼굴을 한 제 누이는 입을 열 생각이 없는 듯했다.

"도대체, 이 지평댁에서 무슨 일이 있었던 것이냐?"

답을 들을 수 없을 것 같다 짐작하면서도 균성은 다시 묻고 말았다.


그 밤, 소운을 찾았다는 말에 할아버지 송도진은 눈물을 보였다.

"진정이냐? 정말로 그 아이를 찾았더냐."

"예, 할아범님. 조만간 이곳으로 데리고 올 것입니다. 상단에는 바로 떠날 수 있게 정리하라 일렀으니 며칠 내로 길을 나설 수 있을 듯합니다."

"하늘에서 네 어미가 도왔구나. 안 그래도 요 며칠 꿈에 보이기에 내 좋은 소식이 들려오나 했는데. 어떻더냐. 험하게 지내진 않았다더냐? 건강은 괜찮다더냐?"

"염려했던 것보다는 잘 지낸 듯 보였습니다. 곧 보게 되실 터이니 마음 편하게 계시면 됩니다. 먼 길 가시려면 기력을 회복하셔야 하니 탕약도 잊지 말고 꼭 챙겨 드십시오."

소운의 행방을 찾았다는 말에 아이처럼 기뻐하는 할아버지를 뒤로하고 균성은 조선에서의 일을 정리하기 위해 상단 식구들을 불러 서두르라 재촉했다. 이곳저곳에 필요한 채비를 시키면서도 균성은 소운과 나눴던 대화가 좀처럼 뇌리를 떠나지 않아 곤혹스러웠다.

'저를 명으로 데려가 주시겠습니까?'

이런저런 얘기도 없이 그저 자신을 명으로 데려가 달라 소운은 그리 말했다.

'이 지평댁과는 얘기가 된 것이냐?'

'이제 저와는 상관없는 곳입니다.'

알아본 바로는 중전이 요양 차 이 지평의 집에 피접을 나왔다는데 그와 관련이 있는 것인가 싶었다. 내막을 알 수 없어 답답했으나 소운에게 물어봐야 소용없는 일이라 균성은 그저 하루빨리 길을 나설 준비를 서두를 뿐이었다.

해질녘 균성이 만월각 안으로 들어서자 어디선가 철운이 나타나 그 앞에 고개를 숙였다.

"아가씨는 안에 있느냐?"

"예."

"오늘도 불출했더냐?"

"예, 그리고 이백현이 아씨의 행방을 찾기 위해 백방으로 수소문 중입니다. 만월각에도 여러 번 기별을 물어왔습니다."

할아버지가 계신 곳으로 옮기자는 말에도 소운은 그저 떠날 준비가 되면 자신을 데리러 오라 그리 말했다. 혹시나 하여 호위로 붙여둔 철운의 말에 균성은 급히 연홍을 찾아갔다.

"오셨습니까."

"내 자네에게 물어볼 것이 있는데 짬을 좀 내어줄 수 있겠소."

"말씀하시지요."

"혹, 이 지평이 심 역관의 죽음과 관련이 있소?"

"······."

"없소?"

"어찌 천한 기녀인 저에게 그런 걸 물으십니까?"

연홍의 질문에 그녀를 보던 균성이 피식하고 웃었다.

"내 30년 가까이 상단 밥을 먹으며 배운 것이 하나 있다면 여인을 믿지 말라는 거요. 기녀는 그중에서도 일 순위지."

"한데 어찌 제게 물으십니까?"

처연하게 저를 바라보는 연홍을 보며 균성은 피식 웃었다. 이 기녀는 자신이 소운을 어떤 눈으로 바라보는지 아는지나 모르겠다. 피붙이인 자신보다 더 애처롭고 걱정스런 눈으로 보는 그 마음이 진심인지는 의심스러웠으나 적어도 지금까지는 거짓이 아닌 듯 보였다.

"하나 어미는 다르지. 나는 기녀인 자네가 아니라 소운을 어미처럼 돌봐준 그대에게 묻고 있는 거요. 아, 내 인사가 늦었소. 내 누이를 돌봐준 은혜를 값으로 치를 수는 없을 것이나 내 본국에 돌아가는 대로……."

"그러지 마십시오."

"내가 뭐로 갚을 줄 알고."

"관련이 있는 분은 지평 어른이 아니라 그분의 이모님이신 중전마마십니다."

역시나 그랬다. 균성 역시 의심했던 일이었다. 하여 일부러 정안대군에게 말을 흘리기도 했었고. 제 누이가 덧없는 권력 싸움에 끼어 희생된 것이 맞다 생각하니 얼굴도 모르는 중전이란 여인의 가채라도 잡아 흔들고 싶은 심정이었다.

"저도 모르진 않았습니다. 그 착하고 곱고 해맑던 아가씨가 저리 괴로워하시는 데는 저의 탓도 없다 할 수 없습니다."

"훗, 성정이 남다르겠구나 생각은 했으나 이건 뭐 바보 천치도 아니고."

제 직설적인 말에 연홍이 불편했던지 내내 피하고 있던 시선을 맞춰왔다. 균성은 제 얼굴에 떠오르는 조소를 숨기지 않았다.

"자신의 입으로 천한 기녀라 하던 이가 이제는 뭐 그리 남의 인생에 한 것이 있다 자책이란 말이오? 댁 말대로 그저 천한 기녀일 뿐인 그대가 뭘 할 수 있다고."

"……."

"세상은 이로운 일을 할 수 있는 힘이 있는데도 뿔난 짓만 하고 다니는 인간들로 인해 악해지는 것이지, 제 할 일 열심히 하는 힘없는 자들로 인해 그리되는 것이 아니오. 쓸데없는 자책 할 시간 있으면 그냥 잠이나 자시오."

균성은 제 성질대로 툭 내뱉고는 발길을 돌렸다. 그저 세상 답답한 게 착해 빠진 여인이란 것들이었다.

며칠 만에 연홍의 기별을 받고 만월각으로 달려온 백현은 소운을 자신의 품에 안고 말없이 가쁜 숨을 내쉬었다.

"몸이 상하진 않았더냐?"

"잘 지냈습니다."

"이리 돌아왔으니 되었다."

"청이 있어 뵙자 했습니다."

"이리 왔으니 되었어."

"꼭, 들어준다 하십시오."

잠시 숨을 고른 백현은 그제야 품에 안고 있던 소운을 떼어 찬찬히 얼굴을 살폈다. 제 여인 소운이 맞았다. 한데 자신이 알고 있던 그녀가 아닌 듯도 했다. 백현은 저를 원망하지 않는 그녀가 불안했다.

"나를, 용서치 않을 생각이냐?"

"⋯⋯예."

"하면 나를 떠날 것이냐?"

"⋯⋯예."

약간의 망설임이 있긴 했지만 소운은 단호했다. 제게 스며드는 불안함을 떨쳐버리려 백현은 부러 큰 소리로 소운에게 겁을 주었다. 실상 겁을 먹고 있는 것은 자신이었으나 그런 것을 인지치 못할 만큼 백현은 떨고 있었다.

"너를 내 옆에 묶어둘 것이다. 다리라도 부러뜨려 그 어디에도 나갈 수 없게 할 수도 있다."

"하면 스스로 목숨을 끊어 영원히 서방님 곁을 떠나겠습니다. 그것을 원하시는 것이라면 지금이라도 제 다리를 잘라내셔요."

한순간의 흔들림도 없이 대꾸해오는 소운을 보며 백현은 끝을 예감했다. 다 떨어진 초라한 옷을 입고 겁먹은 눈을 한 채 자신을 기다리던 소운은 이제 이곳에 없었다.

소운이 애처로운 눈으로 저를 보자마자 눈물을 뚝뚝 떨어트리던 그날 자신은 맹세했다. 이 아이를 지켜주겠노라고. 나 이백현이 너를 지켜줄 거라고 그리 다짐했었다. 두려움을 뒤로하고 백현을 남자로 처음 맞아주던 그 초야에도 맹세했었다. 이 아이를 영원히 곁에 두고 아낄 거라고.

한데 소운이 지금 자신의 손을 놓으려 하고 있었다. 그럴 수는 없다. 절대 아니 된다. 백현은 절규하는 마음을 감추고 오직 소운을 붙드는 일에만 집중했다.

"누가 뭐라 해도 너는 내 여인이다."

백현은 소운의 허리를 끌어안고 급히 입술을 가져갔다. 소운은 그가 자신의 옷고름을 풀 때도, 치마를 끄집어 내릴 때도, 제 안으로 급히 들어와 자신의 이름을 간절히 부를 때도 말없이 그를 받아주고 안아주었다.

소운을 안는 내내 백현은 그녀의 귀에 대고 너는 내 여인이다 속삭였다. 이 눈도, 입술도, 가슴도 그 어느 것 하나 나 이백현의 것이 아닌 것은 없다 달래고 어루만지며 소운을 신음케 했다. 그렇게 어느 때보다 집요하게 그녀를 탐한 밤이 지나자 소운은 지쳐 잠이 들었다. 잠이 든 그녀를 안은 채 한참 동안 숨을 가다듬던 백현은 소운의 흐트러진 머리를 쓰다듬으며 잠든 그녀의 귓가에 대고 다정하게 속삭였다.

"날이 밝으면 너와 함께 집으로 돌아갈 것이다. 매일매일 미안하다 말하며 너에게 용서를 빌 것이다. 고집이 센 아이니 시간이 걸리겠으나 내 너의 옆에서 오래오래 빌 것이다. 하면 언젠가는 넌 나를 용서할 것이고 네 곁을 내어주겠지. 나는 그것이면 되었다."

소운을 찾기 위해 며칠을 헤매느라 잠을 설친 백현은 오랜만에 그녀를 품에 안고 편한 밤을 보냈다. 다음 날, 홀로 잠에서 깬 백현 옆에는 머리맡에 곱게 개어진 그의 의복과 그녀가 남기고 간 자개함 그리고 서찰 한 통만이 방 한편에 덩그러니 놓여 있었다. 어제 일이 꿈이 아님을 알려주듯이.

## 6. 그 아이의 소원

"행수어른, 아가씨께서 잠시 쉬어가자 청하십니다. 어르신께서
살짝 더위를 드신 듯합니다."

"그래? 의원은 불렀더냐."

"날이 더워 기력이 쇠하신 것이니 잠시 쉬시면 괜찮을 거라 했
습니다. 아가씨께서 근처 계곡에 발이라도 담갔으면 좋겠다며 일
정이 괜찮은지 여쭤보고 오라셨습니다."

"알았다. 길잡이에게 그리하라 전하거라."

"예. 행수어른."

서둘러 나선 귀향길은 무더위로 인해 일정이 더뎌지고 있었다.
하지만 균성은 방금 철운이 알려 주고 간 소식에 마음이 쓰여 더
위조차 잊었다.

'아가씨가 본국으로 향할 거라는 걸 눈치챘는지 이백현이 급히 말을
달려 쫓아오다 낙마하였습니다.'

'네 짓이냐?'

'……'

'쓸데없이.'

'목숨에는 지장이 없으나 다리가 부러졌으니 당분간은 거동하기 힘들 듯합니다.'

철운이 손을 쓰지 않았다면 사력을 다해 달려오는 그에게 따라잡혔을 게 틀림없었다. 부러 철운을 타박했으나 균성은 '죽지 않고 살았으면 된 것이지.' 하고 생각하기로 했다.

소운에게 모든 채비가 끝났으니 당장 떠날 수 있다 말을 전하던 그날 밤. 소운이 연홍을 시켜 백현을 만월각으로 불렀다는 소식을 들었다. 혹시나 하는 마음으로 들른 균성은 두 사람이 든 방 안의 불이 꺼지자 이유를 알 수 없는 심란함에 꼬박 밤을 새웠다.

어머니를 닮은 누이가 내내 균성의 마음을 쓰이게 했다.

새벽어둠이 걷히지도 않은 시각, 이게 뭐 하는 짓인가 싶어 돌아가려는 그의 뒤로 방문이 열리더니 소운이 밖으로 나왔다. 손에 보따리 하나만을 들고 방문 앞을 나서던 소운은 댓돌을 내려와 잠시 불 꺼진 방을 바라보았다. 그러고는 새벽이슬에 옷이 젖는 줄도 모르고 백현이 있는 방을 향해 절을 올렸다.

'가자.'

항상 자신의 옆에 철운이 있다는 걸 아는지 그를 불러낸 소운은 가던 발길을 멈추더니 다시 뒤를 돌아봤다. 댓돌 위에 놓인 백현의 태사혜에 묻은 먼지를 자신의 소매로 닦아 가지런하게 정리하고서야 소운은 그 자리를 떴다.

어둠 속에 철운이 밝히는 불빛을 따라 걸어가는 제 누이의 얼굴이 너무도 창백하고 처연하여 균성은 차마 말을 걸 수조차 없었다. 연홍이라는 여인이 소운의 앞을 막아설 때도 균성은 그저 보고만 있었다.

'아씨.'

'이 새벽에 어찌 나오셨습니까?'

'기어이…… 가십니까?'

'내 어디에 있더라도 형님께 입은 은혜는 잊지 않을 것입니다. 형님…….'

'예. 말씀하십시오.'

'서방님께서 기침하시거든 이제 더는 저를 찾지 마시라 전해 주셔요.'

'아씨…… 흑흑.'

'그리고 제 청을 꼭 들어주십사 당부하더라 꼭 그리 말해주십시오.'

'흑흑……. 예. 그리, 전…… 하겠습니다.'

꼭 잡은 소운의 손을 놓지 않은 채 숨죽여 오열하는 연홍을 뒤로하고 소운은 만월각을 나섰다. 균성은 차마 대문 앞을 넘지 못하고 축축한 땅에 주저앉아 있는 연홍을 일으켜 세운 후 어깨를 한번 토닥여준 후 자신도 서둘러 문을 나섰다.

'아껴주십시오.'

'…….'

'고단하게 사신 분입니다. 부디 평온한 삶을 누리게 하여 이곳의 일은 생각도 나지 않게 그리 살게 해주십시오.'

'하나뿐인 누이인데 어련히 알아서 챙길까. 댁이나 편히 사시오. 괜한 오지랖에 마음고생하지 말고. 사람이 너무 다정한 것도 병이오.'

균성은 굳이 자신을 불러 세워 당부하는 연홍에게 부러 타박을 하고 그 자리를 떴다.

계곡을 지나가는 바람이 더위를 식혀주자 균성은 그늘에 앉아 잠시 그날을 떠올리며 상념에 젖어 있었다. 그때, 그의 귀에 제 상념의 원인이자 아직은 낯선 여인의 목소리가 들려왔다.

"무슨 생각을 그리하십니까."

저를 번뇌케 한 장본인이 사발 그릇이 든 과반을 들고 자신의 앞에 서 있었다. 누이를 바라보는 균성의 마음이 복잡했다.

"무엇이냐."

"식혜입니다. 계곡 물에 담가 놓았더니 제법 시원합니다."

소운은 자신이 건네주는 식혜 사발을 그가 들자 과반을 내려놓고 균성의 옆에 앉았다.

"일어서 보거라."

"……."

"계곡이라 그런지 돌바닥이 아직 차다."

균성은 자신의 모시 도포를 벗어 돌바닥에 깔고는 무심하게 다시 식혜를 마셨다. 소운은 그런 균성을 말없이 응시했다.

"그리 보지만 말고 그냥 묻거라, 뭐가 궁금한 게냐?"

"제가 그리 보였습니까?"

"내 비록 너의 오라비라 하나 태어나 처음 보는 사이가 아니냐? 사내를 그리 빤히 쳐다보면 안 된다."

"그렇습니까."

"그동안이야 서방의 그늘 아래 있었을 테지만 이제 너는 과부

신세나 마찬가지다. 사내들 입에 쉬이 오르내리는 팔자가 된 것이
지. 하니 항상 사내를 조심해야 한다."

말이 없는 동생을 흘깃 본 균성은 제 말이 심했나 싶어 신경이
쓰였다. 자신은 사내들만 가득한 전쟁터를 누비거나 기방에만 다
녀봤지 옆에 여인을 둔 적이 없었다. 본국에 돌아가면 당장 삼보
놈에게 여인을 어찌 대해야 하는지부터 물어봐야겠다 싶었다. 그
러고 보니 그놈 역시 환관이니 소용은 없겠구나 싶어 헛웃음이 났
다.

"맘이 상했더냐?"

"오라버니의 말은 어찌 보면 참으로 무례하기 그지없습니다. 하
나 그 말에 제 마음이 상하지가 않는 걸 보면 피붙이가 맞기는 맞
나 보다 그런 생각을 하고 있었습니다. 오라버니의 그 가시 있는
말속에 저에 대한 걱정이 담겨 있기에 그런 것 아니겠습니까."

"맘 상하지 않았다니 되었다. 그저 말이 그렇다는 것이니 크게
걱정할 건 없다. 너를 쉬이 보는 자가 있다면 내가 모가지를 비틀
어버릴 것이니."

민망했던지 헛기침을 한 균성이 사발을 마저 비우고는 빈 그릇
을 과반 위로 올려놓았다.

"천 서방은 어찌 거두게 되신 겁니까?"

"아아, 그 노인네."

균성은 소운을 보며 땅이 꺼져라 통곡하던 노인을 떠올렸다.

"운이 좋았지, 상단 아이들이 찾아냈다."

"관노로 끌려가 죽었을 거라 생각했습니다."

"명에서 돌아오는 네 아비를 맞이하러 나갔다 도망쳤다더라. 금

부의 낌새를 눈치챈 네 아비가 너에게 전할 물건들을 싸서 주며 보냈다던데. 네가 지니고 있는 그 노리개가 그때 보내온 물건 아니더냐."

"예, 아비가 돌아가시며 제게 전해 달라 했다 들었습니다."

소운은 자신의 몸에 있는 향갑 노리개의 너덜너덜한 술을 가지런히 정리했다. 균성은 그 노리개를 원래대로 곱게 고쳐주고 싶다는 생각이 들었다. 그러고 보니 천 서방 그 노인네를 강화에서 찾은 건 정말 행운이었다. 금부에 잡힐까 여러 날을 숨어 지내다 심 역관의 유배 소식에 강화까지 따라간 모양이었다. 아마 저 노리개는 그때 다시 심 역관의 손에 전해진 듯했다.

"강화에 네 아비를 찾으러 갔던 우리 아이들에게 꼬리를 잡혔는데 처음엔 어찌나 모른다 잡아떼던지 입 열게 하느라 고생 좀 했다. 대군댁에서 소식이 오지 않았다면 너를 찾는 일은 더 늦어졌을게야. 노인네가 의심이 어찌나 많은지."

"살아 있으면 이리 만나게 되나 봅니다."

쓸쓸한 말 한마디를 남기고 누이는 과반을 챙겨 들고 멀어져 갔다. 멀어져 가던 소운을 보던 그도 자리에서 일어섰다. 이제 다시 걸음을 바삐 옮길 때였다.

급히 말을 몰아 길을 나서던 백현이 낙마를 한 뒤 사경을 헤매다 일어난 것과 공신인 남은 대감댁과 혼사를 치렀다는 소식이 전해진 건 그들이 압록강을 건넌 지 약 한 달의 시간이 흐른 뒤였다.

중전은 오랜만에 자신을 찾아온 조카를 흐린 눈으로 찬찬히 살폈다.

"백현이…… 왔더냐."

"예, 마마."

이제는 앞이 잘 보이지 않는 그녀마저 눈치챌 만큼 백현은 부쩍 수척해져 있었다. 원래도 부드러운 인상은 아니었으나 그 낯이 더더욱 날카로워져 강한 느낌을 풍겼다.

"나를 많이…… 원망했더…… 냐."

"말씀을 많이 하시지 마시지요. 기력이 쇠할까 염려됩니다."

"백현…… 아."

"예, 마마."

"나 대신…… 세자를…… 지…… 켜다오."

숨이 끊어지기 직전, 마지막 가는 길까지 제게 의지하려 손을 뻗는 가련한 이모를 보고도 백현의 눈빛에는 자비가 없었다.

"어찌하여 그리 황망한 말씀을 하십니까? 곧 기력을 회복하실 겁니다."

"나는…… 이제 틀린 듯싶다."

시간이 흘러 다시 맞은 초가을, 중전 강씨는 이제 마지막을 눈앞에 두고 있었다. 중전의 회복을 위해 전국의 유명한 사찰이란 사찰에선 모두 법회를 열고 있었다. 그러나 이 화려했던 여인의 생도 그 끝을 향해 가고 있었다.

"백현아……."

"예."

"이 못난…… 이모의 마지막…… 청이다. 세자를…… 지켜다오."

말없이 중전을 바라보던 백현이 한참 뒤에야 입을 열었다.

"주변을…… 물러주시겠습니까."

중전이 힘없이 모두 물러가라 손짓했다. 아직은 나이 어린 세자가 걱정되어 차마 눈을 감지 못하던 중전은 자신이 찾지 않으면 오지 않는 매정한 조카를 불러 제 자식을 부탁했다. 그런 중전을 보며 백현이 나지막이 말을 올렸다.

"마마, 제가 잠시 곁으로 가도 되겠습니까."

중전이 허락의 손짓을 하자 백현은 중전에게 다가갔다. 그리고 이내 담담하게 그녀의 귀에 대고 조용히 속삭였다.

"마마께서 이리 빨리 가시게 될 줄은 몰랐습니다. 제가 준비한 것이 많은데 어찌하여 다 보지도 않고 이리 서둘러 가려 하십니까."

"……배, 백현아."

"심기를 굳건히 하십시오. 아직 이모님이 보셔야 할 일들이 많이 남았습니다. 하나 제 보기에도 다시 쾌차하시기는 어려울 듯하십니다."

중전은 조카의 말을 이해하지 못해 생명이 꺼져가는 앙상한 손을 들어 힘없이 그의 도포 자락을 잡았다.

"이모님. 방석이는…… 아니, 세자는 절대 보위에 오르지 못할 것이니 더 이상 미련 가지지 마시고 편히 눈을 감으십시오. 제가 당신의 아들이 용상에 앉게 두고 볼 것 같습니까? 당신 아들은 유배지에서 평생을 썩거나 아니면 길거리에서 비명에 가게 될 것입니다. 제가 그리 만들 것이니 먼저 가서 기다리시지요. 살아 그 꼴을 보지 않을 것이니 마마는 복도 많은 분입니다."

자신을 올려다보며 말을 잇지 못하는 중전을 보는 백현의 낯은 싸늘하기 그지없었다.

"그 아이가 제 곁을 떠나며 자개함 하나를 남겼습니다. 마지막 소원이니 당신 아들이 절대 보위에 오르지 못하게 하는 데 써 달라 청을 하더이다. 저는 그 청을 이뤄주기 전까지는 이 땅을 뜰 수 없어 이리 살고 있습니다. 이제…… 그 아이의 소원을 들어줄 날이 얼마 남지 않은 듯하여 참으로 하루하루 기쁘기 그지없습니다. 마마."

조카의 입가에 걸린 서늘한 미소를 본 중전의 숨이 가빠졌다. 그런 중전을 보고서도 백현은 태연했다. 그러나 이내 소운이 남기고 간 서찰의 내용을 떠올라 다시 가슴에 통증이 밀려왔다.

〈제비 조금이라도 사죄하고 싶은 마음이 있으시거든, 중전의 아들이 보위에 오르지 못하게 하여 중전의 가슴이 찢어지게 해주십시오.〉

소운이 남기고 간 서찰에는 그리 적혀 있었다. 그 정 많고 착하던 아이가 직접 손으로 썼다고는 믿어지지 않는 서찰의 내용을 보며 백현은 이제 소운과의 인연을 끝내야 함을 느꼈다. 연의 실을 그 아이 스스로 잘라냈으니 이제 돌이킬 방법이 없었다. 결국 이리 되고 말았다. 백현은 소운의 청을 이뤄주기 위해 부러진 다리로 걸음이 가능해지자마자 정안대군 이방원의 집을 찾았다.

명의 황제 주원장은 조선에서 보낸 외교 문서에 자신을 모욕하는 글이 있다며 정도전을 압송하라 길길이 날뛰고 있었다. 백현은 삼봉이 아닌 정안대군의 편인 하륜이 사신단을 이끌게 하라고 조언했다.

'이번 기회에 무리해서라도 삼봉을 보내는 게 좋지 않으냐?'

'주상께서는 혹 중전이 강건했다 하여도 삼봉 대감을 명으로 보내는 일은 하지 않으셨을 겁니다.'

'안타깝구나. 더할 나위 없는 기회인데.'

이번 기회에 삼봉을 쳐내고 싶어 하던 정안대군은 그의 청을 탐탁지 않아 했다.

'대군께도 좋은 기회입니다. 버리는 일에 마음 쓰지 마시고 가질 수 있는 것을 놓치지 마십시오.'

'무슨 말이냐?'

'중전은 어차피 죽습니다. 가장 든든한 뒷배를 잃은 삼봉 측에선 분명 무리할 것입니다. 기회는 그때 다시 잡으면 됩니다. 대군께서는 더 멀리 보셔야지요. 이번 사신단이 명에서 좋은 인상을 남긴다면 후에 대군께서 보위에 오를 때 큰 도움이 될 것입니다. 장자가 아니시나 이번 일로 명에 고명을 받는 일이 더 수월해질 수도 있습니다. 하니 대군의 편이 될 자들을 불러 특별히 당부하시고 노자도 넉넉하게 챙겨주십시오. 또한…… 어찌 그리 보십니까?'

말을 이어가던 백현은 자신을 보며 미소 짓고 있는 이방원에게 그 연유를 물었다.

'내 살아생전 중전께 고마워하는 일이 생길 줄은 몰랐다 생각하고 있었다.'

'……'

'그저 제 뜻대로 살라 내버려 뒀으면 제 아들의 훌륭한 스승이 되었을 아이를 부러 들쑤셔 일을 이리 그르치다니 중전이 영특하다는 것도 다 헛말이다.'

'……'

'네가 남 대감댁 사위가 된다 했을 때 내 너를 살생부에 올리려 했었는데 시기를 늦췄길 망정이지 내 장자방을 잃을 뻔하지 않았느냐. 하하하.'

이방원은 사랑이 떠나가라 웃어댔지만 백현은 그저 표정 없이 앉아 있을 뿐이었다. 낙마 후 의식을 잃었던 백현은 정신을 차린 후에도 한참 동안이나 말없이 누워만 있었다. 그가 누워 있는 한 달 동안 그의 집안에서는 혼사 준비를 서둘렀고 결국 그는 남은 대감댁 딸과 혼례를 올렸다. 저들의 마음을 안심시키려면 그 방법뿐이기에 백현은 또다시 마음에도 없는 처를 맞아들였다.

혼례를 올리던 날 백현은 초야도 치르지 않고 연홍을 찾아왔다. 혼례 첫날이니 제발 돌아가시라는 연홍의 사정에도 아랑곳하지 않고 만월각의 술을 다 마시기라도 할 기세로 취해갔다. 그가 정신을 잃고 쓰러지자 자리를 봐주러 온 연홍은 그의 입에서 나오는 익숙한 이름을 밤새 들어주었다.

'소…… 운아. 소운아, 소운아…….'

눈가에 눈물을 글썽여가며 흐느끼듯 그녀의 이름을 밤새 부르던 그는 뒷날 아무 일 없다는 듯이 일어나 집으로 돌아갔다. 자신의 앞에서 생명이 다해가는 이모를 보며 백현은 상념에서 벗어나 다시 담담하게 속내를 털어놓았다.

"먼저 가서 기다리십시오. 저도 곧 뒤따르지 않겠습니까. 이모님은 사람의 목숨을 아끼지 않았고 저는 알면서도 그저 방관만 했습니다. 하지 말아야 할 일을 한 이모님과 해야 할 일을 하지 않은 저, 우리 두 사람 다 그 죄과를 피하기 어려울 테니 이모님이 저를 오래 기다리지 않으셔도 될 것입니다. 저승에서 뵙게 되면 어린 저에게 해주셨던 것처럼 이번엔 제가 업어드리겠나이다."

가쁘게 숨이 넘어가는 중전을 뒤로하고 중궁전을 나오는 백현의 뒤로 급히 어의를 찾는 상궁 나인들의 절규가 들려왔다.

"마마, 중전마마! 어의를 부르시게, 어서 어의를."

"마마, 마마."

의식이 사라진 중전으로 인해 중궁전은 풍비박산이었다.


강가 옆 나무에 등을 기댄 채 앉아 있던 선비 하나가 마치 아이라도 된 것처럼 돌을 주워 강 속으로 던지고 있었다. 한 열개쯤 던졌을까. 궐 쪽에서 말을 탄 파발들이 나와 급히 어디론가 달려갔다. 길가를 지나다니던 백성들이 땅에 주저앉아 통곡하고, 여기저기서 울음소리가 터져 나왔다. 선비는 자리에 일어서 옷을 털고는 손안에 쥐었던 남은 돌을 바닥에 버리고 자리를 떴다. 백현의 주위로 백성들이 끊임없이 주저앉으며 통곡했다.

하늘은 유난히 맑고 푸르러 보기에 좋은 날. 중전 강씨가 세상을 떠났다. 그때 나이 겨우 마흔하나였다.


처가에 다녀왔다더니 꽤나 잔소리를 들은 모양이었다. 자신의 앞에서 고개도 들지 못한 채 어렵게 말을 꺼내는 부인에게 백현은 그저 감정 없는 대꾸를 하고 있었다.

"정안대군댁 군부인께서 셋째 아드님을 보셨다 합니다."

"……."

"친정에 나와 계신다기에 면포를 챙겨 보내라 했습니다."

"잘하셨습니다."

"친정어머니께서 걱정이 많으십니다. 어찌 이리 소식이 늦느냐며……."

"부인의 잘못이 아닌 것을요, 다 내가 부족한 탓이라 하십시오."

"서방님."

부인의 말과 동시에 갑자기 그리운 이의 다른 목소리가 겹쳐 들렸다.

'서방님 오셨습니까?'

'오늘은 언제쯤 퇴청하실 건지요?'

'서방님, 서방님.'

바람에 실려, 어디선가 그녀의 목소리가 들려오는 듯하여 백현은 가만히 눈을 감고 회한에 젖었다. 시간은 잘도 흘러 중전이 세상을 뜬 지도 벌써 일 년 가까이 지나가고 있었다. 평온한 나날이었다. 하나 이 평온함은 사냥을 하기 전 잠시 숨을 고르고 있는 범의 마음처럼 길지 않았다.

한 해가 되도록 북경에 발이 묶여 있는 균성의 마음 역시 평온함과는 거리가 멀었다.

"그래, 이번엔 왜 또 안 된다시더냐."

이젠 거의 포기한 목소리로 길을 나서지 말고 북경에 남으라는 연왕의 전갈을 전하러 온 낯익은 환관을 닦달하고 있는 균성이었다.

"북원의 정세가 혼란하여, 국경이 어지럽고, 조선의 군사력이 날로 증강되어……."

"삼보야."

"예, 형님."

"지겹지도 않으냐? 벌써 몇 달째 같은 소리다. 이젠 외울 지경이니 그냥 다른 이유를 대거라."

"매번 타박하시는 분께 같은 말을 반복하는 저도 괴롭기는 마찬가지입니다. 연왕께서 형님을 곁에 두고 싶어 하시니 전들 별수 있습니까? 그러니 어찌 그리 쓸데없이 잘나셔서는……. 아이고."

연왕의 환관 마삼보는 날아오는 죽간을 피해 몸을 숙였다. 막 방 안으로 들어오던 소운이 제 발 앞에 떨어진 죽간을 주워 들었다.

"오라버니, 삼보 오라버니께서 잘못한 것도 아닌데 웬 화풀이가 이리 심하십니까."

소운이 편을 들어주자 삼보라 불린 환관이 나 좀 살려달라며 얼른 그녀의 뒤로 가려지지도 않는 몸을 숨겼다. 균성의 귀향은 예기치 않은 데서 막혀 지체되고 있었다. 북경을 근거지로 북원과 여진을 경계하는 국경의 수비 업무를 맡고 있는 황제 주원장의 아들 연왕 주체가 그 원인이었다.

"연왕께서는 진정 해륜상단이 망하는 꼴을 보고 싶다시더냐."

"전서구가 아침나절에 도착했는데 상단은 그 여느 때보다 번성하고 있다 합니다. 지난번 산동지역에서 나는 곡물을 북경에 가져와 아주 돈을 쓸어 모았답니다. 젊은 행수의 수완이 보통이 아니라 칭송이 자자하다고."

"연로하신 할아버지를 이리 척박한 북경에 계속 머무르게 할 수는……."

"아침나절에 연왕 전하의 주치의가 안부차 들렀는데 기혈이 막힌 데가 없이 혈통하시고."

"소운아."

"예, 오라버니."

"가서 저 환관 놈의 주둥이를 찢어놓고 오너라."

한마디도 지지 않고 꼬박꼬박 대꾸하는 삼보를 참다못한 균성은 결국 삼보의 머리를 향해 이번에는 서책을 집어 던졌다.

"제발 두 분 그만 좀 하시어요. 지겹지도 않으십니까? 이리 오셨으니 삼보 오라버니는 석반이나 같이 들고 가시지요."

"안 그래도 내 소운이 네가 해주는 음식이 먹고 싶어 이리 일을 다 마치고 왔지 뭐냐? 오늘도 그 맛난 적을 맛볼 수 있는 것이냐."

"예. 준비를 서두르라 하고 올 테니 두 분…… 더 이상 다투지 마십시오. 아니면 적이고 뭐고 맛도 못 보게 할 겁니다."

엄포를 놓은 소운이 방에서 나가자마자 균성은 얼굴에 웃음기를 거둔 삼보에게 진짜 이유를 물었다.

"도대체 뭘 준비하시기에 사람을 이리 오래 집에도 못 가게 하시는 게야."

"진왕이 얼마 버티지 못할 듯싶습니다."

"새삼스럽다. 어차피 있으나 마나 한 양반. 형이 죽어가니 이제야 갑자기 없던 형제애라도 생기신다더냐? 그분이 살아 있다고 뜻을 접을 것도 아니셨으면서 웬 유난이시냐."

"잇몸이 없으면 이가 시린 법입니다. 진왕 다음이 바로 연왕 전하십니다. 안 그래도 의심 많은 황제께서 더더욱 경계하고 계시는 이러한 때 남경에 계시면 위험합니다."

"나 같은 작은 상단의 장사치가 황제께 무슨 위험이 된다고."

"형님이 그냥 장사치입니까? 해륜이 연왕의 눈과 귀임을 아는 자가 어찌 남경에 한 명도 없다 그리 자신하십니까."

해륜상단은 균성이 어린 시절 전쟁터를 헤매다 만난 연왕과의 인연으로 그의 편에 서 있었다. 물론 남경에 본거지를 둔 해륜이 북경의 국경지역을 기반으로 한 연왕과 관계가 있을 거라 생각하는 자들은 거의 없었다. 그러나 삼보의 말대로 어찌 한 명도 없다 자신할 수 있겠는가. 조심해서 나쁠 것은 없긴 했다.

"형님께 무슨 일이라도 생겨 지금 연왕께서 남경에 사람을 보내게 되면 바로 반역으로 몰릴 것입니다. 티끌 하나라도 조심 또 조심하여 털어야 할 때임을 명심하라 하셨습니다."

"연왕께서 혹 소운이의 일을 물어보신 적은 없더냐."

"제가 아뢴 적은 없으나, 모르시기야 하겠습니까."

"그분 눈에 띄는 일이 없도록 네가 신경을 써다오."

"제게도 친누이 같은 아이입니다. 형님이 걱정하시는 바를 잘 알고 있습니다."

"누이가 너무 고운 것도 이리 머리가 아픈 일이 될 줄은 몰랐다."

연왕 스스로 언급한 일은 없으나 그가 고려 여인이 낳은 아이라는 소문이 간간이 저자에 돌고는 했다. 현 황제가 홍건적으로 활동하던 시절 고려에 갔다 만난 여인이라는 설, 공녀로 바쳐진 여인을 취했다는 설.

공식적으로 황후 마씨의 소생이라 공표되었으나 그의 고려에 대한 각별한 관심까지 더해져 소문은 끊임없이 사람들 입에 오르내렸다. 균성은 혹시나 하는 마음에 연왕이 부르는 날조차 몸이 아프다 핑계를 대곤 했었다. 온 나라에 간자를 두고 있는 그분이 모를 리 없었으나 이렇게라도 제 마음을 눈치채 주길 바랐다. 자신이 누이를 이렇게나 아끼고 있다는 걸.

저녁 준비가 끝났는지 밝은 표정으로 다시 안으로 들어서는 소운을 보며 그는 한숨을 쉬었다. 긴 여행길에 지칠 법도 한데 조선을 떠난 소운의 표정은 날로 밝아졌다. 압록강을 지날 때까지만 해도 상념에 젖어 있는 날이 많던 아이는 조선말이라고는 한마디도 들을 수 없는 대륙에 들어서자 오히려 생기가 돌았다. 오랜만에 쓰는 말이라 제대로 할 수 있을지 모르겠다 걱정하던 것도 잠시뿐 몇 달이 지나지 않아 대화에 거의 어려움이 없을 정도로 적응이 빨랐다.

연왕의 명으로 자신을 마중 나온 삼보는 소운을 보자마자 자신을 친오라비라 여기라며 반겼고 소운도 자신을 살갑게 대하는 그를 따랐다. 오늘도 소운은 삼보에게 궁금한 것을 묻느라 눈을 반짝였다. 생기가 도는 낯빛이 날이 갈수록 고와져 균성은 또 걱정이었다.

"하면 두 분은 언제 처음 만나신 겁니까?"

"아하, 내가 아직 그 얘기를 안 해줬더냐?"

"예, 몹시 궁금합니다. 죄송하지만 처음 오라버니를 뵈었을 때 정말 놀랐습니다. 서책에서만 보았지 무슬림을 뵌 건 처음이어서요."

"정확히 말하면 무슬림 고자지."

"오라버니."

소운이 균성을 책망하며 눈을 흘기자, 그녀의 눈을 피하면서도 균성은 기분 좋은 웃음을 지었다. 처연한 표정으로 세상에 미련이 없어 보이던 아이가 어느새 이리 궁금한 것이 많아 재잘대게 되었는지. 아니 원래 이것이 본모습이었구나 싶어 균성은 요사이 소운을 대할 때마다 재미가 났다.

"황제께서 원을 정벌하러 운남성에 오셨을 때 나는 아비와 함께 포로로 잡혀 거세된 후 연왕께 바쳐졌단다. 아, 그리 슬픈 표정 할 거 없다. 포로로 잡힌 아이들은 대부분 살아남지를 못하던 시절이 아니냐. 그나마 나는 보기 드문 무슬림이라 목숨을 부지하였고, 거세된 덕에 남보다 편한 삶을 살고 있으니 그리 불행하다 할 수도 없다."

소운은 아무렇지도 않게 자신의 힘들었던 시절을 말하는 삼보의 손을 꼭 잡아주었다.

"타타르인들과 한참 교전 중일 때 날아오던 화살을 피하지 못해 '이젠 꼼짝없이 죽는구나.' 하고 있었는데 그때 나를 대신해 화살을 맞은 이가 바로 네 오라비다."

"예?"

"네 오라비의 평소 성정을 보면 믿기 어렵겠지만 이분이 내 생명의 은인이 맞다. 세상 구경을 한다며 군대를 쫓아다니고 있었다니 어릴 적부터 아무튼 겁이 없고 철도 없는 분이셨다."

"분명히 말하지만 네놈이 이리 시끄러운 녀석일 줄 알았다면 내 그때 그냥 죽게 내버려 뒀을 게다."

"무슬림들은 자신의 생명을 구해준 이에게 평생을 다해 은혜를 갚고 그 일가를 챙긴단다. 하니 소운이 너는 내 친누이다. 네가 싫다 해도 나는 율법에 따라 평생을 네 오라비로 살아갈 수밖에 없단다."

장난이 많은 삼보의 너스레에 웃던 소운은 문득 옛 기억 하나가 어렴풋이 생각이 날 듯 말 듯했다. 분명 자신이 어릴 적에 무슬림 소년을 본 기억이 있는 듯했다. 그때는 어려 그저 좀 다른 아이라 생각했었는데 지금 삼보 오라버니를 뵈니 낯이 많이 익었다.

"혹, 어렸을 적에 저를 본 적은 없으십니까?"

제 말을 들은 순간, 삼보와 균성이 서로 얼굴을 바라보며 당황한 표정을 지었다.

"네가 그 일을 기억하고 있을 줄은 몰랐구나."

삼보는 놀라는 소운을 잠시 애처롭게 바라보았다. 어찌 보면 이 아이의 불행에 자신도 한몫한 것이나 다름없었다. 망설이는 삼보를 보던 균성이 픽 웃으며 거들고 나섰다.

"저놈이 네게 미움을 살까 걱정이 되나 보다. 어차피 살다 보면 알게 될 일 뭘 그리 망설이는 게야."

"네게 언젠가는 말해주어야지 했는데. 네가 나를 기억하고 있을 줄은 몰랐구나."

삼보는 어렵사리 소운에게 지난 사연을 꺼냈다. 당시 균성이 맞은 화살에는 독이 묻어 있었다. 타타르족이 흔히 쓰는 수법이었다. 그래도 다행히 몸 깊이 박히질 않아 생명은 건지나 했는데 균성은 몇 날 며칠이고 인사불성이 되어 어머니를 몹시 찾았다. 어찌 보면 당연한 일이었다. 그때 균성의 나이 겨우 열여섯이었으니.

저러다 죽겠다 싶어 삼보는 연왕께 청을 올렸다. 고려로 보내 달라고. 가서 균성 형님의 어머니를 모시고 오게 해 달라고.

삼보의 이야기를 들은 소운은 모든 사연이 이해가 가 고개를 끄덕였다.

"하면 제 기억 속의 오라버니는 그때 제 어머니를 데리러 오신

분이었군요.”

“어린 너를 두고 떠나야 함을 망설이는 네 어머님을 심 역관께서 가라 등 떠밀어주셨다. 그동안 어미 없이 자라게 한 것도 미안한데 사경을 헤매는 아이를 혼자 두게 하는 건 안 된다며 그리 보내 주셨지.”

삼보가 기억하는 심 역관은 좋은 사내였다. 떠나는 아내가 혹 발길을 돌릴까 하여 끝내 말을 타고 떠나는 아내 앞에 모습을 드러내지 않았다. 그 길에는 사연도 모르는 한 여자아이가 고운 댕기를 머리에 달고 치자색 저고리를 입은 어여쁜 모습으로 얼른 다녀오시라 손을 흔들어주었을 뿐이었다.

“너를 예서 봤을 때 어머님을 뵌 듯해 반가우면서도 네가 겪은 일을 생각하니 내 많이 죄스러웠다.”

“삼보 오라버니의 잘못이 아닙니다.”

소운은 저와 눈을 마주치지 못하는 삼보의 손을 꼭 잡아주었다. 은인을 살리기 위해 그 먼 길을 마다하지 않은 이 사내가 무슨 잘못이란 말인가. 오히려 대단하다 칭찬을 해야 할 일이었다.

“그저 제 운명이고 시절이 그리했던 것뿐입니다. 제 욕심을 위해 타인의 목숨을 하찮게 여기는 이들이 나쁜 것이지 은인을 살리기 위해 애쓴 오라버니가 무슨 죄입니까. 저는 오라버니를 원망할 자격도 그럴 마음도 없습니다. 저를 그리 속 좁은 여인으로 보셨다니 좀 섭섭합니다.”

“아니다, 내 그랬다는 것이 아니라.”

“저는…… 기억할 필요 없는 일들은 다 잊을 생각입니다. 조선 땅을 벗어나며 그리 다짐했습니다. 벌을 받아야 할 자가 있다면,

그들은 저승에서라도 단죄를 받을 것입니다. 하니 저는 이제 다 잊고 행복해질 것입니다. 꼭 그리할 것입니다."

소운의 말에 옆에 앉은 두 사내가 뭔가 다짐이라도 한 듯 동시에 결연한 표정을 지었다.

시간은 흘러 드디어 운명의 해가 밝아왔다.

밤이 깊었음에도 백현과 삼봉이 마주 앉은 방 바깥은 대낮처럼 환했다. 삼봉은 진정 의아하다는 표정으로 백현에게 물었다.

"어찌하여 정안대군이냐."

"제가 나약해서겠지요."

"나약하고 싶은 것은 아니고."

"비겁하다가 더 맞는 듯도 합니다."

"능히 산을 옮길 힘이 있는 자들이 나물이나 캐고 있으니 나약한 것이고, 산을 옮기려 삽질이라도 하는 자들을 비웃으니 비겁한 것 또한 맞다."

"삼봉 대감의 말이 옳습니다."

"왜 정안대군이냐? 네 스승에게 철퇴를 내리게 한 자다. 내가 미운 만큼 그도 미울 것이 아니냐."

"언젠가는 일을 당하실 걸 알면서도 끝내 잡지 않은 저도 스승님의 죽음에 무관하다 할 순 없습니다."

"내가 납득할 만한 이유를 대보거라."

지금 방 밖에는 삼봉의 목숨을 거두려는 자들이 불을 밝히고 기다리고 있었다. 잠시 대감과 이야기를 나누고 싶다는 청을 들어준 이방원은 삼봉의 목이 떨어졌다는 소식만을 눈이 빠지게 기다리고 있을 터였다.

　조선을 세웠고 그 기틀을 잡은 삼봉이었다. 이 대단한 사내에게 자신이 철없는 남정네의 치기 어린 복수심 때문에 죽게 될 것이라 말할 수는 없는 일이었다. 백현은 그의 가는 길만은 부끄럽지 않도록 해주고 싶었다.

　"왜 정안대군이냐 물으셨습니까? 대감께서는 부정하실 것이나 앞으로 적어도 스무 해는 정안대군이 필요한 시대가 될 것이기 때문입니다."

　"……."

　"주변을 둘러보십시오. 삼봉 대감의 사람이 누구입니까? 주상 전하의 완전한 신뢰가 대감의 뒷배가 되어주지 않았다면 대감이 뜻하셨던 것 중 그 어떤 것을 이루셨을 것 같습니까? 당장 주상께서 자리에 누우시자마자 대감의 반대 세력들이 이리 고개를 들지 않습니까."

　세자 방석은 주상 전하와 달랐다. 삼봉의 뜻이 아무리 높고 훌륭해도 세자는 그것을 지켜줄 힘이 없었다. 세자의 시대는 이리떼 같은 공신의 시대였다. 왕의 권력은 신하를 견제할 것이나 신하가 가지는 권력은 백성을 향하게 되어 있었다. 자신을 견제하지 못하는 왕을 가진 신하들이 백성에게 겨누는 칼이 얼마나 날카로울지 삼봉 역시 누구보다 더 잘 알고 있었다.

　"정안대군은? 그는 권력을 나눠가지는 자가 아니다."

　"그러니 희망이 있지 않겠습니까? 누구보다 권력의 속성을 잘 아시는 분이니 외척이든 개국공신이든 자신의 손으로 정리를 끝낼 것입니다. 자신의 아들이 신하들에 의해 좌지우지되는 것을 보고 있을 분이 아니지 않습니까."

삼봉도 알고 있었다. 자신이나 백현보다는 못했으나 이방원 역시 어릴 적부터 총명하긴 했었다. 주상 전하께서 방원을 맘에서 끝내 내치지 못한 이유도 거기에 있었다.

방원이 자신보다 나은 것도 있었다. 사람 부리는 재주. 그거 하나는 자신이나 저 독야청청한 백현이 놈보다 말할 것도 없이 월등했다. 냉정하기 이를 데 없는 성정이니 백현이 놈 말대로 측근이라도 후환을 만들지는 않을 것이다. 방원은 자기가 서야 할 위치 역시 잘 알았다. 자신은 아니더라도 후대에 성군을 만들어낼 순 있을 것이었다. 하기야 그러니 지금까지도 제거하지 못하고 끝내 이리 뒤통수를 맞은 것 아니겠는가. 삼봉의 웃음이 씁쓸하기 그지없었다.

"너는 방원이 옆에 있어주거라. 나를 이리 주저앉게 한 책임은 져야지."

역시 삼봉이었다. 그는 백현에게 또 짐을 지워주었다. 그는 끝내 백현의 입에서 그리하겠다는 말을 듣고서야 자리에서 일어났다.

"이제 나가봐야겠구나. 사람들을 너무 기다리게 했다."

방을 나서려던 삼봉은 뒤를 돌아 저를 여기까지 몰고 온 사내를 다정하게 불렀다.

"백현아."

"예, 대감."

"네 장인은 몰라도 그 일가는 지켜주거라. 평생 마음의 빚이 될 일은 만들지 마라."

"알겠습니다."

"봉분이 만들어질지는 모르겠다만 네 스승에게 들렀다 오는 길에 가끔 내게도 들르거라. 내 전부터 너와 술잔을 기울이고 싶었거늘 오늘도 제대로 하지 못했구나."

"그러겠습니다."

백현은 마치 대낮처럼 환하게 불을 피우고 있는 마당으로 당당하게 걸어 나가는 삼봉의 뒤에 서서 고개 숙여 예를 갖췄다. 이날 삼봉 정도전이 생을 마감했다. 1차 왕자의 난이라 기록된 그날 중전의 두 아들 세자 방석과 방번도 세상을 떴다.

며칠 후 이성계는 영안군 방과에게 선위를 하고 상왕으로 물러났다. 왕자의 난이 일어난 그날 밤, 백현의 장인 남은 역시 죽임을 당했으나 정안대군은 백현의 처가에 더 이상 죄를 묻지 않았다. 하나 백현은 처가 식구들을 모두 먼 지방으로 피신시켰다.

죽어서도 이 집안 귀신이 되겠다며 버티던 백현의 처는 동생들의 목숨은 살리고 보자는 장모의 간곡한 청에 못 이겨 별수 없이 길을 떠났다. 백현은 부인이 서둘러 떠나느라 제대로 챙겨가지 못한 패물과 노자를 챙겨 연홍의 편에 전해주었다. 그의 청을 들어주고 온 연홍은 만월각의 한 정자 아래 서 있는 백현에게 다가가 그들이 무사히 도성 밖으로 나갔다 소식을 전했다.

"이젠 자네도 그만 갈 길을 가게. 내 옆에 두고 못 할 일만 시켰네."

"어찌 안 하던 존대를 하십니까? 하던 대로 하소서."

"사실 나보다 연치 높은 자네가 아닌가. 그동안 무례가 많았네. 이젠 오라비 옆으로 가서 편히 살게."

"저 없이도 잘 사는 분들 옆에 늙어가는 기녀가 가서 뭘 합니까. 저는 이대로가 좋습니다."

"자네를 처음 봤던 날이 벌써 열해 전이던가."

"그렇지요. 제가 만월각에서 이름깨나 날리던 시절이 아닙니까."

전처를 보내고 난 몇 달 뒤던가, 기녀 하나가 자신을 보자 청한다는 말에 만월각으로 간 백현에게 연홍은 자신의 오라비가 백현의 전처와 야반도주한 이라고 말했다. 제 오라비를 그리 보내주어 감사하다며 무엇이든 은혜를 갚고 싶다는 연홍의 말에 절대 자신의 방에는 들지 말라고 했던 게 인연의 시작이었다. 친우처럼 누이처럼 그렇게 의지했던 시간들이 불현듯 떠올라 두 사람은 잠시 말을 잊었다. 잠시간의 침묵 끝에 연홍이 그에게 물었다.

"이제 다 끝난 것입니까?"

"그 아이의 소원은 들어준 것이니."

"남경에 계시다 합니다."

"삼봉 대감과 또 다른 약속을 하고 말았네."

"그 어른이 나으리가 자유롭게 사는 것을 보는 게 배 아프셨나 봅니다."

마음은 정했으나 다른 이가 그리하라 하는 말도 듣고 싶었다. 백현은 연홍에게 담담히 물었다.

"이제 그 아이를 보러 가도 될 것 같은가."

"마음 가는 대로 하십시오. 그게 나으리답습니다."

그 순간 하늘에서 차가운 기운이 느껴지더니 하얀 눈송이들이 날리기 시작했다. 그 작디작은 별거 아닌 것들조차 백현에게는 한 여인에 대한 그리움으로 다가왔다.

'서방님, 나와보셔요. 눈이 옵니다. 첫눈이 내리고 있습니다.'

그리웠다. 백현은 가슴에 사무치게 소운이가 몹시도 보고 싶었다. 연홍은 자신의 손에 닿아 녹아내리는 눈송이를 하염없이 바라보고 있는 백현을 애처로운 눈으로 지켜볼 뿐이었다. 사흘 후 연홍은 백현이 길을 떠났다는 소식을 전해 들었다.


균성은 운남 지방의 은광을 둘러보러 가는 할아버지를 따라가겠다는 소운의 부탁에 그 먼 길을 여인의 몸으로 어찌 가겠느냐 안 된다 반대했었다.

하지만 결국 그 고집에 못 이겨 철운을 딸려 보낸 지 벌써 두 달이 지나가고 있었다. 남경의 상황이 급박해지자 연왕은 결국 균성을 도성으로 내려보냈다. 황제의 건강이 악화된 이후로 궐의 경계가 강화되어 전해지는 정보도 뜸해지고 정확성도 떨어져 간자들을 통솔할 자가 필요해진 연왕의 고육책이었다.

연왕의 걱정을 뒤로하고 내려온 도성은 겉으로는 평안했으나 황제 사후를 준비하는 세력들 간의 암투로 하루도 조용한 날이 없었다. 그러나 그런 일들과 상관없이 균성의 걱정은 오직 운남에 있는 제 누이였다. 남경에 온 후 기분 좋게 취해 집으로 돌아온 어느 날 균성은 홀로 후원을 걷고 있는 소운을 발견하고 다가갔었다.

'무슨 생각을 그리하느냐?'

'늦으셨습니다. 오라버니. 한데 오늘도 취기가 있으십니다.'

'집을 비운 지 오래되질 않았더냐. 만나자는 이도 많고, 만나야 하는

이도 많고.'

'그래도 너무 자주 하십니다.'

제게 잔소리를 하는 소운의 목소리가 듣기 좋아 균성은 취중에도 웃음이 나왔다.

'시절이 어수선하니 당분간 외출은 금하는 것이 좋겠다. 답답하더라도 조금만 참거라.'

'답답하긴요. 집안일이며 상단 일을 익히는 것만으로도 시간이 어찌 흐르는지 모르겠습니다.'

'한데, 왜 이 밤에 여기서 청승인 게냐?'

균성은 달빛 아래 꽃같이 서 있는 동생을 바라보았다. 고향 생각을 하는 듯했다. 하기야 평생을 산 곳이니 어찌 생각이 나지 않겠는가. 당연한 일이었으나 균성의 마음이 이유 없이 서글퍼졌다.

'시간이 지나야겠지. 너도 나도.'

'어릴 적 혼자일 때는 형제가 있는 아이들이 정말 부러웠습니다. 내게도 오라버니, 아우가 있었으면 좋겠다 항상 바랐지요. 이럴 때 오라버니가 옆에 계셔주시니 정말 좋습니다.'

달빛 아래 서서 자신을 보며 좋다 말하는 소운을 보는 균성의 눈빛이 따스함을 담고 있었다.

'난 혼자인 게 좋았다. 세상 거칠 것 없이 돌아다니자면 고향에 기다리는 누군가가 있다는 건 귀찮은 일이었지. 고려에 어린 동생이 있다는 걸 알았어도 찾을 생각조차 안 했다. 솔직히 아직도 난 너를 어찌 대해야 할지 잘 모르겠다.'

'그럼에도 세상 누구보다도 제게 의지가 되어주고 계십니다.'

'의지라. 난…… 아직 네가 낯설다.'

'……'

'어찌 내 마음이 처음부터 너를 가족이라 받아들였겠느냐. 그리 당황할 것 없다. 시간이 해결해주겠지. 지난 세월만큼 앞으로 서로 의지하고 살다 보면 자연스레 가족이 되지 않겠느냐. 너도 그리 생각하고 이곳 생활에 조급해할 것 없다. 그저 잘 버텨보거라.'

유난히 달이 밝아 더 취기가 올랐는지 균성은 자신의 혼란스러웠던 마음을 솔직하게 인정했고 소운은 그런 자신을 말없이 바라봐 주었다.

든 자리는 몰라도 난 자리는 티가 나는 법이었다. 균성은 지금 제 곁에 없는 누이가 몹시도 그리웠다. 그리고 그해 겨울, 균성은 남경에서 들을 거라고는 상상도 하지 못했던 이름에 자신의 귀를 의심했다.

"누구라고?"

"이백현이라고 전하라 하셨습니다."

북풍한설이 몰아치던 날 거짓말처럼 이백현이 남경의 해륜상단을 찾아왔다.

"오랜만입니다."

"지평어른을 예서 뵙게 될 줄은 몰랐습니다."

"직을 내려놓은 지 오래입니다. 그저 편히 부르십시오."

거의 두 해만에 보는 백현은 자신만만하고 날카로웠던 조선에서의 만남 때와는 달리 처연하고 담담한 눈빛을 하고 있었다. 그 눈빛이 예전 소운의 그것과 닮아 있어 균성은 마음이 불편해져 왔다.

"한두 달 걸리는 길이 아닌데 어찌 이곳까지 걸음 하셨습니까."

"그 아이, 볼 수 있습니까."

긴말하지 않고 소운을 찾는 백현을 보자 균성은 조선에서 그가 자신의 청을 거절했던 일이 생각나 괜스레 심술이 났다.

"연통을 하고 오시지 그러셨습니까? 소운이는 지금 여기 없습니다. 상단 식구들과 함께 운남에 갔으니 오려면 족히 몇 달은 걸릴 겁니다."

"운남이라……."

"아시다시피 도성 상황도 혼란하고 하여 유람이나 하라고 보냈습니다."

"추위를 타는 아인데 따뜻한 곳에 있다니 다행입니다."

이미 인연이 끝난 아이를 왜 찾느냐 균성이 티 나게 못마땅해하는데도 그 앞에 좌정한 백현은 내내 담담했다.

"그저 알려줄 말이 있어 왔습니다."

"……."

"제 입으로 직접 알려주며 미안하다 말하고 싶어 왔습니다만 오는 내내 몇 달을 생각해도 어찌 말을 시작해야 할지 떠오르지 않아 걱정이었습니다. 그 아이가 없다니 차라리 잘되었습니다."

맘에도 없는 소리를 하는 것이 뻔했으나 균성은 제 앞에 앉은 사내의 거짓을 그저 들어주기로 했다.

"행수께서 전해주시겠습니까. 소원하던 일은 이루어졌으니 이제 다 잊고 편히 살라고."

"……."

"사람을 원망하는 일은 네게 어울리지 않으니 그저 제발 잊어 달라. 그리 전해주십시오."

"그리만 전하면 되겠습니까."

"할 말은 다 한 듯하니 저는 이만 돌아가겠습니다."

한참을 말없이 있던 백현이 갑자기 자리를 털고 일어나자 이번엔 오히려 균성이 당황했다.

"이 지평. 진정 그리만 전하면 되겠습니까."

균성의 물음에 백현은 다시 고심했다. 진정 자신은 이 말을 전하기 위해 이곳에 왔던가. 그 아이를 만나면 할 말이 많을 줄 알았는데 생각해보니 그저 제가 할 수 있는 말은 미안하다 한마디뿐인 듯싶다.

자신은 소운의 아비를 살릴 수 있음에도 그러지 않았다. 그 아이가 효를 다하지도 못하게 했으며 아이도 잃게 만들었고 누군가를 한없이 원망하게도 만들었다. 이제 와 자신이 원하던 자유를 누리고 있는 아이에게 뭐라 더 전할 말이 있겠는가. 자신은 이제 그저 과거의 사람일 뿐이었다. 미련이 남아 이리 왔으나 오지 않는 것이 더 좋았을 듯도 싶다.

"폐가 많았습니다."

백현은 균성에게 고개 숙여 인사하고는 온 모습 그대로 차가운 바람 속으로 걸어 나갔다. 길을 나서던 백현은 그 자리에 서서 잠시 생각에 잠기더니 다시 뒤돌아 균성 앞에 섰다.

"행수께 청을 하나 해도 되겠습니까."

"말씀하십시오."

"제가 이곳에 왔다는 얘기를 그 아이에게 하지 말아 주십시오."

"왜 그리해야 합니까?"

"아파할 것입니다. 더 이상…… 저로 인해 그 아이가 아픈 것이
싫습니다."

백현이 그렇게 떠나고 얼마 지나지 않아 조선의 소식이 들려왔
다. 후에 남경에 돌아와 중전의 두 아들이 형의 손에 죽고 새 왕이
세워졌다는 소식을 들은 소운은 사당으로 향했다. 백현의 예상대
로 그날 밤 소운은 사당에 모셔진 제 아비의 위패를 보며 한없이
울고 또 울었다. 그렇게 시린 겨울이 지나가고 있었다.

## 7. 다시 이어진 실

균성은 부서져라 문이 열리는 소리에 눈을 떴다. 갑작스레 들어오는 햇살에 눈이 제 갈 길을 찾지 못하고 흔들렸다.

겨우겨우 한 여인의 모습을 잡아내자 지난밤 자신에게 열락의 세계를 열어준 그녀인가 싶어 허리를 와락 껴안았다.

그 순간 어깨에 느껴지는 통증에 그는 신음을 내뱉었다.

"윽."

소운의 부채가 자신의 허리를 잡고 있는 균성의 어깨를 사정없이 내려쳤다. 균성과 한 이불을 덮고 누워 있던 여인이 놀라 이불을 부여잡자 소운이 다정하게 미소를 지어 보였다.

"놀라게 해서 미안하네. 자넨 그만 나가보겠나. 내 행수어른과 할 말이 있으니."

"예에. 부, 부행수님."

제 옆에 누워 있던 여인이 옷을 챙겨 자리를 뜨는데도 균성은 신경도 쓰지 않고 그대로 다시 풀썩 자리에 드러누웠다.

"천천히 갖춰 입고 나가시게. 서두를 것 없으니."

자리에 누워 양팔을 머리에 댄 균성은 여느 때처럼 자신과 밤을 보낸 여인을 살뜰히 챙기는 소운을 응시했다. 소운은 항상 그랬다. 자신이 아무리 어리고 신분이 낮은 여인을 안아도 아랫것들 대하듯 하대를 하지 않았고 무시하지도 않았다. 아니 오히려 그 반대였다.

'무시라니. 챙겨준 은자가 얼만데.'

옷 챙겨 입는 것을 도와준 뒤 기녀를 내보내고 문을 닫자마자 소운의 그 온화하던 표정은 싸늘하게 변해 균성을 노려보기 시작했다. 갑자기 바뀌는 낯빛이 우스워 균성은 피식 웃고 말았다.

"방금 나간 여인들에게 보이는 친절의 십분지 일이라도 내게 베풀 거라. 그것이 오라비를 쳐다보는 눈빛이냐? 호랑이도 잡겠다."

말은 그리했으나 균성은 자신을 그리 보는 소운의 눈빛이 싫지만은 않았다.

"의복 챙겨 입으십시오."

"하루 이틀 보는 것도 아니고. 뻔히 여인이 곁에 있는 걸 알고도 문이 부서져라 들어왔으면서 무슨 상관이라고."

"남경의 황궁이 불에 탔다 합니다."

예상했던 일이었으니 놀랄 소식도 아니다. 조카 하나 잡자고 황궁을 태워 없애다니 연왕다웠다.

"그래서 황제는 죽었다더냐."

균성은 아무렇게나 던져져 있는 바지를 찾아 이불 속에서 다리를 끼워 넣었다.

"그것까지는 모르겠습니다. 하나 연왕 전하께서 곧 즉위하시는 건 이미 정해진 일 아닙니까. 상단을 이제 다시 남경으로 옮겨야 하는데 이리 태평하게 계시면 어쩝니까."

"네가 있는데 걱정할 게 무어 있다고."

그저 태평하기 그지없는 균성의 모습에 소운의 눈이 위로 치켜떠졌다. 누구는 애가 타 하루하루 발을 동동 구르고 있는데 균성은 언제부턴가 무슨 일이든 다 자신에게 상의하라 하고는 사라지기 일쑤였다. 이렇듯 쳐들어오지 않으면 온종일 오라비의 얼굴을 보지 못하는 날도 허다했다.

"새 황제의 즉위에 맞춰 하례품도 준비해야 하고 상단을 남경으로 옮긴다 하여도 어차피 이곳으로 천도가 이뤄질 것이니 이번에 잡은 터를 든든하게 지켜줄 이도 정해야 합니다. 하루하루를 아끼며 보내도 모자란 때에 어쩌자고 이리 허송세월이십니까."

"소운아."

"예."

"이 오라비가 전쟁터에서 누빈 시간이 얼마더냐."

"여섯 달입니다."

잠시 남경에 머물렀던 균성은 연왕의 황위찬탈 전쟁이 시작되자 식솔들을 북경으로 대피시키고 연왕을 도와 참전했다. 죽음을 목전에 두었던 지난날이 주마등처럼 균성의 머리를 스치고 지나갔다.

"목숨이 일각에 달린 전쟁터를 누비다 여섯 달 만에 집에 온 오라비에게 꼭 이래야겠느냐."

섭섭하다 투덜대는 균성을 빤히 보던 소운이 그의 코앞에 얼굴을 들이댔다. 그러자 균성이 뒤로 한 발 물러섰다.

"뭐, 뭐냐."

"여섯 달 만에 전장에서 돌아오셨다 하여 온 상단 식구가 오라버니를 반겼습니다. 그 후로 제가 석 달을 내리 한 일이 뭔지 아십니까? 매일매일 오라버니가 들이신 기녀들에게 은자를 쥐여주는 일이었습니다."

"소, 소운아."

자신을 노려보며 한 발 한 발 다가오는 소운의 기세에 밀린 균성은 등이 벽에 닿을 때까지 뒤로 물러났다.

"저와 할아버지가 운남 그 먼 곳의 은광에서 도적 떼의 위협을 겪고 철운이의 어깨에 상처까지 입혀가며 목숨을 걸고 구해온 그 귀한 은자를 말입니다. 그 은자를 다 모았으면 아마 이 북경 거리가 떠나가도록 오라버니 장가를 보내도 열 번은 보냈을 겁니다."

저도 한 일이 있어 민망은 했던지 균성은 소운에 의해 벽에 바짝 붙은 채로 차마 대꾸도 하지 못하고 고개를 돌렸다.

"이제 저도 더 이상은 못 참습니다."

"못 참겠다니."

"철운이 있느냐."

"예, 부행수."

소운의 부름에 밖에 있던 호위 철운이 바로 답을 해왔다.

"이 시각 이후 행수께서 출타하려 하시거든 후원 큰 나무 기둥에 묶어놓아 드려라."

"존명."

"혹여 반항하시더라도 절대 사정을 봐드리면 안 된다. 그럴 시
엔 내가 널 용서치 않을 것이다."

"존명."

"배알도 없는 놈. 딴짓 못 하게 감시하라 붙여놨더니 아주 이젠
소운이 수족이구나, 수족. 천하제일 검이라는 놈이, 쯧쯧."

벽에 붙어 있던 균성은 순간의 망설임도 없이 소운의 명에 답을
해오는 철운이 어이가 없어 혀를 찼다.

"부행수 어른, 가져왔습니다."

"들이게."

집안일하는 이가 과반에 대접 하나와 약과를 받치고 들어오자 소
운이 대접을 들어 두 손으로 온도를 확인한 후 균성에게 내밀었다.

"드십시오."

"뭐냐, 이건."

"몸에 좋은 것이니 어서 드십시오."

"아이고, 행수어른. 부행수께서 어른 몸 상하실까 하루 종일 불
앞에서 지켜 서서 다린 탕약이니 한 방울도 남기지 마십시오."

균성은 약사발을 들고 있는 소운을 가만히 바라보다 한 번에 들
이켰다.

"윽, 뭐가 이렇게 쓴 것이냐. 읍."

소운이 약과를 잘라 인상 쓰는 균성의 입에 집어넣었다.

"원래 몸에 좋은 약이 입에 쓴 법입니다. 아무 말 말고 드세요."

그릇을 정리하는 소운을 보며 균성은 괜히 툴툴거리기 시작했
다.

"하나만 하거라."

"뭘 말입니까."

"약을 주든지, 묶어놓든지. 사람 헷갈리게."

"헷갈리실 것 없습니다. 누이가 오라비 챙기는 게 당연한 것처럼 부행수로서 행수에게 직언하는 것도 당연한 제 본분입니다. 우리 손에 걸린 목숨이 몇……."

"알았다. 나간다 나가. 지금 당장 상단으로 가면 될 거 아니냐."

그제야 방문을 나서는 균성을 따르며 소운은 계속 당부의 말을 쏟아놓았다.

"오늘은 꼭 하례 품목부터 미리 확인하십시오. 준비하는 데 시간이 꽤 걸리는 것들이 많으니."

뒤에서 들려오는 소운의 잔소리에 균성은 보지도 않고 손을 들어 알았다 흔들며 집을 나섰다. 그러다 소운이 있는 자리를 확인하려는 듯 뒤를 돌았다. 이제 이곳이 제자리인 양 능숙하게 상단 식구들에게 뭔가를 당부하는 소운의 모습이 보였다. 균성은 미소를 지으며 후원을 가로질러 안채와 연결되어 있는 상단으로 향했다.

소운이 조선을 떠나온 지도 벌써 여섯 해. 스물여덟 살의 소운은 어엿한 해륜상단의 부행수로 성장해 있었다.


개경에 있던 백현이 오랜만에 한성에 발걸음을 하자 연홍은 궐의 근황부터 물었다.

"하면 전하께선 한성으로 언제쯤 다시 오실 생각이시랍니까."

"자네가 지금 내게 술값으로 국정을 누설하라 하는 겐가."

"호호. 한때 개경 최고의 한량이던 이백현 나리가 어느새 이리 청백리가 되셨단 말입니까? 저희 같은 천것들이 양반님네들처럼 왔다 갔다 하기가 어디 쉬운 일입니까? 한성 생활을 접고 다시 개경으로 가야 하나 고민 중이라 여쭤본 것입니다."

"내후년이면 돌아올 것 같으니 조금만 더 버티시게."

이방원은 결국 보위에 올랐다. 형님인 상왕이 개경으로 천도한 지 시간이 꽤 흘렀으나 그가 지존이 된 이상 이제 한성으로 돌아오는 건 시간문제였다.

"사실 저희 같은 기방이야 양반님들 아니어도 상인들이 들락거리니 살 만은 합니다. 오히려 꼴 같지도 않은 어르신들을 보지 않으니 속은 편하지요."

"한성의 돈을 다 쓸어 모은다더니 연홍이 자네의 말본새가 과히 건방지구면."

"호호. 제가 그런 것이 하루 이틀 일이더이까. 하니 나으리께서 아직도 제 얘기를 들으러 오시는 게 아닙니까."

"세월이 지나도 하나쯤은 변하지 않는 게 있어야겠지."

연홍의 앞에는 이제는 완연한 어른의 분위기를 풍기는 사내가 앉아 있었다. 30대 중반인 백현의 눈은 세월의 무게보다 훨씬 더 깊은 감정을 담고 있었다. 얼굴은 날렵해지고 보기 좋게 자라난 수염은 그저 샌님 같기만 하던 그의 얼굴을 좀 더 사내답게 보이게 했다. 지금이라도 부르기만 한다면 나리 옆에 있고자 하는 기녀들이 줄을 설 것이었다. 그러나 연홍이 아는 한 그는 그분이 떠난 후로 여인을 가까이한 적이 없었다.

"오랜만에 들르셨으면 집에서 거하실 것이지 기방엔 왜 오셨습니까? 기녀를 들일 것도 아니시면서."

"그러려고 했는데."

이백현은 감정마저도 사라진 듯했다.

"그 아이의 목소리가 들리는 듯하여……."

이제 그는 그녀를 말하면서도 담담하게 술을 마시게 되었다. 그가 이곳을 찾는 이유를 연홍은 알고 있었다. 소운에 대해 말할 수 있는 사람이 오직 자신뿐이기 때문이란 걸.

남경에 다녀왔는지 몇 달 동안 소식이 없다 다시 돌아온 그는 더 이상 그녀의 이름을 부르며 흐느끼지 않았다. 가끔씩 연홍이 그녀를 언급해도 그저 담담하게 대화를 이어가곤 했다. 그러나 그 눈빛이 너무도 처연하여 연홍은 괜스레 죄짓는 기분이 들었다. 하여, 소운의 이름을 말하는 것을 주저하고는 했다.

"명을 오가던 상인 중 한 명이 아씨의 상단에 대해 알더이다. 상단 중 일부가 연왕이 있던 북경으로 본거지를 옮겼는데, 그중에 해륜상단도 있다며."

연홍이 오랜만에 그녀를 언급했음에도 백현은 그저 조용히 술잔을 기울이고만 있었다.

"계신 곳을 모르는 것도 아닌데 아니 가보십니까? 그리워하시지 않습니까."

연홍은 그의 침묵을 기다려주었다. 한참 만에 백현의 처연한 목소리가 들려왔다.

"우리가 다시 연이 된다면…… 아니네. 의미 없는 말이었네."

"……."

"우리의 연은 그 아이를 힘들게 할 뿐임을 잘 아는 내가 쓸데없는 소리를 했네."

연홍은 자신의 앞에 있는 상처 입은 남자가 답답하고 안쓰러워 부러 타박을 늘어놓았다.

"어찌 그리 맘에 없는 소리를 하십니까."

"맘에 있고 없고가 다 무슨 소용인가. 사실이 그러한 것을."

"하면 어쩌자고 부인을 그리 보내셨습니까? 죽어서도 이 댁의 귀신이 되겠다 버티던 분 아니셨습니까. 만에 하나 나으리 옆에 누가 있으면 아씨가 돌아오고 싶어도 망설일까 하여 그리하신 것 아닙니까."

"……."

"참으로 모자라십니다. 차라리 만월각 기생들하고 밤을 보내시며 파락호 소리를 듣던 나리가 더 보기 나을 듯싶습니다."

'파락호라.'

속이 상한 연홍이 자리를 털고 일어나 나가자 백현은 불현듯 옛 일이 떠올랐다.

'**사실 따지고 보면 서방님이 만월각 기생들과 돌아가며…… 그…… 밤을 보내신 건 사실 아닙니까?**'

자신에게 기녀들을 가까이했다 타박하던 그 아이는 이제 그의 곁에 없었다. 하지만 그의 머리에, 가슴에 남은 그 아이와의 기억은 그를 괴롭혔고 또한 살게 했다. 시간이 더 필요했다. 그 아이를 잊기 위한 시간이 조금 더, 조금만 더 필요했다. 백현은 홀로 앉아 밤새 술잔을 기울였다.

정안대군이 왕위에 오른 지도 어언 2년, 조선이 개국한 지도 이제 강산이 변한다는 10년이 되어가고 있었다. 이방원은 보위에 오르자마자 백현에게 제 옆에 머물라 명했다.

'삼봉은 아까운 자였다. 나는 그가 하고자 했던 일을 계속할 것이다. 이젠 네가 날 도와야지 않겠느냐.'

'그리 아까우시면 목숨은 부지하게 하시지 그러셨습니까?'

'어찌 하늘에 해가 둘이 되겠느냐. 삼봉의 가장 큰 단점은 본인이 아니면 안 된다는 그 독선이었다. 하니 그 뜻이 아무리 좋아도 적이 많았던 게지. 너도 슬슬 조정에 나와야지, 언제까지 그 재주를 썩히고 있을 참이더냐?'

'저를 무엇에 쓰려 하십니까? 피붙이도 배신한 접니다.'

'물색없는 소리 그만하거라. 그저 시간만 죽이고 있으면 지루할 터이니, 어차피 내 옆에 있기로 한 거 조용히 일이나 하면서 민심이 가라앉기를 기다려라. 사람들은 금세 잊는 법이다.'

어좌 옆에 득실거리는 이리 떼들 사이에서 자리싸움을 하고 싶지 않은 그였으나 이방원은 그런 그를 포기하지 않았다. 입신양명이 싫으면 예법 책이나 파고 있으라며 예조에 자리를 주었다. 나라의 기틀을 잡는 예학, 교육, 제례 등을 관장하는 일은 의외로 백현에게 잘 맞았다. 서른네 살의 종삼품 예조 참의 이백현. 그것이 지금 그의 자리였다.

연왕 주체가 황위에 오르자 조선에서도 즉위를 축하하는 축하 행렬을 남경으로 보냈다. 주상은 과거 자신과 연왕의 인연을 생각하면 이번에는 명의 고명도 받을 수 있지 않을까 하는 마음에 행렬에 심혈을 기울였다. 백현은 예조에서 자신을 추천하자 아끼던 윤회를 데리고 이번 사행길에 나섰다.

"정신 차리고 어서 길을 바로 가거라. 오늘 일정을 서둘러 마쳐야 네가 좋아하는 그 술을 맛이라도 볼 것이 아니냐."

"하면 진정 허락을 해주시는 겁니까."

"그리 좋아하는 술을 못 마셔서야 어찌 남경까지 온 보람이 있겠느냐. 다만 황제 앞에 나설 때는 맨정신이어야 하느니라. 뭐 나야 네가 술에 취해 쓰는 시도 좋긴 하다만."

"이렇게 호방하시니, 개경의 온 기생들이 참의 영감 품에 안기고 싶어 그리 안달을……."

"되었다. 너랑 말을 시작한 내 잘못이 크다."

"헤헤."

개국공신인 전 수문관 대제학 윤소종의 아들 윤회는 어려서부터 그 천재성이 남달랐다. 하나 그의 기행과 주사는 낮과 밤 장소를 가리지 않았다. 세상 사람들은 아들이 아비의 명성에 먹칠한다 손가락질을 했다. 그러나 그의 문장 실력을 아낀 백현은 주상께 후에 세자께서 긴히 쓰시게 될 인물이니 넓은 세상을 보게 하자 주청을 하여 남경에까지 데리고 오는 길이었다. 미워할 수 없는 이 망아지 같은 아이를 어찌할지 걱정하며 길을 가던 백현이 갑자기 말을 세웠다.

"영감 어찌하여……."

백현이 손을 들어 윤회의 말을 막자 눈치 빠른 아이가 얼른 입을 닫고 백현의 시선을 따라 눈을 돌렸다. 백현의 시선 끝을 따라가니 한 객주 위층에 사내 셋이 앉아 담소를 나누고 있는 모습이 들어왔다. 윤회는 백현의 눈치를 살피며 그들을 찬찬히 살폈다. 사내들 모두 그 생김이 꽤나 준수했다. 특히 수염이 멋진 사내는 참으로 남자다워 기방에 가면 아주 기녀들이 줄을 설 듯했다. 한 놈은 남방 사람인데 수염도 없는 것이 환관인 듯했다. 환관이 대낮에 객주에서 술도 마시다니 역시 명나라는 대국임에 틀림없었다. 그리고 마지막으로 뒤돌아서 있는 사내는…… 어?

두 사람과 마주 보고 있어 뒷모습만 보이던 사내가 고개를 돌렸다. 그 순간 사내의 옆태가 보이자 백현은 말고삐를 꽉 쥐었다. 하지만 그 사내를 유심히 살피느라 윤회는 그런 백현의 모습을 보지 못했다.

'옆태가 뭐 저리 고와. 사내가.'

윤회가 그를 보기 위해 말을 살짝 움직이려 하자, 백현이 그의 팔을 잡았다.

"잠시…… 그대로 있거라."

"예? 참의 영감 어찌 그러십니까."

"그저 잠시만 이대로 있자꾸나."

윤회는 뭔가 아련한 눈빛으로 위층을 바라보고 있는 백현을 의아하게 여겼으나 그의 뜻대로 그 자리에서 움직이지 않았다. 백현은 그 후로도 한참 동안 시선을 옮기지 못하고 그 자리에 그렇게 서 있었다.


백현이 남경 저자로 들어서기 몇 시진 전, 균성은 시전이 펼쳐진 거리를 어슬렁거리다 책방으로 들어섰다. 남경의 책방은 화마를 피해서인지 여전히 많은 사람들로 붐비고 있었다. 전국으로 팔려나가는 각종 서적만으로도 하루 종일 정신이 없는 이곳은 새 황제의 등극에 맞춰 그의 일대기를 그린 작품까지 팔고 있어 말 그대로 문전성시를 이루고 있었다. 복잡한 와중에도 균성은 만나고 자 했던 한 인물을 어렵지 않게 찾아냈다. 균성을 발견한 그도 반 갑게 곁으로 다가왔다.

"형님, 도대체 그동안 어디를 그리 다니신 겁니까? 남경에 오신 지 여러 날이 지났다 들었는데 연통도 주지 않으시고."

"네가 바빠 못 본 게지, 그게 내 탓이더냐, 이놈아. 아니 이젠 태 감 어르신이니 내가 말을 높여야 하는 건가."

"뭐, 한번 높여 보시는 것도. 흠흠, 아이고."

균성의 발길질에 정강이를 차인 사내는 다리를 붙잡고 엄살을 피웠다.

"네놈이 태감이 아니라 태감 할애비여도 그리는 못 하지, 이 마 삼보 놈아."

"쳇, 저 역시 꿈에도 바라지 않은 일입니다. 그나저나 우리 고운 소운이는 아니 데리고 오신 겁니까."

마삼보는 균성의 뒤에 누가 없는지 흘끔거렸다.

"환관 놈이 우리 소운이는 왜 찾느냐."

날아오는 발길질을 용케 피한 삼보는 그를 피해 책장 뒤로 숨었 다.

"아무렴 제가 형님을 기다렸겠습니까? 우리 소운이라면 모를 까."

"흥, 그 독한 것. 남경에 오자마자 무슨 일이 그리 많은지 나도 그 얼굴을 제대로 보질 못한 지 며칠 되었다."

"예? 아니 그 연약한 아이가 병이라도 얻으면 어쩌시려고 그리 무리를 시키신다는 말입니까? 안 되겠습니다. 제가 황궁 의원에 일러 보약이라도 지어 보내라 해야겠습니다."

"약은 네놈이나 먹고 정신 차리거라. 소운이는 객주로 바로 오라 했으니 나가자. 남경 사람들이 다 이 책방으로 몰렸는지 정신을 못 차리겠다."

균성은 손에 든 부채로 젊은 환관의 머리를 한 대 툭 치고는 밖으로 나섰다. 어느새 그 옆에 따라붙은 삼보가 잘생긴 얼굴에 걱정을 한가득 안은 채로 소운의 걱정을 늘어놓자 균성이 혀를 찼다.

"쯧쯧, 이놈아. 소운이가 그리 걱정되면 직접 챙기면 될 일이 아니더냐."

"저도 그러고 싶습니다만, 당최 시간이 나질 않습니다. 오늘만 해도 이레나 궁에 들고서야 겨우 몇 시진 짬을 낸 것입니다."

"궁내에 환관이 너 하나라더냐? 폐하께서 지나치게 아낀다 들었는데 몸조심하거라. 네가 지금은 폐하의 총애로 권력을 누리고 있다마는 본디 그 권력이란 게 사람을 오르게 하기보다 땅에 내리 꽂히게 하기가 더 쉬운 법이다."

제 옆에 있는 잘생긴 남자의 얼굴에 미소가 걸리자 균성이 이놈 봐라 하는 표정을 지으며 삼보의 어깨를 툭 쳤다.

"네놈이 이제 일개 상단의 행수인 내 말은 우스운가 보구나."

"형님도 참. 그저 옛 생각이 나서 그럽니다. 포로로 잡혀 거세된 채 왕자에게 진상된 무슬림 꼬마가 이젠 권력자라는 얘기를 듣다니, 사람의 인생이란 참 모를 일이지 않습니까."

듣고 보니 그랬다. 조그만 꼬마 녀석을 구해준 게 엊그제 같은데 녀석은 당당히 황제께 성까지 하사받은 태감님이 되어 있었다.

두 남자는 옛 생각이 나는 듯 얼굴에 잔잔한 미소를 걸고는 소운이 기다리는 객주로 향했다.

연왕은 제왕 시절부터 유난히 환관을 아껴 영리한 아이들을 뽑아 간자나 호위로 삼았다. 무슬림 마삼보는 연왕이 자신의 아비인 황제에게서 하사받은 그가 몹시도 아끼는 환관이었다. 그런 삼보를 구하다 다친 균성을 살리기 위해 그는 삼보가 조선으로 균성의 어미를 데리러 가는 것을 허락했다. 균성의 곁으로 온 어머니는 사흘 밤을 꼬박 새우고 균성을 살렸다. 어머니의 극진한 보살핌 속에 균성의 몸은 조금씩 나아져 갔고 삼보는 자신을 구해준 그를 은인이자 형으로 따랐다.

균성이 몸을 회복하자 삼보는 있는 줄도 몰랐던 제 작은 누이에 대한 이야기를 해주었다.

'아주 곱게 생겼습니다. 형님 동생이라는 아이. 크면, 서방에게 아주 아주 귀함을 받을 것입니다.'

그 아이의 아비, 역관이라는 사내가 어머니를 뺏어간 게 아니라고 생각하며 살았었다. 그런 생각은 못난 놈이나 하는 거라고. 어린 자신을 데려가겠다 청을 넣었다는 말을 듣고는 그 아이의 아비를 더욱더 미워할 수가 없었다. 나는 사내고 이 상단의 행수가 될 사람이니 얼마든지 버틸 수 있다고 그렇게 생각했었다.

'그 아이가 나를 원망하겠구나. 저에게서 어미를 떼어놓았으니.'

'형님이 어서 일어나셔서 어머니를 보내드리면 될 일입니다.'

말은 그리했으나 균성은 어머니를 보내고 싶지 않았다. 얼굴도 모르는 어린 누이 따위 울든 말든 상관 않고 어머니를 제 옆에 두고 싶었다. 자신의 맘이 들킬까 하여 균성은 삼보와 어머니의 얼굴을 한동안 제대로 쳐다보지도 못했다.

모친 송이령은 그의 옆에서 세 해를 더 살았다. 균성이 회복하고 난 후 그저 피로하여 그렇겠거니 했던 몸에 병이 깊음을 알게 되었다.

어머니는 끝내 소운의 곁으로 가지 못하고 명에서 생을 마쳤다. 균성이 소운을 데려오겠다 짐을 꾸렸으나 이령은 그런 아들을 말렸다.

'이제야 겨우 이 어미를 조금 잊었을 것이다. 그 아이에게 어미와의 마지막을 이리 아픈 얼굴로 추억하게 하고 싶지 않구나.'

어머니가 그렇게 떠나고 균성은 작고 곱다는 자신의 누이를 그저 잊고 살았다. 그 아이의 아비가 역모에 휘말렸다는 소식은 아주 천천히 그의 귀에 들어왔다. 할아버지가 급히 고려로 향했을 때 그곳은 이미 조선이라는 새 이름의 땅이 되어 있었다. 그 새 땅에서 어렵게 그 아이를 찾았을 때 균성은 어미와 꼭 닮은 눈으로 자신을 보는 누이를 똑바로 쳐다볼 수가 없었다. 자신이 조금만 더 빨리 알았더라면. 자신이 그녀를 잊지 않고 있었더라면 저 아이가 저렇게 잊고 싶은 세월을 살지 않아도 되었을 텐데.

"소운아."

"삼보 오라버니."

균성을 따르던 삼보가 소운을 보고 반가이 뛰어갔다. 그런 삼보를 보며 소운도 미소 지었다. 이제는 여인이 된 누이를 보며 균성은 입 밖으로 내본 적이 없는 후회를 다시 한번 저편으로 치워버렸다. 자신이 행복하게 해주면 될 일이다. 다시는 저 아이가 눈물 흘리지 않게 그렇게 해주면 될 일이다. 균성은 삼보를 보며 반갑게 이야기하는 소운을 흐뭇하게 바라보며 다시 한번 다짐했다.

환관 마삼보는 눈을 반짝이며 자신의 얘기에 집중하는 여인을 따뜻한 눈으로 바라보았다.

"남해로 배를 띄울 거라니요? 폐하께서 남해로 무역선을 보낼 계획을 가지고 계신단 말입니까."

"조만간 그리하실 듯하다. 이미 물망에 서너 명의 환관 이름이 오르내리고 있다고 하더구나. 이거 좀 먹어보거라, 소운아. 네가 좋아하는 것이 아니냐."

삼보는 앞에 놓인 고기 그릇을 그녀 앞으로 밀어주곤 술잔을 들고 있는 균성을 노려보았다.

"도대체 형님이 너를 어찌 부리기에 이리 점점 말라 가는 것이야? 이리 사내 옷을 입었다 하나 남경 사람들 중에 너를 사내라 의심하는 자는 없을 것이다."

삼보가 고기를 집어 소운의 입에 먹어보라 넣어주었다. 그 모습을 보던 균성은 삼보를 한심하게 쳐다보며 혀를 찼다.

"쯧쯧. 환관 중에 제일이라는 태감이라는 놈이 하는 짓 하고는. 폐하께서 너 같은 환관 놈들만 이리 아끼시니 나라 꼴이 제대로 돌아가겠느냐? 멀쩡한 장군들이 천지에 널렸는데 그런 큰일에 씨도 없는 환관의 이름이 오르내리다니. 텄다, 텄어."

오라비와 같은 사내 옷을 입고 저자에 나온 소운은 바로 균성을 나무랐다. 의복 때문인지 고기를 먹어서인지 제법 그 목청이 사내처럼 호방했다.

"오라버니, 이 나라의 환관들이 능력이 없어 그리된 것입니까? 수많은 정복 사업에 포로가 되어 희생된 이가 대부분인 것을 어찌 그런 말로 그들을 욕보이십니까."

삼보는 괜찮다, 신경 쓰지 마라 그녀를 달랬으나 소운의 걱정은 끊이질 않았다. 균성의 저 거침없는 성격과 말이 화가 되어 돌아올까 싶어 소운은 항상 애가 탔다. 또다시 삐쭉한 말을 하려는 균성을 매섭게 노려본 소운은 갑자기 생각난 듯 삼보에게 물었다.

"아, 이제는 오라버니를 정 태감마마라고 불러드려야 하는 것 아닙니까? 폐하께서 친히 성을 하사하셨으니."

황제는 자신이 아끼던 환관 마삼보에게 태감직을 하사하며 정화라는 이름을 주었다. 영광스러운 이름임에도 균성은 자신에게 네놈은 그저 삼보 놈이라며 그를 놀렸다. 결국 탁자 밑으로 날아온 소운의 발에 정강이를 걷어차고서야 그는 놀리는 것을 멈췄다.

"아야. 소운아, 너는 왜 이리 발마저 갈수록 매워지느냐. 봐라, 삼보야. 어딜 봐서 이 아이가 연약하다는 거냐? 쳇."

정강이를 차인 균성이 유난스레 아픈 척을 하자 두 사람 모두 파안대소를 했다. 잠시 후 객주에서 나온 소운은 얼굴 가득 아쉬움을 담아 삼보의 두 손을 잡고 짬이 나시거든 꼭 상단에 들러 달라 인사를 전했다.

"그러마. 아버지도 너를 보고 싶어 하시는데 아쉽구나. 이 명나라 땅에서 너만큼 무슬림 말을 잘하는 아이를 보지 못했다며 너와 다시 보는 날을 항상 학수고대하고 계신단다."

"아저씨께도 제가 뵙고 싶어 한다 안부 전해주세요. 오라버니."

아쉬운 인사를 뒤로하고 잠시 길을 걷던 삼보가 뒤를 돌아보았다. 그곳에는 어김없이 잔소리를 늘어놓고 있는 소운과 귀찮아하면서도 그녀의 얘기에 귀를 기울이고 있는 균성이 있었다.

여인이 된 소운을 다시 만난 날 삼보는 그녀에게서 어미를 뺏어왔었다는 죄책감과 미안함에 고개를 돌렸다. 그러나 소운은 이제 그에게도 하나뿐인 누이가 되었다. 균성과 얘기를 나누며 돌아서가는 그녀의 뒷모습을 보며 참으로 모든 것이 다행이다 생각하는 삼보였다. 그렇듯 삼보가 두 남매를 보며 흐뭇해하고 있는 줄도 모르고 오라비 균성은 누이의 청에 짜증을 내고 있었다.

"거긴 또 왜 간다는 게야. 남경에 있는 서책이란 서책은 다 사서 모을 생각이냐."

"폐하께서 남해로 무역선을 띄우신다 하지 않습니까? 삼보 오라버니 말씀대로라면 그 규모는 우리가 상상하는 것 이상일 것입니다. 하니 그들에 대해 미리미리 준비하여 품목도 선정하고."

"알았다, 알았어. 그만하거라. 누가 너를 말리겠느냐, 철운아."

"예, 행수."

"이 아이가 간자들이 미친 듯이 활개를 치고 다니는 시절에 굳이 그들이 제일 많은 곳으로 가겠다 하니 눈을 떼지 말거라. 혹 무슨 일이 생긴다면 내 너의 목숨을 편히 거두지 않을 것이다."

"존명."

소운은 결국 철운을 불러 자신에게 들으라는 듯이 마저 다짐을 받는 오라비를 보며 미소를 지었다. 항상 그랬다. 균성은 항상 자신의 말에 귀를 기울였고 믿어주었으며 투덜거리면서도 따라주었다. 온전히 그녀를 믿고 따라주는 가족. 소운은 자신에게 다시 이런 가족이 생겼다는 사실에 감사하며 지난 세월을 버틸 수 있었다.

소운이 가겠다 우긴 곳은 자국민만을 대상으로 한 남경 제일의 서책방이었다. 명은 활자 술이나 화약 등의 군사기밀이 외국으로 반출되는 것을 극도로 조심했다.

그러다 보니 외국인의 출입을 통제하는 이곳은 오히려 각국 간자들의 집합소가 되어버렸다. 비록 조선 사람이나 이젠 해륜상단의 부행수인 소운이야 이곳을 드나드는 것이 문제 될 바는 없었다. 하나 균성은 마지못해 허락을 하면서도 위험하다며 꼭 호위를 붙여주었다.

사내 복색을 하고 나온 소운은 스스럼없이 책방을 돌며 남해에 대한 책을 찾고 있었다. 그때 주변에서 심상치 않게 웅성거리는 소리가 들렸다. 무슨 일인가 싶어 그곳으로 시선을 돌린 소운의 눈에 조선 선비의 복색을 한 채 책방 안을 돌아다니는 한 사내가 보였다. 제정신이 아니거나 이곳이 어디인지 모르는 사내임이 분명했다.

'굳이 오려면 옷이라도 갈아입고 올 것이지. 쯧쯧'

조선 사람을 저대로 놔뒀다가는 당장 간자로 의심받아 잡혀갈 터였다. 가서 이곳이 어떤 곳인지 알려주고 싶으나 그랬다가는 자신도 조선인임을 들킬 것 같아 소운은 철운을 찾았다.

한데 철운이 범상치 않은 시선으로 자신의 뒤를 바라보며 빠르게 다가오고 있는 것이 아닌가. 무슨 일인가 싶어 뒤를 돌아본 소운의 바로 뒤에 그 조선 사내가 서 있었다.

'뭐야, 이 사람은.'

그러고 뒤돌아 멍하니 선비의 얼굴을 바라보던 소운은 순간 손에 힘이 쭉 빠져나가 들고 있던 책을 떨어트리고 말았다.

"오랜만이구나."

떨어지는 책을 받아 든 백현이 자신을 멍하니 보고 있는 그녀의 손에 책을 건네주며 담담하게 인사를 전했다.

"아직도 사내 옷을 입고 이리 돌아다니는 게냐, 이젠 누가 봐도 여인인 것을."

"……."

"나를…… 잊었더냐."

사내는 자신을 바라보며 말을 잇지 못하는 여인을 내려다보며 아련한 미소를 지었다.

소운은 운남에 있던 시절 보았던 대낮에 느닷없이 쏟아지는 소나기처럼 제 앞에 갑자기 나타난 사내로 인해 잠시 넋이 나간 듯했다. 잊었냐니? 어찌 잊었겠는가. 어느덧 보기 좋게 자라난 수염이 그의 인상을 전보다 어른스럽게 보이게 했을 뿐 소운이 알던 그 남자가 맞았다. 볕이 좋으면 좋아서, 비가 내리면 또 그리해서, 바람이 불면 분다는 그 이유로 소운을 상념에 젖게 하던 사내인데 어찌 그를 잊었겠는가.

백현을 알아본 철운이 그를 경계하며 앞으로 나서자 잠시 할 말을 잊었던 소운은 겨우 정신을 차리고 제 호위를 말렸다.

"괜찮으니 잠시 물러나 있거라. 남경엔…… 어쩐 일이십니까."

"어디 아픈 데는 없었더냐."

"이곳은 타국인에게 책을 팔지 않는 곳입니다. 여기 계시면 오해를……."

"좋아 보이는구나."

자신의 질문에 답도 없이 백현이 계속 딴소리를 하자 소운은 말문이 막혔다. 서로를 보는 애틋한 시선에 주변의 시간이 멈춘 듯 깊은 감정이 교차되고 있었다. 그렇게 주변과 상관없이 흐르고 있던 그들만의 시간은 관복을 입은 사내에 의해 깨지고 말았다. 큰소리로 화를 내며 그들에게 다가오는 사내의 앞을 철운이 막아섰다.

"비켜라. 간자를 잡으러 오는 길이다."

"진정하시지요, 대인. 이분은 이곳이 어떤 곳인지 잘 모르고 들어오신 겁니다."

"이곳은 조선인이 들어올 수 없는 곳이다. 이자가 간자가 아닌지, 왜 여기 있는지 관아로 끌고 가 확인을 해봐야겠다."

철운의 만류에도 관복을 입은 사내가 화를 누그러트리지 않자 결국 소운이 나섰다.

"간자 노릇을 하려 했다면 이리 대놓고 조선인임을 드러냈겠습니까? 그만 진정……."

그런 소운의 앞을 다시 백현이 막아서며 능숙하게 명나라 말로 사내를 달랬다.

"나는 황제 폐하의 등극을 경하 드리기 위해 조선에서 온 예조참의 이백현이오. 우연히 오랜 친구를 만나 반가운 마음에 따라온 것인데 이곳이 그런 곳인 줄 몰랐소이다. 이제 자리를 뜰 터이니 그만하시지요."

그의 설명에도 사내가 물러설 기미를 보이지 않자 백현은 설득

보다는 겁박이 낫겠다 결론 내렸다.

"대인께서 이리 제 시간을 지체시키시니 내 황제 폐하의 축연에 늦을 듯한데. 그대의 이름을 들어 황실에 이 무례를 고해도 되겠소이까? 어느 관직에 있는 누군지 그 명을 좀 대보시오."

"지, 지금 한 말이 참이오? 당신이 진정 조선의 예조 참의요?"

"내 정체가 궁금하면 축연에 나와 확인하면 될 일이 아니오. 거기에 끼일 위치는 되시는지 모르겠소만."

백현에게 투덜거리던 사내가 얼굴이 벌게져서 돌아서자 계속 경계하고 있던 철운도 그제야 뒤로 물러섰다. 아직도 멍하니 자신을 보고 있는 소운을 향해 백현은 어깨를 으쓱해 보였다.

"내 명나라 말솜씨가 괜찮으냐? 보아하니 이곳은 타국인의 출입이 금지된 곳인가 보구나. 저자가 아니어도 누가 또 시비를 걸지 모르니 우선 여기서 나가는 게 좋겠다."

자연스럽게 소운을 잡고 이끌려 하는 백현의 팔을 철운이 쳐냈다. 그녀에게 향하던 손이 거두어지자 백현이 싸늘하게 철운을 노려보았다.

"호위가 제법 나대는구나."

"우선 나가시지요. 여기는 오래 있을 곳이 아닙니다."

결국 소운이 앞서자 그 뒤를 따라 나가던 백현은 문 앞에 다다랐을 즈음 책이 가득 쌓인 책장의 다리를 뒷발로 툭 건드려 쓰러트렸다. 책이 우수수 쏟아지며 먼지가 일어나자 백현은 그 틈에 소운의 손을 잡고 뛰기 시작했다.

"서, 서방님."

백현을 따라잡으려던 철운은 정확히 그의 앞을 막아선 책장과

허둥지둥하는 인파 속에 결국 두 사람을 놓치고 말았다. 소운의 손을 잡고 골목골목을 지나 어느 집 담벼락에 도착한 백현은 걸음을 멈추고 그곳에 기대어 가쁜 숨을 내쉬다 시원스레 웃음을 터트렸다.

"학, 학…… . 하하하."

"헉헉. 이게, 이게 무슨 짓입니까? 지, 지금 웃음이 나오십니까."

숨이 턱까지 차 목이 아파오는데도 백현은 즐거운 듯 웃어댔다. 소운은 가쁜 숨을 내쉬며, 웃는 그를 어이없이 바라보았다.

"하아, 좋구나. 이리 너와 함께 다시 뛰니 예전 생각이 난다."

백현은 소매를 들어 소운의 이마에 맺힌 땀을 닦아주었다.

"많이 놀랐더냐? 이리할 생각은 아니었는데. 네 얼굴이라도 이리 제대로 마주 보자면 그자가 없어야겠기에."

비록 등을 보이고 앉아 있었으나 백현은 객주에 있는 소운을 한눈에 알아볼 수 있었다. 세월이 흘렀고 의복이 달라졌다 해도 그의 눈에는 소운만 보였다.

객주에서부터 그녀의 뒤를 따른 백현은 책방으로 걸음을 옮기는 그녀를 따라 들어섰다. 댕기 머리를 한 채 개경의 한 서책방에서 넋을 놓고 있던 소운이 생각나 백현의 눈가가 보기 좋게 휘어졌다. 여섯 해 만에 보는 소운은 이제는 의심할 바 없는 여인이었다. 그리고 이 여인은 여전히 백현의 가슴을 설레게 하고 있었다.

"여전히…… 곱구나."

소운이 말을 않자 백현도 더 이상 묻지 않았다. 그렇게 두 사람은 말없이 서로를 바라보았다. 그 찰나의 시간이 흐른 뒤 백현이 그녀의 손을 놓아주며 잔잔하게 웃었다.

"네 호위라는 자가 오는구나. 이리 빨리 찾아낸 것을 보니 뛰어난 자인 듯하여 다행이다. 네 얼굴을 보았으니 오늘은 이것으로 되었다."

백현은 말없이 서 있는 소운을 남겨두고 뒤돌아 오던 길로 걸음을 돌렸다. 평소 숨소리를 흘리는 법이 없던 철운이 헐떡이며 그녀 옆에 섰다. 철운은 소운에게 시선을 떼지 않으면서도 제 옆을 지나치려는 백현을 향해 차가운 경고를 건네는 것을 잊지 않았다.

"오늘은 내 칼을 들지 않을 것이나 같은 일이 두 번 있어서는 아니 될 것입니다. 참의 나리."

"행수가 꽤나 건방진 자를 소운이 옆에 붙였군. 한순간도 주인에게서 눈 떼지 말고 잘 지켜드리시게. 그것이 자네가 할 일이지 않은가."

철운의 경고를 담담하게 받아낸 백현은 아직도 온전히 이 상황을 받아들이지 못하고 있는 듯한 소운을 걱정스레 한번 돌아보고는 발길을 돌렸다. 백현이 눈앞에서 사라지고 난 후 철운은 다리에 힘이 풀렸는지 그 자리에 주저앉는 소운을 급히 안아 들었다.

"괜찮으십니까? 부행수, 어디 다치신 데라도. 부, 부행수."

철운의 팔에 쓰러지듯 안긴 소운은 이 순간 그 누구의 말도 들려오지 않았다. 제 앞에 그 사람이 나타났다는 현실이 소운은 믿어지지가 않았다.

집으로 들어서려던 소운은 잠시 망설이다 철운을 불러 오늘 일을 균성에게 전하지 말라 당부했다. 그러나 자신의 명에 철운이 답을 하지 않자 소운의 입에서 한숨 섞인 자조가 새어 나왔다. 아무리 제 옆을 지키는 아이라 하나 철운은 오라버니의 사람이었다.

"아니다. 그저 하던 대로 하거라. 내 너에게 괜한 고민을 하게 했다."

"……고하지 않겠습니다."

망설이다 어렵사리 답을 하는 철운을 보며 소운은 자신이 이 아이에게 무리한 말을 했음을 다시 깨달았다. 제 마음 편하자고 이 고지식한 아이에게 거짓을 고하라 하다니. 철운이 제 옆에 있는 이유가 있거늘 자신이 괜한 말을 했다 싶어 소운은 되었다 손을 저었다.

"아니다. 어차피 아시게 될 일, 내 말 맘에 둘 것 없다."

방으로 들어간 소운은 옷도 갈아입지 않고 그대로 침상에 몸을 눕혔다. 믿어지지 않는 현실에 자신이 대낮에 꿈을 꾼 것은 아닌가 하는 생각이 들었다.

'내 얼굴을 잊었더냐.'

잊었을 리 없으나 잊고 싶어 애썼다. 조선의 중전이 죽고 그 아들들도 형제의 손에 죽었다는 소식을 전해 듣고는 더욱더 잊고 살고 싶었던 지난 세월이었다.

이제는 기억조차 희미해진 아주 오래전. 산길을 지나느라 흐트러진 도포 차림에 잔뜩 흙이 묻은 버선발을 한 소운이 만월각에 들어서자 연홍은 놀라 입을 다물지 못했다. 소운은 중전이 준 자개함을 싼 보따리만을 들고 있었다. 백현에게 연통을 넣는다면 목을 매고 죽어버리겠다 으름장을 놓은 소운은 연홍에게 자신을 찾는다는 명에서 온 사람들을 수소문해 달라 청을 했다.

'저를…… 명으로 데려가 주시겠습니까?'

소운의 말에 균성은 연유도 묻지 않고 알았다 답을 했다. 떠날 준비가 되었다는 균성의 말에 백현과 마지막이 될 밤을 보내고, 새벽에나 잠이 든 그의 흐트러진 머리를 정리해주며 소운은 잠시 망설였다.

그는 항상 그녀가 원해서 자신의 곁에 온 것이 아니기에 불안하다 했다. 하나 정작 그의 안사람이 된다는 얘기에 자신이 얼마나 안도하고 설레었는지 그는 알지 못할 것이다. 그의 품이 너무나 편하고 따뜻하여 그녀가 얼마나 많은 것을 잊고 살았는지. 그리고 잊고 살고 싶어 했는지. 하여 자신을 용서할 수 없음도 그는 알지 못할 것이다.

그가 자신을 속이고 그저 아무것도 모른 척 그의 여자로만 살게 하려 했던 것에 화가 났던 소운은 금세 깨달았다. 결국 안주하고 싶었던 사람은 자신이었음을. 중전이 건네준 자개함과 자신의 소원을 적은 서찰을 그의 옆에 남겨두고 방을 떠나며 맹세했다. 그의 곁으로 돌아오지 않을 것이라고. 아무리 그가 그리워도 돌아보지 않을 것이라고. 소운은 꿈인지 생시인지 분간하지 못하는 상태에서도 '그래도 그를 보니 좋았다.' 생각이 드는 자신이 어이없고 처량하다 느끼며 조금씩 의식을 잃었다.

소운이 자리보전을 하고 누운 지 며칠이 지났다. 병문안을 온 삼보는 아직도 제대로 몸을 가누지 못하는 소운이 걱정스러워 애가 탔다.

"우리 소운이가 어서 털고 일어나야 할 것인데 걱정입니다."

"내게는 무리하지 마라 그리 잔소리를 해대더니 제 몸 저리 축나는 것도 모르고. 모자란 것."

모르는 이가 보면 누워 있는 이가 균성이라 생각할 정도로 그의 눈에는 핏발이 서 있었다. 요 며칠 잠을 통 이루지 못한 균성의 얼굴은 까칠하기 그지없었다. 삼보는 소운이 일어나면 이 꼴이 뭐냐 타박부터 할 것이라 또 걱정을 쏟아냈다.

"한 번도 저리 오래 누워 있던 적이 없던 아인데. 그 의원은 쓸 만한 사람이 맞느냐? 정말 저 아이 몸에 이상이 없는 것이야?"

"하하, 천하에 형님을 이리 안절부절못하게 하는 이는 우리 소운이 뿐일 겁니다. 그 아이가 참으로 여걸입니다. 여걸."

제 몸 상하는 줄도 모르고 천방지축 돌아다니는 아이가 여걸은 무슨. 금세 털고 일어날 줄 알았던 소운이 누워 있는 시간이 길어지자 균성은 걱정이 되기 시작했다. 의원이란 놈들은 하나같이 그저 기력이 약해져 그런 것이라 했다. 그 말을 믿을 수 없던 균성은 결국 삼보를 닦달해 용하다는 의원을 불러 진맥하게 한 참이었다.

"소운이를 봐도 그렇지만 조선은 참 신통방통한 나라입니다. 그 작은 나라에 어찌 그리 끊이지 않고 걸출한 인물들이 나오는지."

"뜬금없이."

"이번에 조선에서 온 젊은 선비 하나가 황제께서 베푸신 축연에서 대취를 했지 뭡니까."

"간도 큰 놈이군."

균성의 기분도 풀어줄 겸 잘됐다 싶었는지 삼보는 입에서 침이 튀는 줄도 모른 채 그날 일을 떠들어댔다.

"다들 저자가 미쳤구나 하고 있는데 옆에 있던 예조 참의란 자가 나서더니 폐하께 말씀 올리기를 '이 아이가 대취를 해야 빼어난 시문이 나오는지라 일부러 폐하께 솜씨를 보여드리고 싶어 이리하였나 봅니다.'라고 하는 겁니다."

삼보의 말을 들으니 그 예조 참의란 자가 꽤 쓸 만한 놈인 듯했다. 맘에 들지 않으면 어떤 벌이라도 받겠느냐는 황제의 하문에 그는 대신 맘에 족하시면 자신의 소원을 들어 달라 했다며 그 참의라는 자가 담대하기가 이루 말할 수 없었다고 삼보는 연신 감탄했다. 게다가 조선의 선비가 올린 시문은 대취한 자가 지었다 하기엔 믿을 수 없을 만큼 뛰어나 황제를 흡족하게 했다 한다. 이야기를 전하는 삼보는 그답지 않게 흥분을 감추지 못했다.

"그래서 그 참의라는 자는 무슨 청을 했더냐."

"그거 역시 참으로 절묘했습니다. 황제께서 뭐든 원하는 것을 말하라 했더니 황은으로 조선의 오랜 소망을 이뤄주소서 하더이다."

"오랜 소망."

"바로 조선 왕의 고명 아니겠습니까."

"아아……."

아무리 황제가 연왕 시절부터 현 조선왕과 친분이 있었다 하나 그것을 이유로 고명을 쉽게 하사할 수는 없는 일이었다. 옛정을 봐서는 그리 오래 끌 일은 아니긴 했지만 바로 해주자니 대신들의 눈치가 보였을 것이다. 예조 참의란 자가 겸사겸사 청이란 것을 빌미로 아주 교묘하게 황제의 승낙을 이끌어 낸 듯했다.

"하하. 입 달린 이들은 모두들 영특한 자라 칭찬하면서도 경계를 늦추지 마시라 간언하더이다."

"그 정신 나간 놈 이름은 뭐더냐? 나도 술이라도 한 병 가져다주고 시문 한 장 받아와야겠다. 보아하니 돈이 꽤 될 듯하다."

"하하, 그러시지요. 기왕이면 한 열 병 구해다 주시고 제 것도 받아오십시오. 시문을 지은 젊은 선비는 윤회라는 자이고, 그 예조참의는 이백현이라 합니다."

삼보의 말에 균성이 놀라 자리에서 일어나자 찻잔들이 바닥으로 우르르 떨어졌다.

"누, 누구?"

"어찌 이리 놀라십니까? 형님."

"방금 이백현이라 했느냐?"

"예, 맞습니다. 아는 자입니까?"

두 손을 탁자에 올리고 고개를 숙인 균성은 한참 뭔가를 생각하다 싸늘한 목소리로 누군가를 찾았다.

"밖에 누구 있느냐."

"예, 행수어른, 소인 풍정입니다."

"철운이를 찾아서 당장 끌고 오너라."

"예."

"당장, 끌고 와. 당장."

"예, 아, 알겠습니다."

"왜 이러십니까? 형님. 갑자기 철운이는 왜."

삼보는 너무도 오랜만에 제대로 분노하는 균성의 모습을 보자 차마 말릴 생각도 하지 못하고 그저 그 자리에 서 있을 뿐이었다.

바람처럼 순식간에 방으로 든 철운은 그대로 무릎을 꿇었다. 균성은 철운을 싸늘하게 내려다보며 말했다.

"내게 말하지 않은 것을 고해라."

고하라는 자신의 명에도 고개를 숙인 채 말이 없는 철운을 향해 분기를 띤 균성이 천천히 다가갔다.

"네 녀석이 내 손에 죽을 일은 없다 생각하나 보구나."

"……."

"그래, 내 너를 죽일 수야 없겠지. 황제께서 친히 내려 주신 천하제일 검이 아니더냐. 하나……."

말없이 고개를 숙이고 있는 철운을 싸늘하게 내려다보던 균성이 철운의 칼집에서 칼을 빼들었다.

"베는 거 정도는 괜찮겠지."

"형님."

삼보의 만류에도 균성이 칼을 들어 바람을 일으키자 철운의 뺨에 길게 검 자국이 나더니 이내 붉은 피가 흘렀다.

"언제부터더냐? 내가 너를 그 아이 곁에 둔 이유를 모를 리 없는 네가 감히 날 속여?"

균성의 분노에도 철운은 흐르는 피를 닦지도 않은 채 미동도 하지 않았다.

"끝까지 고하지 않겠다는 거냐."

"……."

"건방진 것."

"형님."

균성의 칼이 다시 철운에게 향하려 하자 삼보가 급히 그의 팔을 잡았다. 그때, 밖에서 다급한 목소리가 들려왔다.

"행수어른, 아가씨께서 깨어나셨습니다. 큰 어른께서 미음을 올리라 하셨답니다."

철운을 노려보던 균성은 밖에서 들리는 소리에 들고 있던 검을 바닥에 던지고는 방을 나섰다. 삼보가 한숨을 쉬며 철운의 얼굴에 흐르는 피를 닦아주고는 어깨를 한번 토닥인 후 이내 균성을 따라 나갔다. 말없이 손등으로 피를 닦아낸 철운은 바닥에 떨어진 검을 검집에 넣고는 조용히 별채로 걸음을 옮겼다.

며칠 동안 의식이 오락가락하던 소운이 힘들게 눈을 뜨자 외조부인 송도진이 인자한 미소를 지으며 그녀의 이마를 적신 식은땀을 닦아냈다.

"이제 정신이 좀 드느냐."

"하, 할아…… 버지."

"이 할애비한테 무리하지 말라고 그리 말리더니 젊디젊은 네가 이게 무슨 꼴이냐."

"죄…… 송합니다, 할아버지."

"그저 아무 걱정 말고 좀 쉬어라. 이리 탈이 날 때까지 버티다니 어찌 남매가 하나같이 독한지."

"제가 얼마나 자리보전을 한 것입니까."

소운은 이틀을 내리 의식을 차리지 못했고 그 이후로도 며칠간 몸을 가누지 못했다. 그저 피로하여 몸이 허해진 것이라는 의원의 말에도 그녀가 좀처럼 기력을 찾지 못하자 상단 식구들 모두가 긴장하고 있던 차였다.

"걱정 끼쳐드려 송구합니다."

"유난스러운 네 오라비에 비하면 내 놀란 것은 놀란 것도 아니다."

소운이 상상이 된다는 듯 입에 미소를 띠자 송도진도 따라 웃었다. 명에 온 이후 소운은 그녀의 가족들로부터 넘치는 아낌을 받고 있었다. 하지만 할아버지는 자신들이 소운 덕분에 살고 있다며 오히려 고맙다 하곤 하셨다.

"네가 아니라면 무뚝뚝하고 말이 없던 균성이의 저 팔푼이 짓을 어찌 볼 수 있었겠느냐? 너마저 없었다면 이 늙은이의 마지막 가는 길을 저 녀석 홀로 배웅했을 테니 쓸쓸하기 이를 데 없었을 것이다."

"할아버지……."

"넘어진 김에 쉬어 가라는 말이 있다지 않느냐. 이번 기회에 좀 쉬자꾸나. 몸이 나으면 이 할애비랑 유람이나 몇 달 다녀오자. 그동안 네 오라비가 너를 부리며 편히 지냈으니 이제 저도 좀 바쁘게 보내봐야지. 허허."

뒤이어 팔푼이 오라버니가 인기척을 냈다. 소운은 저를 보며 안타깝고도 약간은 화가 난 듯한 표정을 짓는 오라비에게 희미한 미소를 지어 보였다.


숙취에서 깬 윤회는 자신을 살린 백현에게 시키신 일은 뭐든 하겠다 고개를 조아렸다. 하지만 그저 허드렛일이나 시킬 줄 알았지 남의 집 염탐을 시키실 줄은 정말 몰랐다. 온종일 그놈의 해륜인지 뭔지 하는 곳을 기웃거리다 온 윤회의 입이 튀어나왔다.

"어휴, 당최 개미 새끼 한 마리 들어갈 틈이 없습니다."

"겨우 그걸 알아보고 오는 게냐."

"아무리 영감께서 제 목숨을 살리셨다 하나 이건 너무하신 거아닙니까? 명색이 선비인 제가 남경에 와서 상단이나 기웃거리며염탐을 해야 한다니요."

"목숨을 살려준 대가로 뭐든 하겠다 한 건 너다."

그 말에 윤회는 한숨을 푹 쉬었다. 축연에 나온 술은 향기가 지나치게 좋았다. 그저 한 잔만 더 한다는 것이 어느새 자신을 대취하게 만들었으니 그 술이 요물은 요물이었다.

"옜다. 이거나 마저 해놓거라. 오늘도 할 일이 태산이다."

"아이고, 제가 무슨 시문을 뚝딱 찍어내는 사람도 아니고 매일매일 이걸 어찌 다."

백현이 부탁받은 시문을 써놓으라 두루마리를 던져주자 윤회가바로 투덜거렸다. 그러나 곧 술병을 들이미는 백현에 의해 그의 얼굴에 다시 화색이 돌았다.

"이 정도면 오늘 안으로 되겠느냐."

"흠흠. 음. 이 정도 향기를 가진 술에 취한다면야. 오늘 밤 안으로 이 남경 내의 모든 문장가들이 울고 갈 시문을 지어놓겠습니다.하하."

백현은 누가 빼앗아갈까 서둘러 술을 병째 들이켜는 윤회를 보고는 웃으며 방을 나섰다. 윤회가 알아온 바에 의하면 소운은 자신을 만나고 오랫동안 불출한 모양이었다. 몸이 좋질 않다는 얘기도있는 걸 보면 어디가 아팠던 건 아닌가 하여 걱정이 됐다.

그는 소운을 다시 보기 위해 수없이 고민하고 고민했다. 백현은 남경 저잣거리에 소문이 파다해진 윤회의 시문을 들고 황 대인을 만나러 기방으로 향했다.

"오호. 폐하께서 칭찬을 아끼지 않으셨다더니, 역시 대단합니다."

황실의 내고에서 빼어난 글이라면 이골이 날 정도로 본 황 대인에게도 윤회의 시는 꽤나 감탄스러웠다. 거기에다 황제께서 찬하신 자라는 명성까지 붙었으니 주변의 부러움깨나 사겠다 싶어 황 대인의 올라간 입꼬리가 내려올 줄 몰랐다.

"과찬이십니다. 그저 아이가 철이 없어 대국의 기상이나 배워가게 하려 데리고 온 것인데 그리 무례를 범하게 되어 송구할 따름입니다."

"폐하께서 상관치 말라 하셨으니, 마음에 담아두실 것 없습니다. 참으로 볼수록 놀랍습니다. 문장의 수려함이 태백과 같고 그 기상이 두보와 견줄 만합니다."

"좋게 보아주시니 그저 감읍할 따름입니다."

"이리 좋은 것을 주셨는데, 제가 보답을 해야겠지요. 부족하나마 환국길에 도움이 되셨으면 합니다."

소원하던 윤회의 시문을 받은 황 대인이 백현의 앞에 작은 함을 하나 내어놓자 백현은 웃으며 대인 앞으로 다시 함을 밀었다.

"이미 폐하께서 하사하신 것만으로도 충분하니 이러지 않으셔도 됩니다."

"아닙니다. 이 참의. 본디 귀한 것을 얻었을 때는 그에 합당한 값을 치르는 것이 대국의 예입니다."

"정 그러시다면 그저 좋은 술이나 한 병 내어주시지요. 그 아이가 좋아할 것입니다."

"술이요? 좋습니다. 황실에서 맛본 것과 같은 천하제일 명주를 구해드리겠습니다. 하하하."

황제가 베푼 축연에서 대취한 상태에서도 흐트러지지 않고 훌륭한 시문을 내었다는 윤회에 대한 소문은 그날로 온 남경에 퍼져 나갔다. 황제의 측근 인사는 물론이고 한다 하는 집안의 사람들이 윤회의 글을 얻고자 사신단이 머무는 회동관 앞에 문전성시를 이루었으나 백현은 윤회에게 시문을 함부로 내어주지 못하게 했다. 안달이 난 인사들은 백현을 찾기 시작했고 그중 황 대인은 황실에서 내고를 책임질 만큼 황제의 신임을 얻는 자였다. 백현과 술잔을 나누던 황 대인이 기분 좋게 취한 채로 연신 윤회의 글을 보며 감탄하자 백현은 넌지시 그를 떠보기 시작했다.

"한데 대인, 이리 좋은 술은 어디서 구하신 겁니까? 지금껏 이런 향기를 가진 곡주는 본 적이 없습니다."

"하하, 참의께서 사람 보는 눈만 높은 줄 알았더니 미각도 훌륭하십니다. 이것은 사천성 지방에서 나는 곡주인데, 다섯 가지 곡식으로 맛을 내어 그 향기가 일품이지요."

"사천이라니요. 그 먼 곳에서 나는 술이 예까지 왔단 말입니까? 대국의 상단은 진정 구하지 못할 것이 없는 듯합니다."

"장사치들이야 돈이 되는 곳은 어디든 가지 않습니까. 참의께서도 필요한 것이 있으면 말씀하시지요. 내 잘 아는 상단을 소개시켜 드리겠습니다."

"하면 한 곳을 소개해 달라 청을 드려도 되겠습니까? 환국길에 어머님께 선물할 것이 필요하던 참입니다만."

황 대인이 대번에 선물을 준비겠다 나섰으나 백현은 그저 좋은 상단 하나 소개해주시면 된다며 극구 사양했다.

"어디 보자, 어디가 좋을꼬. 그렇군요. 해륜상단이 좋을 듯합니다."

"해륜상단이요?"

황대인은 그곳의 부행수가 여인이니 도움이 될 거라며 자신이 연통을 해놓겠다 나섰다. 이렇게라도 백현에게 도움을 주게 되어 만족스러운 듯했다. 백현은 두 손을 들어 한 번에 자신이 원하는 답을 내어준 황 대인에게 감사의 인사를 표했다.

며칠 뒤, 황 대인의 집에 들어선 소운은 대인과 마주 앉아 차를 들고 있는 백현을 보고 짐짓 놀랐다. 애써 그의 시선을 피한 소운은 황 대인에게 예를 갖춰 고개를 숙였다.

"해륜의 부행수 심소운, 대인께 인사 올립니다. 조부께서도 가계 평안과 건강을 기원 드린다 인사 전하라 하셨습니다."

"고맙다. 자네와 오라비가 북경에 다녀온 이후 이리 얼굴 보는 것이 처음이니 참으로 오랜만이구나. 잘 지냈느냐."

"걱정해주신 덕분에 무탈하게 보내고 있나이다."

"다행이구나. 한데 네 조부의 건강이 예전만은 못한 듯하여 걱정이구나. 건강보다 중한 것은 없으니 네가 신경 쓰거라."

"대인의 말씀 명심하겠습니다."

"바쁠 터인데 예까지 오라 해서 미안하구나. 황실의 내고를 담당하는 이가 사사롭게 상단을 직접 찾는 것이 네게도 좋은 일은 아닐 듯하여 이리 집으로 불렀다."

"당연한 말씀이십니다. 어찌 대인께서 일개 상단에 발걸음을 하신단 말입니까? 괘념치 마십시오."

"그리 생각해주니 고맙다. 인사드리거라. 이쪽은 조선에서 오신 예조 참의 이백현 대감이시다."

소운에게 백현을 소개한 황 대인은 그가 본국에 계시는 어머님께 드릴 물건을 구하고 있으니 성심을 다해 도와 달라 청했다. 그렇게 두 사람을 인사시킨 황 대인은 황제의 부름을 받았다며 아랫것들에게는 불편이 없도록 모시라 일러두었으니 천천히 일 보라는 말을 남기고 자리를 떴다. 그가 떠나자 두 사람 사이에는 잠시 침묵이 흘렀다.

"아팠더냐?"

이레 정도 된 듯한데 소운은 지난번보다 눈에 띄게 핼쑥해져 있었다. 저 아이도 자신만큼이나 평온하지 못했구나 생각하니 백현의 마음이 저려왔다.

"생각이 많았나 보구나."

"……."

"언젠가는 나와 다시 만나게 될 거라 예상치 못했더냐?"

"생각해본 적 없는 듯합니다."

백현은 예상했으면서도 소운의 말이 섭섭했다.

"그리도 나를 잊고 싶었더냐?"

"모르겠습니다. 이제 와 그게 무슨 소용이겠습니까."

"나를 보는 것이 불편하겠구나."

"편하지는 않습니다."

그의 말에 싸늘하게 답한 소운은 생각이 많은 눈으로 백현을 그저 바라만 보고 있었다. 어찌하여 이 사람은 내 앞에 다시 와 있는 것인가. 다 잊고 살고 싶었는데. 생각하지 않고 살고 싶었는데. 아니, 나는 과연 이 사람을 잊은 적이 한순간이라도 있었던가. 회한에 젖은 소운의 눈에서 순간 눈물이 뚝 하고 떨어지자 백현이 조용히 다가와 그녀의 눈물을 닦았다.

"모진 말로 주는 상처는 결국 내게 되돌아오더구나. 이리 애쓸 것 없다."

소운은 자신의 눈물을 닦아주는 백현을 가만히 올려다보았다. 세월이 많이 흘렀음에도 그녀의 눈가에 닿은 그의 손길은 여전히 따뜻했다. 마치 그녀가 여전히 자신의 사람이라는 듯 자연스러운 행동이었다. 자신의 얼굴에 그의 손이 더 닿으려던 찰나 소운은 고개를 돌려 그의 손길을 피했다. 그런 그녀를 가만히 바라보던 백현은 별다른 말없이 손을 거두고 다시 자리로 돌아가 앉았다. 도대체 이곳엔 왜 오신 거냐 묻는 소운의 질문에 원망이 담긴 듯해 백현은 그것이 또 못내 서운했다.

"황 대인이 말하지 않았더냐. 어머님께 드릴 물건을 고르려 했다고. 그가 해륜을 연결시켜 줄지는 몰랐다만 굳이 다른 곳을 알려 달라 하지도 않았다. 너도 언젠가는 내가 찾아올 거라 생각했을 테고."

그 말에 소운은 아무 말도 할 수 없었다. 자신 역시 그를 다시 만나게 될 거란 생각은 했었다. 어쩌면 그래서 더 오래 자리보전을 했는지도 몰랐다. 그러나 인연이란 그리 쉽게 피한다고 피해지는 것이 아니었다. 한숨을 작게 내쉰 소운이 백현을 보며 시어머니의 근황을 물었다.

"아버님이 계시는 성주로 내려가셨다. 얼굴을 못 뵌 지 몇 년 되었다."

"……."

"나는 여전히 불효하고 있다."

백현은 자신 앞에 앉은 소운을 보며 회한에 젖었다. 좋알좋알 쉴 새 없이 자신을 타박하던 아이는 다른 누구도 아닌 바로 자신의 옆에서 말이 없어져 갔다. 누구보다 반짝이고 빛나는 눈을 가졌던 아이는 세상의 욕심이 만들어낸 풍파 속에 처연하게 보일 만큼 빛을 잃은 아이가 되어갔다. 우연치 않게 그녀를 본 후 다시 만나야겠다는 생각뿐이었으나, 이렇게 마주 앉고 보니 이것이 과연 옳은 일인가 백현은 다시 고민에 빠졌다.

"잘 지냈더냐?"

"새로 태어난 듯 살았습니다."

"……."

"저는, 제가 아무것도 할 수 없을 줄 알았는데 아니었습니다."

조선에서 그녀는 할 수 있는 것이 없었다. 아버지가 살아 계실 때는 결국은 버티고 버티다 혼례를 올리겠지 했었다. 백현의 곁에서는 뭔가 할 필요가 없었다. 제가 알아야 할 것도 할 수 있는 것도 없었으니까. 그저 분수에 맞게 그의 착한 첩으로 살면 되겠거니 했었다. 하지만 지금은 달랐다. 그녀는 자신에게 기대고 있는 많은 사람들을 책임져야 했다. 뭔가를 해야 했고 또 꽤 잘해내고 있었다.

"내 옆이 네게는 맞지 않은 자리였지."

소운은 순순히 인정하는 백현의 대답에 돌렸던 시선을 다시 그에게로 향했다.

"항상 미안하고 안타까웠다. 반짝반짝 빛나던 네가 내 품에서 시들어가는 것이."

"……."

"그럼에도 그런 너를 놓지 못하는 나의 그릇된 욕심이 미안했다."

자신을 보는 그의 눈빛은 소운이 익히 알고 있는 다정함과는 달랐다. 안타까움, 미안함, 죄스러움 등 수많은 감정을 더해 한참이나 소운을 바라보던 백현이 갑자기 자리에서 일어섰다.

"이만 가보마. 그저 돌아가기 전에 너와 이리 잠시라도 얘기를 한번 나눠보고 싶었다. 잘 지내는 듯하니 다행이다."

백현이 갑작스레 서둘러 자리를 뜨려 일어나자 소운이 당황하여 그의 발길을 잡았다.

"자, 자당께 드릴 것을 찾고 계신다 하지 않으셨습니까?."

"홋, 당차게 굴더니 아직도 어찌 이리 순진한 것이냐. 그 핑계를 삼아 부러 온 것이니 되었다. 내 필요한 것이 있으면 서신을 상단에 전해 부탁하마."

방문 앞에서 문을 열던 백현은 잠시 멈추어 문을 닫고는 뒤를 돌아 그녀 앞에 섰다. 한참이나 그녀의 얼굴을 빤히 바라보던 백현이 소운의 어깨를 당겨 품에 안았다.

"서, 서방님."

"잠시만, 아주 잠시만 이대로 있어주겠느냐."

몸을 빼려던 소운은 처연한 그의 목소리에 움직임을 멈췄다. 백현은 힘을 주어 그녀를 한번 꽉 끌어안더니 이내 그녀를 풀어주었다. 어깨를 잡은 채로 소운의 얼굴을 바라보던 백현이 입가에 미소를 띠며 나지막하게 속삭였다.

"행복하거라, 소운아. 너를 다시 만난다면 들을 말도 해줄 말도 많을 거라 생각했는데 다 부질없구나."

그의 손이 흐트러진 그녀의 머리카락을 쓸어 넘겨주었고, 그의 절절한 목소리는 소운의 생각을 잠시 멈추게 했다.

"이제 너의 날개를 묶어 날지 못하게 막는 자는 없을 테니 다 잊고 훨훨 날아 네 뜻대로 살거라. 내가 지켜주지 못한 네 아비의 몫까지 그리 오래오래 자유롭게 살아. 나는 조만간 이곳을 떠날 것이다. 우리의 인연은 진정 이것으로 끝이겠구나."

그녀의 어깨를 잡고 있던 그의 손이 풀어지고, 이내 그가 몸을 돌려 밖으로 걸어 나갔다. 소운은 그 후로도 한참을 그 자리에 서서 떠날 줄을 몰랐다.

'우리의 인연은 진정 이것으로 끝이겠구나.'

그의 말이 소운의 귓가를 맴돌았다. 정말 이대로 마지막인 건가. 자신은 아직 하고 싶은 말을 제대로 하지도 못했다. 그래도 한번쯤은 이리 찾아와 줄 거라 기대했었다고. 당신의 처로 함께 했던 그 시절이 그립기도 했었다고. 날이 흐리면 흐려서, 바람이 불면 불어서 그렇게 따뜻했던 당신 품이 그리웠다고. 진정 이것이 끝이라면 그리 마음속에 담아두었던 말 한마디 정도는 해야 하는데.

소운은 끝이라 말하던 백현의 애틋한 미소가 떠오르자 문 쪽으로 급히 뛰어갔다. 드르륵 방문을 연 소운의 눈앞에 처연히 서 있는 한 남자가 보였다. 그녀에게 끝이라 인사를 하고 방을 나선 뒤에도 백현 역시 그곳을 쉽게 떠나지 못했다. 저를 향해 달려오려던 것이 틀림없는, 애달픈 얼굴을 하고 선 소운을 본 백현은 마음이 무너져 내렸다.

"어찌 이리 독하지 못한 것이야. 그냥 가라 둘 것이지. 다 잊고 살 것이지."

"드, 드릴 말씀이 있어⋯⋯."

백현은 어찌할 바를 모르고 머뭇거리는 소운을 말없이 바라보았다. 그는 말하지 않아도 그녀가 전하고자 하는 바가 무엇인지 알 것만 같았다. 그것을 깨달은 순간 소운의 허리를 안고 뜨거운 숨결로 그녀의 입술을 감쌌다. 마치 항상 그래 왔다는 듯이 백현은 망설이지 않고 소운의 입술을 찾아 부드럽게 빨아들였다. 그의 혀가 자연스럽게 그녀의 것을 찾자 소운 역시 기다렸다는 듯이 자신을 내어주며 그의 목에 두 손을 감았다.

그는 모든 것을 잊지 못했다. 한순간도 잊은 적이 없었다. 분명 더 이상 그녀의 곁에 자신이 필요 없음을 다시 한번 깨달았음에도. 자신과 함께했던 시간 동안 그녀가 행복하지 않았음을 알았음에도. 그 시간을 그다지 추억하고 싶어 하지 않는다는 걸 알았음에도 백현은 미련이 남았다. 그 미련을, 다시 한번 밀려드는 그녀에 대한 욕심을 버리고자 서둘러 자리를 떴음에도 그는 쉽사리 그곳을 벗어나지 못했다. 발이 바닥에 붙기라도 한 듯 그렇게 서 있던 순간, 방문이 열리고 소운이 나타났다. 제게 달려오려는 것이 분명한 듯 그리 서글픈 얼굴을 하고.

백현은 더 이상 참지 못했다. 소운이 그 방을 박차고 나오지 않았다면, 그랬다면 그가 다시 그녀를 찾았을지도 몰랐다. 어차피 그리될 일이었다. 급하게 다가가는 백현의 몸짓에 소운이 중심을 잃고 휘청거렸다. 백현은 그녀의 허리를 잡은 손에 더 힘을 주었다. 한 손을 소운의 뒤로 뻗어 벽을 짚은 그가 이내 중심을 잡고 더 거칠게 소운의 입술을 탐하기 시작했다.

"하아…… 하아."

잠시 떨어진 사이 가쁘게 숨을 내쉬던 소운은 백현이 숨 쉴 틈도 주지 않고 다시 자신의 입술을 찾자 망설임 없이 그를 받아주었다. 오랜만에 맛보는 그녀의 입술은 너무도 달콤하여 백현은 온몸의 열기가 빠르게 한곳으로 몰려드는 것을 느꼈다. 백현은 더 깊이깊이 그녀의 혀를 감았다. 열기에 휩싸인 사내는 멈추지 않고 다시 안은 여인의 입술에 맘껏 취했다.


균성은 철운의 말에 자리에서 벌떡 일어나 소리를 질렀다.

"소운이가 사라졌다니 그게 무슨 소리냐? 황 대인댁에 간다고 하지 않았더냐? 그런데 사라졌다니. 대체 넌 뭘 하고 있었……."

균성은 요 며칠 철운을 그녀 옆에서 떼어놓은 사람이 자신임을 깨달았다.

"곁을 지킨 아이 말로는 황대인께서 입궁하시고, 한참이 지나도 나오질 않으셔서 들어가 보니 부행수께서 자리에 계시지 않으셨다 합니다. 한데 황 대인께서 부행수를 부른 자리에 이백현이 있었다 합니다."

"뭐? 이백현? 여기서 그 이름이 왜 나와."

"연유를 알아봐 달라 연통을 넣어두었으니 곧 연락이 올 것입니다."

"하면 지금 이백현 그 인간이 소운이를 납치라도 했단 말이냐."

철운은 오랜만에 제 주인의 진짜 분노를 보았다. 모르는 사람들은 해륜상단의 행수 홍균성을 그저 장삿속 밝고 여자 좋아하는 호색한으로 알고 있을 것이나 철운은 진정한 그를 본 적이 있다. 누구보다 잔인하고 냉정한 그의 본모습이 지금 제 앞에서 다시 드러나고 있었다. 균성은 진심으로 분노하고 있었다. 철운은 참으로 오랜만에 공포를 느끼며 등 뒤로 흐르는 식은땀을 흘려보냈다.

## 8. 첫정의 연정

참으로 오랜만에 단잠을 자고 일어난 백현은 뉘엿뉘엿 해가 지는 하늘을 잠시 바라보다 급히 자리에서 일어나 주변을 둘러보았다. 경치 좋은 숲속에 자리한 정자에서 잠을 깬 백현의 눈은 그리 오래되지 않아 방문을 연 채 붉은 석양을 보며 앉아 있는 낯익은 여인의 뒤태를 찾아냈다.

백현은 몇 해 전 개경의 한 강가가 생각났다. 그녀가 여인인 줄 몰랐던 그때. 강가를 비추던 달빛 아래 선 그녀의 모습이 사내답지 않게 곱다 느꼈던 그 밤이 생각나 백현은 한참을 그 자리에서 그녀를 바라보고 있었다.

그녀와의 입맞춤은 오히려 백현을 더 두렵게 만들었다. 오랜 세월 잊고 산 줄로만 알았던 그의 가슴속 열정이 주체할 수 없이 다시 불타오르자 백현은 그녀를 이끌고 무작정 달려 나왔다. 그곳에 계속 있다가는 이성을 잃고 그대로 그녀를 안아버릴 것 같아 자신을 감당할 수가 없었다. 소운은 자신의 손길을 거부하지 않았다.

순순히 따라 나온 그녀는 이곳으로 그를 이끌었다. 처음 남경에 왔을 때 오라비가 고향이 생각나면 들리라며 자신을 위해 지어준 곳이라 했다. 이곳에서 그녀는 백현에게 늦은 오후 따스한 햇살아래 그녀의 다리를 베고 누워 잠을 청하는 것을 허락했다. 지금 이 순간 백현은 다시 망설이고 있었다. 긴 시간이 흘렀어도 그녀를 본 뒤 다시 뛰는 가슴이 어제와 다를 바 없다고 느꼈다. 하지만 그 세월은 그와 그녀의 사이에 자연스러운 거리를 만들어 놓았음을 그는 이제야 조금씩 실감하고 있었다.

인기척을 느낀 소운이 뒤를 돌았다. 예전의 그녀는 소녀 같던 그 고운 얼굴에 항상 수줍은 미소를 머금은 채 그를 바라보았다. 긴 밤을 보내고 난 다음 날이면 소운은 그와 눈을 마주치는 것조차 부끄러워 고개를 들지 못했다. 그 모습마저 몹시도 어여뻐 백현은 그녀와의 아침을 방해받고 싶지 않아 자주 조반을 들이지 말라 가노들에게 명하기도 했었다.

하나 지금의 그녀는……

석양을 등지고 앉은 그녀는 살랑거리는 강바람에 긴 머리를 흩날리며 많은 감정을 담은 얼굴로 그를 보고 있었다. 그 낯빛에 담긴 회한과 망설임마저 너무도 아름다웠다.

자리에서 일어난 백현은 소운에게 다가가 그녀의 이마 위로 흐트러진 머리카락을 정리하고는 가만히 입을 가져다 댔다. 입술을 떼고 조용히 소운의 얼굴을 바라보던 백현은 그녀의 눈에 슬픔이 비치고 지나가는 것을 느꼈다. 그 모습을 보고 싶지 않아 그녀의 허리를 끌어안아 당긴 후 자신의 가슴에 그녀의 얼굴을 품었다.

"그런 눈으로 보지 말거라, 내 참지 못할 수도 있다."

소운을 품에 안은 채 내어놓는 백현의 말은 다정하고도 애처로 웠다.

"말하지 않아도 알고 있다. 네가 지금 와서 나를 따르지도 않을 것이요. 나 역시 너에게 강요하지도 않을 것이다."

"어찌하여 저를 찾으셨습니까."

"그저 한 번은, 한 번쯤은 더 보고 싶었다."

백현이 제 품에 안긴 소운의 머리를 부드럽게 쓸어내렸다.

"내게 너는 첫정이었다. 그런 네게 상처만을 준 채 떠나보냈었지. 그때는 너를 내 옆에 두고 위하는 길이 그저 그런 것들뿐인 줄 알았다. 너만큼 나도 어렸던 게지."

"……."

"나를 많이 원망했더냐."

"원망도 했고, 지금 생각해보니 그리워도 했던 듯합니다."

소운의 고백에 백현은 안고 있던 그녀의 어깨를 살짝 밀어 눈을 마주했다.

"내가 그립기도 했더냐."

"부부의 연으로 살았습니다. 당연하지 않습니까. 그리고…… 제게도 서방님은 첫정이었습니다."

한참 동안 소운의 눈을 바라보던 백현이 천천히 그녀의 입에 입을 맞췄다. 가볍게 맞춘 입을 떼고 다시 그녀를 바라보던 백현이 이번엔 좀 더 길게 그녀의 입에 머물렀다. 사내의 입술이 마치 첫 입맞춤을 하는 연인처럼 여인의 입술을 조심스럽게 머금었다.

하지만 그 부드러움은 길지 않았다. 그녀의 입술을 머금던 백현의 입술이 어느 순간 그녀에게로 거칠게 파고들었다. 소운의 허리를 안고 있던 백현의 손에도 힘이 들어갔다. 점점 진해지는 백현의 입맞춤에 숨쉬기가 힘들어진 소운이 그의 어깨를 밀며 가쁜 숨을 내쉬었다. 이미 어둠이 자리 잡은 강가는 달빛이 구름에 가려 한 치 앞도 보이지 않았다.

불을 밝히지 않은 이 정자 안도 어둡기 그지없었으나 소운은 자신의 허리를 안은 백현의 눈에 어린 열기를 볼 수 있었다. 백현은 소운이 가쁜 숨을 쉬며 숨을 고르자 입술을 그녀의 목으로 가져갔다.

"아…… 하아."

소운의 입에서 신음이 섞인 숨소리가 섞여 나오자 백현의 입술이 더 깊이 그녀의 목을 빨기 시작했다. 목…… 귀…… 어깨…… 쇄골. 그의 입술이 이제는 멈추지 않겠다는 듯 쉬지 않고 그녀의 몸을 머금었다. 소운은 자신의 몸에 새겨지는 그의 입술을 그대로 받아들였다.

어디서부터 오는지 알 수 없는 열기에 소운의 다리에 힘에 풀렸다. 소운의 몸이 주저앉는 것을 느낀 백현은 급히 그녀의 허리를 받쳤다. 이내 한 손으로 자신의 도포를 훌훌 벗어 바닥에 펼친 백현은 소운을 그 위에 눕혔다.

구름을 벗어난 달빛이 점점 더 강가를 밝히며 그들이 있는 방 안에도 그 빛을 들여놓았다. 백현은 양팔 안에 소운을 가둔 채 잠시 그녀를 내려다봤다. 긴 머리를 풀어헤친 채 자신 아래 누운 소운의 눈에서 자신과 같은 뜨거움을 발견한 백현은 망설이지 않고 다시 그녀의 입술로 향했다. 그들의 입맞춤은 점점 더 거칠어지고 있었다. 어느새 소운은 백현의 머리를 감싸 안은 채 그의 입술을 온전히 받아내고 있었다.

사내의 손이 급히 여인의 옷을 벗겨내고 한 시도 잊지 못했던 여체를 탐하기 시작했다. 수없이 만지고 입을 맞추었던 소운의 가슴과 가는 허리, 부드러운 둔부. 소운의 몸 곳곳에 백현의 손길과 입술이 스치고 지나갔다. 오랜만에 느껴지는 그 생경한 감각에 소운의 신음소리가 점점 더 높아져 갔다. 조용한 방 안에 울리는 두 남녀의 열에 들뜬 소리가 풀잎 소리와 섞여 어둠과 함께 주변을 감싸고 있었다.

서로를 격하게 탐하고 있는 연인들을 숨겨주고 싶었던지 달도 구름 속으로 다시 숨었다. 참으로 오랜만에 접한 서로의 몸을 향한 두 남녀의 급한 몸짓이 좀처럼 끝을 보이지 않고 계속되고 있었다.


사라졌던 소운으로 인해 해륜은 밤새 난리가 났다. 그러나 분노를 감추지 못하고 철운에게 죽간을 집어던지며 고함을 질러댔던 균성은 새벽녘에나 돌아온 아우에게는 정작 아무 말도 하지 않았다.

그 이후 며칠 동안 방에 틀어박혀 있다 대련장에 나온 균성은 목검 하나를 골라 철운 앞에 섰다.

"오랜만에 내 상대가 되어보겠느냐."

"예."

한참을 살기 없는 목검을 서로에게 휘두르던 두 사람은 미동도 하지 않고 서로를 마주 보고 있었다. 숨소리가 거칠어지던 균성이 먼저 자리에 주저앉았다.

"헉, 헉. 독한 놈, 어찌 숨소리 하나 흐트러지질 않느냐."

"행수께선 무뎌지셨습니다."

"황제를 따라 여섯 달을 전쟁터에서 살았더니 칼 비슷한 건 꼴도 보기 싫어 잡지도 않았다. 후우……. 역시 이제 난 칼은 그만 들어야겠다."

주저앉다 못해 자리에 벌러덩 누운 균성이 제 옆에 조용히 앉아 있는 철운을 흘깃 쳐다봤다. 자신이 던진 죽간에 맞은 철운의 얼굴에 또 혈흔이 보였다. 지난번 베인 칼자국도 아직 아물지 않아 철운의 곱상한 얼굴을 꽤 무사답게 보이게 했다.

"답답한 놈, 지난번에도 그렇고 피했으면 내 몇 번 휘두르다 말았을 것인데 어찌 가만히 맞고 있어."

"베이고 맞을 만했다 생각했습니다."

"검흔이 깊었더냐? 내 실력이 예전만 못하여."

"부행수를 잠시 놓쳤었습니다."

철운은 담담히 자신이 그저 균성의 칼에 베어주었던 이유를 꺼냈다. 자신도 스스로를 용서할 수 없었기에 그는 균성의 칼에라도 베이고 싶었다.

"네놈이 어쩌다가."

"방심하였던 거지요. 설마 그자가 책장을 넘어트리리라곤 생각도 못했습니다."

"훗, 하여 그리 아무 말 없이 베이고 있었더냐. 모자란 놈."

누워 하늘을 보던 균성은 피식 자조 섞인 웃음을 흘렸다. 내내 소식이 없어 자신을 분노케 했던 소운은 새벽녘에야 집으로 돌아왔다. 아우과 눈이 마주치고도 균성은 그저 쉬라는 말만을 남기고 돌아섰다. 얼굴을 보면 할 말이 많을 것 같았는데 막상 그 눈을 보고나니 그것이 다 무슨 의미가 있겠나 싶었다.

"약 잘 발라라. 네놈 얼굴에 흉 진다고 날 얼마나 원망 하겠느냐. 그 아이에게 미움받기 싫다."

철운이 가볍게 묵례를 하고 대련장을 나서자 균성은 조용히 눈을 감았다.

부부로 산 세월이 있는데, 어찌 두 사람이 서로에게 할 말이 없었겠는가. 상단 식구들이 혼례라도 올리면 누구보다 먼저 나서 일손을 돕고는 미소 뒤에 애잔함을 담아 바라보는 소운이었다. 그 애잔함 속에 어느 정도 부러움이 실려 있음을 균성을 애써 못 본 척 외면하려 했었다. 끔찍이도 사랑받으며 살았던 아이였으니 다시 그의 옆으로 돌아간다 하면 이제는 정말 보내주는 것이 맞았다. 균성은 바닥에 누워 상념에 잠기다 이내 다시 잠을 청했다.

"아가씨."

"……."

"아가씨."

"아, 랑아. 뭐라 했더냐."

"몇 번이나 불렀습니다. 무슨 생각을 그리 골똘히 하십니까? 그리고 어찌 이리 얼굴에 열이 오르십니까? 어디 편찮으십니까."

"아, 아니다. 그저 좀 피곤해서 그런가 보다. 별일 아니니 신경 쓰지 말거라."

소운은 자신의 이마에 손을 대며 걱정하는 랑이의 손길을 피하며 괜찮다 하고는 자리를 피했다. 그녀는 하루 종일 멍한 상태로 집 안을 돌아다니고 있는 중이었다. 집으로 돌아온 다음 날, 균성은 아무렇지도 않은 얼굴로 자신을 대했다. 가족이란 이리 별말 없이도 모든 것을 이해해주는 관계인가 싶어 소운은 미안하면서도 고마웠다. 하나 백현과의 일은 쉽게 머릿속을 떠나지 않고 그녀를 괴롭혔다.

소운은 다시 그와의 밤으로 빠져들려 하는 자신의 생각을 겨우 붙들었다. 하나 어찌 된 영문인지, 상단 장부를 검토하는데도 자꾸만 자신을 부르던 백현의 열에 들뜬 소리가 들려오는 듯했다. 물을 마셔도 그의 목소리가 옆에서 들리는 거 같아 소운은 살짝 정신을 놓은 채로 돌아다니고 있었다. 그녀의 그런 상태를 호위인 철운은 말없이 바라만 보고 있었다.

"부행수, 피곤하시면 오늘은 그만하시지요."

"아니다. 이건 마저 끝내야…… 어, 철운이 네 손은 왜 이런 것이냐. 얼굴은 또 왜 이렇고."

소운이 천으로 감겨진 철운의 손과 검상이 분명한 상처에 멍까지 들어 있는 얼굴을 만지려 하자 철운이 급히 한발 뒤로 물러섰다.

"별일 아닙니다. 괘념치 마십시오."

"별게 아니라니. 내가 잘은 몰라도 네 실력이 누구와 싸워 상처를 입을 정도가 아닌 것을 아는데. 오라버니더냐? 오라버니가 또 네게……."

"사내놈 몸에 상처 좀 난 것이 뭐 대수라고 이 소란이냐."

균성은 자신을 향해 화기를 담은 눈으로 대청을 지나 쪼르르 달려오는 소운을 보며 짐짓 엄한 체를 했으나 속으로는 웃고 있었다. 분명 저 찌푸린 얼굴로 성질을 내며 철운이를 상하게 한 것을 따지러 오는 것이겠지. 균성은 아우의 투정을 받아줄 준비를 했다.

자신이 철운이를 소운이 옆에 두겠다 했을 때 소운은 이리 말했다.

**'제 목숨을 지키는 아이이니 철운이는 이제 저와 한 몸입니다. 그러니 이제 전과 같이 함부로 하지 마시고 저를 대하듯 하세요.'**

그 말이 못내 부러워 일부러 철운이 녀석을 구박하기도 했었다.

"대체 이 아이가 무엇을 잘못했기에 혈흔을 새긴 것도 모자라 검을 쓰는 아이의 손을 또 다치게 하신단 말입니까? 잘못하여 크게 상했으면 어쩌시려고."

요 며칠 넋을 빼놓고 있는 듯하더니, 제게 따박따박 대드는 꼴을 보니 이제 좀 살 만한 듯싶었다.

"제 주인도 지키지 못한 호위 따위를 내가 왜 신줏단지 모시듯 해야 한단 말이냐."

"제 잘못을 어찌 이 아이에게 물으신다는 말입니까."

"하면 제가 모시는 주인의 행방을 모른다는 호위를 나무라지도 말라는 얘기냐? 네가 두 발로 걸어 들어오지 못할 수도 있었다. 그랬다면 이 아이도 지금처럼 이렇게 목숨 붙이고 서 있지 못했겠지.

뭐 하고 서 있어, 너는 가보거라."

저 때문에 이 소란이건만 그저 멀뚱하니 서 있는 철운을 향해 균성이 그만 가보라 고갯짓을 했다. 눈치도 빠른 놈이 제 누이 옆에 있으면서 반편이가 되어가고 있었다.

"제게 화가 나셨으면 제게 푸실 일입니다."

"내 그럼 네 얼굴에 칼자국이라도 낼 걸 그랬나 보구나."

두 사람의 시선이 팽팽하게 부딪히며 주변의 공기를 제법 서늘하게 만들었다.

"철운이가 비록 네 호위이긴 하나 상단의 사람이다. 이 상단 안에 작은 것이라도 어느 하나 내 것이 아닌 것이 없다. 부행수의 안위는 상단의 존폐와도 직결되는 일. 그런 연유로 그 아이를 탓해 아랫것들에게 본을 보인 것이지 사사로운 원망이 아니었다. 이래도 내가 잘못했다 할 것이냐."

균성의 차분하면서도 단호한 말투에 결국 소운이 고개를 숙였다.

"아닙니다. 제가 생각이 짧았습니다."

오라비의 말대로 잘못이 자신에게 있음을 아는 소운은 아무 말 없이 그의 다음 처분을 기다렸다. 자신의 오라비는 그런 사람이었다. 한없이 가벼운 듯하고, 변함없이 다정하나, 한번 단호해지면 그 누구라도 그를 움직일 수 없었다.

그렇게 태산 같은 존재. 소운은 근래 보지 못하여 잠시 잊고 있던 오라비다운 모습을 마주하자 고개를 숙이고 빙긋이 웃었다. 자신의 앞에 고개를 숙이고 서 있는, 이제는 온전히 이 상단의 부행수인 소운을 균성은 말없이 내려다보았다.

이번 일로 인해 균성은 두 가지를 확실하게 알 수 있었다. 이백현은 자신의 생각보다 훨씬 더 주도면밀한 자였으며, 소운은 그자에 대한 미련을 단 하나도 버리지 못했다는 것.

소운을 보는 균성의 눈빛에 많은 생각이 담겼다. 제 아우를 보내고 나면 그 많은 날을 버틸 수 있을지 의문이었다. 균성은 어느 정도 단련시켜놓았다 생각했던 심장이 다시 아파오는 것을 느꼈다.

"하하하, 숙부께서 이리 강건하시니 해륜이 날로 번성하나 봅니다."

집 안으로 들어서는 한 사내의 웃음소리에 시선을 주던 균성이 서둘러 아래로 내려가 남자에게 예를 갖추자, 소운도 엉겁결에 오라비를 따라 고개를 숙였다.

"소인 홍균성, 황자 전하를 뵙습니다."

"균성 숙부, 도성에 왔다 소식 들은 지가 언젠데 이 조카 얼굴도 한번 안 보러 오십니까. 하하."

"황자위에 오르셨는데 어찌 어릴 적 사가에서 쓰던 호칭을 그대로 쓰십니까. 듣잡기 송구하니 하대하소서."

"우리가 전쟁터에서 서로에게 등을 내주며 싸운 사이인데 어찌 그럴 수 있답니까? 어디 보자, 이 고운 분이 아마도 바로 숙부께서 금지옥엽 아끼신다는 그 부행수인가 봅니다."

균성은 황급히 소운에게 사내를 고양군왕 주고후 황자 전하라 알리고 예를 표하게 했다.

"예가 늦어 송구합니다. 해륜의 부행수 심소운입니다. 황자 전하의 가내 평안하심과 강건함을 기원드립니다."

"부행수는 그만 가서 찬간에 상 보아 올리라 하거라."

"예, 오라버니. 황자 전하, 이만 물러가겠나이다."

주고후라 불린 남자는 뒤로 물러 나가는 소운을 보며 생긋이 미소를 지어 보였다. 그런 주고후를 균성이 불안한 눈으로 흘깃 올려다보았다. 황제의 차남 주고후는 성정이 부왕과 가장 닮아 총애와 견제를 동시에 받는 황제의 골칫거리였다. 그의 용맹함은 수많은 전쟁터에서 부왕에게 승리를 안겨 주었고 간혹 부왕의 목숨을 구하기도 했다. 그러나 그런 그의 능력은 타고난 잔인한 성정 때문에, 유약해 보이나 인자하고 지략이 뛰어난 형과 비교되어 빛을 잃고는 했다. 황제가 되기 전 주체가 주원장의 고민거리였던 것처럼 후에 이 주고후가 현 황제의 골칫거리가 될 거라 균성은 생각하고 있었다.

"번다하신 황자께서 이 작은 상단까지 어찌 발걸음을 하셨습니까."

방으로 들어와 자리에 앉은 그에게 차를 내어주며 균성이 묻자, 주고후가 단박에 제가 온 목적을 드러냈다.

"번다한 건 제가 아니라 숙부 아니십니까? 하례품을 잔뜩 보내셨기에 숙부께서 조만간 저를 보러 오시면 보답해야 했는데 내내 기다려도 소식이 없어 결국 못 참고 제가 온 것입니다. 도대체 남경서 뭘 하시느라 이리 바쁘셨던 겁니까? 황제께서 뭐 따로 언질 주신 일이라도 있었던 겁니까."

이 혈기왕성한 황자가 균성을 찾아 온 내막이야 뻔했다. 측근인 균성을 통해 제 아비의 마음을 알고 싶었을 것이다. 용맹하기로야 황자 중 으뜸이겠으나 제 마음을 속일 줄 모르는 자였으니 그저 그뿐인 황자로 살 팔자였다. 문제는 제 분수도 모르는 이 황자가 별스럽게도 제 아비의 성정 중 가장 별로인 것만 골라 닮았다는 거였다. 특히 여자에 관해서.

"한데 숙부, 아우의 연치가 나랑 비슷해 보였소만. 내 소문은 들었지만 저리 어리고 고운 분인 줄은 몰랐소."

균성은 소운이 네 녀석보다 대여섯은 더 나이 들었다 강조했다.

"에에? 설마요. 얼핏 보았으나 그리되어 보이진 않았는데. 역시 고려 여인은 이 대륙 여인네들과는 다른 맛이 있다니까요. 하하."

"곧 이립[5]이 됩니다. 상부하여 오갈 데 없어 거둔 아이이니 황자께서 눈여겨보실 바가 못 됩니다."

"하하. 아예 관심도 두지 마라 미리 경고하시는 겁니까."

"황자 전하의 전정에 누가 될까 하여 드리는 말씀일 뿐입니다."

균성이 예를 갖춰 몸을 조아리자, 그를 내려다보는 영악한 주고후의 눈에 비웃음이 서렸다. 언제 봐도 건방진 자였다. 황제께서 좀 아끼신다 하니 아주 거만하기가 이를 데가 없었다. 황제가 무치이신데 그 아들인 내가 어떤 짓을 하든 무슨 흠이 잡힌단 말인가. 아무튼 홍균성은 전부터 마음에 안 드는 자였다. 수많은 말들을 상대방이 듣지 못하게 마음속으로 내어 놓았지만 두 사람은 겉으로는 껄껄 웃으며 차를 즐겼다.

"이리 걸음 하셨으니 차림은 빈하나 석반이라도 함께 드시지 어디를 그리 급히 가려 하십니까."

"그 유명한 회동관의 조선 선비를 만나러 갑니다. 숙부도 소문

---

5) 서른 살.

들으셨지요? 그이에게 주기 위해 지금 온 나라의 명주가 회동관으로 몰려들고 있다지 뭡니까. 도대체 어떤 자인지 궁금하여 저도 술한 병 챙겨 들고 길을 나서는 중입니다. 이만 일어나 보겠습니다. 큰 행수에게도 안부 전해주시오."

주고후가 서둘러 왔던 길을 나서자, 균성은 바로 철운을 불러들였다.

"당분간 소운에게서 절대 눈을 떼지 말거라. 특히 주고후 저 망나니와 부딪히는 일은 없게 해라."

"존명."

"혹여라도 죽이진 말고."

"……."

쯧쯧. 답을 하지 않는 철운을 보며 균성은 혀를 끌끌 찼다. 제 마음을 숨기지 못하는 걸로 따지면 이 철운이 녀석도 더하면 더했지 주고후만 못지 않았다. 철운은 저 망나니 황자와 적지 않은 악연이 있었다. 이 녀석은 주고후를 죽일 기회가 온다면 아마 한순간도 망설이지 않을 터였다.

"죽일 거면 들키지 말고."

"존명."

"모자란 놈."

이번엔 철운이 바로 답을 하자 제 앞에서 굳이 사사로운 마음을 감추지 않는 철운을 향해 균성은 한 번 더 혀를 찼다.

"아서라. 죽일 거였으면 그저 왕의 아들일 때 죽였어야지. 이젠 대국의 황자다. 그저 미리 조심만 해라. 섣불리 움직이지 말고."

"……."

"대답하거라."

"예, 행수."

"풍정이 놈에게 일러 술 한 병 준비하라고 해라. 우리도 회동관에 가서 그 유명한 이 얼굴이나 보고 오자."

밖으로 나가 댓돌에 내려서던 균성은 어두워지는 하늘을 향해 고개를 돌렸다.

"구름을 보니 비가 쏟아지려나 보다."

말이 끝나자마자 빗방울이 한 방울 두 방울 떨어지더니 어느새 하늘이 까맣게 비가 쏟아지기 시작했다. 갑작스러운 폭우에 집안 아녀자들이 나와 수선을 피우고, 언제 나왔는지 소운 역시 처마 밑에 서서 내리는 비를 바라보고 있다. 균성은 처마 밑으로 내민 손에 비를 적시고 있는 소운을 향한 제 시선을 거두지 못했다. 철운이 말없이 다가와 그런 그의 머리 위로 우산을 씌워주었다.

"되었다. 이 비라도 맞아 머리를 좀 식히고 싶구나."

철운이 우산을 든 채로 한 발 뒤로 물러났다. 폭우에 가려 눈앞이 흐릿해지자 균성은 그 자리에서 그대로 눈을 감았다. 이 비와 함께 자신에게 남아 있던 마지막 번뇌도 쓸려나갔으면 하고 바랐다.


조선에서 온 사신단이 머무는 회동관에는 마주 앉을 때마다 마음이 편할 리 없었던 두 사람이 술잔을 기울이고 있었다. 이제는 30대 중반이 된 두 남자는 서로에게 날이 서 있던 과거와는 사뭇 다른 모습으로 서로의 술잔을 채워줬다.

"그래도 이리 한 번씩 얼굴을 마주하게 되는 걸 보면 우리가 인연은 인연인가 봅니다."

균성의 말에 그 앞에서 술잔을 기울이던 백현도 동감을 표했다.

"그러게 말입니다. 그나저나 행수께서 하시는 조선말은 이젠 흠 잡을 데가 없습니다."

"그렇습니까? 허언이 없으신 분이 하시는 말씀이니 듣기에는 좋습니다. 요사이 회동관이 남경에서 가장 번다한 곳이 되었다는 데 제가 괜히 귀찮게 해드리는 건 아닌지 모르겠습니다."

"번다한 건 윤회 그 아이고, 저야 황은으로 편히 지내니 한가합 니다. 어찌 생각하실지 모르나 저는 행수가 이리 찾아주셔서 좋습 니다. 행수와는 한 번도 편하게 마주한 적이 없길 않습니까."

바짝 날이 선 채 서로를 향했던 날들은 과거가 되었고, 이제는 같은 것을 고민하는 사내들이었다. 균성이 먼저 백현에게 어찌하 실 요량이냐 입을 뗐다.

"제가 어찌해야 하겠습니까."

"어찌 그걸 제게 물으십니까. 답을 가지고 오셨어야지요."

제 말이 뾰족했음을 직감했으나 균성은 이 정도는 어쩔 수 없는 것 아니겠냐며 스스로를 이해시켰다.

"소운이 그 아이, 좋아 보였습니다."

"하여 그저 두고 보실 생각이십니까."

"저야, 당장 조선으로 데리고 돌아가 제 곁에 두고, 지난 시절 했던 약조들을 하나하나 지키며 살고 싶습니다만. 그러자 청할 수 는 없는 일이라."

"참의 영감의 마음만 변하지 않았다면 그러자 하시면 될 일이지 뭘 고민하십니까."

"변했습니다. 제 마음이."

뜻밖의 대답에 균성이 백현의 얼굴을 뚫어져라 응시했다. 백현의 마음은 진정 변했다. 자신은 지난 세월 당연하게 소운이를 행복하게 해줄 수 있을 거라 생각했었다. 제 곁에서 그 어떤 여인보다 평안하고 귀함 받으며 살게 해줄 수 있다 그리 자신했다. 그래서 그 아이의 손발을 묶고 있으면서도 스스로를 용서하고 이해하고 괜찮다 하며 살았다.

하지만 많은 일이 있었다. 그 아이에게도, 그리고 제게도. 세월이 흘렀고 시절이 변했고 나이를 먹었는데, 어찌 마음만 예전과 같다 자신할 수 있을까. 사실 백현은 이제 겁이 났다.

"제 못난 마음이 다시 전과 같은 오만을 불러올까 하여 겁이 납니다. 행수도 아시지 않습니까, 그저 사내란 나이를 먹어도 철없는 어린아이와 같지요."

균성은 제 앞에 있는 사내가 이런 사람이었던가 싶어 다시 백현을 찬찬히 살폈다. 문득 이 사내를 향한 제 아우의 미련이 이해가 가기도 했다.

"제겐 그 아이를 속박할 그 무엇도, 흔한 흔적 종이 쪼가리 한 장도 없습니다. 그 아이가 저를 원한다면 곁에 있어줄 것이나, 그렇지 않다면 제가 먼저 무엇인가를 강요하지는 않을 생각입니다."

이백현은 사내가 되었다. 이렇게 담백하게 한 여인을 온전히 아껴주는 그런 사내. 왜 이제야 제 눈에 그가 바로 보이는지 모르겠다.

"제가 지금 아주 많이 염려가 됩니다."

"……"

"제 마음이 뭔지도 모르는 불미한 아우 좀 부탁할까 했더니만, 영감은 더한 분이 아닙니까."

두 사내는 잠시 서로를 마주 보다 이유는 모르겠으나 서로의 마음을 알 것 같다 생각하며 고개 숙여 웃었다. 어쩌면 서로에게 좋은 친우가 생기게 될 것도 같았다. 두 사람은 날이 새는 줄도 모르고 술잔을 기울였다.

고방에 나와 비단을 준비시키는 소운에게 장 대방이 정말 이것만 준비하면 되겠느냐 재차 물었다.

"부행수, 진정 단(緞)이면 되겠습니까? 하례품으로 쓰실 거라면 금(錦)은 과하더라도 능(綾) 정도는 하셔도 될 듯합니다만."

"사치하지 않으시는 분이라 단이면 충분하네, 단 서른 필에 금 열 필만 챙기게."

"예, 부행수. 그리고 이번에 서역에서 들여온 물건이 있는데 보시겠습니까."

"가져오게나. 한번 보세."

소운은 장 대방이 가져온 서역의 비단을 보며 감탄했다. 서역 비단에는 대국이나 조선의 것이 따라갈 수 없는 화려함이 있었다. 어찌 이런 색감을 뽑아내는지 볼 때마다 감탄스러울 뿐이었다.

"이러니 황실의 여인들이 서역의 비단이라면 얼마라도 아깝지 않다 한다지 않습니까."

"황제 즉위하신 지 얼마 안 되어 필요로 하는 곳이 많을 것이네. 각 지방 상단에 일러 황실이나 세도가로 들어가는 물건 값에 이문은 낮출 필요가 없으나, 작은 욕심에 시중에 파는 물건을 독점하거나 저자의 질서를 흩트려선 안 된다 다시 한번 다짐을 받으시게."

황제가 등극하며 해륜의 위상이 나날이 높아져 갔다. 지난 시절 황제를 도운 것은 물론이고, 오라비에 대한 그분의 총애가 작은 것이 아님이 알려지자마자 전국의 상단이 그들의 눈치를 보기 시작했다. 해륜은 전과 같았으나 해륜을 보는 자들의 눈은 이미 달라져 있었다.

소운은 이런 것이 힘의 본성임을 새삼 깨달았다. 내가 가지고 있는 것보다 타인에게 어떻게 보이느냐가 중요한 것. 그렇다면 남은 건 제 의지와 상관없이 주어진 이 힘을 어떻게 쓸 것인가의 문제였다.

'네 뜻대로 쓰거라. 휘두르든, 가만히 몸을 사리고 있든. 나라면 맘껏 휘두르겠다. 살아 언제 또 올 기회라고.'

오라비 균성은 그리 쉽게 말했다. 하여 소운도 휘둘러 보기로 했다. 제 뜻대로. 제 마음 가는 대로.

"혹여라도 그런 일이 발견될 시 해륜의 이름을 걸고 절대 자비를 베푸는 일은 없을 거라는 걸 명심하라고."

이것이 나 해륜의 부행수 심소운이 힘을 휘두르는 방식이었다. 약한 이들을 보호하고, 질서를 해하는 자들에게 자비를 베풀지 않는 것. 소운은 제 힘을 그리 쓰기로 마음먹었다.

"당연한 일입니다. 부행수. 지난 시절 해륜에서 해온 일을 아는 자들이니 작은 욕심에 그리 경거망동하는 일은 없을 것입니다. 너무 걱정하지 마십시오."

"세상 사람들은 기이하게도 소탐대실하는 일을 멈추는 법이 없지 않는가. 항상 경계하여 해륜의 이름이 가벼이 오르내리게 해서는 안 될 것이네."

짝짝짝. 소운은 어디선가 박수 소리가 들려오자 고개를 두리번거렸다. 저자와 맞닿아 있는 고방 끝 구석에서 주고후가 나타났으나, 소운은 그를 알아보지 못해 고개를 갸우뚱거렸다. 장 대방이 서둘러 앞으로 나서 그에게 예를 갖췄다. 그제야 소운은 그가 이번에 한왕 작위를 받은 황자 주고후임을 생각해냈다.

"예가 늦어 송구합니다. 해륜의 부행수, 한왕 전하를 뵙습니다."

"내 지나가다 들러 예를 갖추지 못한 것은 피차 같으니 신경 쓸 것 없다. 그나저나 해륜의 공고함이 큰 행수와 균성 숙부의 덕인가 했더니 이제 보니 부행수의 자질 때문이었나 보다. 하하."

"치하가 과하시어 몸 둘 바를 모르겠습니다. 고방이 누추합니다. 본채로 모시겠습니다. 여봐라, 가서 행수께……."

"아니 그럴 필요 없다. 내 오늘은 숙부를 보러 온 것이 아니니 괘념치 말라."

"예? 하면 어쩐 일로 예까지."

"그저 생각할 것이 있어 걷다가 낯이 익은 이가 있기에 들른 것이니 번거롭게 안에 고할 것 없다. 한데 내 궁금한 것이 있는데, 자네가 나보다 연치가 높다는 게 진정이냐."

"송구하오나 전하의 탄일을 제가 모르는지라."

"기미년 생이다."

"제가 갑인년이니 소인이 몇 해 빠른 게 맞습니다."

이 황자가 자신보다 한참이나 아우뻘임을 알게 된 소운은 저도 모르게 그를 보며 환하게 웃었다.

두근. 그게 뭐 그리 좋은 일이라고 자신의 앞에서 지나치게 해 사하게 웃는 소운의 모습에 순간 주고후의 심장이 쿵쿵 방망이질 을 해댔다. 때마침 소운의 뒤로 바람이 불어와 길게 늘어뜨린 소운 의 머리가 가까이 서 있던 주고후의 뺨을 스치고 지나갔다. 향기 좋은 꽃내음이 같이 실려와 주고후의 코끝을 간지럽혔다. 또다시 심장이 두근두근하고 내려앉았다 올라갔다.

"딸꾹…… 읍."

"전하, 어찌 그러십니까."

"아, 아니다. 딸꾹, 내 오늘은 이만 가보…… 딸꾹."

갑작스레 쿵쾅거리는 심장소리가 당황스러워 고후는 자신을 걱 정스레 보는 소운을 피해 서둘러 그 자리를 떴다.


주고후가 고방을 떠난 직후 막 의원에게 다녀온 철운이 소운의 옆으로 다가왔다.

"의원은 뭐라 하더냐."

"크게 상한 것이 아니니 걱정할 것 없다 하였습니다."

철운의 손이 걱정되어 당장 의원에 가라 명한 소운이었다. 제 앞에서 아무렇지도 않다 고하는 사내를 바라보며 그녀는 미간을 찌푸렸다.

"철운이 너는 거짓말도 서툰 것이 어찌 그리 지치지도 않고 내 게 거짓을 고하느냐."

"아닙니다. 제가 어찌. 진정 대련 중에 제가 행수의 힘을 제대로 이기지 못하여 조금 무리가 된 것뿐입니다."

"작은 상처도 크다 난리 치는 것이 의원이라는 자들의 본성이다. 네 손의 상처 정도면 값비싼 약재 몇 첩은 안길 수 있을 텐데 그리 괜찮다 말했을 리가 없지 않으냐.”

소운은 괜찮다 버티며 잠시도 제 곁을 떠나려 하지 않는 철운에게 눈을 흘기며 역정을 내고서야 겨우 의원에게 상처를 보이게 할 수 있었다. 소운 곁에서 주고후를 주시하라고 한 균성의 명을 알 리 없는 소운은 그저 백현과 사라졌던 그날 이후, 오라버니의 걱정이 커 그렇다고만 생각하고 있었다.

소운은 장 대방에게 자신이 고른 단과 금 외에 겸, 사, 견6)도 각각 서른 필씩 준비하여 수실과 같이 동봉하라 지시하고는 서찰 하나를 전했다.

“준비 끝나는 대로 이 서찰과 함께 회동관에 계시는 참의 영감께 보내면 되네.”

“알겠습니다. 부행수, 따로 전하실 말은 없으십니까.”

“그저 내가 보냈다 하면 알 것이네.”

백현 모에게 보낼 비단을 손수 골라 준비시킨 소운은 고방을 나와 안채로 걸어 들어가다 문득 생각난 듯 철운에게 물었다.

“철운이 너도 이번에 한왕 작위를 받은 황자 전하를 아느냐.”

“어찌 그자에 대해 물으십니까.”

“황자를 가리켜 그자라니 누가 들으면 어쩌려고. 정말 너나 오라비나 그 무례한 입방정을 어찌 막아야 할지 모르겠다.”

“주의하겠습니다.”

“내 얼핏 오라비께 듣기로는 꽤나 성정이 괴팍한 분이라 들었는데 직접 보니 다른 사람인가 했다.”

6) 모두 비단의 대중적인 종류 중 하나, 여름옷이 되거나 수를 놓거나 서찰을 쓰는 데 이용된다.

"전장에서는 용맹한 무인이나 어린 연치에도 성정이 잔인한 분입니다. 부행수께서는 절대 가까이하지 마십시오."

곁에 철운을 둔 이후 한 번도 누군가를 이리 격하게 평하는 것을 들어 본적이 없는 소운이었다. 소운이 놀란 빛을 보이자 철운은 말을 덧붙였다.

"같은 스승께 배웠습니다. 어릴 적부터 성정이 좋지 않았습니다."

"어쩐지 연치가 너와 비슷해 보이시더라. 어린 나이나 너보다 무예가 뛰어난 자를 보지 못했는데 같은 스승 아래 배웠다면 그분도 실력이 대단하시겠구나."

"훌륭하신 편입니다."

"오라비와 대적하면 오라비가 지느냐."

"스무 합을 넘지 못하실 겁니다."

"하면 우리 철운이와 대적하면 누가 이기느냐."

소운이 장난스럽게 철운의 코앞에 얼굴을 들이밀며 묻자 철운이 놀라 뒤로 물러섰다.

"그, 그거야."

"누구냐, 누가 이기느냐."

"아, 아무래도 제, 제가⋯⋯."

소운은 당황하면서도 무인의 자존심에 제가 이길 거라 말하는 철운이 귀여워 크게 웃었다.


해륜에서 온 비단이 회동관에 도착했다. 백현은 두 식경도 넘게 구석에 놓인 비단 더미에서 시선을 떼지 못하고 있었다. 손으로 책상을 톡톡 치며 한참을 생각에 잠겨 있는 백현을 보다 못한 윤회가 다가와 말을 걸었다.

"그리 보고 계시다간 귀한 비단에 구멍 생기겠습니다. 황제께서 내리신 물건 말고는 뭐든 되었다 하시더니 저 비단은 어찌 받으신 겁니까."

"구실이다."

"예."

"다시 보러 갈 구실이 되어줄 것이라 받은 것인데……."

백현의 시선이 방금 전까지도 손 아래 두고 툭툭 치던 서찰로 향했다.

"찾아오라는 것인가, 아니면."

백현이 서찰을 들어 가만히 바라보았다.

"이젠 뭐라 해도 소용없다는 뜻인가."

윤회는 혼자 중얼거리는 백현을 보고는 고개를 절레절레 흔들며 밖으로 나가버렸다.


균성은 요사이 무척이나 일에 열심인 아우가 꺼내놓는 이야기를 열심히 들어주고 있었다. 저리 일에 매달리는 심사야 상상하고도 남음이었다.

"진상[7](晉商)이 북경일대서 활동하는 것이야 이상할 바가 없습니다만, 이젠 이 남경에도 그들의 영향력이 만만치 않다니 경계하기는 해야 할 것입니다."

태황제 주원장은 필요한 물품을 원활하게 조달하기 위해 개중

---

7) 산서상인. 명,청나라 때에 큰 활약을 했던 산시성 출신의 상인들.

제[8]를 시행했다. 그 일은 지금 소운이 말하는 진상의 숨통을 탁 트이게 해주었고 그 기회를 놓치지 않은 진상은 이로 인해 나날이 번창하고 있었다.

"현 황제께서 북경서 생활하신 지 오래되었으니 당장은 아니더라도 천도는 기정사실이나 마찬가지일 터, 진상과의 경쟁은 피할 수 없는 일일 것이다."

"양헌[9]이라는 분은 성정이 몹시 잔인하다 들었는데, 개인의 인품이 꼭 나랏일 하는 기준은 아닌가 봅니다."

"제 위치를 아는 자가 제일이다. 자신의 깜냥이 이 일을 할 만한지 따져 만족할 줄 알아야 평탄하게 오래 사는 법이지. 나를 봐라 딱 내 위치를 알고 포기하고 나니 만사가 편하지 않느냐. 상단도, 하나뿐인 아우와도."

"아, 결국 말이 그리되는 것입니까."

오라비의 능청이 어이가 없어 소운은 실소를 금치 못하면서도 지방 상단에서 올라온 서찰에서 눈을 떼지 않았다.

"그나저나 우리 부행수께서 회동관에 비단 보따리를 안기셨다고"

균성이 장부에서 눈을 떼지 않은 채 툭 질문을 던져오자, 소운의 눈빛이 잠시 흔들리는 듯했다.

"회동관 이 참의가 황제께서 하사하신 물건 외에는 받는 일이 없다며 다들 어찌 연을 만들어야겠냐며 고민이라더라. 한데 해륜에서 들어간 비단은 돌아 나오질 않아 의아하다며 비결이 뭐냐고 묻는 자가 한둘이 아니다."

---

8) 상인이 북방으로 물자를 가져오면 전국의 소금 산지에서 교환 가능한 증명서를 주는 것.
9) 개중제를 주원장에게 건의한 사람.

"환국 길에 자당께 드릴 선물이 필요하다 하시어."

"내가 궁금한 건 그게 아니라는 걸 알면서 사족 달 필요 없다. 어찌할 요량이냐."

"……어찌해야겠습니까."

망설이던 소운의 대답에 보던 장부에서 눈을 뗀 균성이 고개를 들더니 피식 웃었다.

"질문은 두 사람에게 했는데 답이 하나인 걸 보면 두 사람 마음이 같은 것이겠지."

눈에 들어오지도 않을 서찰에 집중하고 있는 아우를 보는 균성의 목소리에 애틋함이 담겼다. 백현을 만나고 균성에게 뒤늦게 찾아온 감정은 아우에 대한 애잔함이었다.

"네 좋은 시절을 청상처럼 살게 하다니 너에게 너무 못할 짓을 하지 않았던가 싶다."

"무슨 그런 말을 하십니까? 제가 원해……."

"그러니 말이다. 난 네가 원해 그런다 생각했지. 하나 생각해보니 너 같은 반편이가 제 맘을 어찌 알 거라고. 그저 내가 편한 대로 생각했던 것 같다."

생각해보면 소운 아비의 일은 안타까우나 이 참의도 딱한 사람이었다. 현 황제는 네 해라는 긴 세월 동안 자신의 정적을 죽이고 황위에 오른 자였다. 균성이 그의 편에 서지 않았다면 과거 어느 시간에 쥐도 새도 모르게 개죽음을 당했을지도 몰랐다.

"너도 여기서 겪어 보지 않았느냐. 세상사 큰 물길은 너나 그나 나 같은 그저 그런 인간의 작은 힘으로 막을 수 있는 것이 아니다."

"밤새워 서로 대작을 하셨다더니 어느새 정이라도 드셨나 봅니다."

"좋은 사내다. 잘난 사내고. 네가 아니더라도 아우가 있다면 연을 맺어주고 싶은 그런 사내다. 네가 맘을 정한다면 난 말릴 생각 없다."

"섭섭합니다."

소운은 심통과 섭섭함이 섞인 복잡한 표정으로 돌아앉았다.

"제 쓰임이 겨우 그 정도입니까."

"……."

"해륜은 너 아니면 안 된다. 너 없는 해륜은 있을 수 없다. 이런 말씀을 해주시길 바란 건 너무 지나친 기대인 것입니까? 여인이란 결국 이 정도인 것인가 봅니다."

"내 말은……."

"압니다. 오라버니 마음. 아우가 여인으로서 아낌 받으며 편히 사는 모습을 보고 싶으신 게 당연하지요. 하지만 저는, 저는…… 잘 모르겠습니다. 이만 나가보겠습니다."

소운은 균성이 부르는 소리에도 뒤돌아보지 않고 밖으로 나가 말에 올랐다.

"철운이는 날 따를 것 없다. 오늘은 내 곁에 있지 마라."

"부행수."

남겨진 철운이 이러지도 저러지도 못하고 그 자리에 서 있다 그래도 소운을 따르려 하는데 방에서 들려오는 균성의 목소리가 그의 발걸음을 잡았다.

"내버려 두거라. 저도 생각할 시간이 필요할 테니."


소운은 말을 타고 남경을 둘러싼 성곽을 돌아 달리고 있었다.

'어찌할 요량이냐?'

오라비가 자신에게 했던 질문을 수도 없이 반복해 스스로에게 했었다. 그에게 그저 자당께 드리는 마음이니 거절하지 말고 받아 달라며 그저 잘 돌아가라는 별 내용 없는 서찰을 쓰면서도, 그것을 전달하면서도 매 순간 망설였다.

"워, 워."

바람이 부는 성곽에 말을 세우고 남경 저자를 내려다보며 소운은 생각에 잠겼다. 백현을 따르고 싶고 그의 곁에 있고도 싶다. 하지만 조선에서 그녀는 그저 혼적에 이름도 올리지 못하는 역모자의 딸이었다. 비록 세상이 변하여 아비의 누명이 벗겨진다 해도 그녀는 그저 역관의 딸이다. 반가의 여식이 아니니 자식을 낳아도 그 아이는 그저 서자일 뿐이다. 그를 따른다면 자신은 또다시 그저 이름 없는 별당의 첩으로 살아야 했다.

명국에 와 소운은 비로소 자유로웠다. 자신이 가진 재주로 세상에 나서는 일이 이리도 가슴 떨리게 흥분되는 일임을 알았다. 오라비가 가진 재력은 그 누구도 자신을 무시하지 못하게 해주는 든든한 벽이 되어주었으나 생각해보니 그 역시 자신의 힘이 아니었다. 결국 나는 스스로의 힘으로는 아무것도 할 수 없는 여인, 그것뿐인가, 그것뿐이었던가. 말고삐를 잡은 소운의 손에 힘이 들어갔다.

해가 지고서야 집에 도착한 소운이 말에서 내리는 순간 그녀의 뒤로 낯익은 목소리가 들려왔다.

"이젠 말을 제법 타는구나."

소운은 자신에게 말을 거는 백현을 보지도 않고 말고삐를 잡아 기둥에 묶었다.

"어인 일이십니까."

"보러 오라는 말인지 아닌지 서찰만 봐서는 알 수가 없어 왔다."

"그저 잘 돌아가시라 쓴 거 같은데 어찌 그리 읽으셨습니까."

"그러게 말이다. 어찌 내겐 그리 읽히는 겐지."

"서방님을 따라가고 싶지 않습니다."

백현은 제게 등을 돌린 채 차갑게 말하는 소운의 흔들리는 어깨에 시선을 두었다.

"첫정이었습니다. 하여 제가 잠시 정신이 나갔었나 봅니다. 하나 저는 다시 조선으로 돌아가고 싶지는 않습니다. 심소운이라는 이름으로 아무것도 할 수 없는 그곳으로 다시 가 그저 이름 없는 첩으로 살고 싶지 않습니다."

"내 그러자 한 적 없는 거 같은데."

"하면 왜 제 앞에 나타나 저를 이리 혼란케 하십니까? 도대체 왜 저를 이리 힘들게 하십니까. 왜 제가 서방님을…… 잊지 못했다 말하게 하십니까."

소운이 눈물을 참으려 발개진 얼굴로 심중의 말을 쏟아냈다. 백현은 조용히 다가와 여전히 돌아서 있는 그녀의 어깨를 안았다. 저와 마찬가지로 고민이 많았을 것을 생각하니 안타까우면서도, 소운에게 자신이 이 정도 자리는 차지하고 있다는 사실에 백현은 마음이 놓이기도 했다.

"너만 보였다. 남경의 그 넓은 거리, 그 많은 사람 중에서 오직 너만 내 눈에 보여서 하여 나도 모르게 너를 찾았다."

그의 품을 벗어나려는 소운을 백현이 더 꽉 끌어안았다. 소운이 싫다 하면 자신은 아무것도 하지 않을 생각이었다. 그러나 말로는 싫다 해도 눈빛으로는 갈피를 잡지 못하는 소운에게 작은 희망을 걸고 있기도 했다.

"왜 저를 찾았느냐 서방님을 원망하면서도, 이리 같이 있고 싶다 생각하는 제 마음도 알아보십니까."

"그래서 이리 왔지 않느냐."

소운을 안은 손에 힘을 주며 백현은 이 아이의 마음이 조금 더 흔들려주었으면 좋겠다는 이기적인 생각을 했다.

석반을 들고 가라는 소운의 청에 백현은 해륜으로 들어섰다. 생각해보니 오늘은 조반 이후 음식이라고는 입에 넣어보질 못했다. 문 앞에 마중 나온 철운이 소운을 따라 안채로 들어가는 백현을 말없이 지켜보고 있었다.

"급히 준비하느라 찬이 입에 맞으실지 모르겠습니다. 손님을 모시고 오실 양이면 미리 언질을 주셔야지요. 아가씨도 참⋯⋯."

"네 평소 솜씨를 내 아는데 겸양이 지나치구나. 상다리가 휘다 못해 부러지겠다. 랑아."

한 상 가득 음식을 차려놓고도 부족하다 투덜거리는 랑이의 투정에 소운이 웃자 아이가 편하게 드시라 인사하고는 나갔다.

"조선 아이더냐."

조선말로 인사하고 나가는 아이를 보며 백현이 묻자 소운이 그 앞에 수저를 챙겼다.

"드십시오. 랑이는 어미가 조선인입니다."

아이의 사연은 소운만큼 기구했다. 어미는 공녀로 바쳐졌다 남경의 한 대감댁 첩실로 팔린 모양인데 일찍 세상을 떴다. 본처가 아이를 구박하여 육십 먹은 노인네에게 시집보내려는 걸 소운이 거두었다. 같이 자식 낳고 키우는 여인으로 어찌 그리 독한지 상단에 오고 난 후에도 본처는 한참 동안 아이를 내놓으라며 난리를 피웠다. 균성이 남경 시내 모든 상단에 부탁하여 그 집으로 오고 가는 곡물들을 틀어막고서야 겨우 그 패악을 멈췄다.

"서방을 뺏긴 여인의 한이 깊었나 보구나."

"한 서린 여인이 저리 무서운 것인가 싶어 불쌍하기도 했습니다."

백현이 제 수저 위에 찬을 올려주는 소운의 손을 따라 그녀의 얼굴로 시선을 옮겼다.

"중전과 그 아들들이 죽고 조선에 새 왕이 섰다 들었을 때 저도 저 여인과 같이 추했겠구나 생각했습니다. 서방님께 드린 제 청이 결국 그리 만들었나 싶어 후회도 했습니다."

백현 역시 그랬다. 수많은 시간을 후회하고 왜 나를 가만두지 않는 거냐며 원망하며 보냈다. 하나 지금 생각해보면 결국 그리되었을 일이라는 생각이 들었다.

"좋은 기억도 아닌 것을. 너도 어서 들거라. 진수성찬을 보니 잊고 있던 허기가 지는구나."

수저를 드는 백현의 밥 위에 소운이 생선 살을 발라 올려 주었다. 백현이 그런 자신의 모습을 가만히 바라보자 소운이 무심결에 한 행동이 부끄러운지 고개를 들지 못한 채로 어서 드시라 재촉했다.

"생각해보니 내가 허기가 진 것은 이쪽이 아니었나 보다."

무슨 말인가 싶어 소운이 고개를 들자 백현이 제 옆에 앉아 있던 소운의 입술을 훔쳤다. 한 손으로 그녀가 넘어지지 않게 의자를 잡고 버티며 그녀의 입술을 탐하던 백현이 입술을 떼고 그녀에게 나지막이 물었다.

"지금은…… 안 되느냐?"

당장 안 된다 할 줄 알았던 소운은 말이 없었다. 저를 보는 여인의 눈에서 백현은 그녀의 목소리를 들은 듯도 했다.

"답은 들은 것으로 하겠다."

"서, 서방님."

백현이 의자에 앉아 있던 그녀를 안아 들고는 침상에 눕힌 후 차양을 내렸다. 서서히 자신에게로 다가오는 그의 얼굴을 차마 볼 수 없어 눈을 감은 소운은 잠시 동안 별다른 일 없이 침묵이 흐르자 슬며시 눈을 떴다. 백현이 웃음을 한가득 담은 얼굴로 그저 바라보고만 있자 속은 것을 안 소운이 그를 밀치며 일어나려 했다.

자신을 밀치려는 그녀를 다시 침상에 눕힌 백현이 천천히 그녀의 이마에 입을 맞추고는 몸을 일으켜 주었다.

"마저 들자. 이젠 정말 허기가 지는구나."

얼굴이 발개진 소운이 식탁으로 돌아가려 하자, 백현이 그녀의 팔을 당겨 자신의 품으로 다시 안았다.

"그런데 소운아, 진정 지금은 안 되겠느냐."

"농은 좀 그만하십시오."

소운이 짓궂게 묻는 그의 가슴을 툭 치며 자리로 돌아가자 백현이 큰 소리로 웃으며 그녀를 따랐다.

## 9. 엇갈린 연모

환국 채비를 서두르라는 등극사의 말을 듣고 회동관을 나선 백현은 가까운 강가로 향했다. 이젠 정말 결정을 해야 했다. 시작을 제대로 하지 못했던 일의 매듭이 아무리 중간에 노력한다고 제대로 끝맺음될 수는 없는 법이었다. 소운은 확고한 답을 주었으니 이제는 자신의 차례였다.

사내로서 그 아이의 곁에서 일상을 함께하고도 싶고, 제 갈 길을 가는 그 아이의 뒤를 든든하게 지켜주고도 싶었다. 그러나 조선으로 돌아간다면 그 아이는 이름 없는 소실로 살아야 했다. 하나 두고 가기엔 남경과 개경은 멀어도 너무 멀었고 한성은 더했다. 이번에 떠난다면 또 언제 볼 수 있을지 기약하기도 어려웠다. 강가에 있는 나무에 기대앉은 백현은 한숨을 내쉬었다. 그의 고민의 깊이처럼 한숨도 깊어만 갔다. 이제는 누가 봐도 여인이 된 소운과 함께하고 싶었다. 그 아이 없이 허기진 채로 비어 있는 자신을 다시 견디어낼 자신이 없었다.

그러나 자신의 욕심만으로 소운을 제 뜻을 펼칠 수 없는 조선으로 데려갈 수는 없는 일이다. 비어 있는 자신을 보는 것보다 비어가는 그 아이를 보는 것이 더 힘들 것이다. 이 답이 없는 고민을 끝내야 하는 백현은 결국 생각하는 것을 포기하고 자리를 털고 일어났다. 어차피 결론은 하나였다. 자신은 이제 소운을 포기할 생각이 없었다.

같은 날, 해륜의 넓은 마당으로 끊임없이 쌓이고 있는 궤짝들을 보며 균성은 그 짐을 내려놓고 있는 짐꾼 하나를 잡아 세웠다.

"도대체 이게 다 무엇이냐."

"한왕 궁에서 보내셨습니다."

"뭐? 한왕궁? 아니 한왕이 왜."

한왕이라는 말에 균성이 벌컥 소리를 지르자, 옆에 있던 소운이 그를 말렸다.

"진정하십시오. 오라버니. 이보시게, 자네가 뭘 착각한 게 아닌가? 한왕 전하께서 이 귀한 물건들을 왜 해륜에 보내신단 말인가? 제대로 전달한 것이 맞는지 다시 확인해보게. 분명 다른 곳에 하사하실 물건들일 것이네."

"분명 해륜상단의 부행수께 전해드리라 명하셨습니다."

"나? 나에게 말인가."

이번에는 소운도 놀라 오라비만큼 목청이 커졌다.

"예, 저는 그저 시키시는 대로 가지고 왔을 뿐입니다요. 이보시게, 어서 서두르게."

아직도 더 들어올 것이 남았는지 짐을 나르는 이들을 독촉하는
자를 남겨두고 균성이 방으로 들어갔다. 균성이 저를 부르자 소운
이 급히 그 뒤를 따랐다.

"도대체 이게 무슨 일인지 모르겠습니다."

"근자에 한왕을 본 적이 있더냐? 아니면 그이가 저 혼자 미쳐
저러는 것이냐."

"지난번 우연히 뵈어 서로 몇 마디 나눴을 뿐입니다. 어찌 그러
십니까? 오라버니."

"한왕이 네게 마음이 있음에 틀림없다. 그 모자란 사내가 어찌
마음 표현할 길이 없으니 늘 계집들에게 하던 대로 패물이나 안기
면 좋아할 줄 안 게지. 철운아, 철운이 있느냐."

방으로 든 철운에게 균성은 지금 바로 삼보 태감에게 가서 이
시각 이후로 한왕의 알현을 무조건 막으라고 전하라 명했다. 그리
고 한왕궁에 심어 둔 아이들에게 일러 한왕이 황궁에 들어갈 기미
가 보이거든 자신에게 먼저 알리라는 명도 같이 내렸다.

"존명."

철운이 급히 방을 나선 후에도 소운은 아직도 이 상황이 그저
어리둥절할 뿐이었다.

"오라버니 도대체 그게 무슨 말씀이십니까? 한왕이 제게 마음
이 있다뇨? 그분은 저보다 연치가 한참이나 어리신 데다……."

"어리석은 소리. 사내가 여인을 맘에 품는 데 그깟 나이를 고민
한다고 누가 그러더냐. 내 혹여 이런 일이 있을까 싶어 고려 여인
이라면 환장하는 남경 귀족 놈들에게 절대 너를 보이지 않았던 것

인데. 하필 그 망나니 주고후라니."

"오라버니의 기우십니다. 저와 한왕 전하 사이에는 정말 그런 일이 조금도……."

세상 풍파는 모질게 겪었으나 사내의 마음이라고는 알 리 없는 제 누이였다. 그녀의 주변에 있는 이들 중 그나마 제일 개차반인 것이 저일 것이니 이해가 되지 않는 건 아니었다.

"세상 사내가 모두 이 참의나 삼보처럼 예의 바른 것이 아니다. 심지어 그들도 모든 여인에게 다 그러지는 않는다."

"또 저를 세상 물정 모르는 어린아이 취급하십니다."

"사내에 관해서라면 네가 어린아이와 다른 것이 무엇일까 싶다만. 너와 조선을 떠나던 해 내가 경고했던 일 기억하느냐? 세상이 너를 보는 눈이 곱지 않을 거라 했었지."

"기억합니다. 오라버니의 재력과 힘으로 그 곱지 않았을 수많은 눈들을 가려주신 것도 압니다."

그랬다. 하나 그래 봤자 그는 일개 장사치였다. 권력과 힘 앞에서 아무 쓸모가 없는. 하여 소운이 답답해하는 것을 알면서도 세상에 드러내 놓지 않으려 그리 애를 썼던 것인데. 만약 한왕의 눈이 소운에게 향했다면 자신은 그것을 막을 힘이 없었다.

"세상 어느 사내가 맘에도 없는 여인에게 저런 것을 내린단 말이냐. 특히 한왕의 됨됨이는 너보다 내가 더 잘 안다. 사내의 본성이란 그리 쉽게 변하는 것이 아니다. 나는 그와 수많은 전쟁터를 함께 겪었다. 사내가 극한의 상황에서 어떻게 짐승이 되는지 너는 알지 못한다. 그는 야수 같은 사내다. 너는 지금 그의 사냥감이고."

어두워지는 소운의 낯빛을 따라 균성의 얼굴에도 그늘이 지기 시작했다. 주고후는 소운과 절대 만나게 하고 싶지 않았던 사내 중 한 명이었다. 자신의 힘으로 어찌할 수 없는 이라 그리 조심했는데 결국 이리될 줄이야.

점점 말을 잃고 사색이 되는 누이의 얼굴을 보며 균성은 자신이 너무 걱정을 앞세웠나 싶어 높였던 말소리를 낮췄다.

"우선 상황을 알아보라 했으니 기다려보자. 한왕이 너를 내실로 들이고 싶어도 황족의 혼인은 황제의 허가를 받아야 가능하다. 우선 한왕의 알현을 막으라 했으니 당장은 어쩌지 못할 것이다. 황제께서 과부로 알고 있는 널 황실의 일원으로 받아들일 수 없다 하실 수도 있고."

"사실이라면, 저는, 아니 우리 상단은 어쩝니까."

"……."

"한왕이 저를 마음에 두고 있다면, 제가 거절한다고, 황제께서 안 된다 하신다고 그가 포기하겠습니까? 오라버니의 말대로라면 자비가 없는 분인 듯한데 저로 인해 상단에도 피해가 올 것이 아닙니까."

"누가 너에게 그런 것까지 걱정하라……."

"제 식솔이고 제 사람들입니다. 제 가족과 같은 이들입니다."

절박한 소운의 눈빛에도 균성은 차마 아무 일도 없을 거라 안심시키지 못했다. 제 누이의 걱정이 옳다. 최악의 경우 자신과 이 상단은 이름도 없이 사라질 수도 있었다.

"행수어른."

"당분간 아무도 들이지 말거라."

"저…… 한왕 전하께서 드셨습니다."

"뭐?"

남매는 동시에 놀라 자리에서 일어났다. 균성은 다시 낯빛이 어두워지는 소운을 달래며 뒷문을 통해 안채로 건너가게 했다. 이 오라비가 다 알아서 할 것이니 걱정 말라 하긴 했으나 자신도 딱히 뾰족한 수가 있는 것은 아니었다.

"행수어른."

"지금 나간다."

"그, 그것이 아니오라. 이 참의께서도 오셨습니다."

균성이 문을 열자 두 남자가 그의 눈에 들어왔다. 그의 집 마당에 한왕에게 예를 드리는 이백현과 그를 웃으며 바라보는 주고후, 두 사람이 서로 마주 보고 서 있었다.

"이 참의가 여긴 어인 일이냐."

"환국 전에 인사를 드릴까 하여 잠시 들렀나이다."

"그래? 그 태백의 환생이라는 친구는 아직도 바쁜가."

"폐하의 황은과 전하의 성은으로 무사히 일을 마치고 환국 준비 중인지라 바쁜 나날을 보내고 있습니다."

대화를 듣고 있던 균성은 이 어이없는 상황을 갈무리하기 위해 급히 마당으로 뛰어 내려갔다.

"소인 홍균성, 전하를 뵙습니다. 방금 전 과분한 하사품을 받아 찾아뵙고 인사 올리려 했는데 이리 발걸음을 해주시니 망극합니다."

"아, 별거 아니오. 그동안 숙부와도 소원했다 싶고 내 부행수도 볼 겸하여 겸사겸사 왔소."

한왕의 입에서 뜻하지 않게 소운이 거론되자 백현은 의문스러운 표정으로 그에게 흘깃 눈을 돌렸다. 누구를 찾는 듯 갸웃거리는 한왕을 향해 균성이 다시 예를 갖추어 아뢨다.

"소원했다니요. 전하께 입은 은혜가 하해와 같은데 당치 않으십니다. 한데 전하께서 이리 오실 줄 모르고 제가 이 참의와 선약을 잡았사온데, 참의는 들어가 잠시 기다리시겠습니까? 아니면 다시 날을 잡아 오시지요."

일정 없이 방문한 자신에게 균성이 뜻 모를 소리를 하자 백현은 우선은 받아주어야겠다 싶은 생각이 들어 응대를 했다.

"저야 뭐, 급한 일이 아니니 두 분이서 천천히 얘기 나누시지요. 혹, 서가를 보는 것을 허락해주신다면 그곳에 있고 싶습니다만."

"아, 아니다. 내 숙부에겐 특별한 일이 있어 온 것이 아니니 이 참의는 신경 쓸 것 없다. 한데 숙부. 부행수는 오전부터 어딜 간 거요? 통 나와 보질 않으니."

끊임없이 집 안을 살피는 한왕에게 균성은 소운이 며칠 전에 바람을 심하게 맞았는지 몸이 불편하다 전했다. 당장 내의원에 일러 의원을 데려오겠다 수선을 떠는 한왕을 균성이 겨우 달랬다. 내탕고에 일러 약재를 보내겠다는 말을 남긴 한왕은 얼굴 한가득 걱정을 담고 연신 고개를 돌리다 길을 나섰다. 그 모습을 의아한 표정으로 지켜보고 있던 백현의 옆으로 균성이 다가왔다.

"들어갑시다. 할 얘기가 많을 것 같소."

"지금 이 상황이……."

"본 그대로요. 한 사내가 버젓이 서방이 살아 있는 여인에게 푹 빠져 집 곳간을 비우고 있는 뭐 그런."

"한왕의 마음을 소운이도 알고 있습니까?"

"그 반편이도 이제야 알았소. 고운 누이 누가 채갈까 금지옥엽 아꼈더니 황실과 사돈으로 엮일 줄이야. 허, 참. 이걸 좋다고 해야 하는 건지."

"몸이 안 좋다는 건?"

"지금부터 아플 예정이오. 우선 들어갑시다. 어디다 얼굴을 내 놓지를 말아야지. 이렇게 사내들이 꼬여서야, 원."

백현은 고개를 절레절레 흔들며 방으로 들어가는 균성을 따라 급히 방으로 들어갔다.

"소운이는 뭐라 합니까? 많이 당황하였을 것인데."

"당황은 참의가 더한 거 같소만."

온 낯빛이 어두워 혈색이라고는 하나 없는 얼굴을 하고서 제 누이 마음을 궁금해하는 백현을 보며 균성은 혀를 끌끌 찼다. 두 사람이 이미 남녀 간의 정을 다시 맺었다는 것 정도는 이미 눈치채고 있었다. 아무리 과거에 한 이불을 덮고 살아간 사이라지만 소운이 몇 년 만에 만난 사내의 품에 마음도 없이 안길 아이가 아니었다. 반편이는 누이가 아니라 저 사내구나 싶어 균성은 말이 곱게 나가지 않았다.

"그 아이가 뭐라 했을지 몰라서 묻는 거요, 아니면 자신이 없는 거요? 그리 자신이 없으면 이 집에는 왜 드나드시오? 여인이 필요한 것이라면 남경에 널리고 널린 게 기방이고 기녀요."

"타박 더 할 거 아니면 그만 진정하고 앉으십시오. 할 얘기가 많은데."

자신의 타박에도 평정심을 잃지 않고 담담하게 말하는 백현을 보며 균성은 피식 웃으며 자리에 앉았다. 그래도 한 사람은 제정신인 듯하니 다행이었다. 자신도 그렇고 소운 역시 지금쯤 정신이 반은 나가 있을 테니.

"한왕의 마음이 얼마나 깊은 것입니까."

"정확히 알 수는 없으나 젊은 혈기에 여인에게 한번 빠지면 어디 세상 분간이 됩디까? 어릴 때부터 전장으로만 돈 무인이라 여자를 아쉬워한 적이 없던 자요."

평상시 성정이라면 당장 한왕궁 내실에 앉혔을 것인데 그래도 저리 예를 갖추는 걸 보면 그리 가벼운 마음은 아닌 것 같아 더 걱정이긴 했다.

"참의도 보지 않았소. 소운이가 자리보전했다는 말에 사색이 되는 그자의 얼굴을. 분명 연심이오."

"저자에 도는 말이 많던데 한왕의 주변은 편할 날이 없겠습니다."

의외로 담담하게 앉아 있던 백현이 소운이를 봤으면 한다 자리를 털고 일어났다. 도대체 저자는 무슨 생각을 하고 있는 것일까. 저 평온한 얼굴 속에 담긴 마음을 종잡을 수 없어 균성은 답답했다.

"한왕의 주변이 편안하고 소운이를 평생 아껴줄 위인 같다면 그 아이를 그에게 보낼 거요?"

"……."

"답해보시오."

"물음이 잘못되어 있어 답을 할 수가 없습니다. 제가 가라 마라 할 자격이 있는 사람이 아니라."

"아주 없다 할 순 없지."

"나는 다시는 내 옆에서 삶의 의미를 잃고 시들어가는 그 아이를 보고 싶지 않습니다. 그저 그뿐입니다."

"참의 옆만 아니라면 괜찮다는 말이오?"

"……."

"다른 사람 옆에서 그리 사는 건 볼 자신이 있소? 이건 뭐 좀 사내다운가 싶으면 세상 글이나 읽는 서생 같고. 답답해서 원."

"어느 쪽이든 선택하는 건 그 누구도 아닌 소운이 스스로여야겠지요. 나도 행수도 아닌, 오로지 소운이가 결정할 일입니다."

균성은 담담하게 말하고 자리에서 일어나 방을 나가는 백현을 잡지 않았다. 저이가 그런 마음이었던 건가. 무심한 곰인 줄 알았더니 머리깨나 굴리는 여우였다니. 역시 남녀 간의 일은 삼자가 끼어드는 것이 아님을 균성은 다시 한번 깨달았다. 백현이 해륜을 떠나고 한참이 흘렀는데도 소운이 그저 별말 없이 안채에 있다는 동향을 전해들은 균성은 철운을 불러 지시를 내렸다.

"집과 고방 주변에 소운이의 몸이 아파 거동하기 힘들다 소문을 내거라."

"예, 행수. 그리고 한왕궁에서 약재가 도착했습니다."

"의원에게 일러 소운이의 몸을 보할 탕재를 지으라 해라. 보내온 것이니 써야지."

한왕궁에서 온 소식을 들으니 근자에 내전과 후궁에 내리는 하사품이 줄어 후궁에서는 어디 새 계집이라도 두신 거 아니냐며 수군댄다고 했다. 그 하사품이 해륜의 곳간에 쌓여 있는 줄은 그들은 상상도 못할 것이었다.

"회동관은 언제 환국길에 오른다더냐?"

"고명인장이 내려졌으니 길어도 보름 내로는 환국 길에 오를 듯합니다."

철운의 말에 균성은 백현이 했던 말을 떠올리며 피식 웃었다.

'어느 쪽이든 선택하는 건 그 누구도 아닌 소운이 스스로여야겠지요.'

결국 '네 발로 내 곁에 와라.' 뭐 그런 뜻인 듯했다. 이제 결정은 우리 누이가 해야 할 것인데 아마 골치가 좀 아플 듯했다.

'따라간다 해도 걱정, 아니어도 걱정. 그저 내가 할 일은 걱정뿐이로구나.'

잡념을 잊으려는 듯 고래를 절레절레 흔든 균성은 각 지방에서 올라온 서찰들을 읽고 난 후 한 장씩 불태웠다. 균성의 예상대로 소운은 그 시각 꽤나 골치를 썩고 있었다.

'네가 내 옆에 있겠다 해도 전보다 더 나을 거라고 장담할 수가 없다. 하여 나는 네게 같이 가자 할 수가 없구나.'

침상에 누워 백현이 했던 말을 떠올리던 소운이 한숨을 쉬며 돌아누웠다.

'아직도 역모자의 딸인 너를 혼적에 올릴 수도 없다. 너를 내 곁에 두고자 한다면 결국 넌 네가 그토록 싫어하는 이름 없는 소실로 내 옆에 있어야 한다.'

"하아."

소운은 다시 한숨을 쉬며 반대쪽으로 돌아누웠다. 그럼에도 자꾸만 백현의 말이 머릿속을 떠돌아다녔다.

'비록 지금은 잠시 몸을 피하고 있으나 내겐 혼인한 처도 있다.'

처가 있다는 말을 되새기던 소운은 자리에 일어나 침상에 기대 앉아 머리를 싸맸다. 그 순간, 애처롭게 말하던 백현의 목소리가 다시금 떠올랐다.

'하여 나는 네게 같이 가자 할 수가 없구나.'

백현의 말을 계속해서 떠올리던 소운은 급기야 침상에서 일어나 방 안을 서성이기 시작했다.

'그럼에도, 그러함에도 네가 나를 따라준다면.'

소운은 다시 한숨을 쉬며 침상에 털썩 주저앉아 한숨을 내쉬었다.

"후우……."

'내 너를…… 다시는 놓지 않을 것이다.'

소운이 침상에 푹 드러누웠다.

'무슨 일이 있어도, 너를 내 옆에서 늙어 죽을 때까지 놓지 않을 것이다.'

다시 옆으로 돌아누웠다.

'이번 달 내로 회동관을 떠날 예정이다. 하나 언제든 어디서든 기다릴 것이다. 이것이 내 답이니 이제 너의 답을 다오.'

침상에 드러누워도 보고 돌아누워도 봤지만 소운은 좀처럼 그의 말이 뇌리를 떠나지 않아 힘들었다.

갑자기 소운이 벌떡 일어나 방을 나서자, 랑이가 질겁하다 누가 들을까 큰 소리도 내지 못하고 속삭였다.

"아이고, 아가씨. 지금 여기저기 편찮으시다 하지 않으셨습니까?"

"내 아픈 게 맞다. 하여 오라버니께 가는 것이다."

얼마 지나지 않아 소운은 균성의 방문을 열고 들어오며 말했다.

"머리가 아픕니다."

소운이 제 옆에 머리를 싸매며 앉자 균성은 서찰을 계속 읽으며 피식 웃었다.

"하면 기력을 보할 것이 아니라 통증에 잘 드는 약으로 다시 달여 올리라 해야겠구나."

"아침나절만 해도 한왕이 저를 데려갈까 전전긍긍하시더니 어찌 이리 태평하십니까."

"내 다시 곰곰이 생각해보니 이번 기회에 황실과 사돈지간이 되는 것도 나쁠 것 없다 싶다. 누가 아느냐, 한왕이 태자가 되고 네가 황자라도 낳으면 내가 황제의 숙부가 될지."

"하면 저를 한왕궁이 아니라 황제께 보내지 그러십니까? 황제의 처남이 되실 텐데요."

"아무리 네가 곱다 하나 어디 꽃밭에 둘러싸여 있는 황제 눈에까지 들겠느냐. 주고후가 제정신이 아닌 거지. 어리고 고운 여인들이 지천이거늘 다 늙은 네게 마음을 주다니. 쯧쯧. 철이 없어 그런 것이다."

"오라버니!"

소운이 자리에서 벌떡 일어나 저를 노려보자 균성은 손을 입에 가져다 대곤 다른 손으로 앉으라 손짓을 했다.

"허허, 아파 누워 있는 여인의 목청이 담을 넘으면 어찌하느냐, 이러다 들키겠다."

"들키면 오라버니의 소원을 풀어드리게 되는 것이니 누이로서 이보다 기쁜 일이 어디 있겠습니까? 차라리 제가 지금이라도 한왕궁에 들러……."

제법 마음이 복잡했는지 제 농에 한마디도 지지 않고 대꾸하는 소운에게 결국 균성은 잘못했다 두 손을 들었다. 소운의 투덜거림은 오라비가 건넨 서찰을 보고서야 침묵으로 변했다. 하동에서 올라온 서찰에는 진상이 운성 염장의 독점권을 얻기 위해 황실에 큰 선물을 준비 중인 것 같다는 내용이 적혀 있었다. 거기에 조선 송상이 운영하는 인삼의 독점권도 있는 것 같다는 내용이었다.

"말도 안 됩니다. 염장의 독점권을 나라에서 쉬이 내어줄 리 없습니다. 진상은 신용을 생명처럼 여기는 자들이라 말한 바는 지킬 것이나, 이 서찰의 내용처럼 그들이 송상과 거래하는 것을 다른 지역에서 보고만 있겠습니까?"

"진상 측에서 무엇을 내어주느냐의 문제겠지."

불가능하지 않다고 해서 쉬운 일인 것 또한 아니었다. 조선 조정은 개경을 중심으로 한 송상의 영향력이 커지는 것을 좋아하지 않았다. 황제가 북경을 기반으로 생각하시는 것처럼, 조선왕도 조만간 한성으로 돌아가려 할 것이 분명했다. 이번 등극사 행렬 때 수행한 상단만 해도 개경을 바탕으로 한 송상의 개입을 최소한으로 막은 흔적들이 보였다.

"조선 조정에서는 분명 송상의 영향력을 조선 내에서만으로 제한할 것입니다. 진상이 무리하는 것은 우리에게도 좋을 것이 없으니 경거망동하지 않도록 주의를 두심이 좋을 듯싶습니다."

제 얘기가 끝났음에도 균성이 말이 없자 소운은 오라버니는 제 생각과는 다른 것이냐 물었다.

"너와 같다."

"한데 왜 표정이 그러십니까?"

"네 녀석이 사내였으면 얼마나 좋았겠느냐. 왜 여인으로 태어나서 이 고생이냐."

그건 정말 소운 자신이 하고 싶은 말이었다. 다시 소운의 기운이 축 처졌다.

"산서로 보낼 아이들을 준비시켜라. 아, 명일까지는 누워 있고. 그다음에."

"예."

"잠시 머리를 식혔으니 얼른 돌아가서 다시 머리 터지게 고민해 보거라. 어찌 됐든 답을 내야 하는 일 아니냐."

"예, 가보겠습니다."

균성은 터덜터덜 제 방으로 돌아가는 아우가 안쓰럽고도 기특했다.


소운이 답이 없자 백현은 애가 탔다. 그러나 그의 마음과 달리 환국 날짜는 하루하루 빨리도 다가왔다. 네가 결정하라 해놓고 이제 와 무작정 자신을 따르라 할 수도 없는 노릇이었다. 백현의 마음을 알 리 없는 윤회는 그저 하루하루 집으로 돌아갈 생각에 즐겁기만 했다.

"이제 진정 집에 가는 것입니까?"

"그리 좋으냐."

"좋다마다요. 제가 철이 없어 영감의 꾐에 빠져 고생한 걸 생각하면 절대 다시는 사신단에 따른다 하지 않을 것입니다."

"기실 이번 행렬에서 가장 득을 본 것은 네가 아니더냐. 대국의 온갖 좋은 명주란 명주는 맘껏 마시며 쓰고 싶은 시도 한껏 썼으면서 어찌 나를 원망하는 것이야. 나야말로 네놈 뒷수습하느라 목숨 줄이 왔다 갔다 했거늘."

"저는 이 팔목이 왔다 갔다 했습니다요. 이젠 붓을 잡아도 감각이 없을 지경입니다. 보십시오, 덜덜 떨리지 않습니까? 아야, 아픈 손을 그리 험하게 다루시면 어쩝니까. 아이고."

윤회의 엄살에 백현이 웃으며 들고 있던 서책으로 그의 손목을 툭 치자 윤회가 죽는다며 엄살을 피워댔다. 그때, 바깥에서 백현을 찾는 목소리가 들려왔다.

"참의 영감, 조왕궁 황 태감이 하례품을 보내왔습니다."

"감사하다 인사 전하고 돌려보내거라."

"예, 영감."

답을 끝낸 백현이 다시 서책을 정리하는 것을 보며 윤회가 의아하다는 듯 물었다.

"조왕궁 황 태감이면 조선 출신인 것으로 아는데, 어찌 그런 자의 하례품도 거절하십니까?"

"그러니 더욱 거절하는 것이다. 받으면 그만큼 돌려주는 것이 인지상정일 터, 게다가 조선 출신이니 앞으로 수많은 이유를 들어 조선을 드나들 것인데 기둥뿌리를 뽑아도 그들을 만족시키지 못할 것이다."

"하면 해륜상단에서 보내온 그 비단 보따리는 왜 아무 말 없이 받으셨습니까?"

"······."

"또 그러십니다. 참으로 이상한 일이 아닙니까. 그 일만 여쭤보면 덜 여문 조개마냥 이렇게 입을 꽉 다무시니."

"내게 후일을 바라고 보내온 것이 아니니 받은 것뿐이라 하지 않았더냐."

"그러니 이상하다는 말입니다. 온갖 상단과 벼슬아치들이 보내온 것들은 다 숨은 뜻이 있다 내치시면서 왜 해륜의 것만 바라는 것이 없다 하시는지. 소인은 영감의 속내를 정말 알다가도 모르겠습니다."

"뭐가 그리 궁금한 게야. 온갖 값진 것들이 이미 차고 넘칠 만큼 쌓여 있으니 환국 길에 짐을 보태지 않으려는 것뿐이다. 이리 빈둥댈 시간에 짐이나 제대로 챙기거라, 이놈아."

윤회를 쫓아내고서 다시 서책을 정리하던 백현은 하던 일을 멈추고 자리에 앉아 길을 떠나오기 전 주상과 나눴던 대화를 떠올리며 생각에 잠겼다.

'내 옆에서 여인의 마음을 잡는 법이나 연구해볼 테냐? 하하하.'

'중궁전에 한이 서려 궁 안에 오뉴월에도 서리가 내리게 생겼다 들은 것 같은데 전하의 그 방법이 어디 믿을 만하겠습니까?'

'하하, 고얀 놈. 내 예조에 일러 후궁 책봉에 대한 고사를 조사해 올리라 했는데 어찌 되어가고 있느냐?'

'조만간 예판께서 상주문을 정리하신다고 합니다. 이미 내용은 짐작하고 계시지 않습니까? 전하의 성은으로 예조가 두고두고 중궁전의 미움을 사게 생겼습니다.'

얼마 전 주상은 예조에 왕이 거느릴 수 있는 후궁의 수와 직책을 정리하라 어명을 내렸다. 중궁전에서는 호색에 빠진 왕이 하다 하다 이런 짓까지 하느냐며 비웃었으나 그것은 주상의 무서움을 모르고 하는 소리였다.

'너도 알다시피 내 외척이라면 지긋지긋한 사람이다. 네 이모 덕에 허송세월한 시절이 얼마더냐. 그 양반의 가당치도 않은 욕심에 형제들 간에 피만 보게 됐다. 민씨 가문의 권세가 네 외가보다 더했으면 더했 지 덜 하진 않으니 미리 기를 밟아놔야 뒤탈이 없을 것이다.'

'그러니 말입니다. 이런 전하께서 제게 여인의 마음을 잡는 법을 알 려준다 하시니 믿을 수가 있어야 말이지요.'

'하하, 여인 하나 때문에 집안을 버리고 왕좌를 갈아치운 너 같은 순 정 선비와 나는 다르지 않느냐.'

'……'

'혹여 네가 아직도 그 여인의 마음을 온전히 얻고 싶어 한다면 여인 이 너를 찾게 하거라. 네가 먼저 그 여인을 찾아 전처럼 곁에 두고자 한 다면 그 아이는 네 품 안에 안기더라도 다시 떠날 것이다. 스스로 너를 찾게 하거라. 그래야 영원히 네 옆에 둘 수 있을 터. 하하, 명심하거라. 제 발로 너를 찾아오게 해야 한다.'

주상의 말을 되새기던 백현은 이내 한숨을 쉬었다.

"후, 내 어디 사람이 없어, 이방원의 말을 새겨들었던가."

그런 자신이 어이가 없다는 듯 혀를 차며 담담하게 서책을 정리 하던 백현은 뭔가 결심이 선 듯한 표정으로 갑자기 자리를 박차고 일어나 밖으로 뛰어 나갔다.

"참의 영감, 또 어디를 가시는 겁니까?"

"하 대감이 찾으시거든 사흘 뒤까진 돌아와 환국 길에 들 것이니 걱정 마시라 전해라."

"예에? 어디를 가시는…… 영감, 참의 영감."

자신을 부르는 윤회의 부름에도 백현은 대꾸 없이 그길로 말에 올랐다. 주상의 말 따위 처음부터 듣는 것이 아니었다. 해륜 앞에 말을 세운 백현은 소운이 아닌 균성을 찾았다.

산길에 흔들리던 가마가 멈춰 서자, 가마꾼이 소운에게 도착을 알렸다.

"부행수, 도착했습니다. 먼 길 고생하셨습니다."

반나절 정도 걸려 도성 근처의 작은 산채에 도착한 소운은 가마 꾼들에게 인사를 하고는 땅을 밟았다.

"자네들도 고생 많았네. 랑이 너도 고생 많았다."

며칠째 죽은 듯이 방에만 있으라 하던 균성은 밑도 끝도 없이 갑자기 요양을 다녀오라 등을 떠밀었다. 이미 동네방네 소문 내놨 으니 며칠 요양한다고 의심할 사람도 없을 터라, 한 사흘 정도 바 람이나 쐬고 오라며 랑이와 철운을 딸려 보냈다. 하지만 요 며칠 기력이 없으신 할아버지가 걱정되어 발길이 떨어지지 않았던 소 운이었다.

조부는 자신이 잘 돌 볼 것이니 걱정 말라 토닥이며 저를 떠나 보내던 오라버니의 얼굴이 떠올라 오는 내내 소운의 마음이 심란 했다.

'오랜만에 이 오라비가 한번 안아봐도 되겠느냐?'

소운은 그 말을 내뱉는 균성을 의아하게 바라보다 망설임 없이 다가가 오라버니의 품에 안겼었다. 누가 보면 자신이 정말 아픈 줄 알겠다며 걱정 말라는 말에 균성은 몸 말고 마음을 조리하고 오라 말했다. 그리고…….

**'잊지 말거라. 이 오라비는 네가 무슨 결정을 하던 네 편이다.'**

그 말을 하는 균성의 처연한 표정이 계속 소운의 마음을 어수선 하게 했으나 그녀는 이내 산채로 걸음을 옮겼다. 허술한 듯했으나 꽤 정리가 잘되어 있는 초가를 둘러보던 소운은 깊은 산중에 이런 곳이 있었다는 사실에 새삼 놀랐다.

"오라버니는 이런 곳을 어찌 아셨단 말이냐? 철운이 너는 와본 적이 있는 곳이냐."

"조용히 사람들을 만나고자 하실 때 이용하시는 곳입니다."

"바람이 시원하니 답답한 속이 뚫리는 것 같다. 내 잠시 개울가에 다녀왔으면 싶다만."

"달빛이 있다 하나 산사의 밤이라 어둡습니다."

"멀리 가지 않을 것이다. 너도 피곤할 텐데 걱정 말고 좀 쉬어라. 랑이 너도."

"예, 부행수."

소운은 며칠 만에 바깥출입을 하니 좀 살 것 같다 느끼며 물소리가 들리는 개울가로 조심스럽게 발걸음을 옮겼다. 주변을 밝힌 불빛에도 달이 구름에 가려진 탓에 제법 밤이 어두웠다.

그 순간 구름에 잠시 가려졌던 달이 모습을 드러내자 전각 뜰아래 서 있던 한 사내의 그림자가 소운의 눈에 들어왔다.

"서, 서방님."

백현을 알아본 소운이 놀라 그 자리에 발을 멈추자, 달빛 아래 선 백현이 소운에게 손을 내밀었다.

"밤공기가 좋구나. 오랜만에 함께 걸어보겠느냐."

소운은 백현이 서 있는 자리를 정확히 찾아가 그가 내민 손을 잡았다.

"여긴 어찌 오신 겁니까? 그저 제 답을 기다린다 하지 않으셨습니까."

어느 틈엔가 그의 품에 안긴 소운이 조용히 되물었다.

"사흘만, 사흘만 내게 다오."

소운이 말이 없자 백현은 그녀를 안은 손에 힘을 주며 투정하듯 그녀의 목으로 얼굴을 묻었다.

"싫다 해도 가질 것이다."

"이제야 좀 제가 아는 서방님 같습니다."

"네가 아는 나는 어떠하기에?"

"제가 아는 서방님은 무례하고 배려 없으시고 제멋대로이신 데다 파락호 같은 분……."

백현이 소운의 입술을 막자 소운은 더 이상 말을 내어놓지 못했다. 그의 숨이 깊숙이 소운의 숨을 빨아들이자 그녀도 백현의 숨결을 받아들였다. 얼마나 지났을까, 입술을 떼어낸 백현이 투덜거렸다.

"그놈의 파락호 소리."

소운의 눈을 바라보며 백현이 살짝 미소 지었다.

"이 잔망스러운 입으로 뭐라 하였기에 한왕이 그리 네게 푹 빠졌단 말이냐."

"저는 정말 억울합니다. 그저 몇 마디 나눈 것이 다인데 일이 왜 이렇게 된 것인지. 요 며칠 제게 혹시나 사내를 홀리는 재주가 있는 것은 아닐까 얼마나 고민을 했는지 모릅니다."

"그럴지도. 여기 한 명 더 있지 않느냐? 네게 홀려 있는 사내."

다시 백현의 입술이 소운의 입술에 가볍게 부딪혔다 떨어졌다.

"이 입으로 종알종알 대꾸를 해댔겠지."

백현이 살포시 미소를 지으며 이번엔 소운의 눈두덩에 부드럽게 입술을 가져다 댔다.

"이 두 눈에 진심을 담아 그 사내를 쳐다봤을 테고."

입술을 떼고 어둠 속에서 찬찬히 소운의 얼굴을 바라보던 백현이 손을 들어 그녀의 앞섶을 벌리더니 목 아래 골에 입술을 가져갔다. 부드럽게 혀로 그곳을 핥던 백현은 소운이 움찔하자 허리를 잡고 있던 손에 힘을 주었다.

"그 사내는 너의 이 하얗고 가는 목에 눈길이 갔을 것이다. 그리고 나처럼 너를 이렇게 원했겠지."

질투로 인해 거칠어져 가는 사내의 입맞춤에 소운은 점점 다리에 힘이 풀려 그에게 매달렸다. 그와 함께 달빛은 완전히 구름 속으로 사라졌다.


그 시각, 해륜상단으로 보낸 내관에게서 소운이 요양을 떠났다 소식을 들은 주고후는 안달이 났다.

"요양을 떠났다고? 어디로."

"홍 행수가 은밀히 이용하는 곳이라 자신들은 알지 못한다 했습니다."

"그 정도로 몸이 안 좋아진 것이라더냐."

"근자에 바깥 외출이 전혀 없었다는 걸 보면 그런 듯합니다."

"몸도 안 좋은 사람을 대체 어디로 보냈단 말이야."

어디가 아팠느냐, 이젠 괜찮은 것이냐 물어도 보고 싶고 보고 싶었다 마음도 전하고 싶었다. 요 며칠 고민하여 시도 한 편 썼는데 서둘러 전해주고 싶었건만.

'도대체 얼굴을 보지 못한 것이 며칠째인가.'

도저히 안 되겠다 싶었는지 고민에 빠져 있던 고후는 내관을 불러 소운이 있는 곳을 알아보라 지시하고는 한왕궁 연무장으로 향했다.

모든 이들이 분주하게 움직이고 있던 그 시각, 황제의 총애가 마를 날이 없다는 삼보 태감 역시 급히 해륜으로 들어섰다.

"빨리도 왔다."

제 마음이 얼마나 급했는지도 모르고 보자마자 타박을 하는 균성에게 삼보가 하소연을 늘어놓았다.

"아이고 제가 형님 서찰을 받고 요 며칠 넋이 나간 채로 보냈습니다. 한왕궁에 심어놨던 아이들에, 대전 내관들까지 단속하느라 시간이 어떻게 흐르는지도 몰랐습니다."

소운이가 오늘 떠난 것을 안 삼보는 얼굴도 못 봤다며 아쉬워했다. 하지만 한왕궁에서 또 내관이 다녀갔다는 말에 차라리 일찍 보냈길 다행이라며 안도했다.

"매일매일 차도가 없냐며 안부를 물어오는데, 요새는 내가 알던 그 주고후가 맞는지 헷갈릴 지경이다."

"어른인 척해도 아직 어리시지 않습니까. 자금산 산채로 보내셨다고요? 황릉이 들어선 이후 없애실 줄 알았더니 거기를 아직 그냥 두셨던 겁니까."

"애먼 놈들 출입이 막히니 오히려 더 나은 듯하여 놔두었던 것인데 그게 이리 쓰일지는 몰랐구나."

서찰을 받은 삼보는 정말 깜짝 놀랐다. 주고후가 소운에게 빠진 것도 놀라운 일이긴 했다. 하지만 황제 폐하 앞에 나설 때부터 예사 사내가 아니다 싶었던 조선의 예조 참의가 소운과 연이 있었을 줄이야.

"소운이와 꽤 잘 어울리는 한 짝이 될 듯한데. 일이 어찌 이리된 건지."

"나도 주고후가 채갈지도 모른다 생각하니 그만한 짝도 없었던 듯싶다."

"이제 어쩌실 요량입니까."

자신이 묻고 싶은 말이었다. 주고후가 저러다 말면 좋겠지만 젊은 황자의 안달 난 마음이 쉬이 잡히지 않는다면 그 성정에 절대 포기하지 않을 것이 자명했다.

"형님도 아시지 않습니까, 누구 말도 안 듣는 그 쇠고집."

"알지, 그 녀석과 누빈 전쟁터가 얼만데. 나도 고민 중이다. 그건 나중에 생각하고 이거나 한번 보거라."

균성이 소운에게 보여준 것과 같은 서찰을 한 통 던져주자 받아든 삼보가 찬찬히 내용을 살폈다.

"음, 소운이에게 먼저 보여 주셨을 텐데 그 아이는 뭐라 했습니까?"

"조선 조정에서 송상을 쉬이 풀어주진 않을 거라며, 우리가 산서 쪽에 경고를 해주는 것이 좋겠다더라."

"바로 본 듯합니다. 제 생각에도 산서 진상이 어설프게 나서지 않게 미리 주의를 주시지요. 괜히 양국 간에도 불필요한 일이 발생

할 수 있습니다."

"산서 쪽도 그렇지만 이번 기회에 조선에도 자리를 잡는 것이 어떨까 싶다."

조선 국왕이 조만간 한성으로 천도를 한다면 소운의 말대로 송상의 입지는 더 좁아질 것이다. 한성과 북경, 언젠가는 이 두 곳이 양국의 중심이 될 것은 자명했다. 아예 조선에 교두보를 마련해 진상의 남하를 막고 추후를 대비하는 것이 방법이었다.

"아무리 대명국이 상국이라 하나 상단이 제 나라에 들어가는 것인데 조선국의 양해가 있어야 되지 않겠습니까."

"이럴 때 네놈의 힘이 필요한 것이지. 고명인장이라는 큰 선물을 가져가는데 떡고물이라도 묻혀 와야 하지 않겠느냐. 거기에 한줄 더 적어 넣어라. 한성에 상단 자리 하나 마련하게 해 달라고. 어차피 조선에 간자들을 관리할 곳도 필요하니 폐하께는 그렇게 설득해보고."

"나쁘지 않은 생각이십니다."

"그 일이 성사되면 내 큰 고민 하나 덜 수 있을 듯도 하고."

"고민이 얼마나 크기에 황궁의 태감을 이리 부리십니까?"

"깊이 알 거 없다. 너는 어서 가서 시킨 일이나 해라. 환국이 며칠 남지 않았으니 서둘러야지."

균성이 삼보의 손에 놓인 서찰을 뺏어 들고는 불을 붙였다. 불에 타는 서찰을 바라보는 균성의 눈빛에 깃들인 고민이 깊었다.

이불을 걷고 자리에서 일어나려던 소운은 자신을 끌어당기는 다부진 손길에 그의 품에 다시 안기고 말았다.

"음…… 잠시만 더 이대로 있자."

"조반 드실 시간이 지났습니다."

소운의 말에도 백현은 아랑곳하지 않고 그녀를 품에 안은 채 밖에서 기다리고 있을 랑이를 불렀다. 조반 들일 필요 없으니 신경쓰지 말라 하고는 다시 자신을 당겨 안는 백현을 소운이 살짝 흘겨보았다.

"서방님, 어찌 이러십니까. 해가 뜬 지 한참이 지났는데 민망해 죽겠습니다."

"좀 더 자자. 너를 안고 있으니 정말 오랜만에 단잠을 이룬 듯하다. 혹 그냥 안고만 자는 건 싫은 게냐."

소운을 품에 안고 있던 백현이 고개를 내려 그녀를 빤히 보다 목덜미에 입술을 묻었다.

"그렇다면 이것도 괜찮고."

"서방님, 장난 그만하시어요, 참."

지난 밤 산채의 작은 전각에 깔린 금침 위로 소운을 눕힌 백현은 밤새 그녀를 잠 못 들게 했다. 시간이 얼마 남지 않은 사내의 조급한 마음은 지치지도 않고 여인을 탐하며 제 속에 가둬두었던 연심을 풀어냈다.

지난밤의 마음을 담아 백현은 자신을 살짝 밀어내려는 소운의 팔을 잡아 다시 품에 가둔 후 계속 그녀의 목덜미를 지분거렸다. 얼마 안 가 소운의 투정이 가는 신음으로 바뀌었다.

이미 풀어 헤쳐진 옷은 사내의 손에 의해 다시 방 어딘가로 밀려났고 이불 속 음란한 사내의 몸짓은 여인의 입에서 새어 나오는 신음을 더 높이게 했다. 두 사람은 끝내 중반도 거른 채 하루를 시작했다.

늦은 식사를 마친 백현은 계곡에 놓인 평평한 돌 위에서 소운의 무릎을 베고 누워 바람에 날리는 그녀의 머릿결을 만지작거리고 있었다.

"하면 그때 네가 운남에 갔었다는 건 참이었구나."

"예, 할아버님과 함께 은광을 둘러보러 갔었습니다."

"남경에서 운남이라니 먼 길이라 꽤 고되었을 터인데."

고되기도 하고 신나기도 했던 일에 대해 조잘거리는 소운을 보며 백현은 그저 웃으며 들어주었다. 소운은 매일매일 새로운 것들의 연속이라 하루도 즐겁지 않은 날이 없었다며 그때를 추억했다.

"심지어 오는 길에 도적들을 만났을 때도요. 후후."

"겁도 없구나."

원행길이라 상단 호위를 단단히 해둔 덕에 큰 피해는 입지 않았었다. 당시 철운이 옆에 있기도 했고. 소운은 백현에게 철운이 일당백을 한다며 황제께 천하제일 검이라 인정받은 아이라 자랑을 늘어놓았다.

"나이는 어리나 실력은 범상치 않아 보이긴 하더라만 황제의 사람인 줄은 몰랐구나. 그런 아이가 네 옆에 있으니 걱정할 건 없었겠구나."

"예, 철운이가 제 옆에 온 후 참으로 맘 편하게 많은 일을 할 수 있었습니다. 정말 평생 갚지 못할 은혜를 입고 있습니다."

"그 아이가 너를 보는 눈에 사심만 담지 않았다면 나도 크게 개의치 않았을 것이나 내 보기에 녀석의 눈에는 그것이 가득하다.”

소운의 머리카락을 지분거리던 백현이 부러 투정을 부리며 손을 들어 그녀의 고개를 당겨 입술을 포갰다. 이 아이의 입술에서는 어찌 이리 계속 단내가 나는지 모를 일이었다.

“이리 주변에 사내들이 많아서야, 원.”

제 입술을 탐하며 못마땅한 듯 중얼거리는 백현을 내려다보며 소운이 살짝 웃었다. 백현의 귀에 입술을 가져다 댄 소운이 조용히 속삭였다.

“서방님. 철운이는 연왕궁 내시부 소속이었습니다.”

그 말을 이해하는 데 잠시 시간이 걸렸는지 잠시 얼굴을 찌푸렸던 백현이 이내 깜짝 놀랐다. 그 표정이 우스워 이번에는 소운이 그의 입술에 자신의 입술을 잠시 포개었다 떼어냈다.

“어찌 이리 사리 분간을 못 하시고 투기부터 하시는지. 나이를 드셔도 여전히 철없는 아이 같으십니다.”

제게 잠시 머물렀던 그녀의 입술을 엄지로 다정하게 만지던 백현이 고개를 들어 전과는 다르게 오랫동안 그녀의 입술을 자신의 입술로 더듬었다. 그리고 한 손으로 그녀의 머리를 받치고 그대로 돌 위로 눕혔다. 제 아래 갇힌 여인에게서 나는 전에 없던 색기가 사내를 흥분시켰다.

“세상 모든 이들에게 투기를 하게 하니 이게 다 네 탓 아니겠느냐.”

“저는 억울합니다.”

“나도, 나도 억울하다. 왜 네게 빠져 이리 헤어 나오질 못하는지 억울하여 미치겠다.”

소운의 입술을 다시 깊고 길게 탐하던 백현이 그녀의 가늘고 긴 하얀 목에 붉은 자문을 새겨 넣었다. 인적 없는 계곡 사이로 부는 바람도 두 연인 사이에 피어난 열꽃을 식히기에는 부족한 듯 한 번 달아오른 열정은 사그라질 줄 몰랐다. 계곡을 가리는 나무 그늘 아래 숨은 남녀의 거친 몸짓이 쉬이 끝나지 않고 계속되고 있었다.

밤이 되어 하늘에 뜬 별을 보고 누운 두 연인 중 사내가 혹 옆에 있는 여인이 추울까 하여 덮고 있던 자신의 도포를 목까지 끌어올려 주었다.

"허기가 지느냐?"

"그런 듯도 하고 아닌 듯도 하고, 꿈속에 있는 듯도 하고 현실인 듯도 하고 그렇습니다."

"후후. 내가 그리 너의 혼을 빼놓았더냐."

백현이 한 손으로 턱을 받치고 옆으로 누워 소운의 흘러내린 옷자락을 다시 정리해주었다.

"기억하느냐? 사내 옷을 입은 너를 강가에서 처음 보았던 날 말이다."

"어찌 잊겠습니까. 처음 본 저를 시끄럽다 하시며 다짜고짜 품에 안고는 다시 잠을 청하셨지요."

"그날 달빛 아래 서 있던 네가 너무 고와 사내인 줄 알았으면서도 너를 보면서 설레었다. 내가 미친 것인가 하고 정말 당황했었지. 훗."

소운에게로 손을 뻗은 백현은 자신이 가지런히 정리한 여인의 머리카락을 가져와 입을 맞췄다.

"나는 지금도 이리 너를 보고 만지는 것이 꿈같다 여겨진다. 그날 강가에서 꾸었던 꿈, 기실 너는 사내인데 내 꿈에서만 여인으로 보이는 것은 아닌가. 너는 내게…… 꿈같은 사람이다."

그런 백현을 보던 소운이 그에게로 몸을 돌려 제 머리카락에 입을 맞추고 있는 사내의 입술을 만졌다.

"남경에서 절 찾아 책방에 오셨을 때 말입니다. 간자들이 득실거리는 곳에 '나 조선 사람이오.'라고 드러내며 걸어오시는데 저자가 제정신이 아닌 것이다 생각했었지요."

"내 그때 너를 보고 제정신이 아니긴 했다."

"서방님 얼굴을 딱 뵈었는데, 황망하기도 하고 이게 무슨 일이지 하면서도 너무 준수해지셔서 그것에도 놀랐습니다."

"내게 반했더냐."

"제게도 서방님은 꿈같은 분이십니다."

과거 백현을 보러 사헌부에 들렀던 날 자신을 향해 달려오는 그를 보며 소운의 가슴도 이루 말할 수 없을 만큼 설레었다. 저분이, 저 준수한 분이 나 심소운의 사내구나 하며 속으로 으스댔다. 백현은 말없이 소운의 손을 들어 그 위에 입을 맞췄다.

"하니 서방님도 저도 잘 지낼 수 있을 것입니다. 서로에게 꿈같은 이들이니 눈을 감으면 볼 수 있지 않습니까."

"네 말이 맞다. 하나 나는 꿈꾸듯 이 순간을 떠올리며 그리 버틸 수 있을지 모르겠다. 너를 안고 네 살결에 나를 묻고 싶어지면 나는 어찌해야 하느냐."

소운이 자신의 손을 잡고 있던 백현의 손을 당겨 자신도 그곳에 입을 맞췄다. 그녀가 몸을 살짝 일으키자 소운의 어깨에서 흘러내린 백현의 도포가 반쯤 흘러내려 그녀의 몸에 걸쳐졌다. 흐트러진 머리를 바람에 날리며 웃는 듯 우는 듯 애잔한 눈빛으로 자신을 바라보는 소운의 모습이 너무도 고와 백현은 아파오는 가슴을 채우려 그녀를 당겨 품에 안았다.

"나는 기다릴 것이다. 봄이면 해동 비처럼 네가 내 얼었던 마음에 찾아오기를 바랄 것이고, 한여름이 오면 대청마루를 지나는 시원한 바람처럼 네가 내 옆에 불어오길 바랄 것이다. 하늘에서 눈이 내리면 네가 그 하얀 눈에 발자국을 새기며 내게 오기를. 나는 그리 너를 기다릴 것이다."

애절하게 마음을 고백하는 사내와 그의 품에 안긴 여인의 머리 위로 밝은 별 하나가 스르르 떨어졌다.

"만약 내가 너의 곁에 머무르길 원한다면 명심하거라, 소운아."

이제 몇 시진 뒤면 떠나야 하는 사내는 진심을 다해 제 마음을 고백했다. 진즉에 이리했어야 할 일이었다.

"네가 부르면 나는 언제든 다 버리고 네 옆으로 달려올 것이다. 아무리 먼 곳에 있더라도 밤새 말을 달려와 네 옆에 이름 없는 사내로라도 머물 것이다. 하니……."

소운을 안은 백현의 목소리가 떨려왔다.

"꼭 나를 찾거라."


헉헉거리며 산길을 오르던 주고후는 제 앞에 철운이 나타나자 가쁜 숨을 내쉬며 허리를 폈다.

"여기까진 어쩐 일이십니까?"

살다 살다 저 녀석의 면상이 이리 반가운 날이 올 줄이야. 소운이 자금산으로 요양을 갔다는 말을 듣자마자 서둘러 말을 달려온 주고후는 자신이 길을 제대로 든 것인지 고민이 되던 참이었다.

"한왕궁 호위들은 다 어찌하고 혼자 이러고 다니십니까? 도적이라도 만나면 어쩌시려고."

"황릉이 있는 산이다. 도적들이 미치지 않고서야 어찌 이곳에서 날뛸 수 있단 말이냐."

"진정 혼자십니까."

철운이 제 뒤를 슬쩍 보자 주고후가 그런 그를 보며 피식 웃었다.

"왜, 내가 혼자이면 기회는 이때뿐이니 목이라도 따고 싶더냐."

철운의 표정을 보아하니 아주 마음이 없는 것도 아닌 듯싶어 주고후는 저도 모르게 침을 꼴깍 삼켰다.

"마음이 있었다면 몇이 따른들 못 했겠습니까."

툭 내뱉고 돌아서는 철운의 뒤로 주고후가 속으로 욕을 하며 그를 따라 걸어갔다.

"네 주인은 어디가 얼마나 안 좋기에 이 깊은 산까지 요양을 온 것이야? 지금은? 좀 나아진 것이냐."

"그리 걱정되시면 그저 쉬고 오라 가만두실 일이지 뭐 하러 여기까지 찾아오십니까."

"보고 싶은 걸 어쩌란 말이냐. 아픈 얼굴이라도 봐야지 더 이상은 못 참겠다."

철운이 앞서 가던 발걸음을 멈추고 뒤를 돌았다. 아가씨는 이 인간과 그저 말 몇 마디 나눈 게 다라 하시던데 지금 이자가 말하는 그분이 우리 아가씨가 맞는지 의심스러울 지경이다. 심지어 주고후는 그답지 않은 천진한 표정을 지으며 혹 아가씨가 자신에 대해 물었느냐 질문을 해왔다. 군이 못마땅한 제 감정을 숨기지 않는 철운에게 주고후가 대번에 따지고 들었다.

"네놈이 혹 나에 대한 원한을 다 풀어 답한 것이냐? 그런 것이야."

원한이라. 원한이라면 이자와 자신의 사이에 쌓인 것이 이 산의 높이만큼은 될 것이다. 그 시작은 자신보다 배움이 빠름을 질투한 주고후가 어린 철운을 욕정에 희번덕거리는 사내들이 득실거리는 방에 잡아넣은 것부터였다. 그날 철운은 눈이 뒤집혀 다가오는 그놈들에게서 벗어나려 밤새 피 칠갑을 하며 싸웠다. 다음 날 주고후는 온몸에 피를 둘러쓰고 그곳을 나서는 철운을 보고 난생처음 공포를 느꼈다고 했다.

호위도 없는 황자 따위 이 자리에서 죽여 파묻은들 누가 알까 싶다. 생각해보니 이리 좋은 기회도 흔치 않을 듯해 철운의 고민이 깊었다. 철운의 기세에 잠시 움찔하던 주고후가 몸을 다시 바로 세우며 그의 어깨를 밀었다.

"옛정을 생각해서 네 화풀이는 이 정도로 받아줄 테니 그만 기어오르고 네가 모시는 이에게 안내나 해라."

자신에게 닿은 손이 기분 나쁘다는 듯 그 부분을 툭툭 털어낸 철운이 계속 주고후에게서 시선을 떼지 않았다.

"지천에 널린 것이 전하의 여인들일 텐데 하다 하다 청상과부나 다름없는 여인까지 탐을 내십니까? 시도 때도 없이 발정이 날 나이도 아닌데."

"내 언젠가는 네 녀석의 그 혓바닥을 뽑아버리고 말 것이다. 황위에 오르자마자 네놈이 아버님께 받은 그 사면권[10]부터 불살라버릴 것이야."

"기다리겠습니다. 그런 날이 올지 모르겠지만."

주고후를 노려보던 철운이 다시 발길을 돌려 걷기 시작했다. 한참을 걷자 조용한 산채가 나왔다. 두 사람을 발견한 랑이가 급히 뛰어 나왔다.

"부행수께서는?"

"계곡에 내려가셨습니다. 제가 가서 모셔오겠습니다."

자신이 가겠다 나서는 주고후를 철운이 말리고 나섰다.

"그냥 계십시오. 산중입니다. 간자들이 드나들던 곳이라 길이 난 곳도 없습니다. 가서 한왕 전하가 오셨다 전하고 부행수를 모셔오너라."

랑이가 서둘러 길을 내려가자 주고후가 그제야 산채를 찬찬히 살폈다. 몸도 성치 않은 사람이 오기에는 산채가 너무도 깊은 곳에 있었다. 아침나절에 출발한 자신도 반나절을 헤매고서야 저놈을 찾았으니 길을 모르는 자라면 그저 헤매다 산짐승의 먹이가 되고도 남았을 것이다. 해륜이 심어놓은 간자들이 도성은 물론 온 대륙에 없는 곳이 없다더니 이런 데 숨어 지내는 모양이었다.

"내 갑자기 찾아와 당황할 듯한데."

"그런 생각을 이제 와 하십니까? 이런 곳까지 오셨을 때는 그 누구도 만나고 싶지 않다는 뜻 아니겠습니까."

"네놈이 남녀 간의 정리에 대해 뭘 안다고, 걱정되고 보고 싶은

---

10) 용서하여 형벌을 면제할 수 있는 권리.

걸 어찌하란 말이냐."

"전하께서 언제부터 그리 여인에게 절절하셨답니까. 다른 이가 봤다면 깜박 속았을 겁니다."

"못된 놈, 네 모시는 이에게 쓸데없는 소리를 했다가는 내가 네 목숨부터 거둘 것이다. 아무리 네가 대륙제일 검이니 뭐니 떠들어대도 어디 황자에게 비할 바라고."

"그런 허세는 다른 데 가서 부리십시오. 저같이 근본 없는 놈은 황족이든 노비든 다 베면 그만이라 칼에 자비를 두는 법이 없어서요."

한 치의 양보도 없이 서로를 향해 적개심을 내보이던 두 사람은 한 여인의 모습이 저 멀리 보이자 한 발짝씩 물러났다. 서둘러 제게 달려와 놀라는 여인을 보니 요 이틀간의 고생도, 저 녀석의 방자함도 다 잊히는 듯했다. 다만, 어찌 오셨느냐 묻는 질문은 섭섭하기 그지없었다. 자신이 온 이유는 하나인 것을. 그 마음을 몰라주는 여인으로 인해 젊은 황자는 애가 탔다.

"몸이 안 좋았다기에 걱정이 되어 들렀다. 자네만 괜찮다면 좀 걷고 싶다만."

"하면, 잠시만 기다려주시겠습니까."

소운이 주고후를 잠시 보다 철운에게로 시선을 주었다. 철운의 옆으로 간 소운은 조용히 둘만이 알아들을 수 있게 속삭이며 백현의 행방을 물었다.

"잘 가셨느냐?"

"간발의 차이였으나 한왕이 오르던 길과는 다른 곳으로 가셨으니 혹 호위가 붙었다 하더라도 그분을 보지 못하였을 것입니다."

"고생했다."

소운은 계곡을 지나는 길이 꽤 볼 만하다 말하며 앞장을 섰다. 주고후는 철운의 싸늘한 눈을 무시하고 그녀의 뒤를 따랐다.

"내 갑자기 찾아와 많이 놀랐더냐."

"솔직히 말씀드리면…… 예, 많이 놀랐습니다. 사실 놀란 건 그 전부터지요. 제가 의도치 않게 전하의 마음을 불편하게 해드린 건 아닌가 하는 생각이 들었습니다."

"그저…… 난 네가 그리웠다."

소운이 걸음을 멈추고 자신을 바라보자 오히려 주고후가 그녀와 눈을 맞추지 못했다. 예까지 와서 못할 말이 뭐가 있을까 싶으면서도 주고후는 모든 것이 망설여졌다.

"그저 난 궁금했다. 내 여인에게 이리 어설프게 구는 사내가 아닌데. 그저 그날 그렇게 본 이후 그대가 내 앞에서 웃던 모습만 생각났다."

"……."

"처음이다. 여인이 이리 참을 수 없이 보고 싶었던 적은."

잠시 침묵이 흐른 뒤 소운이 무겁게 입을 뗐다.

"전하, 저는 혼인했던 몸입니다."

"알고 있다."

"세상에 빛을 보게 하진 못했으나 아이도 가졌던 몸입니다."

"……."

"이런 한없이 부족하고 모자란 저를 전하의 어디쯤에 두려 하십니까."

예상치 못했던 소운의 말에 놀랐기도 했지만, 그녀의 질문에 미처 답을 생각하지 못했던 주고후는 당황하며 말을 잇지 못했다.

"그저 이름 없이 전하의 여인으로 한왕궁 후원 어딘가에 조용히 살라 하시는 거라면 저는 싫습니다. 전하."

"……."

"제 답이 전하의 마음을 돌리는 데 도움이 되겠는지요."

"이거야 원, 내 뭐라 제대로 말도 해보지 못했는데."

잠시 생각에 잠겨 말없이 계곡을 바라보다 그녀를 돌아본 주고후의 눈은 조금 전과 달리 화를 담고 있었다. 주고후의 마음이 미친 듯이 들끓었다. 자신이 어떤 마음으로 이 산을 올랐는데. 지난 며칠을 어떤 마음으로 살았는데. 감히 과부 따위가 제 마음을 이리 단칼에 거절한단 말인가.

"내가 일개 이국 출신 과부를 후궁으로 들이고 싶어 하는 줄 알았더냐? 네 그런 꿈을 꾸었던 것이냐. 발칙하게."

싸늘하게 자신을 모욕하는 말을 내뱉는 주고후를 소운은 그저 별말 없이 담담하게 바라보았다.

"내가 너를 가지고자 한다면."

주고후가 자신을 보고 있는 소운에게 한 발짝 다가갔다. 소운의 팔을 잡아챈 주고후의 눈이 화난 맹수처럼 잡아먹을 듯 그녀를 내려다보고 있었다.

"그저 가지면 그뿐인 것이다. 하룻밤 시침녀로 들이든 이곳에서 취하고 버리든 그건 내 마음이라는 뜻이다."

"그런 마음이시라니 다행입니다. 소인이 괜한 걱정을 하였습니다."

자신을 올려다보던 소운이 오히려 빙긋 웃으며 의외의 반응을 보이자 주고후의 눈빛에 분노가 아닌 의문이 자리했다.

"하면 오늘밤 시침 준비를 하라 이르겠습니다. 다만 산채가 불편하실 듯하니 전하께서 괜찮다 하시면 한왕궁으로 환궁하신 후 들었으면 합니다만."

답답한 마음에 제 화를 참지 못하고 내뱉었던 말일 뿐이었다. 한데 그녀가 차분하게 시침을 들겠다 답해오자 주고후는 이게 아닌데 싶어 더 울화가 치밀었다.

"내 언제 너에게 당장 시침녀가 되라 했더냐? 그리고 무엇이 다행이란 말이냐. 내 이런 마음이 어찌하여 다행이란 것이야."

"저는 혹여 못난 저를 곁에 두고자 하실까 하여 걱정했었습니다. 하나 그저 하룻밤 유흥거리로 저를 원하신다면 제가 무슨 힘이 있어 전하를 거절하겠습니까. 그리하십시오. 그저 하루 저를 취하신다면 전하의 전정에 아무 흠도 미치지 못할 것이니 그것이 다행이라 말씀 올린 것입니다."

"지금 네가 무슨 소리를……."

"부행수, 부행수."

소운의 말이 어이가 없어 주고후가 그녀에게 따지려 다가가는데 철운이 급히 달려와 그녀를 찾았다.

"부행수, 어서 상단으로 돌아가셔야 합니다."

"지금 여기가 어디라고 네놈이 끼어드는……."

주고후의 호통에도 철운은 그를 쳐다보지도 않고 달려와 소운의 팔을 잡았다.

"서두르십시오. 큰 행수어른께서……."

"할아버님께서 왜? 무슨 일이야."

"큰 행수께서 지난밤에 돌아가셨다 합니다."

"그게 무슨. 그게 무슨 말도 안 되는."

"부행수!"

요양을 떠나기 전 가졌던 불안함 마음이 현실이 되자 철운이 미처 부축할 틈도 없이 소운은 그 자리에 힘없이 주저앉았다.

## 10. 마지막 별리(別離)

　조부의 임종을 지키지 못한 소운의 슬픔은 길고도 깊었다. 애가 탄 랑이는 이러다 쓰러지신다며 물이라도 삼키라 권했으나 소운은 그저 눈물만 흘릴 뿐이었다.

　"아가씨. 너무 자책 마십시오. 큰 행수어른 병환이 그리 갑자기 악화되실 거라고는 그 누구도 예상치 못했습니다."

　"랑아, 가시는 길에 얼굴도 보여드리지 못했으니 이 죄를 어찌한단 말이냐. 얼마나 외로우셨겠느냐. 흑흑……."

　소운이 다시 통곡하자, 그녀를 달래던 랑이도 따라 울었다. 밖으로 새어 나오는 두 여인의 통곡을 듣던 철운이 망설이다 황제의 도착을 알렸다.

　"황제께서 지금 와 계신단 말이냐? 여기에."

　"예, 행수와 의형제시니 자신도 손자나 마찬가지라며 조용히 있다 가실 테니 크게 알리지 마라 하셨답니다. 행수께서 나와 인사

올리라 하십니다."

철운의 말에 소운은 힘겹게 방을 나섰다. 소운의 인사를 받은 황제는 이제야 균성이 놈의 금지옥엽을 본다며 반가워했다.

상갓집 예는 원래 짧은 것이라며 바로 소운을 물린 황제는 철운과 정 태감 그리고 균성만을 남겼다. 중신들이 알면 일개 상단의 상가에 갔다며 난리가 날 것이 뻔했다. 안 그래도 해륜을 향한 눈이 곱지 않은 이때 괜한 입방아에 오르내리게 할 수도 있었다. 그러나 사가 시절에 송도진의 덕을 적지 않게 보고 산 황제는 그가 가는 마지막 길에 술이라도 한잔 올리고 싶었다. 오늘 이곳에 온 이유가 딱히 그뿐인 것만은 아니었으나 그것만으로도 올 이유는 충분했다.

"그 어렵다는 일흔 해도 넘기시고 그리워하시던 손녀도 보고 가셨으니 어르신 말년이 외롭지 않으셨을 게다."

"그러셨다면 더 바랄 것이 없겠습니다."

"조문은 이것으로 마치고 다른 얘기나 하자."

"하문하십시오."

"고후 녀석이 네 금지옥엽에 관심이 있다지."

"그래 보입니다. 요사이 해륜의 안채를 채우느라 한왕궁 곳간이 비어간다 합니다."

모자란 놈. 고후는 황제에게 아픈 손가락이었다. 자신의 많은 것을 닮았으나 불행하게도 가장 필요한 것을 가지지 못한 안타까운 아이였다.

"제 형 머리를 반만 닮았어도 더 바랄 것이 없었을 것인데."

"그거야 폐하께서 자식이라 좋게 보셔서 그런 것이고, 한왕은 품이 너무 좁습니다."

"사내 품이 바다와 같아 좋을 일이 뭐라고. 여기저기 휘둘리기나 할 뿐이다."

"하면 도성에 잡아 놓으시지 번저[11]는 뭐 하러 운남으로 정하셨습니까. 가지도 않겠다 우길 테지만."

균성의 말이 맞았다. 자신이 아무리 그놈에게 마음이 있었다 한들 소용없는 일이었다. 황손도 보았으니 명년이면 장남 주고치를 황태자위에 올릴 것이다. 이미 그리하기로 마음먹은 지 오래였다.

"혹여 내가 혼인을 허락하면 고후 놈 편이 되어줄 것이냐."

"절대 아닙니다. 하루라도 빨리 과부가 되어 편히 살길 바랄 것입니다."

"혀, 형님."

균성의 볼멘소리가 심하다 느낀 삼보가 다시 그를 말렸다.

"고얀 놈, 조부의 위패 앞이라 내 한 번은 참아주는 것이다."

비록 생사를 같이한 정이 있다 하나 황제가 그리 너그러운 성격이 아님을 균성도 잘 알고 있었다. 마음을 다잡은 균성은 황제께 미련을 남기실 게 아니라면 여지를 두지 말라 청했다. 마음을 정했다면 고후에 대한 미련은 하루라도 빨리 끊어내는 것이 큰 사달을 막는 일임을 황제도 모르지는 않았다.

"제 아우는 삼년상을 치르게 할 생각입니다. 하면 한왕도 당분간은 어쩔 수 없겠지요."

"조선에 상단을 열게 해 달라는 건 왜냐?"

"겸사겸사입니다. 폐하께도 도움이 될 것입니다."

11) 황제국의 경우, 왕의 작위를 받은 자가 거처하던 집.

"이방원은 영리한 자이니 감시의 눈을 붙여둘 필요가 있지. 그 일은 네가 알아서 하거라."

황제는 항상 홍균성이 탐났다. 제 뜻은 따랐으나 그 마음까지 온전히 제 사람인지 알 수 없어 더욱 그랬다. 자신이 자식까지 내치며 저의 청을 들어주는데도 그다지 고마워하지 않는 그 뻣뻣함도 맘에 들었다. 욕심이 과하지 않으니 건드리지만 않는다면 제 뒤통수를 칠 일도 없는 놈이었다. 황제가 되고 보니 더욱 더 가질 수 없는 종류의 인간이라 그래서 더 이 녀석을 곁에 둘 필요가 있었다.

"균성이 너도 이제 일가를 가지거라. 내 중신 좀 서주랴?"

"바람처럼 떠돌아다니는 데다 언제 어떻게 될지도 모르는 놈에게 일가라니 말이 됩니까. 필요하면 제가 알아서 찾을 것이니 제발 폐하는 좀 잊어주십시오."

처음 만나 지금까지 이렇듯 제 앞에서 당당하지 않은 적이 없던 놈이라 그 역시도 제 맘에 맞았다. 황제는 송도진의 극락왕생을 축원하며 위패 앞에 잔을 올리고 난 후 철운의 어깨를 한번 툭 치고는 자리를 떴다.

간밤 황제가 해륜에 조문을 갔다는 소식이 전해지자 상가는 몰려드는 사람으로 발 디딜 곳이 없다는 소식이 한왕궁에도 들려왔다.

온 도성 안에 이름 있는 자들은 다 가본다는데 정말 아니 가실 거냐는 아랫것의 채근에 주고후는 그저 묵묵부답이었다. 무서웠다. 무서워 그녀를 볼 낯이 없었다.

자신의 마음을 몰라주는 소운이 섭섭하여 부러 못되게 군 것은 맞으나 그 순간 그리 애사가 날아올 줄이야 누가 알았겠냐는 말이다. 주고후는 할 수만 있다면 소운의 머릿속에 들어가 자신이 한 말을 다 지워주고 싶은 심정이었다.

"한왕 전하, 황궁에서 입궁하시라는 전갈이옵니다."

"입궁? 지금 말이냐? 무슨 일로."

"소인 정확한 건 알지 못하나 연락받는 대로 즉시 입궁하라 하셨습니다."

안 그래도 머리가 복잡한데 또 어쩐 일로 자신을 부르시는 건지. 주고후는 황궁에 들기 위해 내키지도 않는 채비를 시작했다.

황궁에 도착한 고후가 안으로 들어서자마자 황제의 호통이 떨어졌다.

"내 네게 한왕 작위를 내린 지가 언젠데 아직도 도성에 있는 게냐."

주고후는 황제의 분노에 흠칫 놀라 말문을 닫았다. 근자에 자신에게 이리 대한 적이 없는 황제였기에 더욱 그랬다.

"황제의 하문에는 그에 합당한 답을 해야 한다. 네놈 목숨이 두 개가 아니라면 말이다."

"번저가 하루 이틀 거리가 아니다 보니 준비할 것이 많아 아직 날을 잡지 못하고 있습니다. 한왕궁에서 분주히 준비 중이니 조만간……."

"한왕궁 곳간이 비어지고 있다기에 내 준비를 다 마쳤나 보다 했더니 그게 아닌가 보군. 하면 그 많은 살림들이 다 어디로 사라졌을꼬."

"꾸며 말하길 좋아하는 자들이 뭐라 떠드는지는 알 수 없으나 그것이 아니오라."

"하면 네놈 말인즉 내가 꾸며 말하는 자들의 간언조차 구별하지 못하는 거라는 말이냐."

황제는 자신의 분노에도 주눅 들지 않고 고개만 숙이고 서 있는 아들놈의 배짱이 맘에 들다가도 저리 사리분별이 떨어지는 놈을 어찌 쓸까 싶어 또 안타까웠다. 대책이 없으면 숙이는 시늉이라도 해야 했음에도 고후는 그런 재주도 없었다.

균성의 말이 맞았다. 안쓰러움에 미련을 두는 것은 모두에게 좋은 일이 아니었다. 자신 역시 아바마마의 마음이 잠시나마 제게 있다 안 뒤로는 단 한 번도 황위에 대한 욕심을 포기하지 않았다. 황실에 피바람을 두 번 불어 닥치게 할 수는 없었다.

"열흘 내로 길을 떠나거라. 일각이라도 지체할 시에는 황명을 어긴 죄를 물을 것이다."

"폐하, 소자 청이 하나 있……."

"그 아이는 안 된다."

황제의 명에 당황한 주고후가 무릎을 꿇고 청을 올리려 하자 황제가 단호하게 아들의 말을 잘랐다.

"아바마마."

"절대 안 된다."

무릎을 꿇고 고개를 숙이고 있는 주고후의 머리 위로 추상같은 황제의 분노가 날아들었다.

"혹 그 아이가 한왕궁 후궁에 들이기 적합하였다 해도, 나는 해륜을 이보다 더 황실 가까이에 두고 싶은 마음이 없다. 전쟁터를 그렇게 누빈 놈이 해륜을 어디다 써야 할 칼인지도 구분하지 못한 다는 말이냐.”

해륜은 칼집에 들어 있는 검이 아니었다. 이미 칼집을 나온 검 은 쓰임을 다하면 부서지거나 버려지는 법. 잘못 휘둘러 칼날이 내 게 향하지 않게만 하면 되는 것이다. 자신이 홍균성을 아낌을 만천 하에 드러낸 것은 동시에 언제든 내쳐버릴 수 있다는 해륜에 대한 경고이기도 했다. 쓰이는 그들도 그걸 아는데, 황자라는 놈의 생각 이 이리 짧으니. 쯧쯧.

“그들과 연을 맺는다고 네게 그 어떤 득도 되지 않는다. 네 꾀가 겨우 그것뿐이니 넌 그저 그 자리가 제격인 것이야.”

고개를 푹 숙이고 황제의 면박을 듣고 있던 주고후가 결심한 듯 말을 꺼냈다.

“제가 청하고자 하려는 일을 아신다니 말씀드리겠습니다. 해륜 의 부행수를 한왕궁에 들일 수 있게 황명으로 가납하여주십시오.”

“지금까지 내 말을 어디로 들은 것이냐.”

“칼로도 쓰지 않을 것이며, 해륜을 핑계 삼아 폐하의 옆에 서려 고도 하지 않겠습니다. 그저 여인으로 두겠습니다. 허락해주십시 오.”

“황실에 들일 여인이 아니다.”

“황제께서 허락하시면 누가 그 명에 왈가왈부하겠습니까? 허락 만 해주시면 사흘, 예 사흘 내로 도성을 떠나 번저로 향하겠습니다.”

“……”

“허락해주십시오, 폐하. 더 이상 아무것도 바라지 않을 것입니 다.”

황제는 옆에 서 있는 정 태감에게 눈을 돌렸다. 내전 바닥에 고개를 숙이고 있는 주고후를 보던 정 태감이 황제의 말없는 질문에 고개를 살짝 옆으로 흔드는 것으로 답을 했다. 다시 아들에게로 향한 황제의 시선에 안쓰러움이 비쳤다 사라졌다.

"해륜의 부행수는 오라비를 대신해 삼년상에 들어간다 들었다."

"폐하, 하면 3년 뒤에라도."

"더 이상 황실에 추문을 만들지 마라. 네 아비가 자비 없는 사람인 것은 네가 더 잘 알 터. 네게 주어진 시간은 열흘이다. 이만 물러가라."

"폐하. 아바마마."

"물러가라."

자리에서 일어난 황제가 내전을 나가려는데 울부짖는 주고후의 외침이 들려왔다.

"왜 저는 도성에 남는 것도 마음에 둔 이를 들이는 것도 안 됩니까? 그저 장자라는 이유로 주고치는 앉아만 있어도 황태자위가 자신의 것이 된다는데, 왜 저는……."

"그 답을 왜 내게 묻느냐? 이렇듯 어리석은 자신을 보고도 답을 모르니 너는 그저 그 자리면 족한 것이다."

"그 여인은 왜 아니 됩니까? 황태자위 따위 다른 이에게 가지라 하겠습니다. 여인이라도 곁에 두게 해주십시오. 그거라도 하게 해주십시오."

"왜 너는 아니 되냐고 물었더냐? 자신의 것이 아닌 것을 탐하여 시간을 낭비하니 그것이 첫 번째고, 제 것으로 만들 능력이 없으니 그것이 두 번째다. 더 이상 내 발길을 잡는다면 저 호위대의 칼이 이번엔 네 목을 향할 것이다."

아비의 서슬 퍼런 분노에 주고후는 더 이상 황제의 발길을 잡지 못했다.

주고후를 보내고 황궁 뜰에 서서 밤하늘을 보던 황제의 한숨이 밤이 깊도록 끝날 줄 모르고 이어졌다. 저리 앞뒤 분간이 되지 않으니 천수나 누릴 수 있을지 걱정이었다. 저리 원하는데 그 아이라도 곁에 있게 해줬으면 싶으나 균성이 놈이 가만있을 리 없었다. 말 아니 듣는 건 이 중 그놈이 제일이었으니. 물론 황제의 명이라 하면 따르긴 할 것이다. 하나 소탐대실이 분명했다. 철없는 자식 소원 들어주자고 해륜을 잃을 수는 없었다.

그때, 내관 하나가 급히 다가와 정 태감의 귀에 뭔가를 속삭이자 그의 얼굴이 흐려졌다. 돌아보지도 않은 채 황제가 연유를 물었다.

"해륜에 소란이 있는 모양입니다."

"무슨 일로?"

삼보의 침묵에 대충 상황을 짐작한 황제가 입을 열라 다그쳤다.

"한왕께서 상가에서 소란을 피우고 계신 듯합니다. 폐하, 소인이 다녀오게 해주십시오."

"모자란 놈이 기어이 일을 치는구나. 몇 명 데리고 가서 잡아와 출발할 때까지 한왕궁에 처박아놓거라."

한밤 급히 황궁을 빠져나가는 정 태감의 뒤로 금의위들이 따라 말을 달렸다.

그 밤 남경의 해륜에서 한왕이 내시부 호위들에 의해 포박이 된 채 끌려나왔다는 소문이 잠시 저자에 돌았으나 이내 그가 조용히 번저로 향하며 소문은 사그라졌다.

해륜의 문이 닫힌 지 한 달여의 시간이 지난 후, 해륜에서 나온 가마 한 대가 삼년상을 치르기 위해 큰 행수가 모셔진 묘로 향하자 사람들은 이제 그 일을 잊기 시작했다. 그 가마를 모시고 떠나는 호위의 눈 하나가 사라진 걸 눈치챈 이는 아무도 없었다. 그렇게 남경 도성에 다시 평화가 찾아온 지도 벌써 여러 달이 지나고 있었다.

"부르셨습니까. 폐하."

삼보 정 태감이 황제 앞에 머리를 조아리자 서찰을 읽던 황제가 그것을 건넸다. 두 손으로 황제가 건넨 서찰을 읽고 난 삼보가 그것을 곱게 접어 불에 태웠다.

"균성이에게 일러 조선으로 갈 준비를 하라 해라."

"홍 행수에게 맡기실 생각이십니까."

삼보는 황제의 찻잔이 식지 않게, 따뜻한 차를 다시 채웠다.

"이미 동쪽의 일은 균성이가 맡고 있었지 않느냐? 새로울 것도 없지."

"직접 챙기게 하실 줄은 생각하지 못했습니다."

"이번 기회에 조선에 간 놈들이 일을 제대로 하고 있는 것인지 확인해볼 필요도 있고. 새로 도착한 조선 사신단이 돌아가는 길에 같이 떠나라 하는 것이 좋겠다. 그 아이가 소원하던 일이니 이번에 가서 조선에 자리를 잡고 오라 하면 될 터. 겸사겸사 조선의 왕이라는 자의 동태도 감시하라 하고."

조선은 참으로 머리 아픈 곳이었다. 왕이란 자도 범이거늘, 그 신하들도 만만치를 않으니. 그 조그만 나라에서 어찌 그리 매번 인물들이 나오는 것인지 모르겠다. 후에 영락제라 불리게 될 황제 주체는 자신 앞에 놓은 큰 지도 속에 그려진 자그마한 조선을 바라보며 마음에 들지 않는다는 듯 손가락으로 툭툭 쳤다.

"균성이를 내일 궁에 부르거라. 내 친히 전할 것도 있으니."

"예, 폐하."

주체가 황제위에 오른 뒤 가장 신경 쓰는 일은 바로 폐황제가 된 조카 주윤문의 생사였다. 자신의 최측근 호위이자 비밀 조직인 창위를 통해 주윤문이 조선으로 가는 배에 탔을지도 모른다는 소식을 들은 황제는 조선말에 능한 균성을 보내기로 막 결정하던 참이었다.

몇 시진 후, 삼보에게서 황제의 말을 전해 들은 균성은 그럴 줄 알았다며 피식 웃었다.

"급한 성정하고는. 그 서찰 뿌린 것이 며칠이나 되었다고 그새를 못 참고 부르신다더냐."

"괜찮으시겠습니까?"

"뭘 말이냐? 그저 몇 달 조선 유람이나 하다 와서 '없더이다.' 하면 될 것을."

"형님!"

걱정 어린 정 태감의 얼굴과 달리 균성은 제 뜻대로 일이 되어 간다 생각하니 신바람이 나는지 콧노래를 흥얼거렸다.

"너무 걱정 말거라. 철운이 놈이 황자의 팔을 그었어도 죽이지 못한 분이다. 필요하시니 곁에 두실 터. 황제의 총애가 식지 않는 네놈도 곁에 있는데 무슨 걱정이라고."

삼보는 몇 달 전 해륜의 앞마당에 들이닥친 주고후의 모습이 생각나 다시 식은땀이 흐르는 것 같았다. 눈이 뒤집힌 주고후가 결국 제 성정을 이기지 못하고 칼을 빼들고 달려와 소운을 내놓으라 난동을 부렸었다. 차마 황자를 어쩌지 못해 망설이던 차에 철운이 나서 그 칼을 막았다.

철운은 이미 뵈는 것 없던 주고후의 칼에 의해 눈에 상처를 입었으나 그 역시 주고후의 팔을 베었다. 그 일로 주고후는 다시 칼을 잡을 수 없게 되었다.

균성은 황자를 위해한 죄를 자신에게 물어 달라 황제께 빌고 빌었다. 그는 젊은 시절 자신이 황제를 구하고 받은 사면권으로 철운의 목숨을 살렸다. 그렇게 한 사내의 풋사랑은 많은 이를 해하고 또는 살린 후 끝이 났다.

"소운이 몸은 좀 어떻습니까?"

"그 아이 때문에라도 서둘러야겠다. 몸이 좋지 않다."

소운이 얘기에 차를 드는 균성의 표정에 걱정이 드리워졌다.

얼마 전 삼년상을 치르러 떠나기 전부터 좋지 않았던 소운의 건강이 더 악화되고 있다는 소식이 전해졌다. 시간이 없었다. 균성의 마음이 몹시도 급해졌다.


해륜의 행수가 백방으로 노력했으나 그가 조선으로 떠난 사이 삼년상을 치르던 그의 누이가 끝내 병으로 죽었다는 소식은 빠르게 퍼졌다. 운남에 처박혀 있는 주고후의 귀에도 그 소식이 전해졌다. 주고후는 물잔 조차 제대로 들 수 없어 떨리는 제 오른손으로 이미 바닥에 나뒹굴고 있는 찻잔 위에 서찰을 집어 던졌다.

"누가 이런 헛소리를 전한단 말이냐. 이것을 들고 온 놈의 사지를 찢어 죽여라. 당장."

소운이 저를 피해 삼년상을 자처한 것을 알았기에 죽이고 싶도록 미웠다. 동태를 살피라 보낸 아이들이 그녀가 몸이 좋질 않다는 소식을 전해올 때면 이 추운 겨울을 전각 하나 달랑 있는 곳에 있을 그녀를 생각하니 미움보다 걱정이 앞선 적도 있었다. 하나 이리 영영 볼 수 없게 떠나길 바란 것은 아니었다. 그리하자고 이렇게 제 몸이 너덜너덜해지도록 그 여인을 원한 것이 아니었는데.

철운이 그 건방진 자식이 그녀에게로 가려는 제 앞길을 막지 않았다면 힘없는 여인 하나 싫다 버틴다 해도 제 품에 안아 끌고 나올 생각이었다. 기어이 칼을 뽑아든 저를 향해 기다렸다는 듯이 대적해 오는 그 녀석의 얼굴을 베어버리고 목을 베려 하는 순간 자신이 말려들었음을 깨달았다. 제 급소를 향해 날아들었던 철운의 칼은 그녀가 급히 막지 않았다면 정확히 목을 찔렀을 것이다. 피 칠갑을 하고도 그 악귀 같은 놈은 얼굴에 미소를 올렸다. 그날의 상처로 자신은 이제 칼은 말할 것도 없고 물잔 하나도 쉽사리 들기 힘들었다.

다 죽이고 말 것이라 다짐하고 다짐했었다. 저를 이렇게 만든 철운이 놈도 그놈을 살려 달라 빌던 홍균성도, 그리고…… 하얀 상복에 피가 묻는 것도 상관 않고 철운의 목숨을 살리겠다 뛰어들었던 그 여인은, 기실 자신이 살린 것은 그놈이 아니고 저인 것을 아는지 모르겠다. 마음을 주는 것이 아니었다. 하나 이미 가버린 마음을 어찌할 수 없어 주고후는 이제는 영원히 저를 떠난 여인을 원망하며 오열했다.

후일담. 준수방의 봄


　한성 준수방에 자리 잡은 예조 참의 이백현의 집은 한겨울 때아닌 집단장이 진행되고 있었다. 사랑채에 앉아 서책을 읽고 있던 어린 소년은 화로에 찻물을 끓이고 있는 젊은 스승에게 무심한 듯 질문을 던졌다.

　"참으로 이상한 일입니다. 스승님."

　"어찌 그러십니까. 대군마마."

　"얼핏 보면 다른 듯하나 하나로 연결되어 있는 듯도 한데 배움이 부족한 이 제자는 그 연유를 모르겠습니다."

　"하여 답을 찾고자 오늘도 그리 서책만 보십니까."

　"제가 할 수 있는 일이 이것뿐이라 그리하고 있습니다."

　"세상 많은 이치가 그곳에 담겨 있는 건 맞으나 서책만으로는 그 것들을 다 알 수는 없지요. 결국은 서책 밖의 세상을 보셔야 알 수 있는 것들이 더 많은 법입니다. 대군마마."

"세자도 아닌 일개 대군에게 그런 것이 허락되겠습니까."

백현은 이제 겨우 여덟 살이 된 어린 소년이 하는 말이라기엔 무겁디무거운 질문에 차마 답을 하지 못하고 따뜻한 차 한 잔을 따라 서탁 위에 올려주었다. 남경에서 돌아오자마자 주상은 백현에게 왕자의 스승이 되라 명을 내렸다. 아비가 책벌레라 혀를 내두르는 이 왕자를 맡은 지도 몇 달이 흘렀다.

조만간 한성으로 다시 돌아갈 생각을 하고 있던 주상은 자신이 핏빛으로 물들였던 경복궁으로 환궁할 생각이 없었기에 백현에게 경복궁 동쪽에 이궁 자리를 알아보라 명을 내렸다. 겸사겸사 그동안 비워두었던 집 안도 단장할 겸 이 근처 잠저에서 태어난 제자와 동행한 참이었다.

"그 서책 속의 무엇이 어리시나 모르는 게 없으신 우리 마마를 궁금하게 하였답니까."

자신의 말에 어린 제자는 탁자 밑에서 그림 한 장을 꺼내 들어 펼쳤다.

"한성의 지도가 아닙니까."

"예, 하루 종일 투덕거리는 소리를 듣고 있자니 집중이 되질 않아 잠시 이것을 살펴보고 있었습니다."

기억할 리는 없으나 이곳 준수방은 이 왕자가 태어난 곳이기도 했다. 당시 현 주상 이방원의 잠저는 백현의 집과 지척이었기에 그는 이 왕자가 태어나던 날을 기억했다. 그 아이가 언제 이리 컸나 생각하니 백현은 절로 세월의 흐름이 느껴졌다.

"한데 이 한겨울에 대들보를 세우고 기와를 올리는 곳이 스승님 댁만이 아니었습니다. 꽤 먼 곳에서도 기왓장을 올리는 소리가 들리곤 했습니다."

"그러셨습니까."

백현은 이 어린 왕자가 내놓는 말이 꽤 흥미로워 귀를 기울이고, 왕자는 지도의 어느 곳 하나를 작은 손가락으로 집어 가리켰다.

"소리 나는 곳이 이곳쯤인 듯한데, 스승님댁이 있는 준수방과 이곳은 얼핏 보면 멀리 돌아가야 하는 것으로 보입니다. 하나 기실 드나드는 길이 어느 곳으로 나 있느냐의 문제이지, 북악산에서 바라본다면 등을 맞댄 한집으로 보일 수도 있겠다 싶었습니다."

"……."

말이 없어진 스승을 보며 소년은 굳이 이 두 곳이 북풍한설이 몰아치는 이 계절에 어찌하여 다른 듯 같은 기왓장을 올리고 있는 것일까 다시 고민에 빠졌다.

"정녕 답을 찾지 못하신 게 맞습니까."

저를 보는 스승의 눈에는 여러 감정이 담겨 있어 그 뜻을 읽기가 어려웠다. 하나 저를 기특해하는 듯도 보였다. 답을 줄 수 있는 분은 이분 한 분뿐이었으나 어린 왕자는 그저 스승님도 답을 찾지 못한 것으로 치부하고 생각을 접기로 했다.

"공자께서 제자란 모름지기 들어오면 효도하며 나아가면 공손하고 항상 행동을 삼가고 미덥게 하라 하셨습니다. 어버이와 같이 효로 모셔야 할 스승님께서 하시는 일입니다. 제가 어찌 왈가왈부하겠습니까? 그저 어린 제자의 지나가는 잡념이었다 여겨주십시오."

어린 제자를 보던 백현은 빙긋이 웃으며 찻잔을 내려놓았다.

"명일엔 제법 볕이 들 듯합니다. 서책을 덮고 이 스승과 잠시 걸어보시겠습니까."

"예, 스승님."

이젠 제가 스승이 되어 어린 제자와 함께 길을 걸을 생각을 하니 언제던가 스승 포은과 나눴던 말이 생각났다.

'백현이 네 이놈. 어서 서책 따위 덮고 나를 따르거라.'

'스승님 날이 찹니다. 이런 날 어디를 가려 하십니까?'

'세상의 이치는 서책이 아니라 저자에서 더 많이 배우는 법이다. 잔말 말고 일어나 따르거라.'

백현은 영특하나 세상에 나설 수 없는 제자를 따뜻하고 애틋한 눈으로 바라보았다.


대군의 눈이 다시 서책을 향하자 그 모습을 보던 백현은 조용히 방문을 나섰다. 사랑을 나서던 백현은 대군의 말대로 투덕거리는 소리가 들려오는 곳을 향해 발걸음을 옮겼다. 과거 별당이 있던 자리에는 조금 더 높은 담벼락이 세워졌고 그보다 더 큰 전각이 그 앞을 막고 있었다. 전각 안으로 들어간 백현이 천천히 방의 끝에 놓인 병풍으로 걸음을 옮겼다. 병풍 뒤에 있는 문을 열고 나온 백현이 마주한 담벼락 한구석을 조심스럽게 밀었다. 흙벽으로 마무리된 벽이 스르르 열리자 그 앞에는 두 사람은 충분히 드나들 만큼 넓은 통로가 나 있었다. 그 통로를 지나 들어선 곳엔 작은 정자와 함께 전각 한 채가 잘 손질된 후원에 들어서 있었고 그 담 너머 기와 몇 채가 보였다.

"참의 영감, 어인 일이십니까."

백현을 발견한 천 서방이 다가와 인사를 건넸다.

"이제 마무리가 되어가는 것인가."

"예, 내달이면 행수께서 도착하신다니 다들 서두르고 있습니다요."

"천 서방 자네가 애 많이 썼네."

"아이고 당치 않으십니다요. 우리 아가씨 계실 곳인데 제가 당연히 해야 할 일인 것을요. 준수방 쪽 공사도 이제 하루 이틀이면 끝날 것이니 너무 걱정 마십시오."

"낌새를 차린 이들은 없었던가."

"아이고, 이곳은 준수방과는 완전히 다른 길이 아닙니까요. 그저 명에서 온 상단 하나가 들어선다, 그리들 여기고 있으니 걱정하실 것 없습니다."

"한데 어찌 열 살도 안 된 아이에게 들켰을꼬."

"예?"

"아니네, 그럼 수고하게. 내 이만 가겠네."

오던 길을 돌아 나오는 백현의 입가에 묘한 미소가 지어졌다. 내달이면 도착한다는 행수 일행의 소식 때문인지, 영특하여 자랑할 만한 제자 때문인지 알 수 없었다.


겨우 내내 다듬고 올리는 소리가 끊이지 않았던 한성의 두 길이 조용해졌다 싶은 지 어느덧 보름 정도 시간이 흘렀다. 끊이지 않고 이어지는 수레에 짐을 실은 무리가 새로 지은 기와집 앞에 멈췄다. 앞장서 말을 타고 있던 해륜의 행수 홍균성이 집으로 들어가자 그 뒤를 수레 하나가 따랐다. 기와집의 문이 다시 닫히고 나머지 수레

들은 옆문으로 이어진 집 안으로 물건들을 내려놓기 시작했다. 말에서 내린 균성은 집 안을 한번 휙 둘러보더니 수레로 다가가 조심스레 문을 열었다.

그 안에 있는 여인의 손을 잡은 균성은 그녀가 수레 밖으로 나와 바닥에 발이 닿는 것을 도왔다. 입성은 집안일을 하는 아이의 옷처럼 소박했으나 그녀의 손을 잡은 균성도, 주변을 둘러싼 몇 명의 사내들의 몸짓도 그녀에게 깍듯하기만 했다.

여인은 이제는 제법 불러온 배를 받치고 한 발 한 발 조심히 걸음을 옮겼다. 전각 앞에 도착한 여인은 주변을 둘러보다 계단을 올라 방으로 들어갔다.

잠시 후 그녀의 등 뒤로 발소리가 들린다 싶더니 방문이 스르르 열리며 도포에 갓을 쓴 사내가 급히 안으로 들어섰다. 여인은 입가에 보기 좋은 미소를 건 채 저를 향해 다가오는 남자에게 다가갔다. 그녀가 몇 발짝 떼기도 전에 이미 다가온 사내는 그녀를 꽉 끌어안고 얼굴을 묻었다.

"이리 네 발로 내게 왔으니 약조한 대로 이젠 절대 놓지 않을 것이다."

여인 소운은 웃으며 저를 안은 백현의 등을 쓸어내렸다.

"어찌하겠습니까. 서방님을 찾아오라 이리 제 발목을 잡으셨으니."

소운의 말에 백현이 여인의 부른 배를 조심히 어루만지며 미소를 지었다.

"내 그리 밤낮으로 애를 썼으니 삼신할미도 어쩔 수 없었을 테지."

밉지 않게 제게 눈을 흘기는 소운을 다시 조심스럽게 안으며 백현은 계속해서 이제 되었다 중얼거렸다. 이제 모든 것이 제자리를 찾았다. 균성은 거처로 발걸음을 옮기는 누이를 보며, 소운의 행색을 하고서 떠나는 저희를 배웅하던 랑이의 모습을 떠올렸다.

조선으로 향하기 전 균성은 삼년상을 핑계로 몸을 피하고 있는 소운에게 향했다. 소운이 이백현의 아이를 가졌다는 소식을 들은 후로 균성은 마음이 바빴다. 황제의 마음을 움직여 한성에 상단을 두는 것을 허락받자마자 백현의 집과 터를 마주한 곳을 찾아 해륜의 거처를 지었다. 두 집을 보는 눈 없이 오고갈 수 있게 천 서방을 미리 보내 은밀히 공사를 시작하게 한 것도 그였다.

배가 더 불러오기 전에 어떻게든 소운을 하루라도 빨리 조선으로 데려가야 했다. 하나 제가 이 아이를 데리고 조선으로 가는 것을 가만히 보고 있을 주고후가 아니었다. 혹여 알게 된다면 조선까지 쫓아오고도 남을 인간이었고 소운이 아이를 가진 것을 안다면 더더욱 눈이 돌아 무슨 짓을 할지 알 수 없었다. 황제의 눈을 가리는 것도 큰일이었다.

우선 균성은 아이들을 풀어 황제가 찾고 있는 주윤문이 조선에서 배를 탄 것 같다 거짓 소문을 냈다. 역시나 그 소식을 들은 황제는 자신에게 직접 조선으로 가라 명했다. 균성은 소운이 대신 다른 아이로 시묘를 대신하게 한 뒤 병으로 죽었다 소문을 내게 할 생각이었다. 소운의 곁에 있던 랑이는 자신이 그 일을 하게 해 달라 청했다.

'아가씨 아니셨으면 이미 저승으로 갔을 목숨입니다. 이리라도 은혜를 갚게 해주시면 소인 죽어도 여한이 없을 것입니다.'

랑이는 자신이 아가씨인 듯 예서 머무르며 그들을 안심시킬 것이니 걱정 말고 조선으로 가라 소운의 등을 떠밀었다. 일을 무사히 마치고 자신은 바로 아가씨 곁으로 달려가 아기씨를 봐드릴 거라며 걱정 말라 웃어 보였다. 상단을 출발시키고 나면 바로 소운이 죽었다 소문을 내라 했으니 이미 주고후의 귀에도 들어갔을 것이다.

이제 균성은 급히 남경으로 돌아가 슬픈 오라버니가 되어야 했다. 황자를 해한 철운 역시 사람들의 눈을 피해 몸을 숨기고 있으나 시간이 지나면 소운의 곁으로 보낼 생각이었다.

소운이 무사히 조선 땅을 밟아 은애하는 이 곁에 머물게 되자 균성의 눈에 깊은 회한이 스치고 지나갔다. 제 고운 누이는 숨어 살아야 할 것이나 더 이상 아무것도 할 수 없는 사람은 아니었다.

상단의 깊숙한 안채에서 자신을 도와 숨겨진 해륜의 행수로서 살 것이며 이백현의 별당에서는 그의 처로 살 것이었다. 세상에 온전히 자신을 드러낼 순 없겠으나 그것만으로도 균성은 마음이 놓였다.

제 귀한 조카는 사내든 계집이든 나이가 차면 자신이 양자로 들여 해륜을 물려줄 것이었다. 누이를 두고 돌아 나온 균성은 이제야 안심이 되는 듯 담담하게 웃으며 하늘을 바라보았다. 자신이 해야 할 일은 이제 모두 다 끝났다.


안절부절 어쩔 줄 모르며 마당을 서성이는 백현을 보다 못한 천서방이 결국 그를 말리고 나섰다.

"나으리, 정신 사납습니다, 제발 가만히 좀 계십시오."

"어찌 신음 소리조차 들리지 않는단 말이냐. 진정 괜찮은 것이 맞는가. 천 서방."

"소리가 담을 넘을까 저어되어 아씨가 애써 참으시는 거 아니겠습니까."

"소리라도 내어야 고통이 덜할 것인데."

생각해보면 그 소리조차 내게 하지 못한 것이 자신이었다. 출산을 앞둔 소운이 신음조차 내지 못하고 힘을 쓰고 있을 것을 생각하니 백현은 애가 타 미칠 지경이었다.

"방에 든 산파는 진정 믿을 만한 자가 맞는가."

"행수께서 남경에서 예까지 데리고 온 여인이라 하지 않습니까. 별 걱정을 다 하십니다."

"산파가 들어간 지 반나절이 지났네. 어찌 이 아이가 이리 늦어지……."

방에서 희미하게 아이 울음소리가 들려오자 두 사내 모두 말을 멈추고 방문 앞으로 다가가 뚫어져라 문을 바라봤다. 마침내 소운을 도우러 들어갔던 산파가 문을 열고 나왔다.

"감축 드립니다. 아주 어여쁜 따님을 보셨습니다. 아씨께서도 지쳐 잠이 드셨으나 무탈하십니다."

산파의 말에 두 사내 모두 안도의 한숨을 쉬며 털썩 대청마루에 주저앉았다. 이백현이 아버지가 되었다. 신음을 참기 위해 필사적으로 입에 문 면포에 힘을 줬던 소운은 아이의 울음소리를 듣자마자 잠시 정신을 잃었다. 눈을 뜬 그녀 옆에서 백현이 안쓰러운 표정으로 소운의 이마에 흐르는 땀을 닦아주고 있었다.

"정신이 좀 드느냐."

"아이는…… 무탈합니까."

"갓 태어났다 내 눈으로 보지 못했다면 며칠은 되었다 싶을 만큼 의젓하다. 오늘 난 아이의 인물이 어찌 그리 고운지 어미를 닮아 지나치게 미색이 뛰어날까 걱정이다."

"아비가 팔불출이 되려나 봅니다."

소운의 옆에 놓인 비단에 싸인 아이를 보며 웃던 백현이 소운의 이마에 입을 가져다 대고는 다정하게 속삭였다.

"고생했다."

갓 출산을 겪은 여인이라 믿지 못할 만큼 소운은 세상 누구보다 고왔다. 그 고운 여인에게 조심스레 입을 맞춘 백현이 방금 전보다 더 다정히 제 처에게 고백했다.

"은애한다. 소운아."

그 먼 길을 돌아 이리 제 옆에 돌아온 여인에게 백현은 제 온 마음을 다해 사랑을 속삭였다.

"평생 너만을 은애할 것이다. 살아서도 죽어서도 내겐 오직 너하나다."

소운이 제 곁에 온 이후 백현에겐 모든 날이 봄날이었다.


어느덧 세월이 흘러 백현의 봄날이 다섯 해가 되었다.

준수방에 위치한 한 기와집의 후원 한구석에서는 곱게 쪽을 진 소운이 나물이라도 캐는지 바구니를 옆에 놓고 연신 풀뿌리를 들었다 놨다 살펴보고 있었다. 막 후원으로 들어서던 백현은 저를 알아본 천 서방에게 조용하라 손을 들어 입에 대고는 소운의 옆으로 조심조심 다가갔다. 소리 나지 않게 소운을 품에 안으려던 그의 몸짓은 조그마한 아이가 다가와 제 발을 덮치자 그만 실패로 끝나고 말았다.

"아버지. 까악."

제 발을 덮치는 작은 아이를 안아 든 백현이 번쩍 하늘 위로 아이를 들어 올리자 신이 나는지 아이가 소리를 지르며 까르륵 웃었다. 부녀의 장난스러운 모습을 보고 있던 소운이 자리에서 일어나 백현에게 고운 미소를 지어 보였다.

"어찌 이리 이른 시간에 오셨습니까."

"주상께 입바른 소리 좀 했다 쫓겨나는 길이다."

이백현은 상의원 부제조 겸 정삼품 도승지가 되어 그에 대한 주상의 신임을 다시 한번 확인받았다. 딸을 안고 소운의 곁으로 다가온 백현이 그녀의 볼에 입을 맞추자 소희라 이름 지은 딸아이가 제 아비의 입에 그 조그만 입술을 쪽 소리가 나게 부딪혀주었다.

"아버지, 오늘 소희는 어머니랑 나물을 캤습니다."

"어디 보자. 이것이 진정 먹을 수 있는 것은 맞느냐."

"제가 저녁에 찬으로 올리겠습니다."

"오호. 진정이냐? 그럼 어서 찬모에게 가져다주어 맛나게 만들어 달라 하거라."

"예, 아버지 조금만 기다리셔요."

제가 들고 가겠다 야무지게 바구니를 들고 걸어가는 딸을 따라가려는 소운을 백현이 말렸다. 옆에 있던 천 서방에게 소희를 따르라 눈짓을 준 그는 처의 팔을 잡고 얼른 방으로 들어갔다.

"서, 서방님."

방문이 닫히자마자 갓을 벗어던진 백현은 소운의 입술을 찾으며 그녀의 옷고름을 풀었다. 당황한 소운이 그의 손을 잡았지만 그대로 그녀의 치마폭을 들추며 벽으로 그녀를 몰아세웠다.

"서, 서방님. 소희가 곧 올 것입니다."

"그러니 어서 서두르자. 내 주상 그 양반 덕에 네 얼굴 보기가 점점 힘들어질 것 같다."

"서방님도, 참. 소희가 오기라도 하면 어쩌시려고."

전광석화같이 그녀의 옷고름을 풀고 치마를 끄집어 내리는 데 성공한 백현이 그녀를 안고 병풍 뒤로 들어가더니 탁 하고 제 등 뒤로 병풍을 펼쳐 두 사람의 몸을 가렸다.

"하니 어서 서두르자는데도."

다행히 소희는 석반 시간이 될 때까지 찬간에서 돌아오지 않았다. 준수방의 한 기와집에 깃든 봄의 기운에 병풍 속 두 남녀의 연정도 화사하게 만개하고 있었다.


-마침-

『다정하지 않은 선비』를 처음 쓰기 시작했던 2018년 무더웠던 그 여름이 생각납니다.

그리움이 병이 된다는 말을 실감할 만큼 힘들었던 그 시간에 많은 위로가 됐던 작품을 책으로 볼 수 있게 되어 그저 기쁩니다.

로맨스 소설과 만화에 빠져 살던 어린 시절부터 지금까지 존재만으로도 제게 의지가 되는 HS, EA, Yang 선생님.

항상 제 곁에서 철없는 저를 지켜봐주고 힘이 되어주는 MS, SH, HJ. 그리고 Smokie & Daniel.

제발 꿈에서라도 자주 얼굴 좀 보여줬으면 싶은 사랑하는 나의 도도한 백 여사.

이분들께 감사 인사를 전합니다.

2019년 봄.
백미경이라는 이름으로 글을 쓰게 되어 그저 기쁜
햇병아리 작가가.